KNAUR

Joanne Fedler

AUF ALLES, WAS NOCH KOMMT

Roman

Aus dem Englischen von
Maria Hochsieder

Die englischsprachige Ausgabe erschien 2020 unter dem Titel
»Unbecoming« bei Lusaris. A Serenity Press Division in
partnership with Joanne Fedler Media.

Besuchen Sie uns im Internet:
www.knaur.de

Aus Verantwortung für die Umwelt hat sich die Verlagsgruppe Droemer
Knaur zu einer nachhaltigen Buchproduktion verpflichtet. Der bewusste
Umgang mit unseren Ressourcen, der Schutz unseres Klimas und der
Natur gehören zu unseren obersten Unternehmenszielen.
Gemeinsam mit unseren Partnern und Lieferanten setzen wir uns für eine
klimaneutrale Buchproduktion ein, die den Erwerb von Klimazertifikaten
zur Kompensation des CO_2-Ausstoßes einschließt.
Weitere Informationen finden Sie unter: www.klimaneutralerverlag.de

Deutsche Erstausgabe August 2021
Knaur HC
© 2020 Joanne Fedler
© 2021 der deutschsprachigen Ausgabe Knaur Verlag
Ein Imprint der Verlagsgruppe
Droemer Knaur GmbH & Co. KG, München
Alle Rechte vorbehalten. Das Werk darf – auch teilweise – nur mit
Genehmigung des Verlags wiedergegeben werden.
Redaktion: Kerstin Kubitz
Covergestaltung: ZERO Werbeagentur, München
Coverabbildung: Ola-la/Shutterstock
Illustration im Innenteil: jennyz / Shutterstock.com
Satz: Adobe InDesign im Verlag
Druck und Bindung: CPI books GmbH, Leck
ISBN 978-3-426-22698-8

2 4 5 3 1

Für
meine Mutter Dorrine,
die mich lehrte, geliebt zu werden,

und
Emma Steinfort
(10. Februar 1977–4. September 2012)

und
Dr. Carol Ann Thomas
(20. März 1961–12. April 2019)

Die Luft hat sich verändert, als ihr gegangen seid.

Geh bis an deiner Sehnsucht Rand

Gott spricht zu jedem nur, eh er ihn macht,
dann geht er schweigend mit ihm aus der Nacht.
Aber die Worte, eh jeder beginnt,
diese wolkigen Worte, sind:

Von deinen Sinnen hinausgesandt,
geh bis an deiner Sehnsucht Rand;
gib mir Gewand.

Hinter den Dingen wachse als Brand,
daß ihre Schatten, ausgespannt,
immer mich ganz bedecken.

Laß dir alles geschehn: Schönheit und Schrecken.
Man muß nur gehen: Kein Gefühl ist das fernste.
Laß dich von mir nicht trennen.
Nah ist das Land,
das sie das Leben nennen.

Du wirst es erkennen
an seinem Ernste.

Gib mir die Hand.

Das Stunden-Buch, 1/59
Rainer Maria Rilke

Inhalt

Warnhinweis der Autorin

Wir haben zwei Leben,
und das zweite beginnt, wenn du erkennst,
dass du nur eines hast.
Mario de Andrade

D u bist drauf und dran, dich auf gefährliches Terrain zu begeben.

Immer mit der Ruhe, dagegen kommst du ohnehin nicht an.

Egal für welchen Weg du dich entscheidest, immer stolperst du hinein in das grimmige, furchterregende Bewusstsein: *Scheiße, meine Zeit wird knapp.* Schieb es nur auf die Wechseljahre, doch egal ob es die Kinder sind, die plötzlich ausgeflogen sind, oder der tiefgreifende Schock, wenn du einen Elternteil verlierst, den Ehemann, Freund oder deine Gesundheit – du kommst in jedem Fall an diesen Punkt.

Vielleicht wandelst du auf den Pfaden der Angst, des Burnouts, der Depression, Freudlosigkeit, Treulosigkeit (deiner eigenen oder der deines Partners), Verbitterung über lange vergangene Ereignisse, Pfaden der Reue angesichts deiner Heterosexualität, der irrationalen Wut, Enttäuschung und Leere (wobei das nur die Pfade sind, auf denen am meisten Gedränge herrscht).

Schon gut, du wirst ein paar Fragen haben. Zum Beispiel, ob dein Ehepartner eher Gewohnheit denn Seelenverwandter ist und etwas Größerem im Weg steht, auch wenn du keinen blassen Schimmer hast, was das sein könnte. Du wirst den Drang spüren, dich aus deinem Allerweltsleben zu schälen, von dem du sicher dachtest, dass es dir auf den Leib geschneidert war, damals, als du jenes Gelöbnis über die guten und schlechten Tage abgelegt hast. Die Entwicklung von »ja, ich will« zu »du mich auch« kommt einer seismischen Erschütterung gleich.

Voller Verblüffung siehst du, was aus deinen erwachsenen Kindern geworden ist, und fragst dich, ob du deine Zeit nicht besser auf _____ verwendet hättest (setze hier die Herzenssache ein, die du für deine Lieblinge geopfert hast).

Das, was du einmal gewollt hast, so verkündest du, ist dir nicht mehr genug; du hast es dir anders überlegt. Der Drang, dich mancher Freundschaft zu entledigen, sexueller Orientierungen, Erwartungen und Ziele, lässt in dir das Gefühl aufkommen, den Verstand verloren zu haben. In dem ganzen Durcheinander wirst du bedauern, dass du ein halbes Jahrhundert damit zugebracht hast, freundlich, verantwortungs- und pflichtbewusst zu sein (als Tochter, Ehefrau, Partnerin, Mutter, Fürsorgende), und du erkennst, dass du verdammt noch mal fertig damit bist.

Das ist der Punkt.

Hier beginnt dein zweites Leben, und an ebendiesem Punkt setzt das vorliegende Buch ein. Es handelt sich um reine Fiktion. Aber wie in _Weiberabend_ und seiner Fortsetzung _Endlich wieder Weiberabend,_ den beiden Büchern, die diesem hier vorangegangen sind, habe ich mich auf tatsächliche Begegnungen, Persönlichkeiten und Erfahrungen gestützt, um es mit Personal zu bestücken. Ich habe mit verschiedenen Frauen einige Nächte in der Wildnis verbracht (einschließlich des australischen Outback und einer Höhle in den Blue Mountains) und an einem Heilerzirkel, einer Schreibgruppe und einem Tanzritual bei Neumond teilgenommen. Lange, tiefgehende und freimütige Gespräche führten uns in die Wut, Wildheit und die Verzweiflung angesichts unseres Daseins in Zeiten wie diesen.

Dieses Buch konnte nur unter dem Eindruck des monumentalen Zusammenbruchs unseres natürlichen Lebensraums entstehen. Viele von uns ahnen schon lange, dass uns beunruhigende Zeiten bevorstehen, und nie schien es wichtiger, besonnen und lebensklug zu handeln.

Die beschwerliche Reise zu meinem fünfzigsten Geburtstag war von den Werken einiger der größten Denker geprägt, die sich mit dem Älterwerden, der Lebensmitte, dem Altsein und dem Sterben auseinandersetzen, unter anderem Carl Gustav Jung, James Hollis, Joanna Macy, Dawna Markova, James Hillman, Adam Phillips, Leonard Cohen, Mary Oliver, Maya Angelou, John O'Donohue, Ram Dass und Stephen Jenkinson. Ich hoffe, dass es mir gelungen ist, diesem Buch mithilfe der Protagonisten hier und da etwas von der Weisheit dieser Denker aufzutupfen.

Diese Geschichte trägt sich in der Zeit unmittelbar vor den zerstörerischen australischen Buschfeuern (im Sommer 2019–2020) und der anschließenden Coronapandemie zu, als unsere schlimmsten Ängste noch lediglich eine Ahnung waren, eine tief empfundene Furcht, die man mit einem Wechseljahressymptom verwechseln mochte.

Heute wissen wir es besser.

Meine inständige Hoffnung ist, dass jede und jeder Einzelne von uns den Weg in die unsichere Zukunft bewusst und mutig geht, als weise und unerschütterliche Beschützer der einzigen Mutter, die uns bisher nicht enttäuscht hat – der Erde.

Geht hinaus, ihr Lieben, und fordert euer zweites Leben ein.

Joanne Fedler

W as hast du denn da alles eingepackt? Das ist ja ganz schön schwer«, ächzte Frank, als er meine blau-weiße Trolleytasche aus dem Kofferraum hievte.

Glaubt mir, ich hatte ein Taxi nehmen wollen. Aber er hatte darauf bestanden, mich zum Flughafen zu fahren. In der Kurzparkzone hatten wir uns hastig umarmt.

Ich drückte auf den Knopf am Taschengriff, um ihn herauszuziehen, aber der Mechanismus klemmte.

»Komm, lass mich das machen«, sagte Frank.

»Ich schaff das schon«, erwiderte ich und drückte hektisch auf dem Knopf herum.

»Du machst das noch kaputt …«

»Ich hab's schon.«

Plötzlich schnappte der Griff nach oben.

»Siehst du?« Ich beugte mich vor und wollte Frank auf die Wange küssen, doch im selben Moment trat er einen Schritt nach hinten, um einer Frau mit Kinderwagen Platz zu machen.

»Ruf an … schreib eine SMS, wenn du ankommst … okay? Oder … also … ich … wir …«

»Ich sage Bescheid, wenn ich gelandet bin.«

»Wir sehen uns, wenn du so weit bist«, sagte er und nahm mich in den Arm. »Ich liebe dich. Ich hoffe, du findest, wonach du suchst.«

Ich drückte seine Hand und kippte die Reisetasche auf die Räder in Richtung des Check-in-Automaten von Jetstar.

»Jo …«

Als ich mich zu ihm umdrehte, hatte sich seine Miene verändert, obwohl ich gerade mal ein paar Sekunden weg gewesen war.

»Ich will auf keinen Fall, dass du dich jemals …«

Ich wartete ab.

»… unfrei fühlst.«

Ich brachte es nicht über mich, ihm in die Augen sehen.

»Mag sein, dass ich nicht so genau weiß, was mir das Vatersein beigebracht hat, aber ich weiß, was ich daraus gelernt habe, verheiratet zu sein.«

Ich blickte auf meine unlackierten Zehennägel in dem einzigen Paar Sandalen, das ich mitgenommen hatte.

»Ich will nicht, dass du dich eingesperrt fühlst.«

Als ich aufsah, standen ihm Tränen in den Augen. Mein Herz machte einen Satz.

Wie lange schon kannte er mein Geheimnis?

Kapitel 1

Zwei Gründe,
weshalb ich nicht Nein sagte

Vermutlich hätte ich Frank heute Morgen eine SMS schicken sollen, um ihm zu sagen, dass ich die Nacht draußen in der Wildnis verbringen würde. Und dass ich ihn, na ja, trotz allem liebe. Man weiß ja nie, wann die letzte Gelegenheit ist, jemandem die Dinge zu sagen, die man ihm sagen will.

Ich kenne Frank. Postwendend würde er zurückschreiben: »Im Ernst? Denk dran, wie es beim letzten Mal ausgegangen ist.« Ich bin kein Abenteuertyp – zumindest ist das die Version von mir, die er kennt. Aber das ist mein Zwanzigstes-Jahrhundert-Ich, denn hier bin ich, mit einem Rucksack auf dem Rücken, der weitaus schwerer ist, als er aussieht, und gebe die Nachhut dieser Prozession ohne die geringste Ahnung, worauf ich mich eingelassen habe, außer dass ein »Ritual« stattfinden wird, wenn wir dort ankommen, wo auch immer »dort« ist.

Wenn ich es mir recht überlege, hätte er meine SMS wahrscheinlich als Aufforderung verstanden, mich anzurufen. Er würde genauer Bescheid wissen wollen. »Also, was sind das noch mal für Frauen?«

Was sollte ich darauf sagen? Dass ich zwei von ihnen aus der Zeit kenne, als die Kinder klein waren, mir die anderen aber unbekannt sind? Er würde schweigen und sich fragen, ob ich die gebührende Sorgfalt hatte walten lassen. Drohten nicht Buschfeuer nach der ganzen Dürre? Würde sich fragen, ob ich endgültig übergeschnappt sei und mich zum Sterben in die Wildnis aufgemacht hätte, oder was. Wobei das vielleicht gar kein so schlechter Tod ist, wenn man es genauer betrachtet.

Er würde wissen wollen, ob ich die Cortisonsalbe gegen den Juckreiz dabeihätte. Was er damit tatsächlich meinen würde, wäre: »Ist er noch da? Ist es schlimmer geworden?«

Drei Monate Landluft haben keine wundersame Heilung bewirkt, jedenfalls nicht, was den Hautausschlag angeht, der vermutlich nur ein weiteres unglamouröses, ausweglose Wechseljahressymptom ist. Ich würde es mit der Wahrheit nicht ganz so genau nehmen und antworten: »Ich habe mich kein einziges Mal gekratzt, bis es geblutet hat«, nur um ihn zu beruhigen.

Einer der Gründe, warum man die Menschen anlügt, die man liebt, ist, dass man ihnen Sorgen ersparen will, wobei ich feststellen musste, dass es sich hierbei um verdammt dünnes Eis handelt und man sich damit ein mordsmäßig unbefriedigendes Liebesleben einhandelt.

Danach würde er sich erkundigen, wie es dem Auge ginge, und in seiner Stimme könnte ich Erleichterung darüber hören, dass die migräneartige, Panik heraufbeschwörende minutenlange Sehstörung auf meinem linken Auge aufgehört hat (wir also davon ausgehen können, dass es kein Hirntumor ist). »Da siehst du, ich mache dich krank«, würde er witzeln, und ich müsste lachend erwidern: »So ein Quatsch.«

Dann erst würde er einfließen lassen, worum es ihm eigentlich ging, was er geduldig zurückgehalten hatte so wie Detektiv Colombo seine verhängnisvolle Frage. »Und wo genau seid ihr unterwegs? Ist das ein ausgewiesener Wanderweg? Hat er einen Namen?« Und noch bevor wir uns verabschiedet hätten, hätte er ihn auf Google Maps ausgekundschaftet.

Für seinen Geschmack gäbe es einfach zu viele »Weiß ich nicht«.

Und zu viele Merkwürdigkeiten wie die Tatsache, dass wir schweigend wandern. Aber das war Fionas Einfall, nicht meiner, und genau deshalb habe ich mich überhaupt darauf eingelassen. Man kann sich sein Leben lang darum bemühen, von anderen bemerkt zu werden, *anderen das Ohr abzukauen*, wie meine Mutter sinnlose Geschwätzigkeit oft nennt, aber letzten Endes lässt nur die Stille zu, dass du du selbst bist.

Das Schweigen nehme ich als Zeichen, dass es meine Bestimmung ist, hier zu sein, denn ich habe kein Gramm Selbst mehr für andere übrig. Mit Müh und Not habe ich die Reste, die mir nach zwei Jahrzehnten Muttersein geblieben sind, zu einem kleinen ordentlichen Haufen neben der Tür zusammengekehrt, und über den wache ich wie eine Elefantenmutter über ihr Kalb.

Vierundzwanzig Stunden lang nicht zu sprechen, würde bei Frank eine Panikattacke auslösen.

Ja, es ist besser, wenn er nicht alles weiß.

Meine Gedanken kreisen weniger um Schlangen als sonst, wenn ich draußen im Busch bin. Tatsache ist, dass ich seit dem Wochenende auf dem Land mit Helen vor sieben Jahren keine mehr gesehen habe. Vielleicht bin ich den müßigen, absurden Ängsten entwachsen, nachdem so viele echte ihren Platz eingenommen haben. Dieser Wanderstock leitet mich und kündigt mich an, bevor meine Füße den Boden berühren. Eine bedingungslosere Unterstützung habe ich schon lange nicht mehr gehabt, BHs und Rückenlehnen eingeschlossen; er ist ein aufrichtiger und robuster Freund. Er wiegt wenig und liegt so gut in meiner Hand, als wäre er eigens für sie gemacht, so wie ein steifer Schwanz sich mit behaglicher Vertrautheit in dir einpassen kann.

Nicht dass mich jemand danach gefragt hätte, aber tatsächlich habe ich in den vergangenen Monaten nicht viel an Schwänze gedacht. Zuneigung muss nicht unter allen Umständen an Abwesenheit geknüpft sein, auch wenn ich das Frank gegenüber niemals aussprechen würde. Ich bin nicht völlig dämlich, es käme nur wieder als Verletzung rüber.

Majestätisch überragen uns runzlige Bäume, mythische Titanen, die Stars der Natur, ganz ohne Paparazzi. Ohne jeden Zwang bringen sie einen zum Schweigen. Sie spielen ihre Autorität nicht aus, dennoch sollte man sich über die eigene untergeordnete Rolle im Klaren sein. Während der Morgen sich mehr und mehr durchsetzt, wickelt sich das Sonnenlicht wie Schleifen durch ihre Zweige. Immer wieder halte ich inne und beobachte, wie das Licht flattert und changiert. Es schlingt sich um die Stämme wie eine Pole-Tänzerin. Man muss einfach stehen bleiben. Immer wieder. Wirklich stehen bleiben. Das sollte man sich im Leben zur Regel machen.

Jetzt, da wir unsere schweigende Wanderung begonnen haben, bin ich froh, dass ich die SMS an Fiona mit der feigen Ausrede heute Morgen nicht abgeschickt habe. »Bin mit Kopfschmerzen aufgewacht.« Mit dem Cursor war ich vor das Wort »Kopfschmerzen« gewandert und hatte »lähmenden« eingefügt. Dann hatte ich beide Wörter gelöscht und »Migräne« getippt. Daraufhin hatte ich alles gelöscht. Eine Lüge riecht man von Weitem, und Fiona hat an ihrem ersten Geburtstag allein etwas Besseres verdient.

Ich verlangsame meinen Schritt, damit die Trittgeräusche der anderen meinen Rhythmus nicht beeinflussen.

Der Abstand vergrößert sich, sodass ich meine fünf Beglei-

terinnen im Blick habe, die im Gänsemarsch vor mir her-
gehen.

Früher war ich von meiner Menschenkenntnis überzeugt.
Sie war meine Superkraft, war wie ein Drogenhund, der
Schmuggelware erschnüffelt, egal wie abwegig das Versteck
ist. An der Art und Weise, wie sich jemand das Essen auf den
Teller häufte, konnte ich erkennen, ob sie in der Liebe großzügig oder knausrig war, eine, die Regeln befolgte oder rebellier-
te, eine Tigermutter oder eine Glucke.

Im Handumdrehen hatte ich jemanden durchschaut und
anhand der Kleidung (mit oder ohne Ohrringe, ob herabbau-
melnde oder Ohrstecker), anhand der Schweigsamkeit und
der Bemerkungen, die sie zum Lachen brachten, erschlossen,
ob ich sie zur Vertrauten, Bekannten oder zur Facebook-Freundin machen wollte.

Nach einer Stunde Wandern hätte ich alles über die anderen gewusst – in welchem Zustand ihre Ehen waren, die Beziehung zu ihren Müttern und ob sie in problematischen Zeiten bei Kentucky Fried Chicken, beim Wodka oder im Gebet
Zuflucht suchten. Anhand von Cates Erklärung, nichts als einen kleinen Tagesrucksack und eine Ukulele mitzunehmen
(wie uns Letztere bei einem Notfall helfen soll, ist mir noch
nicht ganz klar), Kiris herrischem Rüffel vor unserem Start
und Yasmins grell bemalten Lippen hätte ich die Lücken gefüllt, jede Einzelne mit einem Etikett versehen und in eine
Schublade gesteckt. Zu jeder ihrer Geschichten hätte ich mir
eine Meinung gebildet.

Doch ich würde mich täuschen. Wie schon so oft zuvor.
Zweiundfünfzig Jahre lang bin ich durchs Leben gestolpert
und von einer Gewissheit zur nächsten getaumelt. Und dann
kommt der Punkt – wie bei den scheinbar unerschöpflichen

Reserven an Klopapier im Wäscheschrank –, an dem einem die Gewissheiten ganz einfach ausgehen. Und lasst euch sagen, es ist verflucht noch mal großartig, wenn man sie los ist. Es ist beinahe so befreiend, wie wenn man seine Periode nicht mehr bekommt.

Vor nicht allzu langer Zeit hätte ich meine Meinung zu den Plänen abgegeben, insbesondere zur Frage nach dem Essen. Heute aber bin ich die Nachzüglerin. Fragt mich nicht, wo wir schlafen und was wir essen werden. Ich habe keine Ahnung. Es ist eine erschütternde Erleichterung, derart nutzlos und ohne jede Autorität zu sein. Man sollte meinen, dass einem diese Erkenntnis schon viel früher hätte kommen können, wenn man bedenkt, wie sich die Dinge mit den Kindern entwickelt haben.

Ich spiele ein Spiel. Die Stille erlaubt es mir. Wie viele Wahlmöglichkeiten und Entscheidungen braucht es? Hundert? Tausend? Zehntausende? Wie viele für jedes Kind? Der Vorname (die Hänseleien auf dem Schulhof in der Grundschule prägen das Leben). Der Nachname (Frank und ich haben erst nach der Geburt der Kinder geheiratet, also mussten wir die Sache ausdiskutieren). Stillen oder Flasche? Wann impfen. Zu welchem Zeitpunkt feste Nahrung füttern. Beschneiden? Paukenröhrchen? Operieren? Antibiotika oder Bachblütentherapie? Sind Joghurt/Johannisbrot/Nutella/Fruit Loops etwas zum Naschen? Ja oder Nein zu Softdrinks? Wann ist Schlafenszeit? Welche Schule? Tennis oder Karate? Geige oder Schlagzeug? Übernachtungspartys? Geburtstagsfeste? Gewalttätige Videospiele? Make-up? Wie viele Fahrstunden?

Annähernd hunderttausend, schlussfolgere ich.

Kein Wunder, dass ich zermürbt und schrumpelig bin vor

lauter Entscheidungsmüdigkeit. Egal wozu, ich will ganz bestimmt nicht nach meiner Meinung gefragt werden. Nie mehr.

Der Rucksack wird leichter werden. Es ist nur eine Frage der Muskel- und Schwerkraft. Jemand anders wird sich ums Feuermachen kümmern müssen. In der Schule habe ich mich für Korbball entschieden, nicht für die Pfadfinder. Die Fähigkeit, in der Wildnis zu überleben, gehört zu den Dingen, die ich nie gelernt habe, ebenso wie das Radfahren, einen Reifen zu wechseln, eine Herz-Lungen-Massage durchzuführen und die Sache, die ich am meisten bedaure: multiple Orgasmen zu haben (obwohl mir CJ bei unserer letzten Begegnung versichert hat, dass das recht einfach erlernbar sei).

Ich sollte mir an einer auffälligen Stelle ein Tattoo stechen lassen: *In der Wildnis hoffnungslos verloren.* Überließe man mir die Sache, wäre nicht auszuschließen, dass wir verhungern oder an Unterkühlung sterben.

Fiona hat sich um die Logistik gekümmert, damit dieses Ritual unter dem Sternenhimmel mit ein paar ausgewählten Freundinnen auch reibungslos verläuft. Es war eine noble Geste von ihr, mir Zugang zu ihrem Hexenzirkel zu gewähren, denn verdient habe ich ihn mir ganz sicher nicht. Als wir uns das letzte Mal gesehen haben, waren unsere Kinder gemeinsam in der Vorschule. Es war die Zeit, in der ich vor dem Einschlafen vorgelesen habe. Aaron weinte, wenn ich ohne ihn das Haus verließ. Jamie fragte immer, wann ich wieder da sein würde, auch wenn ich nur schnell Milch und Brot holen ging.

Ich war einmal das Zentrum eines kleinen Universums.

Eine Sonne.

Trotzdem, ein schwarzes Loch zu werden, ist gar nicht so schlimm, wie man meinen würde.

Ich hätte mich rausreden können, als Fiona mich eingeladen hat.

Es gibt zwei Gründe, weshalb ich nicht Nein sagte.

Der erste ist ein semantischer Grund. Der zweite Grund ist, egal was man über mich denken mag, nach allem, was ich Frank angetan habe: Ich bin kein ganz schlechter Mensch.

»Mein Gott, Jo, bist du's wirklich?«

Es hatte einen Augenblick gedauert, bis ich gemerkt hatte, dass mich jemand angesprochen hatte. Ich war beim Einkaufen und stand zwischen den Ständen mit Kerzen aus Sojawachs und handgefertigten Traumfängern auf dem wöchentlichen Bauernmarkt. Seit achtundsiebzig Tagen und Nächten hatte ich niemanden mehr meinen Namen laut aussprechen hören. So lange war ich schon allein. Tausend Kilometer weg von zu Hause, im Hinterland der Sunshine Coast, hütete ich ein Haus.

»Du bist es!«

Mir blieb keine Zeit, meine Enttäuschung darüber zu verbergen, dass das Fastendasein in der Anonymität gebrochen war. Es kommt einem Überfall gleich, wenn man willkürlich erkannt wird – wie ein Maulwurf im Zeugenschutzprogramm, dessen Deckung auffliegt. Doch es handelte sich um Fiona – und kaum hatte ich mich zu ihr umgedreht, überflutete mich warme Zuneigung. Wir hatten eine gemeinsame Vergangenheit, und so war es eine glückliche Fügung, egal wie unvermutet es mich traf.

Es war *Wie lange? Fünfzehn Jahre?* her, riefen wir im Chor, seit wir uns das letzte Mal auf der Mütter-ohne-Mann-und-Kind-Pyjamaparty gesehen hatten, die unsere Freundin Helen organisiert hatte. »Was für eine Nacht! All das Essen! Und dieser Eimer voll Erdbeer-Daiquiri!«

Wir hatten uns mit der Ungeniertheit jener, denen ein kurzzeitiger Strafaufschub gewährt worden war, einem Festmahl und Trinkgelage hingegeben. Es war nur ein Zeitfenster, doch es hatte genügt, dass eine nach der anderen sich geöffnet hatte, wir unsere dunkelsten Geheimnisse offenbart und die anderen gemurmelt hatten: »Ja, so ist es, mir geht es genauso.« In jener Nacht war mir klar geworden, dass das Muttersein eine seit Urzeiten bestehende #MeToo-Bewegung und jede von uns eine Undercoveragentin war.

Im Schatten der Roten Eukalyptusbäume und in der aufsteigenden Hitze des neuen Tages, umgeben von Bauern in breitkrempigen Hüten, mit rauen Händen und erdigem Geruch, fiel mir auf, dass Fionas Gesicht einen neuen Ausdruck angenommen hatte. Das Alter, ja, aber es war zerstörerischer als die vorangeschrittenen Jahre. Das einstmals rotbraune Haar hatte den Kupferton größtenteils verloren, wenngleich es das Sonnenlicht hie und da noch einfing wie eine rotgoldene Discokugel.

Das Erste, was sie mir erzählte, war, dass ihr Mann Ben acht Monate zuvor gestorben war. Es war ein langwieriger Kampf mit einer Herzerkrankung gewesen. »Wir haben auf eine Herztransplantation gewartet. Es hat sich kein Spender gefunden. Er starb mit offenem Mund und panisch um Luft ringend.«

In konzentrischen Ringen legte sich sein Sterben zwischen uns.

»Die Behandlungen haben all unsere Ersparnisse aufgebraucht. Und es hat ihm nichts als einen langsameren Tod beschert.«

»Ich musste earthtouch, mein Unternehmen, aufgeben. Es war unmöglich, es aufrechtzuerhalten und mich gleichzeitig rund um die Uhr um Ben zu kümmern.«

O Gott, es tut mir so leid.

»Nach seinem Tod musste ich unser Haus in Byron Bay verkaufen und zu einer Freundin ziehen. Ich helfe ihr mit den
Bienenstöcken. Sie ist Imkerin. Wusstest du, dass die Umwelt-
organisation Earthwatch Bienen zu den wichtigsten Lebewesen der Erde erklärt hat?«

Das wusste ich nicht, aber ich würde Bienen jederzeit meine Stimme geben.

Ich zog sie in meine Arme. Ihr Körper wurde weich, und sie
legte den Kopf auf meine Schulter. Sie duftete immer noch so
wunderbar wie vor fünfzehn Jahren, nach Vanille, Ylang-
Ylang und einem Hauch Kratzbeere. Auch wenn ihre Hingabe
an Aromatherapieöle rätselhaft erscheinen mochte, so kam es
allen zugute, die sie umarmten.

Als sie sich aus meinen Armen löste, waren ihre Augen
feucht.

»Ich bin jetzt … Witwe.«

Ich hatte ihre Hand ergriffen und gedrückt.

Witwe. Die Schattenidentität, die in dem »Ja, ich will« und
jedem blumenlastigen Jahrestag mitschwingt. Wenn wir uns für
ein Leben zu zweit entscheiden, wissen wir, dass einer von beiden zuerst sterben wird. Unsere Einwilligung, getrennt zu werden, ist mit eingeschlossen. Aber wann hätte uns das *Wissen* um
etwas jemals auf die Tatsache selbst vorbereitet? Frank und ich
spielen ununterbrochen das Wer-stirbt-zuerst-Spiel, um uns
mit Humor gegen das Unvorstellbare zu immunisieren. Als
würde die halbe Million Dollar aus der Lebensversicherung die
Trauer lindern. Frank versichert mir, dass es so sein wird. Wenn
ich zuerst sterbe, erbt er meine Sammlung marokkanischer La-
ternen, wobei wir beide wissen, dass sie für die Mülldeponie
ausersehen ist. Er neigt nicht zu Sentimentalitäten.

»Und bist du ganz geheilt?«

»Seit mehr als zehn Jahren. Ich bin ganz offiziell Brust-krebsüberlebende.« Fiona ballte die Faust und reckte sie in die Luft. Jetzt war sie die Fiona nach dem Brustkrebs. Ich hatte sie nur davor gekannt. Zwischen uns lag ein ganzer Kontinent von Dingen, die wir jeweils bei der anderen verpasst hatten. Ich wartete nicht mit Entschuldigungen auf, weshalb wir uns aus den Augen verloren hatten. Hin und wieder hatte ich auf Facebook nach ihr gesucht, ohne Erfolg, und damit hatte sich mein Einfallsreichtum erschöpft, wie ich mit jemandem Kontakt aufnehmen konnte.

Das Nächste, was sie sagte, war: »Ich bin kein großer Freund von Festen, aber kommende Woche habe ich Geburtstag und mache eine schweigende Wanderung durch den Regenwald zu einer kleinen Bucht. Mit einer Handvoll besonderer Freundinnen möchte ich ein heiliges Ritual unterm Sternenhimmel feiern. Es heißt Yatra, das ist Hindi. Könntest du dir vorstellen mitzukommen?«

Es gibt Menschen, die Wörter wie Zauberformeln verwenden, um etwas aufzubauschen oder zu überzeichnen. Auf diese Weise haben die Marketingleute die Intimität zerstört. Aber als Fiona »heilig« sagte, war sie ganz einfach da – die schlichte Strichzeichnung eines Worts, das nichts anderes bedeutete als es selbst, und nicht etwa ein Begriff, der sich verkleidete, um einen zu blenden. Das Wort landete sanft, wie damals der Falter im tasmanischen Regenwald mit schwirrenden Flügeln, auf meiner Handfläche.

Plötzlich spürte ich, wie ausgehungert ich nach dem war, was ich im Leben vermisste.

Wir müssten unser eigenes Wasser, Essen, die Beleuchtung, die Erste-Hilfe-Ausrüstung, Utensilien für unsere rituelle Waschung und Schlafsäcke mitschleppen. Es war eine Antiwerbung: *Bequemlichkeit und Luxus nicht inbegriffen.*

Wie die Kugeln in der Lotterietrommel balgten meine Ausreden um den ersten Platz: *Hab Probleme mit dem Kreuz. War in letzter Zeit ein bisschen soziophob. Hab den Kopf nicht richtig frei, um neue Leute kennenzulernen. Ist das überhaupt sicher, einfach so in den Busch zu wandern?*

Fionas wunderschöne grüne Augen blickten mir geradewegs ins Gesicht, ohne Erwartungshaltung, ohne jegliches Urteil. Es war eine Einladung. Sich aus der Komfortzone zu bewegen.

Ich hatte tief Luft geholt, drauf und dran, mich zu bedanken, aber das sei nichts für mich, als sie sagte: »Es ist mein erster Geburtstag … ohne Ben.«

Blätter wehen umher wie wohltuende Schrapnelle. Beim Gehen landet etwas auf meinem Kopf. Ich ziehe den Gummi aus dem Pferdeschwanz und schüttle das Haar aus. Ich bin mir der Tatsache bewusst, dass es springende Spinnen gibt. Das habe ich aus dem Film *Planet Earth*. Die Männchen verlieren sich in ausgeklügeltem Gesang und Tanz, um ein Weibchen anzulocken. Es geht um weit mehr als um enttäuschte Hoffnungen – wenn es einem talentlosen Männchen nicht gelingt, das Weibchen zu betören, ist es gut möglich, dass es gefressen wird. Eines der wenigen feministischen Statements der Natur.

Unsere Schritte knirschen auf der ausgedörrten Erde. Das Land ist eine ungeliebte Frau, deren Körper vor Verlangen spröde geworden ist. Die Abwesenheit von Nässe ist immer eine Mahnung, dass etwas kurz davor ist zu verschwinden.

Auf meiner linken Hand landet ein Marienkäfer. Er krabbelt von der Falte an meinem Handgelenk bis hinauf zu meinem unberingten Ringfinger. Um ihn nicht zu verlieren, habe ich meinen Ehering zu Hause in der Kommode zurückgelassen. Falls Frank meine Schubladen durchwühlt und irgendwelche voreiligen Schlussfolgerungen gezogen haben sollte, sei's drum. Seine Neugier kann ich nicht kontrollieren.

Fiona aber hatte bemerkt, dass er fehlte.

»Sag mal, wie geht es Frank?«, fragte sie lächelnd. »Ihr seid doch noch verheiratet?«

»Ja, doch, klar. Es geht ihm … sehr gut«, brachte ich heraus. Unvermeidlich fühlte ich mich wie eine verwöhnte Göre, weil ich mich mutwillig ohne Ehemann aufgemacht hatte, während er am Leben und bei guter Gesundheit war. »Und Gabriel? Was treibt er so?«, fragte ich.

»Er lebt in Alice Springs. Mit seinem Freund. Sie sind LGBTQ-Aktivisten und kümmern sich um psychologische Unterstützung Sicherheit. Man glaubt gar nicht, wie viele Selbstmorde und Selbstmordversuche es in der Schwulen- und Transgender-Community gibt. Es zerreißt einem das Herz. Sie retten Leben.«

»Wow. Er tut wirklich etwas Sinnvolles für die Welt.«

»Ich bin stolz auf ihn und Mark.« Sie lächelte. Dann hatte sie nach meinen Kindern gefragt. Hatte Jamie etwas aus ihrem künstlerischen Talent gemacht? War Aaron immer noch so heikel, was das Essen anbelangte?

Dass sie sich an diese Kleinigkeiten erinnerte, verstärkte mein Gefühl, eine schlechte Freundin zu sein. Es war lange her, dass ich über meine Kinder in einer Art und Weise geredet hatte, als hätte ich etwas mit ihnen zu tun. Schon vor Jahren hatten sie mir verboten, irgendetwas über sie auf Facebook zu posten. Es verletze ihre Privatsphäre, wenn ich sie fotografierte, pries oder womöglich gar taggte. Junge Erwachsene haben diese besondere Art, die eigenen Worte gegen einen zu verwenden, ebenso wie es die eigene Sicherheit ernsthaft gefährdet, in einem Gerangel eine Waffe zu tragen.

»Ich bereite mich seit zwei Jahren darauf vor, dass sie das Nest verlassen, warte auf den großen Aufbruch und die Stille nach dem lärmigen Familienleben. Bislang ist nichts davon eingetreten«, erzählte ich ihr. »Sie wohnen beide noch bei uns.«

Unser Zuhause, das Platz für zwei Erwachsene und zwei Kinder bot, wurde nun von vier Erwachsenen bewohnt. Man musste sich fürs Duschen anstellen. Den Stuhldrang unterdrücken. Eine Reservierung machen, wenn man im Wohnzimmer die Lieblingsserie sehen wollte. Das Esszimmer buchen, wenn man Freunde zum Essen einlud.

»Letztes Jahr hat Jamie den ersten Platz in einem internationalen Kurzgeschichtenwettbewerb gewonnen«, sagte ich. »Sie hat ein Stipendium für den Master-Studiengang in Kreativem Schreiben an der California State University bekommen. In ein paar Monaten zieht sie weg.«

»Sie kommt ganz offensichtlich nach dir.« Fiona wirkte ehrlich begeistert.

»Sie hat … einen sehr eigenen Kopf«, stellte ich richtig. »Und Aaron … durchläuft gerade die harte Bewerbung fürs Militär.« Ich fügte nicht hinzu: »Oder die Polizei, falls er es nicht schafft.« Und ich gab auch keine weiteren Erklärungen. Die Wahrheit ist, dass ich keine habe.

Vermutlich konnte man mir am Gesicht ablesen, dass ich keines meiner erwachsenen Kinder verstehe. Das Wort »Enttäuschung« würde ich dafür nie verwenden, weil es sowohl die beiden als auch mich beschämen würde und eindeutig ungerecht wäre. Natürlich gibt es kein Rezept fürs Muttersein oder auch nur einen Zusammenhang zwischen dem, was man hineinsteckt, und dem, was dabei herauskommt. Hier geht es nicht um einen Käsekuchen, bei dem man Zucker hinzufügt und garantiert Süße bekommt. Aber ehrlich gesagt kam es mir manchmal so vor, als hätten wir unsere Kinder auf Englisch erzogen und eines Tages wären sie in fließendes Mandarin verfallen.

Fiona hatte bewundernde Ahs und Ohs über Jamie verlauten lassen, dabei hatte ich sie hereingelegt mit meinem großkotzigen Täuschungsmanöver, indem ich die Trophäen, Medaillen und sechsstelligen Gehälter des Nachwuchses aufzählte, ausplauderte, wie der eine von Headhuntern angesprochen worden war und der andere die Managerposition ergattert hatte; die Hochzeit war *umwerfend,* das Baby ist *perfekt,* was wünscht man sich mehr als Eltern? Wieder hatte ich es getan, war rückfällig geworden und hatte das wohlschmeckende Muttermärchen kultiviert wie ein Raucher, der sich nach wochenlanger Abstinenz die erste Zigarette anzündet. Der Alkoholiker, der sich »ein einziges Glas« erlaubt, nur um wieder von vorn anzufangen. Es ist die reinste Sisyphusarbeit.

Bei der Erwähnung des Militärs hatte Fiona nicht mit der Wimper gezuckt, und ganz plötzlich fiel mir im Schatten unter diesen üppigen Bäumen wieder ein, wie sehr ich sie mochte. Sie war immer die unvoreingenommenste unter uns Müttern gewesen, ganz ohne Gehässigkeit oder den Drang, sich zu vergleichen.

An diesem Tag hatte sie mir eine Hand auf den Arm gelegt und gesagt: »Mein Vater war beim Militär. Man lernt dort eine ganze Menge Sachen, die im Leben nützlich sind.«

»Ich wollte niemanden schlechtmachen.«

»Glaub mir, es war nicht leicht für uns. Abgesehen davon,

würde ich nicht wollen, dass Gabriel zur Armee geht, wenn man bedenkt, wer er ist und was in der Welt vor sich geht.«

»Ich habe keine Ahnung, wie es dazu gekommen ist, dass ich einen Sohn großgezogen habe, der diesen Weg einschlägt, wo es heutzutage so viele Möglichkeiten gibt, ein Mann zu sein …«

»Es ist eine ganz natürliche Gegenreaktion. Er muss herausfinden, wer er sein möchte …«

»Wann hat Gabriel angefangen, sich sozial zu engagieren?«

»Während seines Sozialpädagogikstudiums hat er ein Praktikum in Alice Springs gemacht und sich in die Gegend verliebt. Und er hat Mark kennengelernt. Er scheint den Ort gefunden zu haben, an den er gehört. Ich habe ihn nie zuvor so glücklich erlebt.«

»Wie schön.«

Sie nickte. »Nach Bens Tod hatte er allerdings einen psychischen Zusammenbruch. Sie hatten sich … einander entfremdet.«

Mit kummervollem Blick hatte sie sich erfolglos um ein Lächeln bemüht, und in diesem Versagen zeigte sie sich: die Doppelgesichtigkeit ihrer Trauer, sowohl um den Ehemann als auch um den Vater ihres Sohnes. Lieber würden wir uns unsere eigenen Sorgen tausendfach aufbürden, als unsere Kinder leiden zu sehen. Dieses Stellvertreterdasein hält uns gefangen.

»Und wie geht es … deiner Stieftochter … ich habe ihren Namen vergessen. Steht ihr euch immer noch so nah?«

Fiona stöhnte. »Kirsty. Seit jenen glorreichen Tagen haben sich die Dinge sehr verändert.« In ihre Stimme schlich sich das Bewusstsein der Niederlage.

Ich wartete ab. Die ersten Worte strömen reflexhaft heraus.

Wenn man eine Leerstelle lässt, gehen die Leute in dem, was sie als Nächstes sagen, manchmal mehr in die Tiefe.

»Sie ist dabei, das Testament anzufechten. Ben hat alles mir vererbt, und erst wenn ich sterbe, bekommen es die Kinder. Sie ist davon überzeugt, dass ich sie um ihr Erbe betrogen habe. Also kommunizieren wir mittlerweile nur noch über unsere Anwälte.«

»Die Trauer macht seltsame Sachen mit uns, besonders dann, wenn es um Geld geht. Vielleicht braucht sie nur Zeit.«

»Ich weiß nicht. Sie hasst mich.« Hart an den Zähnen presste sie das Wort heraus.

Es war ein merkwürdiger Satz. Nie hatte ich Fiona für jemanden gehalten, den man nicht mögen könnte, geschweige denn hassen.

»Du hast es so lange so gut gemacht und alle Stereotype auf den Kopf gestellt«, meinte ich.

Sie lachte schwach. »Irgendwann hat es mich dann doch eingeholt. Jetzt bin ich trotzdem die böse Stiefmutter.«

»Töchter können ganz schön … grausam sein«, sagte ich, wobei ich hoffte, sie würde nicht nachhaken. Sie tat es nicht. Na also, sie war wirklich liebenswürdig.

Dann kam die Frage, die ich gefürchtet hatte.

»Und was machst du, so weit weg von zu Hause, ohne Frank?«

Kapitel 2

Ohne Tasche

Die Augen sind größer gewesen als die Schultern.

Nach einer Stunde Wandern kann ich diese Fehlein-schätzung nicht mehr leugnen. Mein Rucksack müsste infolge des Wassertrinkens eigentlich leichter werden, falls da nicht irgendeine quantenphysikalische Erklärung existiert, die mir entfallen ist.

Ich puste mir auf die Brust, um die Hitze zu lindern.

Die Sandsteinklippen glühen orange im Morgenlicht und scheinen zu pulsieren. Ohne das menschliche Geschnatter ist jeder Lufthauch, jeder rollende Stein, jedes Rutschen, je-der Schrei zu hören. Die Bäume sind bärtige Wikinger, die dringend zum Friseur müssten. Wie riesige Krusten schält sich die Rinde ab und hinterlässt weißes, rohes, frisches Fleisch. Ein Baum stützt sich auf dem Ellbogen ab, am Fuß ist er ausgefressen, von Ameisen oder Beutelmäusen zer-nagt. Ich bleibe stehen und starre auf sein ausgehöhltes Inne-res. Es ist lächerlich, das Ganze als Metapher für mein eige-nes Leben zu sehen, aber so funktioniert nun mal das Hirn von Schriftstellern. Selbst wenn man mitten in einer Schreib-blockade steckt.

»Nimm nichts mit außer deiner Zahnbürste«, hatte Fiona ge-sagt.

Nur Helen hätte gewusst, wie sinnlos es war, mir eine solche Anweisung zu erteilen.

»Hier ist alles drin«, hatte sie lächelnd erklärt. »Schlafsack, Isomatte, Tasse, Teller, Besteck, Windjacke, Mütze, Handschuhe und drei Liter Wasser.«

Um Platz für meinen Kulturbeutel, ein paar Snacks und eine große Tupperdose zu machen, musste ich ein paar Gegenstände umsortieren. Ich hatte auch nicht den »Lauch« vergessen, um den Fiona mich gestern in einer kryptischen SMS gebeten hatte, und gehofft, dass es sich nicht um etwas Überlebenswichtigeres gehandelt hatte, das der Autokorrektur zum Opfer gefallen war. Der Lauch ist in einer Plastiktüte verpackt, damit er nicht muffig wird und ich einen Geruch verströme, als hätte ich seit einer Woche nicht geduscht.

Die Kleidungsstücke, die ich trage, habe ich heute Morgen erstmals aus der Reisetasche gezogen. Die Fluglinie brauchte drei Tage, um mein verlorenes Gepäck aufzuspüren. Bis dahin hatte ich mich bereits an weniger gewöhnt. Es ist ernüchternd, wie schnell man keinen Bedarf mehr an Dingen hat, die man für unverzichtbar gehalten hat.

Wie die letzte Idiotin hatte ich bis zum Schluss am Gepäckband gestanden, als es zum Stehen kam. Meine weiß-blaue Trolleytasche hatte sich nicht zwischen den Gummizähnen der Gepäckausgabe herausgeschoben.

Ich war zur unbesetzten Theke der Airline getrottet. »Hallo, ist da jemand?«

Schließlich war ein Mann, dessen Namensetikett ihn als »Brad« auswies, kauend aus der Tür mit dem Schild »Zutritt nur für Personal« gekommen.

»Ja, das passiert ständig«, meinte Brad, als ich ihm erklärte, dass meine Reisetasche fehlte. Ich musterte ihn auf Anzeichen einer Entschuldigung hin, konnte aber keinerlei entdecken.

»Füllen Sie einfach dieses Formular aus, dann versucht die Fluglinie, Ihr Gepäckstück zu finden.«

»Sie machen Witze.« Ich hatte nicht die Absicht, mich wie eine verwöhnte Göre aufzuführen. Aber meines Wissens ist es jedermann lieber, wenn das Gepäck bei der Ankunft am Zielort da ist.

Dennoch war mir bewusst, dass meine Stimme lauter wurde. Wenn Brad nur gewusst hätte, dass mein Ärger das dünne Furnier war, unter dem sich verbarg, was Frank meinen »Blutrausch« nannte.

»Im Ernst, Ma'am, ich muss Sie bitten, sich zu beruhigen.« Frank verdrehte nur noch die Augen, wenn ich explodierte. Selbst ich konnte nicht mehr voraussagen, wovon meine Wutausbrüche ausgelöst wurden.

»ICH BIN VIEL RUHIGER ALS DU!«

»Ich will mich nicht streiten, aber vorsichtshalber entferne ich schon mal alle Messer und scharfen Gegenstände aus der Küche.«

Frank gelang es immer, die Sache mit Humor abzubiegen. Bis zu dem Punkt, als es sein Humor war, der mich in Rage brachte.

Brad in seiner Jetstar-Uniform hatte nicht die leiseste Ahnung, mit wem er sich gerade anlegte.

Trotzdem, ich bin nicht völlig unzivilisiert. Mir war bewusst, dass ich mich in der Öffentlichkeit befand. Und dass Brad nur ein unterbezahlter Sachbearbeiter war, der seinen Job machte und vermutlich angepisst war, dass er am Sonntag arbeiten musste, wo er doch viel lieber zu Hause im Garten beim Grillen wäre.

»Und was soll ich jetzt machen?« Mag sein, dass es als Jammern herauskam.

Vielleicht hätte Brad sich mehr Mühe geben können, nicht ganz so gelangweilt zu wirken. Vermutlich hatte er seine eigenen Sorgen und war schließlich kein Life-Coach. Irgendwie fand ich aber, dass er doch erkennen müsste, dass ich nicht aus Jux und Tollerei nach Queensland gekommen war, während er eine Wochenendschicht abarbeiten musste. Ich war auf einer höchst geheimen privaten Mission hier. Ich war hier, um … ja was? Zu trauern? Mich neu auszurichten? Neu zu orientieren? Ich hatte mich auf den Weg gemacht, um herauszufinden, was ich mit dem Leben anfangen wollte, das ich in Sydney zurückgelassen hatte – ganz offensichtlich gemeinsam mit meinem Gepäck. Ich war eine Frau, die an einer Weggabelung ihres Lebens stand, war ihm das nicht klar? Ich befand mich auf meiner ganz persönlichen *Eat Pray Love*-Suche.

Doch ein Blick auf Brad genügte, um zu erkennen, dass er nicht zu den Leuten gehörte, die sich für so etwas interessierten. Anders als Frank zum Beispiel.

»Ich gebe Ihre Daten ins System ein. Lesen Sie sich das Blatt durch, da wird alles erklärt«, schloss er die Sache ab, nur für den Fall, dass ich den Eindruck gewonnen hätte, er habe selbst vor, irgendetwas zu erklären.

Er verschwand durch die »Zutritt-nur-für-Personal«-Tür und ließ mich allein am Tresen zurück, ohne die Tasche, in der sich alles befand, was ich so liebevoll und gewissenhaft eingepackt hatte, all meine ganz besonderen, tröstlichen Besitztümer, das, was man mitnehmen würde, wenn das Haus abbrannte – oder wenn die Möglichkeit bestand, dass man gar nicht mehr zurückkehrte.

Wer auch immer sich an meinem Gepäck vergriffen hatte, durfte sich gern an meiner allerneuesten Anschaffung erfreuen, die sich noch in der Originalverpackung befand. Ich hatte mir den Womanizer nur besorgt, weil CJ behauptet hatte, dass es *Orgasmen zu völlig neuen Höhen* führte. Wer konnte schon einem klitoralen Stimulator widerstehen, der von Frauen für Frauen entwickelt worden war? Das knallige Lila hatte meiner persönlichen Vorliebe entsprochen. Ich hatte mir ausgemalt, dass drei allein verbrachte Monate die perfekte Gelegenheit boten herauszufinden, ob es in Fragen des Orgasmus tatsächlich völlig neue Höhen zu erreichen gab.

Im Übrigen befolgte ich außerdem Alyssas Empfehlung, die mir gegenüber am Tisch gesessen hatte und meine inneren Organe auf den Kopf gestellt zeichnete, sodass sie für mich richtig herum waren. Es braucht nicht allzu viele klägliche Zwischenfälle von Harninkontinenz, um einzusehen, dass man einen Beckenbodenspezialisten aufsuchen sollte. Vaginale Atrophie in den Wechseljahren – das existiert wirklich. Regelmäßige Orgasmen wirken wie vaginale Liegestütze. Was ich eigentlich sagen will, ist, dass es durchaus auch eine zweckmäßige Anschaffung gewesen war.

Frank hatte gesehen, wie ich es eingepackt hatte. »Was ist das?«

»Eine sympathische Maschine, die speziell dafür entwickelt wurde, in acht verschiedenen Stärken an der exakt richtigen Stelle der Klitoris einen Unterdruck zu erzeugen«, las ich vor, was auf der Schachtel stand.

»Ich werde von einem Roboter ersetzt.«

»Keine Maschine kann dich ersetzen.« Ich hatte die Hand nach seinem Gesicht ausgestreckt, um seine Sorge zu beschwichtigen. »Wirst du mich vermissen?« Ich weiß nicht, warum ich ihn das fragte.

»Natürlich.«

»Wie machst du es mit dem Sex, während ich weg bin?«

»Ich warte, bis du wieder da bist, und spare mir meine ganze Geilheit auf. Eine Sache, mit der du definitiv rechnen musst, wenn du zurückkommst, ist ein ordentlicher Fick. Kein normaler oder unterdurchschnittlicher Fick. Mann, ich werde schon ganz scharf beim bloßen Gedanken an den Sex, den wir nach deiner Rückkehr haben werden.«

»Das hört sich gut an«, sagte ich und mied Franks Blick. »Aber ich bin nicht beleidigt, wenn du während meiner Abwesenheit wie irre masturbierst.«

Als ich ohne Gepäck dastand, war mein erster Impuls, Frank eine Textnachricht zu schreiben. »Die haben meine Tasche verschlampt, ist das zu fassen!« Frank würde wissen, was zu tun ist. Er würde einen juristisch klingenden Brief schreiben. Er würde um meinetwillen den Kampf aufnehmen, so wie er es in den vergangenen zweiundzwanzig Jahren getan hatte. Doch als ich nach dem Handy griff, fiel mir ein, dass ich aus eigenem Antrieb ohne Frank dastand. Ich hatte kein Recht, ihn in meine Notlage hineinzuziehen. Immerhin war er einer der Gründe, warum ich überhaupt hier war.

»Bin gut gelandet«, schrieb ich nur.

»Manchmal weiß ich wirklich nicht, was ich an dir finde.« Bevor ich darüber nachdenken konnte, wie gemein diese Worte geklungen hätten, wenn Frank sie zu mir gesagt hätte, waren sie mir schon selbst entschlüpft. Meine Fähigkeit, verletzende Dinge zu sagen, bildete sich immer mehr aus – die Art von Bemerkungen, die der Prüfung nicht standgehalten hätten, die ich den Kindern gegenüber immer ins Feld führte: Ist es die Wahrheit? Ist es nett? Ist es nötig? Für jemanden, der von sich behauptete, achtsam und dem Spirituellen zugeneigt zu sein, war es ein schreckliches neues Talent, das ich nicht mehr kontrollieren konnte.

So wie alle Katastrophen hatte es wieder ganz unschuldig begonnen.

Wir hatten am Strand unter dem Sonnenschirm gesessen, er mit seinem Radio, ich mit einem Buch.

»Was hat das Vatersein dir über dich selbst beigebracht?«

Er seufzte. »O Gott. Keine Ahnung, darüber denke ich nicht nach. Könnten wir einfach hier sitzen und den Augenblick genießen? Muss alles immer eine tiefere Bedeutung haben?«

Unter der Sonnenbrille brannten mir die Augen. Es war eine Einladung gewesen, Sprungbrett für ein Gespräch, in dem es nicht um organisatorische Fragen oder lästige Pflichten ging, sondern darum, mit der Sichtung dessen anzufangen, was wir mit Jamie gerade durchgestanden hatten. Im Schleudergang waren mir die Fragen durch den Kopf gewirbelt, wie nasse Wäsche lagerte die Unzufriedenheit in mir. Ich wollte sie herausholen, sortieren, die weißen von den bunten Stücken trennen und sie im grellen Sonnenlicht aufhängen, das mir alles offenbaren sollte. An welcher Stelle hatten wir versagt? Hatten wir überhaupt versagt? War das alles normal? Warum hatte sie uns nichts gesagt?

Aber es war ein Sonntagvormittag. Das Meer bestand aus silbern glitzernden Pailletten. Im Radio wurde ein Kricketspiel übertragen. Ort und Zeit. Ich hätte sie besser wählen können. Alle Beziehungsratgeber empfehlen das. Wenn aber doch Sex spontan geschehen sollte, warum dann nicht auch eine nachdenkliche Diskussion? Wann zwischen seiner Arbeit und den Fernsehabenden sollten wir unsere tief gehenden Gespräche führen? Es war unmöglich, unsere Intimität komplett auf das Gesprächsäquivalent des Womanizers auszulagern.

Anders als sexuelle Vergnügungen, die man Apparaturen übertragen kann, ging es hier um einen Bereich der Beziehung, an dem Frank teilhaben musste, und zwar persönlich.

Untreue, Langeweile, Unvereinbarkeiten – geschenkt. *Dies war die Interaktion, bei der meine Toleranz in Sachen Paarbeziehung auf Grund lief.* Ich musste mich fragen, ob ich in unserer Ehe zu nachsichtig war, ob ich mich darin eingerichtet hatte und dabei einen Teil meines persönlichen Horizonts aus dem Auge verloren hatte.

Und deshalb hatte ich diese verletzende Bemerkung gemacht.

Er hatte meine niedergeschlagene Miene bemerkt und einen neuen Versuch unternommen.

»Was du an mir findest, ist ein Rätsel«, hatte er gesagt und den Lautstärkeregler am Radio justiert. »Wahrscheinlich ist es mein unübertroffener Witz und Charme. Und dann ist da natürlich noch die beachtliche Größe, die ich in der penilen Abteilung vorweisen kann.«

An diesem Tag war ich immun gegen seine pfiffigen Späße. Mit einem Knall klappte ich mein Buch zu. Ich zwickte mir in den Nasenrücken. *Ruhig bleiben, ganz ruhig.*

»Meinst du, wir können jemals über das übliche Geplänkel hinauskommen? Über das hier …?« Lahm deutete ich auf den Raum zwischen uns.

Widerwillig hatte Frank einen der Kopfhörer aus dem Ohr genommen. »Ich weiß wirklich nicht, worüber du dich so aufregst.«

Ich hatte Luft geholt. Wo sollte ich anfangen? Bei Frank durfte man sich nicht zu lange mit Einleitungen aufhalten, sonst schweifte seine Aufmerksamkeit ab. »Erstens bist du emotional unterbelichtet und verklemmt.«

»So war ich schon immer, seit wir uns kennen. Daran hat sich nichts geändert.«

»Ganz genau.«

»Und selbst wenn es stimmt, was macht das schon – ich bin glücklich.«

Dieses Wort »glücklich«, das alles entschuldigte, hatte ich erwürgen wollen. Die Leute werfen damit um sich, um den lächerlichsten Anflug von Zufriedenheit zu beschreiben.

»Diese Art, glücklich zu sein, ist so oberflächlich. Football. Golf. Bier. Kricket. Sex. Netflix. Möchtest du nicht auf eine tiefer gehende, bereicherndere Art glücklich sein? Wünschst du dir nicht etwas … Seelenvolleres?«

»Urteile nicht über mein Glück. Ich bin ein bodenständiger Typ. Du weißt, dass mein seichter Charakter tief gründet.«

Frank hält sich immer an die Einzeiler. Den pointierten Witz. Mit Gelächter will er alles richten. Vierundzwanzig Jahre lang hatte es funktioniert. Aber jetzt hatte es seine Wirkung auf mich verloren.

»Daraus spricht nichts als Faulheit. Du hast einfach keine Lust auf eine Weiterentwicklung deiner Persönlichkeit.« Ich fühlte mich einsam, wenn er solche Sachen sagte.

»Das ist halt dein Ding. Ich zwinge dich doch auch nicht, Sachen zu machen, die ich mag. Wir haben einander immer die Freiheit gelassen, wir selbst zu sein. Das ist eine Stärke unserer Beziehung, keine Schwäche.«

So war es gewesen. Aber konnte er es nicht selbst sehen? Unsere Teamaufgaben waren erledigt. Die Kinder waren ins Erwachsenenleben gestolpert. Wir hatten sie bis über die Ziellinie begleitet. Nach dem Krieg lösen sich die Bataillone auf, die Soldaten kehren heim zu ihren Ehefrauen und Kindern, für immer verbunden durch das, was sie überlebt haben, auch wenn sie einander wahrscheinlich nie wieder begegnen.

»Aber jetzt in diesem Augenblick reißt es uns entzwei.«

»Na, na«, meinte er und stopfte sich den Kopfhörer zurück ins Ohr. »Es wird alles gut, du wirst schon sehen.«

Es war alles ganz schnell gegangen, einfacher, als man denken mochte.

Ein zufällig entdeckter Facebook-Eintrag. »Suche Housesitter für drei Monate.« Penny war die Freundin einer Facebook-Freundin. Auf den Fotos ihres Gartens waren Wallabys und Perlhühner zu sehen. Ich schickte Penny eine Nachricht, und innerhalb von fünfzehn Minuten hatte ich versprochen, das Gemüsebeet zu gießen und im Haus keine Schuhe zu tragen. Mittags hatte ich bereits Flugticket und Mietauto gebucht. Zu meiner Überraschung machte Frank mir Mut, als ich ihm erzählte, dass ich in zwei Tagen aufbrechen würde. *Es wird dir zumindest fürs Schreiben nützen.*

Ich verschickte eine Whatsapp an die Familiengruppe: *Jamie, Aaron, gehe für drei Monate zum Housesitting nach Queensland. Reise übermorgen ab. Meldet euch bei Dad, wenn ihr was braucht (Auto, Geld, Ratschlag). Bis dann. Alles Liebe, Mum.*

Für Archie nahm ich mir mehr Zeit. Ich kraulte ihm die Nase und drückte die kühlen, weichen Täschchen an seinen Ohren zwischen den Fingern, bis seine Augen schmal wurden und die rosa Zunge herausschlüpfte. Sein Körper pulsierte. »Du stehst auf der Watchlist für Tierterrorismus, mein Freund. Sie wissen genau Bescheid über die ganzen Ratten, Eidechsen und Vögel, die verschwinden. Lass das *Game-of-Thrones*-Spiel im Garten sein, okay?«

Ich verabschiedete mich von meinen Topfpflanzen, besonders vom Basilikum, das ich aus Samen gezogen hatte, denn wir wussten beide, dass Franks Erfolgsbilanz bei Pflanzen unterirdisch und es ein Abschied auf immer war.

Pennys Haus lag so weit abseits, dass ich sicher sein konnte, dass niemand, den ich kannte, mich dort finden oder zufällig entdecken würde. Ganze fünf Minuten stand ich vor der kirschroten Haustür und bemühte mich um einen ruhigeren Atem. Innen nahm mich die Diele in ihre buttergelben Arme, die Küche wiegte mich in ozeanblauen und waldgrünen Tönen, und das Badezimmer in der Farbe von rosa Pfingstrosen drückte mich an seine Brust. Im Wäscheschrank lagen sieben Handtücher, die in den Farben des Regenbogens aufeinandergestapelt waren. Frank hätte von all dem Kopfschmerzen bekommen. Von der Veranda hatte ich einen weiten Blick über das Tal bis zu einer Baumreihe, und dahinter glitzerte das Wasser.

In dieser Nacht schlief ich, als sei es mir wirklich ernst damit, ganz anders als der mit Verirrungen durchsiebte Halbschlaf, an den ich mich mittlerweile gewöhnt hatte, mit halb geschlossenen Lidern, auf die Heimkehr der Kinder wartend, mit zähneknirschendem Bemühen, Ruhe vor dem Bewusstsein zu haben. Von den Fliegengittern gefiltert, strömte die Luft durch die offen stehenden Türen. Ich erwachte gereinigt, ausgelüftet, so wie sich die Wäsche fühlen muss, nachdem sie den ganzen Tag auf der Wäscheleine vom Wind umspielt wurde.

In den ersten vierzehn Tagen erforderte es eine ungeheure Willensstärke, den Impuls zu unterdrücken, jeden Nachmittag bei Frank anzurufen und zu fragen, wie sein Tag gewesen war. Es war merkwürdig, ihn nicht über die Straßenbahn-arbeiten plappern zu hören, die zu Staus bis hinunter zur Alison Road führten, über den Schweißgeruch eines Mitarbeiters oder wie viele Fragen er bei *Wer wird Millionär* richtig beantwortet hatte.

Ohne diese täglichen Manifestationen unserer Verstrickung, ohne die Scherze, auf denen wir uns treiben ließen wie auf Seerosenblättern, versenkte ich mich tief in mein Selbst. Nach Wochen ohne Mattscheibe vor der Nase sprudelte die Wut aus mir heraus wie aus einer geplatzten Schlagader – Wut auf die Reality-Shows, die an meinem Leben genagt hatten; mit jeder vergebenen Rose war ein Stück weniger übrig geblieben. Es war eine Erleichterung zu erkennen, dass es mir am Arsch vorbeiging, ob Airlie, die Bachelorette, sich am Ende für Sam mit den kantigen Wangenknochen oder für Matt mit Charakter entschied.

Es dauerte zwei Wochen, bis das Konfetti meiner Gefühle und das Feuerwerk meines Nervensystems sich beruhigten. Ich begann, mich am Morgen beim Aufwachen an meine Träume zu erinnern. Ich ließ den BH weg, dann die Unterhose, und irgendwann lief ich nackt herum. Ich schlug die Beine im Sitzen nicht übereinander und zog auch nicht den Bauch ein, nicht einmal dann, wenn ich an einem Spiegel vorüberkam. Unbekleidet aß ich zu Abend. Ich schwelgte in Lavendelbädern. Ich drehte Leonard Cohen und Joni Mitchell laut auf. Ich sang ohne Scham und tanzte hässlich, weil mir niemand zusah.

Das extragroße Doppelbett nahm ich mit gespreizten Beinen in Besitz. Rücksichtslos beanspruchte ich die Bettdecke ganz für mich. Ich fragte mich, wessen Idee es gewesen war – Fridas oder Diegos –, in getrennten Häusern zu leben, die mit einer Brücke verbunden waren. Frank und ich können uns mit Mühe ein einzelnes Haus leisten, andererseits werden im Prinzip Zimmer frei, wenn die Kinder mal ausgezogen sind. Frank könnte ich die Sache nur schwer verkaufen. »Wozu ist man verheiratet?«, würde er sagen, als gäbe es in einer Partnerschaft nichts Wichtigeres als ein geteiltes Bett, in dem zwei Menschen Kompromisse machen – im Gegensatz zu einem spontanen Gespräch.

Laura Brown fiel mir ein, die, schwanger mit dem zweiten Kind, ihre dreijährige Tochter den Nachbarn überlässt und sich für den Tag ein Hotelzimmer nimmt, um Virginia Woolfs Roman *Mrs. Dalloway* zu lesen. Laura ist nur eine fiktionale Figur aus *Die Stunden* von Michael Cunningham, aber hin und wieder identifiziert man sich mit einer literarischen Figur so sehr, dass man zur Überzeugung gelangt, das Buch erkläre einem genau, an welchem Punkt im Leben man gerade steht.

An Sonntagen nahm ich den längeren, malerischeren Weg zum Bio-Bauernmarkt, um mich mit Vorräten für eine Woche einzudecken, frischem Gemüse und Obst, Käse, Brot, alles von den Bauern aus der Nachbarschaft geerntet oder von ortsansässigen Bäckern gebacken. Stolz kehrte ich danach mit meinem Korb voll Spargel, Rosmarin- und Basilikumsträußen, saftigen, fleischigen Pilzen, dicken, prächtigen Tomaten und Auberginen in ihrer prallen, violetten Schale in mein Häuschen zurück. Manchmal aß ich direkt aus dem Korb und brach mir die Ecke vom Sauerteigbrot ab, die aus dem braunen Wickelpapier herausschaute, weil ich mich nicht an die Benimmregeln halten musste, die uns das Essenteilen auferlegt. Ich unterstand keiner Vorschrift, keinem Zeitplan für Frühstück, Mittag- oder Abendessen. Ich wachte im allerersten Morgengrauen auf und kuschelte mich in die Kissen, wenn die Sonne unterging. Ich erwartete den Gesang der Vögel so wie die Soldatenfrauen Nachricht von ihren Männern. Jede Abenddämmerung und jeden sanft anbrechenden Tag feierte ich. Nach und nach zogen sie mich wie an einem feinen Faden zurück ins Nadelöhr meiner selbst.

Das iPhone benutzte ich nur für den wöchentlichen Whatsapp-Anruf über die Zeitzonen hinweg, um zu erfahren, ob der Herzschrittmacher meines Vaters richtig eingestellt war und ob meine Mutter einen Termin für die Knieoperation ausgemacht hatte. Der Herzschrittmacher war okay, der Termin noch nicht vereinbart. Meiner Mutter fiel das Stehen vor dem Herd schwer, wenn sie kochte. Für beide wurden die Treppen immer mühsamer. Es standen Vorsorgeuntersuchungen an. Natürlich wollten sie mir sofort Bescheid geben, wenn sie die Ergebnisse hätten.

Immer fragten sie: »Wie geht es Frank und den Kindern?«

Und immer antwortete ich: »Gut, es gibt nichts Neues«, was genau genommen keine Lüge war. Frank wusste, dass er mich im Notfall anrufen sollte.

Meine Eltern fragten mich nie, wo ich war, und ich erzählte es ihnen nicht. Sie hätten sich nur Sorgen gemacht.

Mitte der vierten Woche schickte Jamie eine erste Textnachricht: »Wo sind die Kuchenformen?«

Unter der Spüle.

Zum Dank bekam ich ein Emoji.

Bei Aaron dauerte es bis Woche sechs. »Tut mir leid, ich habe eine Teekanne kaputt gemacht. Sie ist aus dem Schrank gefallen, als ich mir ein Glas genommen habe.«

Ich wusste nicht, was ich darauf antworten sollte.

Darauf ließ er ein »Hoffe, du hast Spaß« folgen.

Ich schickte ihm ein Smiley.

Nach und nach kam ich mir nicht mehr ganz so verrückt vor. Der Schmerz oberhalb des linken Auges ließ nach, und mir fiel auf, dass ich schon seit Wochen keine der gefürchteten Migräneattacken mehr gehabt hatte, bei denen das Gesichtsfeld barst, als blickte ich durch eine zerbrochene Scheibe.

Während sich der Nebel verzog, dachte ich an meine Freundin Helen und daran, was ich seit ihrem Umzug in die USA verloren hatte. Ich hörte auf, so zu tun, als vermisste ich sie nicht. Niemand hatte ihre Stelle eingenommen. Ich ließ den Gedanken zu, dass womöglich niemand es jemals tun würde. Als der Kummer sich häutete, legte er all die anderen Dinge bloß, die Helens Wegzug überlagert hatte, wie wenn man etwas übermalt hat, das von der Zeit schließlich doch noch ans Licht gebracht wird.

Ich weinte und weinte und weinte.

Und in diesem ungeschützten Rohzustand fing ich an, Notizen für ein mögliches neues Buch zu machen.

Es ging um das Ende einer glücklichen Ehe.

Kapitel 3

Fionas Freundinnen

An der Spitze der Gruppe überragen Cates Nacken und Schultern alle anderen. Es grenzt schon fast an ein Wunder – eine Frau, die annähernd zwei Meter misst. Ich bin ein großer, geradezu andächtiger Fan der Natur, doch dass das Weibchen der menschlichen Gattung nicht grundsätzlich größer ist als sein männliches Gegenstück, wie bei den Tüpfelhyänen oder den Blauwalen, kann nur ein Konstruktionsfehler sein. Wobei ich dazu sagen muss, dass ich nichts gegen Zwei-Meter-Männer habe. Die Wechseljahre machen einen nicht immun gegen stattliche Schultern und lassen die Vagina auch nicht versteinern. Alles, was ich sagen will, ist, dass Mütter von Teenagertöchtern auch ohne Tabletten schlafen könnten.

Heute Morgen in Cates Küche stellte mich Fiona den anderen als »Freundin aus frühen Muttertagen« vor.

»Das hier sind meine Seelengefährtinnen.« Sie deutete auf Kiri, Cate und Yasmin, wobei ich nicht sicher war, ob Fiona vielleicht alle Frauen so bezeichnete und es ein Äquivalent für »Darling« oder »Honey« war.

Sie teilten die Ausrüstungsgegenstände (Wasserkessel, Kocher, Gaskartuschen, Schlafsäcke und Isomatten, Mückenspray) auf die Rucksäcke auf, die in Cates Küche aufgereiht waren. Tatenlos stand ich daneben und sah den vier Frauen bei den Vorbereitungen zu: Sortieren, Durchzählen, Abhaken, Kontrollieren, Durchrechnen, Nachbessern, Zusammenlegen und Heranschaffen, Organisieren, auf Wasserdichtigkeit Prüfen und Zusammenstellen.

Jeder Gegenstand hatte seinen Zweck, es gab nichts Überflüssiges. Wir nahmen genau die richtige Menge mit, nicht mehr, als wir fürs Essen und unsere Sicherheit benötigten (drei Liter Wasser pro Person, eine Plane, ein Gaskocher). Dazu kamen Dinge für den Fall, dass irgendetwas nicht nach Plan gehen sollte (Tabletten zur Wasseraufbereitung, Taschenlampen, eine Leuchtrakete, ein Notfallset bei Schlangenbissen).

Da ich ein Eindringling in diese verschworene Schwesternschaft war, konnte man nach vernünftigen Maßstäben nicht auf mich bauen. Mein Unwissen verlieh mir Immunität. So wie Menschen, die sich im Aufzug oder Flugzeug zusammenfinden, so waren auch wir für die nächsten vierundzwanzig Stunden zufällige Weggefährtinnen. Freundlich gesinnte Fremde. Sie waren Fionas Freundinnen.

Ich war diesen Frauen nichts schuldig.

Die Pazifikinsulanerin Kiri mit ihrem ausladenden Bauch und den Ausmaßen eines Bergs war ganz offensichtlich die Anführerin, die Leitkuh, die zuständig war für die Elefantenherde. Muskel- und fleischbepackt, wie sie war, sah sie aus, als könnte sie die Israeliten ohne Umwege durch die Wüste führen, sodass sie frühzeitig da wären. Die Shorts, die professionellen Bergschuhe und die wasserdichte Männerjacke wurden von dem langen, dunklen, grau durchwobenen Zopf an ihrem Rücken wettgemacht.

Sie kam auf mich zu und nahm in einer derart vertraulichen Geste meine Hände in ihre, dass ich völlig überrumpelt war. Dann beugte sie sich so weit vor, dass ihre verschwitzte

Stirn und Nase meine berührten. Das kam etwas verfrüht. Instinktiv zuckte ich zurück, doch mit einem Ruck, der keinen Widerspruch duldete, zog sie mich zu sich heran.

»Das ist unser Hongi, der Maori-Gruß. Damit teilen wir den Lebensatem. Dem darfst du dich nicht entziehen.«

Schon an diesem Punkt waren meine persönlichen Grenzen heillos verletzt. Doch es war zu spät. Sie hatte mich eingeatmet, und ich, na ja, hatte dasselbe getan. Ich hatte nicht damit gerechnet, den Schweiß eines anderen an mir zu tragen, aber es wäre unhöflich gewesen, ihn abzuwischen. Würde ich mich jemals wieder mit einer lahmen Umarmung zufriedengeben?

Yasmins dunkle Augen waren mit einem schwungvollen Lidstrich umrandet. Ihre dicken Unterschenkel steckten in engen dunkelblauen Leggings, und das grelle Blümchenkleid mit den roten Mohnblumen spannte über ihrem enormen Busen. Um den Kopf hatte sie sich ein gelbrotes Kopftuch gewickelt. In der Nasenscheidewand steckte ein kleiner Ring, und auf ihren Lippen glänzte kräftiger, pflaumenfarbener Lippenstift. Ich musste mich bemühen, sie nicht allzu direkt anzustarren. Aus der Nähe konnte ich eine Narbe unter ihrem rechten Auge erkennen, eine weiße Maserung, um die herum sich ihre Schönheit angeordnet hatte. Sie küsste mich auf die linke Wange, die rechte Wange und dann wieder auf die linke, ein Hattrick der Zuneigung. Sie überwachte das Essen, eine Rolle, die Helen und ich uns früher geteilt hatten. Ich sah zu, wie sie Behälter und in Aluminiumfolie gewickelte Päckchen hervorholte, denen herrliche Düfte entströmten.

Mit hochgekrempelten Hosenbeinen saß Cate am Küchentisch und befestigte Knieschoner an beiden Knien. Sie war hochgewachsen, verwegen und beugte sich vornüber, als wolle sie vermeiden, sich an einem unsichtbaren Türrahmen den Kopf anzustoßen. Das graue Haar hatte sie auf beiden Seiten zusammengebunden, und ihre hellblauen Augen setzten sich von der olivbraunen Haut ab. Sie hatte etwas Zähes an sich, das an Patti Smith erinnerte, die Aura einer einstigen Rockmusikerin, die in ihrem Leben ordentlich geraucht, geflucht und gevögelt hatte, aber ganz gewiss nicht damit herumprahlen würde.

Nach den beiden vorangegangenen Begrüßungen wappnete ich mich für mehr, doch sie ließ ein kehliges Lachen hören und sagte im schönsten Britisch: »Da, wo ich herkomm, Süße, kann man sich glücklich schätzen, wenn man einen feuchten Händedruck abkriegt.«

»Bitte schön«, sagte Fiona und reichte mir einen Stock.

»Brauch ich wirklich einen Wanderstab? So alt bin ich nun auch wieder nicht.«

»Du wirst froh sein, dass du ihn hast, besonders mit diesen Schuhen«, betonte Kiri.

Ich blickte auf meine Turnschuhe hinunter. Hatte ich schon alles falsch gemacht, bevor wir überhaupt aufgebrochen waren?

»Die Schuhe sind völlig in Ordnung«, meinte Fiona. »Hör nicht auf Kiri. Sie ist in dieser Sache hardcore, ziemlich eigen, wenn es um die Ausrüstung geht.« Aber das war leicht gesagt von jemandem, der Hardcore-Bergschuhe anhatte.

»Gehörst du zu den Frauen, die keine Hilfe annehmen können?«, fragte Cate und legte den Kopf schief, als wolle sie taxieren, was für eine Art Frau ich war.

»Der Wanderstock ist dein Freund«, sagte Yasmin und legte mir ihre Hand auf den Arm. Ihre langen Wimpern flatterten, und ich schwöre bei Gott, damit könnte sie jeden Menschen dazu bringen, sein einziges Kind aufzugeben.

Ich nahm den Wanderstock entgegen, und sobald ich ihn anpackte, gab es keinerlei Zweifel mehr. Er fühlte sich an wie für mich gemacht, er war bestärkend. Er meinte die Sache ernst.

Als wir in den frühen Morgenstunden an einem Feldweg den Wagen abstellten, war dort im Halbdunkel bereits ein Auto geparkt.

»Ah, gut gemacht, Liz«, hatte Fiona aufgeatmet.

»Liz?« Ich schluckte. »Ich wusste nicht, dass sie auch mitkommt.«

»Ich war mir nicht sicher, ob sie es schaffen würde«, meinte Fiona. »Wollte dir keine zu großen Hoffnungen machen.«

Mein Puls pochte. Ich wünschte mir, Fiona hätte erwähnt, dass sie Liz eingeladen hatte.

Die beiden sind schon Freundinnen seit der ersten Periode und dem ersten Schwarm. Sie liegen auf einem historischen Längengrad. Für jene, die daran teilhaben, ist die Vergangenheit ein Feld, das man gefahrlos beschreiten kann. Man kennt alle riskanten Grenzen und verborgenen Schluchten.

Fiona hatte Liz zu unserer ersten Pyjamaparty mitgebracht. Damals war sie die einzige Mutter, die beruflich erfolgreich war, Stil und eine unerschütterliche Ruhe besaß. Als sie sich von Carl scheiden und die Kinder bei ihm ließ, um in London ein millionenschweres Imperium in der Werbebranche zu leiten, war ich nicht überrascht, obwohl es mir in der Seele wehtat, mir vorzustellen, wie man so etwas den Kindern beibrachte. Ich will nicht sagen, Liz sei egoistisch. Sie wusste einfach, was sie wollte. Das weckte unvermeidlich Neid, egal was man hinter ihrem Rücken über sie flüsterte.

»Liz ist zurück aus Europa«, hatte Fiona mir erzählt, als wir auf dem Markt gesessen und an unserem Süßholztee genippt hatten. »Sie war zwölf Jahre weg. Kaum zu glauben, oder?«

Das letzte Mal, als ich Liz gegoogelt hatte, gab es auf Facebook von ihr nur eine Seite als Person des öffentlichen Lebens – jemand, mit dem man sich nicht anfreunden, sondern dem man nur folgen konnte.

»Sie musste zurückkommen, nachdem Brandon den Unfall ...«

Wenn jemand nach dem Wort »Unfall« drei Pünktchen stehen lässt, weiß man, dass man tief einatmen und sich wappnen muss. Hier wird es nicht um Preise und Trophäen gehen.

»Was ist mit Brandon passiert?« Ich spannte den Bauch an und zog den Beckenboden zusammen.

»Ach, Jo, er hatte vor fünf Monaten einen schrecklichen Skiunfall. Er hat ein Bein verloren. Man musste es oberhalb des Knies amputieren. Jetzt ist er auf Reha mit einer Prothese.«

Ich schluckte schwer. Als Mutter kann man manchmal vergessen. Es gibt Zeiten, da quälst du dich nicht mit der Sorge, ob deine Kinder vom rechten Weg abkommen, falsche Lebensentscheidungen treffen oder vom Unglück niedergestreckt werden. Und dann hörst du davon. Das Kind eines Freundes hat Leukämie. Ein Kind in der Schule begeht Selbstmord. Eine Überdosis. Meningitis. Wir haben alle nur für die Art Mutterschaft unsere Unterschrift auf der gepunkteten Linie geleistet, die besagt, dass wir uns hin und wieder an der Beziehung zu unseren erwachsenen Kindern erfreuen können. Nicht für jene, bei der man sich sein Leben lang um die Palliativversorgung kümmern muss. Nein, den Vertrag haben wir nie geschlossen. Das ist nicht unsere Unterschrift.

»Wie furchtbar«, flüsterte ich. »Genau dann, wenn man denkt, man hätte es geschafft.«

»Brandon war ein herausragender Sportler, er war Nachwuchsspieler in der Australian Football League. Ihm stand eine Wahnsinnskarriere bevor«, fuhr Fiona fort.

Ich bekam Herzklopfen, und mir wurde schwindelig. Warum machen wir das? Warum malen wir uns dauernd aus, uns würden die Katastrophen anderer Leute treffen? Sofort hatte ich Aaron an Brandons Stelle vor Augen. Zum einen würde ihn die Armee nicht nehmen. Er müsste sich neue Ziele stecken und sich mit einem Job als Augenoptiker oder Physiotherapeut zufriedengeben, wo es genügte, sich mit einem Paar Gummihandschuhe und einem Mundschutz vor Gefahren zu schützen. Ich war froh, dass Fiona meine Gedanken nicht lesen konnte. Es gibt tatsächlich Momente, in denen einen der eigene Wahnsinn erschreckt.

»Brandons ganzes Leben ist auf den Kopf gestellt. Das von Liz auch – sie musste zurückkommen, weil er nicht allein zurechtkommt, zumindest noch nicht. Vor ihm liegt eine so schwere Zeit.«

Mein Korb war mir aus der Hand gerutscht und mit einem kleinen Rums auf dem Boden gelandet wie ein Hammer auf dem Amboss. Eine Erinnerung an Liz kam hoch, von jener so lange zurückliegenden Pyjamaparty, als sie an ihrem teuren Rotwein genippt und gespottet hatte: »An Kontrolle zu glauben, ist eine Illusion.«

»Man braucht so viel Gnade, so viel Glück in diesem Leben … Es könnte uns allen passieren, jedem unserer Kinder«, sagte ich flüsternd zu Fiona. Ich hatte die Augen geschlossen und versuchte mir auszumalen, wie es für Liz sein mochte, ihren erwachsenen Sohn zu pflegen, während bei so manch anderer von uns die Kinder kurz davor waren, das Nest zu verlassen. Aber mein Hirn, der fest verdrahtete Mutterinstinkt, zog mich vom Abgrund zurück.

In der Morgendämmerung stieg Liz in offensichtlich brandneuer Wanderkleidung aus einem Mietwagen. Sie zeigte nur halbherzige Anzeichen der Zuneigung und ertrug Fionas Umarmung, während sie einander für uns andere unhörbare Bemerkungen ins Haar flüsterten. Helen und ich waren uns immer überschwänglich um den Hals gefallen, hatten die Brüste aneinandergedrückt und einander auf den Rücken geklopft. Aber warum machte ich einen Umarmungswettbewerb daraus?

Als Liz' Blick endlich an mir hängen blieb, klappte ihr ehrlich überrascht die Kinnlade herunter. Ich war mir unsicher, ob ich eine Umarmung initiieren sollte. Bestimmt empfände sie die Vorstellung als beschämend, dass Fiona und ich über sie geredet hatten. Andererseits hatten sie und Fiona ja vielleicht auch über mich geredet, und wer weiß, was Fiona über unsere zufällige Begegnung auf dem Markt erzählt hatte. *Sie hat Frank verlassen. Sie ist dabei, Frank zu verlassen. Sie denkt darüber nach, Frank zu verlassen. Sie ist schrecklich gealtert. Sie ist total durchgeknallt.*

Ich entschied mich für die Umarmung. Liz war immer noch genauso dünn wie vor anderthalb Jahrzehnten und passte vermutlich immer noch in dieselbe Chiffonbluse und den Bleistiftrock, die sie damals getragen hatte. Doch das, was in unseren Vierzigern als schlank und rank gegolten hatte, war zu glanzloser Hagerkeit versteinert. Die Haut unter ihren Augen war faltig und hatte die Farbe eines zwei Tage alten Blutergusses, sie zeugte von brutaler Schlaflosigkeit. Das Haar war vollkommen ergraut, doch in meinen Augen war Liz auf gewinnende Weise älter geworden. Wenn sie früher einschüchternd gewesen war, so hatten ihr die Jahre die Härte genommen. Der Glamour war fort, doch eine tapfere Eleganz hatte sich gehalten, die den eigentlichen Kern bloßlegte, so wie dann, wenn etwas bis an die Grenzen ausgereizt wird und das Wahrhaftige zum Vorschein kommt.

»Fiona hat mir gar nicht erzählt, dass du mitkommst«, sagte sie und trat einen Schritt zurück, um mich zu mustern.

Ich zuckte die Schultern. Damit waren wir schon zwei.

»Ich habe mir gedacht, das gibt eine nette Überraschung«, erklärte Fiona. »Ein Wiedersehen in kleiner Runde.«

»Du siehst wirklich gut aus, Jo.« Bei Liz konnte man sich auf Klartext verlassen.

Elf Wochen allein auf dem Land, hatte ich sagen wollen, dankbar, dass es zu sehen war.

»Danke … Es ist großartig, dich wiederzusehen.« Ich hielt inne. »Es tut mir so leid …«

Sie hatte die Hände wie ein Stoppschild hochgehalten. »… schon okay. Es geht uns gut. Wir brauchen nicht darüber zu reden.«

Und mir nichts, dir nichts hatte sie mich zum Schweigen gebracht und mich mit einem Fingerschnippen vom Haken gelassen.

Fiona hatte uns alle in einem Kreis versammelt, während die Rucksäcke neben unseren Füßen warteten. An der Tasche von Liz hing noch das Preisschild von North Face. Ich tat so, als sähe ich nicht, wie teuer allein schon der Rucksack gewesen war.

»Danke, dass ihr alle gekommen seid.« Fiona lächelte.

»Spar dir den Dank bis morgen auf, wenn wir heil zurück-gekommen sind«, warf Liz ein.

»Wetten, dass du ein Lächeln im Gesicht haben wirst – Yasmin kocht für uns«, meinte Kiri.

»Es ist was ganz Einfaches«, warnte Yasmin. »Nicht das übliche Festessen.«

»Ich bin ganz bestimmt nicht wegen des Essens hergekommen«, verkündete Liz. Und da offenbarte sich die Wunde des Zynismus, die sich krustig verschorft hatte und die Tragödien nur andeutete, die sie durchlitten hatte. Mir blieb nur die Hoffnung, dass sie noch fähig zur Freude war, dass es irgendwo in ihrem Innern einen Vorrat an spontaner Begeisterung gab.

Yasmin, Kiri und Cate hakten sich unter. Yasmin schlang ihren Arm um meinen, also streckte ich den anderen nach Liz aus. Doch sie wollte nicht in diesen Zirkel hineingezogen werden.

»Ich bin so dankbar, dass ich mit den Frauen, die ich liebe, auf eine Wanderung in edlem Schweigen gehen kann.«

Die Bemerkung war mir peinlich, weil das Wort »lieben« in meinem Fall ein bisschen weit ging.

»Um die mit spirituellen Dingen weniger Vertrauten unter uns aufzuklären: Was genau bedeutet ›edles Schweigen‹?«, fragte Liz.

»Es ist der bewusste Zustand der Ruhe, in dem wir vollkommen im Augenblick bleiben«, erklärte Fiona. »Es entbindet uns von der Notwendigkeit, uns zu unterhalten. Gibt uns den Raum und die Möglichkeit, mit uns selbst in Verbindung zu treten, uns über das Ego zu erheben und uns eins zu fühlen mit der Erde und dem Geist.«

Liz' Augen wurden schmal. »Schließt das aus, dass ich mir einen Podcast anhöre?«

Für einen Moment trat ein unbehagliches Schweigen ein. Kurze Blicke wurden gewechselt.

»Ich benutze Kopfhörer. Es wird niemanden stören.«

»Ja, klar … So wie es für dich am besten ist.« Fionas Stimme stockte.

Hier zeigte sich die wahre Liebe. Ich bin mir ziemlich sicher, dass elektronische Geräte nicht Teil des Abkommens über das edle Schweigen waren.

»Ich lass es bleiben, wenn es irgendwie gegen die Regeln verstößt.«

»Okay, danke.« Fiona lächelte erleichtert, auch wenn Liz nicht gerade erfreut wirkte.

Cate machte eine Geste, die aussah, als halte sie einen Penis in der Hand, aber sicher interpretierte ich da etwas falsch.

»Ach, danke, dass du mich daran erinnerst, Catey. Ich habe ein kleines Geschenk für euch«, sagte Fiona lächelnd.

Aus dem Kofferraum holte sie eine Papiertüte und reichte jedem eine Plastikröhre.

Als ich den Deckel abmachte, rutschte ein labbriger lila Gegenstand heraus.

»Das ist ein Trichter zum Urinieren. Damit ist kein Hinknien mehr nötig für diejenigen mit Knie- oder Rückenproblemen. Ihr könnt ihn ausspülen und immer wieder verwenden.«

»Großartig«, kicherte Yasmin.

»Nie mehr Spritzer auf Socken und Unterhosen?«, fragte Kiri.

»So was brauche ich nicht«, meinte Liz und begutachtete ihren Trichter.

»Nimm's einfach mit, nur für alle Fälle«, schlug Fiona vor.

»Ich werde es mir verkneifen, bis wir zurück sind«, konstatierte Liz.

»… sagte die vermeintliche Herrscherin über ihre Blase«, gluckste Kiri. »Irgendwie muss es raus.«

Ich hoffte, dass Fiona alle instruiert hatte, nett zu Liz zu sein, weil sie ohnehin schon durch die Hölle ging.

»Hat irgendwer seine Tage?«, fragte Fiona.

Alle schnaubten. *Scheiße, nein. Zum Glück ist das vorbei. Endlich, war auch Zeit.* Die allgemeine Erleichterung war geradezu spürbar.

Obwohl ich seit acht Monaten keine Periode mehr hatte, trage ich immer noch Tampons und Binden in meinem menopausalen Notfallset mit mir herum, nur für den Fall, dass sie sich plötzlich entscheidet, wie ein heißhungriger Teenager aus heiterem Himmel zum Abendessen nach Hause zu kommen. Nicht dass dies als Einladung missverstanden werden sollte, beileibe nicht. Anders als die Dichterin Lucille Clifton, die das Gedicht *An meine letzte Periode* geschrieben hat, trauere ich nicht um ihr Verschwinden. Manche Dinge sollten ein für alle Mal vorbei sein. Diese Ungerechtigkeit, dass Frauen die Menopause abwarten müssen, bis sie wirklich frei sind in der eigenen Haut, bleibt mir ein Rätsel. Vierzig Jahre lang musste ich meine weiblichen Organe mit Einlagen oder anderen Hilfsmitteln managen, um Körperflüssigkeiten aufzufangen. Es dauert lange, bis man in einem Körper steckt, der weder nässt und leckt noch einem jederzeit einen Strich durch die Rechnung machen kann. Ein Körper, der Streit sucht, um Beistand ruft, Aufmerksamkeit will. Ein hilfsbedürftiger Körper.

»Was ist mit der anderen Sache?«, fragte ich, auch wenn ich wie Liz darauf vertraute, dass mich eine Verstopfung durch die nächsten vierundzwanzig Stunden bringen würde.

Fiona hielt einen Spaten, Klopapier und eine Flasche Desinfektionsgel in die Höhe.

»Nichts geht übers Kacken im Busch«, erklärte Kiri, und es klang wie ein Punkt von der Löffelliste, auch wenn ich mir das kaum vorstellen kann.

Alles war unter Kontrolle in dieser Gemeinschaft aus fremden, starken Frauen. Fiona kannte den Weg, Kiri war zuständig für die Logistik, Yasmin hatte sich ums Essen gekümmert. Cate, Liz und ich durften einfach blind hinterhertrotten.

Nichts hing von mir ab. Ich war vollkommen frei.

»Ihr habt euch alle bereit erklärt mitzukommen, ohne so genau zu wissen, wohin wir gehen. Danke für euer Vertrauen.« Fiona lächelte, während wir die Schnallen an unseren voluminösen Rucksäcken justierten. Cate war die Einzige, die einen kleinen Tagesrucksack hatte, was mir, ehrlich gesagt, für eine große Frau wie sie ein bisschen ungerecht erschien.

»Wo genau gehen wir also hin?«, fragte Liz und befestigte ihre Sonnenbrille an einem Band um den Hals.

»Wenn alles nach Plan geht, dann wandern wir zu der Bucht, zu der mein Dad und ich einmal gegangen sind – es war die einzige Tour in den Busch, die wir jemals zusammen gemacht haben.«

»Dein Dad?« Liz wirkte überrascht.

»Vor seinem Zusammenbruch.«

»Was für ein Zusammenbruch?«, fragte Kiri.

»Er war Vietnamveteran und …«

Kiri nickte. »Brauchst nicht weiterzureden.«

»Er hatte zu meinem siebten Geburtstag diese Wanderung geplant – jahrelang schon hatte er mir den australischen Busch zeigen wollen. Vermutlich haben wir eine falsche Abzweigung genommen, oder aber er hatte es so vorgesehen, jedenfalls standen wir plötzlich oberhalb einer Bucht, und auf dem Sand war nicht eine menschliche Fußspur zu sehen. Es war wie eine Traumlandschaft. Idyllisch, geborgen, wild. Wir kletterten hinunter, obwohl es gar keinen richtigen Weg gab. Und dann schwammen wir in dem kristallklaren Wasser, machten Feuer am Strand und klaubten die Austern direkt von den Klippen. Wir wollten beide nicht mehr von dort weg. Wir blieben über Nacht und den ganzen darauffolgenden Tag.«

»Was für eine kostbare Erinnerung«, sagte Yasmin.

»Das Problem war, dass er versprochen hatte, dass wir am Abend wieder zu Hause wären. Als wir am Spätnachmittag des nächsten Tages heimkamen, waren Polizei und Ranger schon seit vierundzwanzig Stunden auf der Suche nach uns. Meine Mutter hatte Höllenqualen ausgestanden.«

»Wenn man nicht zur ausgemachten Zeit nach Hause kommt, müssen sich die anderen ja das Schlimmste ausmalen«, meinte Kiri. »Regel Nummer eins: In Kontakt bleiben.«

»Sie hat ihm nie verziehen. Und er ist nie wieder mit mir zum Wandern gegangen. Er hat wieder angefangen zu trinken …« Fiona verstummte. »Heute ist es auf den Tag genau fünfzig Jahre her, und wir werden wieder zu dieser Bucht wandern. Ich will den Weg von damals nachvollziehen und den Ort wiederfinden, an dem ich mich das allererste Mal als Teil der Schöpfung fühlte.«

»Jetzt habe ich richtig Gänsehaut«, sagte Kiri. »Ganz ehrlich, fühl mal.« Sie nahm meine Hand und legte sie auf ihren Arm, auf dem ich tatsächlich Gänsehaut spüren konnte. Ganz offensichtlich hatte Kiri die Neigung, die Symptome ihres Stoffwechsels mit anderen zu teilen.

»Das ist eine wichtige Pilgerreise«, sagte Yasmin lächelnd.

»Das stimmt. Wobei sich in den vergangenen fünfzig Jahren viel verändert hat. Ich habe mich kundig gemacht, auf den ersten ein, zwei Kilometern müssen wir Privatgrund durchqueren. Aber es gibt keinen anderen Weg dorthin.« Sie wirkte verlegen. »Danach kommt man ziemlich einfach bis zur Klippe. Der schwierigste Part ist der Weg hinunter, da müssen wir es langsam angehen. Das Beste ist, dass es dort eine Höhle gibt, in der wir schlafen können …«

»Augenblick mal«, sagte Liz und machte mit den Händen eine Auszeit-Geste.

»Eine Höhle?«, schaltete ich mich ein. Bislang war nie die Rede von einer Höhle gewesen.

»Keine Sorge. Auf diesen Matten wird es ganz bequem sein.«

»Leicht gesagt, wenn man eh immer auf dem Boden schläft«, meinte Liz.

Fiona schläft auf dem Boden? Freiwillig?

»Erstens können wir nicht einfach über Privatgrund marschieren, das ist Hausfriedensbruch« fuhr Liz fort. »Und zweitens: Was ist, wenn irgendwas schiefgeht? Wenn sich jemand den Knöchel verstaucht, von einer Schlange gebissen wird, wir in ein Buschfeuer geraten? Wer zahlt die Strafe, falls man uns unbefugt auf Privatgrund erwischt? Wir können doch nicht einfach die Gesetze ignorieren.«

»Uns passiert nichts. Wir werden auf dem ganzen Weg behütet und geleitet sein«, erwiderte Fiona fröhlich.

»Wirklich? Hast du deine Kristalle befragt? Dein Horoskop? Wurde dir das beim Tarot prophezeit?« Liz' Tonfall erinnerte daran, dass sie ein riesiges Werbeunternehmen leitete. Mannomann, ich wäre wirklich ungern diejenige, die ihr versehentlich einen Milchkaffee bringt, wenn sie einen Latte macchiato bestellt hat.

Fiona wirkte etwas angespannt, aber entschlossen. »Kiri ist

Krankenpflegerin und eine erfahrene Wanderin. Cate ist Biologin. Yasmin kennt sich hervorragend mit Kräutern aus. Ich habe mich mit Geomantik beschäftigt, was dir vielleicht ein bisschen esoterisch vorkommt, aber ich vertraue auf die Weisheit darin. Außerdem haben wir eine medizinische Notfallversorgung dabei.«

»Aber wir werden auf Wegen unterwegs sein, die nicht gekennzeichnet sind?« Liz ließ nicht locker. »Eine unbekannte Bucht? Eine Höhle? Wir sind doch keine Neandertaler.«

Bevor Fiona Gelegenheit hatte zu antworten, trat Cate wie der Rausschmeißer eines Klubs nach vorn und postierte sich zwischen Liz und Fiona. »Landbesitz ist doch bloß ein Märchen der Kolonialisten. Den beschissenen Briten ging es doch am Arsch vorbei, wer oder was vor ihnen da gewesen war, als sie mit ihren raffgierigen Pfoten bei der Landverteilung in die Keksdose gegrapscht und sich Grund geschnappt haben, der ihnen nicht gehörte. Ganz zu schweigen von den Plünderungen und Vergewaltigungen, die sie nebenher erledigt haben. Wir nehmen niemandem was weg, wir machen nichts als einen Spaziergang, friedlich und harmonisch bis zum Abwinken, und hinterlassen allenfalls ein paar Fußspuren auf dem Land, das diese verfickten marodierenden Ärsche gestohlen haben.«

Ihre derbe Schimpftirade überrumpelte mich wie ein übermütiger Kuss. Ich konnte mir das Kichern nicht verkneifen. *Soll einer mal versuchen, uns aufzuhalten. Probiert es nur! Ihr verfickten marodierenden Ärsche.*

»Wow, das ist mal eine Ansage, Mädchen«, meinte Kiri.

»Liz, du hast doch Kinder, oder?«, fragte Yasmin.

»Was hat das damit zu tun …?«

»Wir haben Kinder zur Welt gebracht. Das Übernachten in

einer Höhle ist nichts dagegen.« Yasmin lächelte. »Außerdem können wir auch einfach unter dem Sternenhimmel am Strand schlafen.«

»Du kannst gern meine Isomatte und meinen Schlafsack haben«, bot Fiona ihr an.

»Ich habe selbst einen funkelnagelneuen Schlafsack und eine Matte. Darum geht es nicht …« Liz atmete schwer aus. Sie wandte sich von uns ab, entfernte sich ein paar Schritte, stützte die Hände in die Hüfte und ließ den Blick über die Hügellandschaft schweifen. Beim Atmen hoben und senkten sich ihre Schultern.

Kiri, Yasmin und Cate versammelten sich um Fiona, während wir abwarteten, wie Liz sich entscheiden würde. Cate legte Fiona eine Hand auf die Schulter.

Das hatte nichts mit mir zu tun, ich war bloß eine unbeteiligte Beobachterin. Dennoch ertappte ich mich dabei, dass ich zu Liz hinüberging.

»Falls es dich tröstet: Ich habe auch die Hosen voll. Eine geheime Bucht. Höhlen und so.«

Liz ließ nicht erkennen, ob sie mich gehört hatte.

»Du bist wirklich eine gute Freundin, dass du den weiten Weg hierher auf dich genommen hast«, sagte ich. »Und dir die ganze Ausrüstung angeschafft hast.«

Man konnte ihre Erschöpfung geradezu riechen. Sie war völlig vom Stress gebeutelt, und es war klar, dass das hier das Allerletzte war, was sie jetzt brauchte. Mir ging das Herz auf.

»Ha, das nennst du eine gute Freundin? Jammern und nörgeln und das Spiel verderben, bevor es überhaupt losgeht? Ich benehme mich wie eine pubertierende Teenagerin.« Ihre Stimme klang gepresst.

»Du bist gekommen.«

»Unter Vorspiegelung falscher Tatsachen. Eine Witwe zu sein, gibt ihr nicht das Recht zu manipulieren«, flüsterte Liz schroff, als sie sich mir zuwandte. »Aber so ist Fiona … *sich eins fühlen mit dem Geist* … also wirklich.«

Das hier war Insiderwissen, die Fehler eines geliebten Menschen, die man für sich behielt. Es war nicht für meine Ohren bestimmt. Später würde sie diese unbesonnene Bemerkung bereuen. Liz sollte wissen, dass ich diesen Fehltritt vergessen würde, dass auch ich sehr wohl fähig war, verletzende Dinge zu sagen.

»Vielleicht will sie auf diese Weise etwas Verlorenes zurückerobern, nun, da sie ohne Ben dasteht und Gabe so weit weg ist. Es muss hart sein, zum ersten Mal ganz allein zu sein.«

Liz ließ das Kinn sinken. Unsere Blicke trafen sich. Ich bemerkte, wie sie auf ein anderes Programm umschaltete. Es folgte ein lang gezogenes, längst fälliges seufzendes Ausatmen. »Ich habe das von CJ gehört.«

Mein Herz klappte zusammen wie eine billige Strandliege.

Daran erinnert zu werden, war so, als würde ich die Nachricht gerade erst bekommen. Ich verzog das Gesicht.

»Ich hätte es dir noch erzählt … in einem passenden Moment.« Ich zuckte die Achseln. Es war eine Erleichterung, dass Fiona mir zuvorgekommen war.

»Ein ganz schön dramatischer Abgang.« Liz seufzte.

»Es ging ganz schnell, sie musste nicht leiden.«

Wieder und wieder drehte Liz einen auffälligen Ring mit einem großen Saphir um den Mittelfinger. Ihre Nägel waren perfekt maniküert und dunkelrot lackiert.

»Dir ist schon klar, dass wir heute Nacht nicht schlafen werden. Nicht in einer Höhle. Nicht an einem Strand. Selbst wenn wir diese verdammte Bucht finden.«

»Es ist noch keiner an einer schlaflosen Nacht gestorben.« Und dann: »Ich habe eine Notreserve Tranquilizer dabei. Und Whisky«, flüsterte ich. »Japanischen.«

Liz bedachte mich mit einem taxierenden Blick, den ich nicht ganz deuten konnte. »Na also, das sind die Art Geister, die mich interessieren.«

»Gut, nachdem das nun geklärt ist, lasst uns aufbrechen«, sagte Kiri. Sie scheuchte uns in einem Kreis zusammen. »Fiona, möchtest du uns ins Schweigen führen?«

Fiona ließ den Blick über unsere Gesichter wandern. Sie legte die Hände auf die Brust, schloss die Augen und fing an, ein- und auszuatmen. Ich schloss die Augen.

»Wir haben uns heute hier auf dem Land der Nalbo und Dallambara vom Volk der Gubbi Gubbi versammelt, denen das Land ursprünglich gehört. Wir zollen den Geistern, Ahnen und Stammesältesten unseren Respekt. Wir bitten um Erlaubnis, das Land zu betreten, um eine sichere Reise und eine wohlbehaltene Rückkehr. Auf unserer Wanderung wollen wir das Land ehren und schützen.«

»O Gott, das ist alles so ernst«, murmelte Liz so leise, dass nur ich es hören konnte. »Lasst uns doch einfach anfangen.«

Aber Kiri war noch nicht am Ende. »Dort, wo ich herkomme, aus dem Land der langen weißen Wolke, gibt es eine Redensart: ›He kotuku rerenga tahi.‹, Ein weißer Reiher fliegt nur einmal. Wir sagen das, wenn etwas Besonderes passiert, etwas, das es kein zweites Mal geben wird. Wir alle wurden hierhergerufen, von ganz unterschiedlichen Orten, um eine Aufgabe zu erfüllen.« Mit erhobenem Zeigefinger bat sie um Aufmerksamkeit. »In unserer Trauer gemeinsam zu wandern.«

»Niemand hat etwas von Trauer gesagt«, meinte Liz.

Unbeirrt fuhr Kiri fort.

»In diesem Sommer haben wir eine Hitze erlebt wie nie zuvor. Das Land hat gebrannt. Wir werden auf Erde gehen, die ihre Bäume und Kreaturen opfern musste wie eine Mutter, die ihre Kinder verloren hat. Alle Spuren derer, die vor uns waren, wurden vom Feuer ausgelöscht. Und für den kommenden Sommer ist dasselbe oder Schlimmeres vorausgesagt. Uns ist es auferlegt, die vergangenen und die zukünftigen Tragödien zu bezeugen, auch wenn uns das nicht klar war. Aus diesem Grund sind wir hier. Ihr könnt es Shiwa nennen, wie die Juden es tun, oder Shraddha wie die Hindus, oder Sorry Business wie die Aborigines – es ist immer dasselbe. Wir wurden zum Trauern einbestellt, selbst um jene, die noch nicht gestorben sind.«

Kiri schien sich gut mit Trauerritualen auszukennen. *Einbestellt*. Ich spürte das Gewicht.

Mit der Raffinesse einer Frau, die weiß, wie und wo sie einen Kampf aufnehmen kann, schürzte Liz die Lippen. »Dann hoffen wir mal, dass das hier nicht ausgeht wie bei *Picknick am Valentinstag*.«

Kapitel 4

Etwas Ubuntu

Zu unseren Füßen knacken und knallen Blätter und Zweige wie Luftpolsterfolie. Wir marschieren durch das geriffelte Sonnenlicht, das die Baumschablonen auf den Weg zeichnen. An den verknäulten Wurzelskulpturen bleibe ich stehen, den Flechsen, die von jedem Baum ausgehen. Es ist Sentimentalität, wenn man in diesen Mustern Sehnsucht erkennen will. In der Stille fühlt man sich klein, störend – ein Besucher. Uns wird die Passage gewährt, wir achten auf unsere Schritte und beugen uns den verborgenen Hierarchien der lebendigen Erde.

Würde hier ein Baum umstürzen, dann gäbe es ein Getöse, egal ob wir da sind oder nicht. Wildtiere haben ein weitaus feineres Gehör als Menschen, warum also sollten sie nicht gelten? Ich vermute, dieses Koan hat seinen Ursprung darin, dass wir immer auf der Suche nach Alibis sind. Wenn ein Leben in sich zusammenfällt und keiner etwas davon mitbekommt, ist es dann tatsächlich geschehen?

Hier hinten ist es friedlich, eine wenig bekannte Tatsache, die Ärsche und Schwänze für sich behalten. Außerdem muss es immer jemanden geben, der die Nachhut bildet. Spinnweben, Dornengestrüpp und herunterhängende Äste sind, lange bevor ich komme, aus dem Weg geräumt. Mir geht es nicht darum, eine Cheryl Strayed zu sein, anders als die vielen Frauen in meinem Alter, die, bevor sie sterben, unbedingt noch den Jakobsweg oder den Pacific Crest Trail gehen wollen.

Ich kenne meine Stärken, und den Weg durch die Wildnis zu weisen, zählt nicht dazu.

Vor mir ist Liz. In meinem Hinterkopf lauert etwas und verfolgt sie. Ich suche nach einer Gelegenheit zu würdigen, was sie durchgemacht hat. Doch sie will keine Zeuginnen. *Zieh Leine, hier gibt es nichts zu sehen.* Sie hätte es kaum deutlicher zum Ausdruck bringen können. Wir sind nicht hier, um Kriegsabenteuer auszutauschen oder Versäumtes nachzuholen.

Das Schweigen ist ein Schutzschild. Es besteht kein Zwang, Interesse daran zu heucheln, was aus den Kindern angesichts unserer unterschiedlichen mütterlichen Strategien geworden ist. Jetzt ist es offenkundig. Und ich möchte, dass sie es weiß – dass sie recht hatte. Mittlerweile ist es mir peinlich, wie viel Zeit und Energie ich auf meine Kinder verwendet und verschwendet habe. Ich hätte dreisprachig werden (hätte mein Repertoire um Italienisch und Französisch erweitern können), hätte Flamencogitarre spielen lernen oder die literarische Version von *Fifty Shades of Grey* schreiben können, wenn ich diese zehntausend Stunden cleverer eingesetzt hätte.

Ich verlangsame meinen Schritt, sodass sich der Abstand zwischen Liz und mir vergrößert, vor mir eine Reihe auf und ab wippender grauer Haarschöpfe, wie Pferdeschweife hüpfender Zöpfe, zweckmäßiger Hüte, bunter Turbane und Rucksäcke. Wir sind ein Trupp von Matriarchinnen, zu zwei Dritteln Fremde, auch wenn das Stirn-Reiben mit Kiri und der dreifache Wangenkuss von Yasmin das Verhältnis zueinander verändert haben mögen. Auf meiner Stirn spüre ich immer noch eine leichte Wärme von unserem morgendlichen Hongi.

Sehnsüchtig recken sich die Bäume zum Himmel, und unvermittelt ahme ich sie nach, ich strecke die Ranken meiner

Sehnen aus, schwinge die Arme, blicke hinauf. Das Leben engt uns ein. Wir stutzen uns zurecht, machen uns klein, schrumpfen, verdorren. Um uns herum höre ich Geschnatter. Es ist die Sprache der Natur, angefangen bei den aufgeschreckten Wallabys, die ins Gebüsch huschen, bis hin zu den kleineren, rattenartigen Nasenbeutlern, zum Rauschen der Blätter, dem Flattern der Ritterfalter und dem »tschu-tschu« der Schwarzkopf-Wippflöter.

Mein Gehör hat sich gewandelt. Elf Wochen ohne das ständige Ping der Facebook-Mitteilungen, ohne das Vibrieren bei Textnachrichten und den Klingelton meines iPhones haben das Hören verändert. In Pennys Haus habe ich mich auf das Grillenzirpen bei Sonnenuntergang eingestimmt, das Summen in der nachmittäglichen Luft. Huschende Insekten zeigen mir die Uhrzeit an, und der Kookaburra lässt seinen meckernden Ruf hören. Anfangs täuschte mich der Leierschwanz, dieser gelehrige Imitator. Ich lauschte auf seinen Ruf, erwartete seine Nachahmung von Feuerwehrsirenen, Kettensägen, Kameraverschlüssen und Handyklingeltönen. Wie wohl sein eigener unverdorbener Gesang klang, fragte ich mich, und warum er sein Leben damit zubrachte, andere Geräusche zu imitieren.

»Wann immer du dich einsam fühlst, ruf mich an«, hatte Frank vor meiner Abreise gesagt. Die Menschen, denen man etwas bedeutet, reichen einem Rettungswesten, prüfen die Airbags und installieren Sicherheitsnetze. Das »wann immer« seiner Nettigkeit machte mir zu schaffen. Er traute mir kein »falls« zu.

Mir war noch nicht klar, in welche Richtung mich das Alleinsein katapultieren würde, in eingekapselten Schrecken oder ungehinderte Weite. Es gab nur eine Möglichkeit, das herauszufinden. Ein Dasein als Eremitin oder in Weltabgeschiedenheit war nie mein Lebensziel gewesen. Wie alle anderen, die sich von den Wegweisern der Zivilisation leiten lassen, hatte man mir eingetrichtert, dass das Gründen einer Familie das naturgegebene Projekt meines Erwachsenenlebens sei. War das nicht normal?

Ameisen, Bienen, Pinguine, Büffel und Flamingos mögen die Lieblinge im Tierreich sein, weil sie in ihren selbstgefälligen kleinen Herden und Kolonien so wunderbar teilen und kollaborieren. Doch es gibt Einzelgänger, die nur zur Paarungszeit Gesellschaft suchen und darüber hinaus der Welt allein gegenüberstehen. Zugegeben, manchmal zerfetzen sie ihren Angehörigen die Kehle, wenn sie gezwungen sind zusammenzubleiben, ganz zu schweigen von ungeheuerlichen inzestuösen Aktivitäten. Man denke an die Schneeleopardin. Sobald sie sich davon überzeugt hat, dass ihr Junges jagen und überleben kann, macht sie sich ohne einen Blick zurück davon. Gut möglich, dass sie einander nie wieder über den Weg laufen. Auch das ist natürlich.

»Ich glaube ja nicht, dass du jemand bist, der es lange allein aushält.« Frank hatte meinen Entschluss damit nicht untergraben wollen.

Aber er hatte sich getäuscht. Ich kenne seinen Blick, ich weiß, wie er mich sieht. Ich habe versucht, es ihm zu sagen, aber er wird von derselben Loyalität geblendet, die wir einer Hose gegenüber an den Tag legen, die uns seit fünf Jahren nicht mehr passt. Irgendwann, wie Marie Kondo sagt, kommt der Zeitpunkt, sich bei ihr zu bedanken und sie loszulassen.

Viele Jahre habe ich damit zugebracht, mir abzugewöhnen, jemand zu sein.

Je niemander, desto besser.

Mit einem Eyeliner hatte ich meine Augenbrauen zusammenwachsen lassen, ich hatte mein Haar zu einem Dutt gebunden und einen Blumenkranz hineingeflochten. Franks Weigerung, sich zu verkleiden, ähnelte der sturen Absage, die ich mir allenfalls speziellen sexuellen Experimenten gegenüber vorbehalte, obwohl es sich um den sechzigsten Geburtstag seiner Kollegin Bettina handelte und die Einladung vorgab: »Verkleidet Euch als Euer Alter Ego.« Franks Entschuldigung war, dass er die Anweisung nicht verstand.

»Als was bist du verkleidet?«, fragte Bettina in ihrem schwarzledernen Schnürkorsett und den Domina-Stilettos, als sie die Luft neben seinen Wangen küsste.

»Meine Frau hat sich für uns beide verkleidet«, erwiderte er und deutete auf meine außerordentlich gelungene Verkörperung von Frida Kahlo. Frank ging weg, um uns etwas zu trinken zu holen, während ich mich darüber ärgerte, dass meine Mühe mit dem Eyeliner ihn von allen Anstrengungen zu entbinden schien.

Ich wanderte durch den Raum, schenkte mir Sekt nach und bekam nichts zu hören als die nächste Runde von: »Und, was machst du so?« und »Wie geht es den Kindern?«.

»Was ist in dich gefahren?«, hatte Frank verblüfft gefragt, als ich mir nach einer Stunde an die Nasenspitze tippte, was in unserer gemeinsamen Zeichensprache bedeutete: *Ich möchte gehen.* »Wir können noch nicht gehen. Das ist unhöflich.«

»Tut mir leid, ich halte es einfach nicht … Ich habe genug. Es geht mir nicht so gut.«

Als Helen noch verfügbar gewesen war, hatte ich jemanden an meiner Seite gehabt. Gemeinsam konnten wir eine Gruppe zu ausgelassenem Übermut anstiften, zum Macarena-Tanzen oder gelegentlich sogar zu Nacktheit in all ihrer Pracht. Immerzu gaben wir Vorstellungen. Solange es kein Soloauftritt war, war ich dazu in der Lage. In Helens Nähe konnte ich dieser Mensch sein. Allein aber stürzte ich ab.

Als sie fort war, begann ich Partys zu verabscheuen. Sooft es ging, drückte ich mich, und wenn ich doch hinmusste, dann war ich schlecht gelaunt, wovon Frank allerdings nichts mitbekam. Ich zog von einem Gast zum anderen, offerierte die immer gleichen ausgefransten Erzählungen, hörte den ihren zu mit einem Gesichtsausdruck, der nicht verriet, wie wenig mich ihre Renovierungsvorhaben und die Erfolge oder Verlobungen ihrer Kinder interessierten, während ich eifrig nickend die Fotos auf den iPhones bestaunte und höflich Videos von krabbelnden Babys und Abschlussfeiern über mich ergehen ließ.

Es war eine schockierende Erkenntnis, dass ich nicht jene fürsorgliche, großzügige, offenherzige, extrovertierte Person war, für die ich mich hielt. Vielmehr war ich verbraucht, voreingenommen und introvertiert und zählte die Minuten, bis es vertretbar wäre abzuhauen. Was einmal als Freundschaft gegolten hatte, genügte mir nicht mehr. Es war, als wäre ich eines Tages aufgewacht und hätte beispielsweise eine schwere Allergie gegen Ananas entwickelt, wo ich doch noch bis zum Vortag eine ganze hätte vertilgen können, ohne dass mir auch nur die Zunge brannte.

Auf der Heimfahrt im Auto hatte ich mich in einen Panzer des Schweigens gehüllt.

»Alles okay?«, fragte Frank.

Ich wusste nicht, wie ich diese Gefühle in Worte kleiden konnte, die einen Sinn ergaben.

»Das war doch ganz lustig, findest du nicht?«, fuhr er fort. »Die Schinkenröllchen waren ausgezeichnet, ich glaube, da war auch Käse drin.«

»Wenn das ein Kapitel eines Buchs gewesen wäre, dann hätte ich es übersprungen.«

»Du hast ausgesehen, als hättest du Spaß.«

Genau darum ging es. Ich wusste, was ich tun musste, um auszusehen, als hätte ich Spaß. Ich war in der Lage, das Zusammenspiel mit anderen Menschen mit derselben Heimtücke zu mimen, mit der man sich vielleicht dazu treiben ließ, einen Orgasmus vorzutäuschen, ohne sich anmerken zu lassen, dass man gerade viel lieber ein Buch lesen oder gar – wer würde dieses Eingeständnis riskieren – in der Küche aufräumen würde.

»Es ist ewig das Gleiche, wieder und wieder. Warum führen wir ständig dieselben Gespräche? Das bringt uns doch nicht weiter.«

»Wohin soll dich das denn bringen?«

»Zu einer Unterhaltung, die nicht schon hundertmal stattgefunden hat. Wir haben doch nicht unendlich viel Zeit. Warum wiederholen wir dann alles? Ich habe keine Lust mehr auf nettes, höfliches Geplauder.«

»Es ist unsere Bestimmung, uns im Rudel zu bewegen und wie soziale Wesen zu benehmen, Essen sowie Börsentipps miteinander zu teilen. Darüber zu reden, wie wir den nächsten Winter überleben.« Er imitierte David Attenboroughs Redeweise. »Solange wir uns nicht aus der Gesellschaft zurückziehen und zu Einzelgängern werden, sind wir im Teufelskreis zwischenmenschlicher Beziehungen gefangen. Freundschaften sind unerbittlich, Beziehungen erbarmungslos. Aber denk an das Ubuntu, Schatz. Vergiss das Ubuntu nicht.«

Das war seine Taktik – Afrika heraufbeschwören, das Land, das wir vor achtzehn Jahren verlassen hatten, als wir blauäugig nach Australien immigriert waren. Musste er mich unbedingt daran erinnern, dass wir alles verloren hatten, einschließlich des radikalen Gemeinsinns des Ubuntu, jener seelenvollen wechselseitigen Anerkennung in unserem gemeinsamen Dasein als Menschen? In Australien hatte ich mich nie im selben Maße zugehörig gefühlt. Ich würde für immer eine nachträgliche Beigabe bleiben, eine Nachzüglerin, die die entscheidende Einführung verpasst hatte und selbst herausfinden musste, wie die Dinge liefen, ohne die ganze Geschichte zu kennen. Ich würde bis ans Ende meiner Tage im Spalt festsitzen und mit den Flügeln um mich schlagen.

Wie ein verlorenes Gepäckstück ließen wir das Ubuntu zurück, als wir in Australien anlandeten. In unserem neuen Zuhause, das umgeben war vom Meer, trieben wir haltlos auf unserem kleinen Familienfloß, ohne Geschichte, ohne Hafen. Doch als ich vor sechzehn Jahren Helen begegnet war, hatte sie mich an ihre üppige Brust gezogen und darauf bestanden, unsere Ersatzfamilie zu sein. Wir mussten uns nicht mehr allein durchschlagen, immer hatten wir eine Einladung, einen Zufluchtsort, einen Tisch, an dem wir gemeinsam essen und feiern konnten. Es gab Momente, da vergaß ich, dass wir Neuankömmlinge waren. Ich hatte das Gefühl, Teil einer Familie zu sein.

»Vielleicht bin ich ja mehr Schneeleopardin als Pinguin.«

»Schneeleopardin?«, spottete Frank. »Du bist der größte Pinguin aller Zeiten. Du bist es doch, die die Leute zusammenbringt. Dafür lieben dich alle.«

Ich hatte mich abgewandt, zum Fenster hinausgesehen auf die vorbeiziehenden Lichter der Stadt und mich gefragt, wer ich wohl sein mochte, wenn ich mich nicht mehr ununterbrochen bemühen würde, so schrecklich liebenswert zu sein, jemand, den sich die Leute zur Mutter, Ehefrau oder Freundin wünschten. Vor meinen Augen verschwamm alles.

»Du hättest die Schinkenröllchen wirklich probieren sollen.«

Ich bin enttäuscht, dass man uns nicht dabei erwischt, wie wir unbefugt Privatgrund durchqueren. Nicht, dass ich irgendwem einen Wutanfall wünsche, aber ich hatte mir Hoffnungen gemacht, Cate in Aktion zu erleben. Sie besitzt geheime Fähigkeiten, eine Stärke, über die einen ihre Langsamkeit hinwegtäuscht, einen Vorrat an Schimpftiraden, die ich vielleicht noch zu hören bekomme, wenn jemand ihr ordentlich auf die Nerven geht. Gelegentlich schiebt sich unsere Prozession wie eine Ziehharmonika zusammen, wenn es am vorderen Ende stockt. Die Ursache scheint Cate zu sein. Sie bleibt regelmäßig stehen, beugt sich nach vorn und stützt die Hände in die Hüften. Wortlos kümmert sich Fiona um sie, in winzigen Gesten, die von der Dauer und Langlebigkeit ihrer Freundschaft zeugen.

Es ist schwer, dem Neid zu widerstehen.

»Versprich mir, dass du nie wieder eine so gute Freundin haben wirst wie mich«, hatte Helen mir über das Dröhnen von Michael Jacksons *Man in the Mirror* hinweg betrunken ins Ohr gebrüllt.

Vielleicht lag es an der schaumgefüllten Hüpfburg. An den kleinen Schnapsgläsern mit den Plastikpenissen, die sie so lustig fand. Aber ihr fünfzigster Geburtstag war die letzte Party gewesen, die ich wirklich richtig genossen hatte.

»Wer zum Teufel sollte dich je ersetzen können?«, hatte ich geschwärmt und hatte sie, Brust an Brust, an mich gedrückt. Danach hatten wir so lange barfuß getanzt, bis unsere Füße schwarz und wund gewesen waren.

Dann war sie weg gewesen. Meine Welt wurde stiller, und Santa Monica, wo auch immer das war, bekam eine Cheerleaderin.

Benommen vor Einsamkeit, kreiste ich um das schwarze Loch ihrer Abwesenheit. Ich bemühte mich darum, den Kontakt aufrechtzuerhalten. Derjenige, der zurückbleibt, tut das immer. Anfangs rief ich zweimal die Woche an, doch der Anruf wurde auf die Mailbox umgeleitet. Ich schrieb E-Mails. Ihre Antworten kamen spärlich. Mir war klar, dass sie sehr beschäftigt war. Vier Kinder in einem neuen Land. Natürlich war es schwer.

Sie erstellte ein Facebook-Profil, mit dem sie nie umzugehen lernte. Wir verabredeten uns auf Skype. Ein- oder zweimal kam es dazu. Sie hatte nicht die richtige Internet-Verbindung. Sie vergaß die Login-Daten. Ich versprach ihr, wir würden sie besuchen. Getan haben wir es nie. Unsere Ersparnisse brauchten wir für die Renovierung des Badezimmers und die Reparatur der undichten Stelle an der Decke.

Manchmal fühlte es sich so an, als sei sie gestorben, obwohl es unanständig ist, solche Gedanken zu haben, wenn man bedenkt, was passiert ist.

Ich versenkte mich ins Schreiben eines neuen Buchs, aber etwas war mir abhandengekommen. Ich geriet in Panik. Mit aller Macht stemmte ich mich gegen meinen Aberglauben, und je mehr ich das tat, desto mehr entzog sich mir das Schreiben. Wie alle schrecklichen Lieben steckt im Schreiben so viel Sehnsucht und gleichzeitig die Angst, wie man mit seinem Verlust zurechtkäme. Hat man jemals jemanden oder etwas so sehr geliebt, dann weiß man, auf welche Abmachungen und Deals man sich einlässt, um es nicht zu verlieren. Wenn man merkt, dass es einem entgleitet, hat man das Gefühl zu sterben.

Ein Hund, so las ich, würde helfen, die Angst und die Trauer zu bewältigen. Wir suchten uns einen Labradorwelpen aus, den die Kinder nach einer Figur aus der Fernsehserie *Family Guy* Stewie tauften. Für einsame Menschen sind Hunde ein großartiges Unternehmen – man denke nur an all das Toilettentraining und die Erziehungsarbeit, die als Ersatz für Verabredungen mit anderen Menschen dienen. Manchmal dachte ich wochenlang nicht mehr an Helen.

Aaron brach sich beim Fußballspielen das Bein. Im Jahr darauf zertrümmerte er sich das Schlüsselbein, als er von einem Balkon im zweiten Stock heruntersprang, weil ihn Freunde dazu angestiftet hatten. Frank musste sich ein Muttermal entfernen lassen. Eine bange Woche lang warteten wir auf die Ergebnisse. Als es hieß, sie seien negativ, heulte ich, als hätte man mir eine schlechte Nachricht überbracht.

Helen verpasste das alles. Wer weiß, was ich in ihrem Leben alles verpasste?

Sie zog ein Geschäft auf, *Dinner's On Me*, eine wechselnde Liste von hundert einfachen Rezepten inklusive Einkaufsliste für gestresste Mütter, die ihnen ersparen sollte, sich über die letzte große Aufgabe des Tages den Kopf zu zerbrechen. Es war genial. Sie war immer die bessere Köchin von uns beiden gewesen.

Als die Kinder klein waren, hatten Helen und ich ein geradezu spirituelles Verhältnis zum Essen entwickelt. Wir kauften gemeinsam ein, kochten gemeinsam und aßen gemeinsam, und ständig dachten wir uns neue Geschmacksnuancen und Rezepte aus. Als ich mir dann in den Vierzigern einen strengen Ernährungsplan auferlegte, belastete es unsere Freundschaft. Ich verlor an Gewicht, aber ich verlor noch etwas anderes – unsere Verbindung. Als ich das Thema Essen nicht mehr mit ihr teilte, stellte sich mir plötzlich die Frage, was so besonders daran war.

Vergangenes Jahr rief ich die Familie zusammen und erklärte Frank und den Kindern, dass ich in Zukunft nicht mehr kochen würde. Wenn jemand Lust auf ein Abendessen hätte, könne er es gern selbst kochen; ich hatte meine Zeit in der Küche abgeleistet. Ich hegte vage Hoffnungen, dass jemand sich anböte, mir hin und wieder ein Essen zu kochen, doch keiner tat es. Seit einem Jahr holten wir uns eine Schale Weetabix oder einen Toast, wenn wir Hunger hatten. Wenn Frank ankündigte, er würde kochen, dann meinte er damit, dass er etwas beim Lieferservice bestellte. Seitdem stand der Kühlschrank leer, mit Müh und Not fand man darin die elementaren Milch-Eier-Käse-Vorräte. Immer wenn ich ihn öffnete, malte ich mir Helens Reaktion aus. Der Kühlschrank erinnerte mich daran, dass sie fort war.

Ich hatte mir vorgestellt, dass wir die Höhen und Tiefen unseres Lebens gemeinsam durchstehen würden – beste Freundinnen und so. Vermutlich hatte ich nicht damit gerechnet, dass man so einfach über mich hinwegkommen würde. Schlagartig wurde mir bewusst, dass kein Mensch daran zerbrechen würde, wenn ich starb. Nicht, dass ich mir wünsche, dass die Erde aufhört, sich zu drehen, wenn es so weit ist, aber eine ordentliche Prise Trauer würde sich schon schicken.

Den Gedanken hatte ich Frank gegenüber geäußert, und seine liebenswürdige Reaktion war: »Ich würde daran zerbrechen.«

»Untersteh dich! Du müsstest dich für die Kinder zusammenreißen.«

»Ich wäre äußerlich stark und würde innerlich zerbrechen.« Damit gab ich mich zufrieden.

Helen versprach, zu meinem fünfzigsten Geburtstag nach Australien zu kommen. Eine Woche vorher rief sie an und sagte ab, weil es Camerons Football-Team ins Finale geschafft hatte. Kinder haben Vorrang vor Freunden, das ist mir schon klar. Ich wurde ohne sie fünfzig. Frank machte nicht den Fehler, mir eine Party ans Herz zu legen. Er fuhr mit mir über das Wochenende ins Hunter Valley, wo er Golf spielte und ich drei überteuerte Wellness-Behandlungen bekam.

Dann wurde Stewie überfahren. Ich entdeckte ihn am Straßenrand. Darüber kann ich nicht reden, wirklich nicht. Kein Mensch hatte mich vorgewarnt, dass ich drei Monate lang um ein Haustier weinen würde.

Diesen Fehler machen wir ständig: Wir denken, dass wir etwas, was wir geliebt haben, ersetzen können.

Weil ich hinauf in die Baumwipfel blicke, remple ich Liz beinahe an.

»Entschuldige«, flüstere ich, ohne groß nachzudenken. Sie dreht sich um, legt die Finger an die Lippen und bedeutet mir mit übertriebener Geste, still zu sein. Macht sie sich über das edle Schweigen lustig?

Wieder sind wir stehen geblieben. Alle drängen sich zusammen, als Yasmin ins Laub deutet. Eine Schlange? Ein Vogel? Ein Säugetier? Ich lächle Yasmin an und zucke die Schultern.

Noch einmal deutet sie zwischen die Bäume.

»Was ist denn?«, forme ich mit den Lippen. Sie legt die Zeigefinger an die Ohren, dann ahmt sie Dinosaurierarme nach. Ich sehe genauer hin. Und tatsächlich, da entdecke ich sie: eine Wallaby-Mutter mit einem Jungen im Beutel, wobei es schon mehr Teenager als Baby zu sein scheint. Es wirkt merkwürdig, wie ein Fünfjähriger, der noch an der Mutterbrust nuckelt. Helen könnte sich eine Bemerkung jetzt sicher nicht verkneifen. Auch wenn sie zu den Müttern gehörte, die meinten, nichts sei besser als Stillen, spottete sie über jene, die sich einfach nicht davon verabschieden konnten.

Ganz bewusst rief ich Helen an, als es in Santa Monica Spätnachmittag war, weil ich wusste, dass sie um diese Zeit zu Hause wäre und das Abendessen vorbereitete. Als ich ihre Stimme hörte, zog sich mir das Herz zusammen, so sehr sehnte ich mich nach den Zeiten, als sie noch am anderen Ende der Straße gewohnt hatte und wir jeden Tag geredet hatten.

»Hey.« Meine Stimme zitterte. »Was kochst du heute?«

»Rendang.«

»Nie gehört.«

»Das ist indonesisch. In Kokosmilch gegartes Rindfleisch mit Zitronengras, Galgant, Knoblauch, Kurkuma, Ingwer und Chili. Das Geheimnis ist, dass du es vier Stunden lang schmoren lässt. Magst du zum Essen rüberkommen?«

»Klingt … himmlisch.«

»Du denkst, du weißt, was himmlisch ist, aber ich sag dir, das hier ist eine vollkommen neue Erfahrung. Ich schick dir das Rezept.«

»Danke.« Einen kurzen Moment gönnte ich mir diesen Traum von Menüplänen und einfachen Kochanleitungen.

»Helen. Ich habe eine schlechte Nachricht.«

»Die Wechseljahre sind endgültig da?«

»… im Ernst.«

»Was ist es?«

»CJ. Unsere Freundin CJ.«

»Ja … CJ?«

Ich hatte kurz geschwiegen. »Sie ist letzte Woche bei einem Motorradunfall ums Leben gekommen.«

Damit das Gehirn eine Tatsache wirklich erfassen kann, muss man sie aussprechen und wiederholen. Wir müssen davon erzählen, um es tatsächlich glauben zu können.

»Verdammt, nein. Wie schrecklich.« Ein paar Augenblicke lang atmeten wir nur und sagten nichts. »Die armen Kinder. O Gott. Mit dem Motorrad?«

»Es war das von ihrem Freund. Erinnerst du dich an Kito?«

»Ihr jugendlicher Gespiele.«

Die herabsetzende Bezeichnung hatte mich zusammenzucken lassen. Kito war jetzt ein verzweifelter junger Mann. Sein Leben würde nie mehr wie früher sein.

»Was ist mit den Kindern?«

»Sie sind bei Tom, dem Ex-Mann.«

»DVS?«

»So hat sie ihn längst nicht mehr genannt, er war nicht mehr *Der Verdammte Scheißkerl*. Sie hatten sich versöhnt.«

Früher hätte ich alles ausgeplaudert, sämtliche intimen Details, die CJ mir anvertraut hatte. An jenem Tag aber rangen in mir konkurrierende Loyalitäten miteinander.

»Hattet ihr zwei nach unserem letzten Treffen noch Kontakt?«

Ich hatte geschluckt. »Wir haben uns ein paarmal gesehen. Sie hatte ein Ticket für ein Robbie-Williams-Konzert übrig, und wir waren zusammen dort.«

»Ich habe nie verstanden, was du an dem findest.«

»Wir beide lieben Robbie Williams.« Ich war über die Worte gestolpert, nun, da das Präsens für CJ nicht mehr galt.

»Ist sie dir nicht immer ein bisschen auf die Nerven gegangen? Ich weiß noch, wie du gesagt hast …«

»Sie hatte sich verändert. Sie wollte in der Anwaltskanzlei aufhören und ein Charity-Projekt für schwangere Mädchen in Ruanda aufziehen.«

»Das klingt gar nicht nach der CJ, die ich kannte«, sagte Helen. »Wie traurig für die Kinder und für Kito. Aber was für ein Abgang, CJ.«

»Es war ein schrecklicher, brutaler Tod.«

»Aber es ging schnell.«

»Zu schnell. Sie hatte keine Zeit, ihre Angelegenheiten zu regeln.«

»Na klar, du würdest dich bestimmt für einen langwierigen, qualvollen, sämtliche Leute um dich herum belastenden Tod entscheiden.«

»Ich will nur Zeit, um mich zu verabschieden. Und meine Tagebücher zu verbrennen. Falls ich Knall auf Fall sterbe, musst du herkommen und dir die Tagebücher schnappen, bevor Frank oder die Kinder sie in die Finger kriegen.«

»Okay, ich kümmer mich darum. Was mich angeht, wünsche ich mir ein Aneurysma nach einer Schokoladenorgie. Doch es muss unbedingt tödlich sein. Ich will keinesfalls diesen Scheiß, wo dein Hirn nicht mehr funktioniert und du ewig herumhängst, ohne sprechen oder dich rühren zu können. Alternativ käme ein Messer ins Herz in einem Verbrechen aus Leidenschaft infrage.«

»Welches Szenario in deinem Leben lädt denn bitte zu einem Verbrechen aus Leidenschaft ein, Helen?«

»Vielleicht werde ich plötzlich lesbisch, und David erwischt uns …«

»Das finde ich jetzt respektlos. CJ ist tot.«

»Immerhin hat sie ihr Leben gelebt. Vermutlich hatte sie in diesen letzten paar Jahren mehr Spaß mit Kito als wir beide seit unserer Heirat. Sie besaß das Talent, spontan und impulsiv zu sein.«

»Sie war witzig. Und klug.«

»Sie war die Attraktivste von uns allen. Eine echte MILF mit Sex-Appeal«, hatte Helen gesagt.

Die Bemerkung hatte mich mit voller Wucht erwischt.

Sie war sexy. Das würde ich nie vergessen.

Kapitel 5

Flamingomilch

W enn du den Winkel richtig hinkriegst, dann funktioniert es«, flüstere ich Yasmin zu.

Mit heruntergelassenen Hosen stehen wir einander gegenüber, während die anderen weiter vorn eine Essenspause machen. Nur weil ein Leck droht, habe ich das Schweigen gebrochen.

Wir pfriemeln beide an unseren Pinkeltrichtern herum. Es kostet mich Überwindung, mit meinen tropfenden Körperteilen so hoch über dem Boden zu sein. Das Urinieren, ebenso wie der Stuhlgang, das Menstruieren und Gebären sind doch intimere Begegnungen zwischen einer Frau und der Erde und nichts, was man aus der Hüfte heraus von hoch oben erledigt. Vielleicht ist es ja das Pinkeln im Stehen, das die Männer zum Florettfechten und Gleitschirmfliegen treibt.

Ich bemerke, dass der Trichter nicht luftdicht an Yasmins weiblichen Teilen aufsitzt. Doch ich kann ihr unmöglich anbieten, ihn zu justieren. Wir kennen uns erst seit heute Morgen, und ich bin keine Doula.

»Schau«, sage ich und presse den Trichter fest an meine Vulva.

»Du hast ja gar keine Haare an deiner Mumu«, ruft sie plötzlich mitten in unser verschwörerisches Raunen.

Ich blicke hinunter. »Ja, ich weiß. Vor ein paar Jahren habe ich es mir weglasern lassen.« Hatte sie meine Vagina wirklich gerade Mumu genannt?

»Warum?«

Ich zucke die Achseln.

Das hier wäre der wahre Wert des edlen Schweigens. Man müsste keine Erklärungen geben. Stattdessen muss ich mich jetzt für die Laserbehandlungen rechtfertigen, die ich in einer Rabattaktion als Geschenk für Jamie erworben hatte. Ein paar Jahre zuvor hatte ich mir die Achselhaare weglasern lassen, und es war befreiend gewesen, ohne Rasiermesser und Heißwachs auszukommen. Jamie aber empfand es als beleidigend, dass ihr eine depilatorische Erwartungshaltung aufgedrängt wurde, noch dazu von der eigenen Mutter. Es war *antifeministisch, demoralisierend, rückständig*. Schön und gut.

Aber da waren die drei Behandlungen, keine Rückerstattung möglich. Jemand sollte sie nutzen. Ich nahm mir die Bikinizone vor. Ganz genau kann ich nicht erklären, wie es dazu kam, dass mich Sally-Anne, die die Bezeichnung »Kosmetologin« der »Kosmetikerin« vorzog, davon überzeugte, *Nägel mit Köpfen* zu machen; allerdings hatte sie erwähnt, dass *alle es täten* und *es den Geschlechtsverkehr bereichere*. Ich war gespannt auf Franks Reaktion.

Doch er war geschockt. Er war nicht weniger überrascht als ich festzustellen, dass er auf Schambehaarung stand. Wer hätte das gedacht? Also, nein, die Laserbehandlung da unten hatte mein Leben nicht wie angekündigt verändert. Genauso wenig hatte sie meine Libido gesteigert. Ganz offensichtlich hatte Sally-Anne die Wechseljahre in ihre Berechnungen nicht mit einkalkuliert. Es war, als würde man das Haus ausgerechnet zu dem Zeitpunkt renovieren, an dem die Kinder auszogen. Immer wenn ich jetzt einen Blick auf mich im Spiegel erhasche, kann ich meine Vagina lästern hören: *Haha, die ganze Mühe umsonst!*

»Alle machen das jetzt«, flüstere ich. »Und es bereichert den Geschlechtsverkehr.«

Yasmin macht große Augen und nickt beeindruckt. »Ich glaube, es ist doch einfacher, wenn ich mich wie eine Ente hinhocke.« Sie gibt die Sache mit dem Trichter auf.

Ich sehe nicht absichtlich hin, aber ich bemerke eine große Slipeinlage in ihrer Unterhose.

»Vier Kinder. Natürliche Geburten«, erklärt sie. »Mein Beckenboden ist total kollabiert. Ich piesle, wenn ich niese, wenn ich huste, wenn ich lache. Also bitte keine Witze machen.«

»Ich gehe zu einer Beckenbodenspezialistin«, sage ich mitfühlend. »Meine Durchsatzrate an Slipeinlagen ist riesig. Siehst du.« Ich deute auf meine Unterhose mit Slipeinlage.

»Wir müssen Übungen machen. Fiona schafft es, einen Pingpongball herauszupressen.«

Die Verknüpfung von Tischtennis und Vagina versetzt mich in Erstaunen. Wer ist bloß auf die Idee gekommen, einen Ball ohne Rückholvorrichtung dort hinaufzuschieben? Haben wir nichts von den Rückholbändchen gelernt? Nur, weil sein Penis fest mit ihm verbunden ist, kann Frank sich auf einen sicheren Rückzug verlassen. Dort drinnen ist tiefer dunkler Wald. Zutritt auf eigene Gefahr.

»Wie macht Fiona das?«, frage ich, obwohl mich mehr interessieren würde, warum.

Yasmin lacht und zuckt die Schultern. »Tantrische Übungen. Aber das ist noch gar nichts. Ihre Lehrerin ist ein echter Guru in Sachen Mumu, die kann mit ihrer ein Surfbrett hochheben.«

Das hinterlässt nur noch mehr Fragen bei mir, vielleicht sogar den Anfang einer Geschichte. Yasmin pinkelt lange. Es spritzt über ihre Schuhe, und um ihre Füße bildet sich eine

Pfütze. Ein kleiner Bach bahnt sich seinen Weg in meine Richtung. Als ich zur Seite gehe, trete ich in die Pfütze, die ich durch den Pinkeltrichter gemacht habe. Verflucht noch mal.

Die Flanke des Bergs, an dem wir seit Stunden entlanggehen, wird sichtbar, obwohl er schon die ganze Zeit da war, verborgen hinter den Bäumen.

Als wir mit dem Aufstieg beginnen, haben wir keinen Schatten mehr. Meine Waden machen Zicken. Träge schleppen wir uns voran. Alle paar Hundert Meter bleibt Cate stehen. Wir bleiben alle stehen. Wir warten. Das Atmen schmerzt sie. Beinahe meine ich zu hören, wie die Alveolen zischen und zittern. Es gibt ein leichtes, gedämpftes Gerangel, als Kiri ihr den kleinen Rucksack abnimmt und sich auf die Brust packt, die Riemen über die Schultern, wie ein wildes Tier mit Buckeln vorn und hinten. Fiona nimmt Cate den Ukulele-Kasten aus der Hand. Selbst ohne jede Last bewegt Cate sich nur schlurfend vorwärts. Der Gedanke ist herzlos, doch hier draußen stellt sie eine Belastung dar. Ich bin mir nicht sicher, ob die Freundschaft von Liz und Fiona überlebt, falls Liz' pessimistische Ahnungen sich bestätigen. *Was, wenn dies, was, wenn das?* Manche von uns tanzen am Abgrund des Glaubens, andere auf der Brücke von Ursache und Wirkung.

Die Sonne brennt sich durch mein langärmliges T-Shirt. Mein Nacken ist nass, der Schweiß beißt mir in den Augen, wenn er sich seinen Weg unter die Sonnenbrille bahnt. Die Hitze quält meine Kehle. Der Herbst ist verwirrt, eine Jahreszeit, die an Demenz leidet, er hat sein Einsatzzeichen vergessen. Stattdessen trödelt der Sommer herum, dehnt sich aus, legt sich auf die faule Haut und macht keinerlei Anstalten, den Platz zu räumen. Bleibt nichts, als sich daran zu gewöhnen.

Wie bei erwachsenen Kindern, die den Abschied immer weiter hinauszögern; gleich sagen wir Auf Wiedersehen, aber noch nicht.

Meine Schultern erheben Einspruch. Mein Rucksack wirkt noch schwerer, obwohl er zwei Äpfel und einen halben Liter Wasser weniger wiegt. Mir ist bewusst, dass die Belastung den Knochen guttut, *nun, da die Osteoporose im Anmarsch ist.* Das ist die Art Bemerkung, für die man seine Ärzte bezahlt. Ich hatte einen Termin vereinbart, weil sich meine Hausärztin den dunklen Fleck an meiner Hüfte ansehen sollte. »Das ist kein Melanom, nur eine *Alterswarze*«, hatte sie erklärt und den Flüssigstickstoff herausgeholt. Ich bin durchaus erleichtert, dass es nicht mehr ist als eine Warze, aber warum wählt man einen medizinischen Begriff, der uns, die wir auf dem Weg zur Vergreisung sind, zusätzlich peinigt? Beklommen verließ ich die Praxis, nachdem eine Flut von Überweisungen auf mich hereingeprasselt war: Darmspiegelung, Mammografie, Beckensonografie, Knochendichtemessung und Messung des Cholesterinwerts. Wann sollte man zwischen all dem einfach nur das Leben genießen?

Ich hole das iPhone aus der Tasche. Nur Notrufe möglich. Nicht zu orten. Ich bin ganz offiziell untergetaucht. Sowohl Jamie als auch Aaron kennen meine wichtigste Regel: erreichbar bleiben. Ich erwarte von ihnen nicht, dass sie meine Whatsapp-Nachrichten beantworten, ich will nur sehen, dass sie sie gelesen haben.

Frank wollte mein Smartphone von 4G auf 5G upgraden lassen, weil eine schnellere Mobilfunktechnologie es uns erlaubt, noch schneller mit den Menschen, um die wir uns sorgen, in Kontakt zu bleiben. Aber ich werde die Angst nicht los, dass diese Upgrades den Instinkt von Zugvögeln und Bienen stören und die natürliche Flugsicherung auf den Kopf stellen. Während Frank sich Sorgen macht, dass wir uns den Frühbucherfamilienrabatt entgehen lassen, graut mir vor der Abwärtsspirale der bevorstehenden Apokalypse.

Plötzlich wünsche ich mir, dass diese Wanderung ein Ende nimmt, dass wir an unserem Ziel ankommen, wo auch immer das sein mag. Wenn ich nur wüsste, wie lange es noch dauert. Aber ich darf nicht fragen – das Schweigen und so –, außerdem hat Liz heute Morgen schon das gesamte Guthaben an Nörgelei und Gezicke für den Tag aufgebraucht.

Eines weiß ich mittlerweile sicher, ganz unabhängig von meinen schmerzenden Schultern und dem Durst: Ich hätte Frank eine Nachricht schicken und ihm sagen sollen, wo ich bin. Wir haben uns gemeinsam diesen Film *127 Hours* angesehen. Wir haben uns das Versprechen gegeben, dass wir einander nie im Unklaren lassen. Es ist die Regel Nummer eins, wenn man hinaus in die Wildnis geht. Frank ist der Erste, den man anrufen würde, wenn irgendetwas schiefginge, in meinem Handy wird er als Notfallkontakt gelistet. Er ist zuständig für die Identifizierung meiner Leiche. Mein nächster Angehöriger. Der überlebende Ehemann.

Vor allem aber ist er derjenige, der auf mich wartet. Und wenn es jemanden gibt, der auf dich wartet, dann bist du nicht mehr alleiniger Anteilseigner deiner Zeit. Es steht dir nicht frei, damit zu tun und zu lassen, was du willst. Jemand hat in dich investiert. Du wirst zurückerwartet. Deine Bettseite ist unbesetzt und wartet auf dich (vorausgesetzt die Katze hat sich nicht zu viel herausgenommen). Wenn du schon keinen Rat einholst, so musst du wenigstens Bericht erstatten und sagen, was du vorhast. Allem Anschein nach hört die Warterei niemals auf, selbst wenn der andere stirbt.

Oscar ist seit mehr als acht Jahren tot, aber meine Freundin Shirley schläft immer noch auf ihrer Seite des Betts. Bücher können helfen. Nach CJs Tod bin ich auf eines gestoßen – *Das Jahr magischen Denkens* von Joan Didion über das Jahr, nachdem ihr Ehemann gestorben war. Sie bildete sich ein, dass sein Verschwinden ein Missverständnis war, ein Fehler, und dass er jeden Augenblick zur Tür hereinkommen würde.

Frank wartet auf mich. Diese Tatsache wiegt schwer und bindet mich. Er ist das Ufer, an das ich zurückschwimme, wenn das Gewässer dunkel und trüb wird und ich zu meinem Leben an Land zurückkehren muss.

Am Morgen nachdem ich von CJs Tod erfahren hatte, ging ich zum Schwimmen hinunter an den Strand. Ich zog die rosa Badekappe über den zusammengerollten Pferdeschwanz, setzte die Schwimmbrille auf, sprang ins Wasser und machte mich geradewegs auf zu der Insel.

Jahrelang schon hatte ich das kleine Stück Land mit dem Namen Wedding Cake Island betrachtet und mich gefragt, wie es dort auf dieser Felsnase aussah, die achthundert Meter vom Ufer entfernt aus dem Ozean ragte. Sie erinnerte mich immer an mein Lieblingsbuch von Enid Blyton, *Fünf Freunde auf geheimnisvollen Spuren*. An manchen Tagen sah sie aus, als wäre sie ganz leicht zu erreichen, an anderen wirkte sie unendlich weit weg.

Frank erzählte ich nichts von meinem Vorhaben. Ich holte nicht den Rat von anderen Schwimmern ein, ob es ein guter Tag sei, sich so weit und in diese Tiefe hinauszuwagen. Ich pflügte durchs Wasser und blickte alle zehn oder zwanzig Schwimmzüge auf, um sicherzugehen, dass ich in die richtige

Richtung schwamm. Ich dachte weder an Haie noch an Würfelquallen oder unsichtbare Gefahren.

Als ich an der Insel war, drehte ich mich um und sah zurück zum Strand. Das Land, von dem aus ich all die Jahre zur Wedding Cake Island hinausgeblickt hatte, war zur Miniatur zusammengeschrumpft. Doch es hatte meinen Blick erwidert. Jetzt aber, als ich anfing, darüber nachzudenken, und mir klar wurde, wo ich mich befand, überkam mich Panik. Ich verschluckte mich am Salzwasser, witterte die Gefahr. Gut möglich, dass ich ertrank und niemand jemals davon erfuhr. Ich wäre einfach weg, so wie CJ. In der Schwimmbrille sammelten sich die Tränen. Unter mir spürte ich das An- und Abschwellen der Wellen, und mit einer Kraft, die ich nie zuvor besessen hatte, schwamm ich zurück in mein Leben am Ufer.

Erst später überkam mich der Schock darüber, dass ich meiner Persönlichkeit gegenüber derart illoyal sein konnte und fähig war, etwas zu tun, von dem ich zuvor immer gesagt hatte, dass ich dafür zu schreckhaft oder zu schwach war oder dass ich zu sehr gebraucht wurde, um ein solches Risiko einzugehen. Aber ich war dort draußen gewesen, in den dunkelsten Gewässern, und ich hatte noch nicht einmal gedacht, dass ich den Verstand verloren hätte.

In dieser einen Stunde, im Wechsel zwischen Freistil und Brustschwimmen, war ich nicht mehr ich selbst gewesen. Vielmehr war ich *sie*. Dieses andere Selbst, das ich hätte sein können, wenn man mich nicht gemaßregelt und angehalten hätte, für alle Fälle in Sicherheit und Ufernähe zu bleiben. Ich war nicht jene verzagte Zauderin, die immer im beflaggten Bereich bleibt, eine Rettungsweste anlegt und niemals allein schwimmt. Ich ließ die Kontrolle sausen und lebte den Mo-

ment, ohne zu prüfen, ob sämtlichen Garantie- und Gewähr-
leistungsansprüchen Genüge getan war.

Als ich aus dem Wasser stolperte, salzgepökelt und algen-
bespickt (die sich, wie ich später feststellte, sogar in meinem
Bauchnabel eingenistet hatten), war ich aufgekratzt und ver-
wundert, weil alles aufgebrochen war, was bislang gegolten
hatte. Etwas war freigelegt worden, und jetzt wollte ich wissen,
was für Teile meiner selbst in mir eingesperrt waren. Wer war
ich außer jener verantwortungsbewussten und unbescholte-
nen Mutter, die ihre beiden Kinder immer an die erste Stelle
setzte?

Plötzlich wollte ich ungebunden und nichts und niemandem gegenüber verantwortlich sein, sondern nur dem Flackern nachgeben, das in mir pulsierte und sagte: »Los … geh
schon … geh.«

»Ich bin zur Wedding Cake Island geschwommen.«

Frank hatte das Putzen seines Fahrrads unterbrochen und
sich zu mir umgedreht.

»Allein?«

Ich nickte.

»Das sind ungefähr zwei Kilometer …«

»Nicht ganz, glaube ich.«

»Aber … du hast nicht trainiert … Es ist …«

»Gefährlich?«

»Möglicherweise. Du hättest das nicht allein machen sollen. Das ist hinter den Hainetzen. Was, wenn du einen Krampf
bekommen hättest oder, was weiß ich, ein Hai gekommen
wäre?«

»Dann würde ich jetzt nicht hier stehen und dir erzählen,
dass ich zur Wedding Cake Island geschwommen bin.«

»Ich weiß gar nicht, ob ich stolz oder sauer auf dich sein soll.«

»Vielleicht beides.«

»Du hättest es mir wenigstens sagen sollen. Das war unverantwortlich.«

»Ja.«

Er schüttelte den Kopf. »Warum hast du das gemacht?«

»Mir war danach.«

Frank musterte mich mit skeptischem Blick, war sich nicht sicher, was er da vor sich sah. »Das sieht dir so gar nicht ähnlich.«

Und mit diesem Satz rückte er mich zurecht. In dieser verwegenen Unruhestifterin erkannte er seine Ehefrau nicht.

»Vielleicht ist das jetzt ja anders.«

Das Rauschen des Meers hat einen Sog, eine energetische Kraft. Lange bevor ich es sehen kann, höre und rieche ich es. Unsere Schritte werden schneller, lenken uns zum Meer, ein viszeraler Fototropismus wie bei Ringelblumen, die sich dem Sonnenlicht zuneigen. Endlich gibt der Fels den Blick frei, und vor uns erstreckt sich der Ozean in all seiner Pracht. Fiona winkt uns dicht an die Klippe heran und deutet nach unten. Dort liegt er, der Strand ihrer Kindheit – sie hat ihre Bucht wiedergefunden.

Erschöpft lässt Cate sich auf einen Stein fallen. Sie trinkt die letzten Tropfen aus der Zwei-Liter-Flasche. Fiona reicht ihr die Hand, und Cate steht auf, wobei sie sich auf die beiden Wanderstöcke stützt. Ihre Bluse ist durchgeschwitzt.

Jetzt müssen wir nur hinunterkommen. Kiri geht voran und schiebt für uns das Gestrüpp zur Seite.

Beim Abstieg verändert sich die Luft. Wir begeben uns ins

Feuchte, auf Felsen voller Flechten, Farne entfalten ihren süßen Duft, und aus den Steinen sprießen Bäume. Mein Stock tastet sich voran. Auf dem Geröll ist es schwierig. Wir sehen ihn, wir riechen ihn, der Strand ruft uns zu sich. Wir sollten auf unsere Schritte achten, aber da ist die Bucht, die Bucht.

Kiri und Fiona führen Cate. Kiri stützt Cate am Ellbogen, aber dann lässt sie los, und mir entschlüpft ein Schrei, als Cate stolpert. Sie fällt auf Kiri, in die Arme dieser Seelöwin, und stürzt nicht. Wie ein Schwarm Kakadus flattert mir das Herz im Brustkorb.

»Magisch. Unvergleichlich. Inspirierend.« Die Werbebroschüren hatten den Uluru, Ayers Rock, im Herzen Australiens in den höchsten Tönen gepriesen. Also machten Frank und ich mit den Kindern eine Reise dorthin, um unsere Einbürgerung zu feiern. Ich hatte erwartet, dass meine Begeisterung gedämpft würde von den Tausenden Bildern des Uluru bei Sonnenauf- und -untergang, die ich im Internet gesehen hatte. Doch der Glanz, den dieser uralte Monolith in den ersten Sonnenstrahlen des Tages verbreitete, überstrahlte den Werbetext und rührte mich überraschenderweise zu Tränen. Vielleicht ist es genau das, was heilige Orte tun. Sie winden sich aus den Zwängen unserer Zuschreibung, selbst dann, wenn wir sie rühmen.

Fiona hätte diesem Ort nicht gerecht werden können. Man musste ihn sehen.

Ich bin die Letzte, die durch das Gestrüpp den Strand erreicht. Euphorisch und mit emporgehobenen Handflächen dreht sich Fiona zu uns um. Sie wirft den Rucksack ab, sinkt auf die Knie, neigt den Kopf zur Haltung des Kindes und drückt die Stirn in den Sand.

Kiri setzt Cates kleinen Rucksack ab, der an ihrer Brust war, nimmt dann mit einem tiefen Seufzer den schweren vom Rücken, zieht Bergschuhe und Socken aus und geht ans Wasser, wo sie die Hose hochkrempelt. Ihr Rücken ist schweißnass. Sie hat die schwerste Last getragen, ohne Zögern oder Klage.

Mit ausgestreckten Armen dreht Yasmin sich im Kreis, und auch Liz wirkt wie benommen von der unberührten Herrlichkeit dieses Orts.

Cate lässt sich in den Sand sinken und streckt alle Glieder von sich, als habe sie die Ziellinie überschritten. Sie ist vollständig durchgeschwitzt. Sie zieht ein kleines Handtuch aus der Hosentasche und wischt sich das Gesicht ab.

Unsere Blicke treffen sich. Ich lege den Kopf schief, um sie zu fragen, ob es ihr gut geht.

Sie nickt, ringt sich ein Lächeln ab und streckt beide Daumen nach oben. »Großartig, Süße, es ging mir nie besser«, krächzt sie.

»Überwältigend«, sagt Yasmin, öffnet die Schnallen am Rucksack und setzt ihn auf dem Boden ab. »Aber jetzt muss ich dringend pieseln.«

»Ich komm mit«, meint Kiri. »Gehen wir ans Ende der Bucht und schauen, wie es dort um die Ecke aussieht.« Sie deutet nach rechts.

Sie machen sich auf die Suche nach einem pinkeltauglichen Platz.

»Ich muss diese verdammten Stiefel loswerden, mein rechter Fuß bringt mich schon seit zwei Stunden um den Verstand«, sagt Liz, wirft den Rucksack ab und lässt sich in den Sand plumpsen.

»Jetzt brauch ich einen extrastarken Drink«, sagt Cate. »Einen doppelten Espresso Martini.«

»Du wirst dich mit Wasser begnügen müssen. Hier, kannst was von meinem haben«, meint Fiona.

Es gibt so etwas wie Erinnerungslücken. Auch ich bin nicht gefeit gegen Notlügen. Ich könnte jetzt meine Thermosflasche mit dem japanischen Whisky herumgehen lassen. Oder ihn hinunterkippen, wenn ich das nächste Mal pinkeln gehe. Dann denke ich an Liz' schwarze Augenringe heute Morgen. Ich habe ihn ihr so gut wie versprochen.

Das plötzliche geschäftige Gewusel verwirrt mich, die kollektive Amnesie, die uns erfasst.

Was ist aus dem edlen Schweigen geworden?

»Wo ist die Höhle?«, fragt Kiri.

Fiona deutet nach rechts. »Ungefähr hundert Meter da rauf, versteckt zwischen den Bäumen. Sollen wir sie suchen gehen?«

Ich folge Fiona und Kiri auf ihre Erkundungstour. Wir überqueren den Strand und klettern die Felswand ein kleines Stück hinauf. Wir müssen ein bisschen suchen, sie ist nicht allzu deutlich zu erkennen, aber als wir sie gefunden haben, ist sie gar nicht so gruselig. Das Felsgewölbe ist ein ganzes Stockwerk hoch und von Wetter und Tieren gezeichnet. Man kann erkennen, dass vor nicht allzu langer Zeit andere Camper hier waren. Kiri johlt. Das Echo ihrer Stimme hallt wider. Mit dem Wanderstock tastet sie sich so tief wie möglich vor und untersucht die Wände auf Fledermäuse.

»Ja, hier drin können wir bleiben, selbst wenn es regnet«, erklärt Kiri schließlich. »Wir sollten unser Gepäck hier deponieren.«

Als wir zurück am Strand sind, verkündet Kiri: »Zuallererst müssen wir ein Feuer machen. Meldet sich irgendwer freiwillig und sammelt ein bisschen ordentliches, feuertaugliches Holz?«

»Willst du das riskieren?«, fragt Cate. »Das Zeug hier draußen brennt wie Zunder.«

»Wir machen nur ein kleines Feuer im Sand gleich am Wasser«, sagt Kiri.

»Zum Kochen brauchen wir es nicht, wir haben einen Gaskocher dabei«, meint Yasmin.

»Müssen wir denn überhaupt kochen?«, fragt Liz. Sie liegt ausgestreckt im Sand, hat einen Schuh ausgezogen. Sie hat den rechten Fuß abgewinkelt und lässt Luft an eine fiese Blase.

»Das Feuer soll die Tiere fernhalten«, erklärt Kiri.

»Und wir brauchen es für unser Ritual.« Fiona lächelt.

»Tiere?«, bohre ich nach.

»Ritual?«, fragt Liz.

»Es könnte Schlangen geben oder wilde Kasuare …«

»Kasuare?«

»Das sind die gefährlichsten Vögel, die es gibt. Groß wie ein Strauß, Krallen wie ein Velociraptor. Der kann dich in Stücke reißen«, sagt Cate und verkrümmt die Hände wie Edward mit den Scherenhänden.

»So ein alter Typ in der Notaufnahme wäre beinahe am Blutverlust gestorben, nachdem ihn einer angegriffen hatte«, erzählt Kiri. »War eine üble Schweinerei. Und wer, glaubt ihr, musste das Ganze um drei Uhr früh aufwischen, weil die Putzleute nicht da waren?«

Da Kiri diejenige ist, die Aufträge erteilt, Cate ausfällt, Liz sich angesichts der Blase nicht vom Fleck rühren kann, Yasmin kocht und Fiona das Geburtstagskind ist, fällt das Holzsammeln kurzerhand mir zu.

»Ich geh.«

»Eine Legende du bist. Da, nimm das für die kleinen trockenen Zweige.« Kiri holt einen Beutel aus Sackleinen aus ihrem Gepäck und hält ihn mir hin. »Und pass auf, dass du dir nicht lauter Splitter einziehst. Oder glaubst du, ich habe Lust, den Nachmittag damit zuzubringen, sie rauszupulen?«

Ich nicke, wobei mir auffällt, dass ich genau genommen den Kopf schütteln müsste. Ich nehme den Beutel.

»Fiona?«, sagt Yasmin mit verführerischer Stimme. »Willst du ihr nicht Gesellschaft leisten?« Yasmin wirft mir einen Blick zu. Meine Aufgabe ist es, Fiona eine Weile zu beschäftigen.

Fiona und ich gehen am Strand entlang, dort, wo die Vegetation beginnt. Es gibt ein reichhaltiges Angebot an heruntergefallenen Ästen und Zweigen. Bald können wir die anderen nicht mehr sehen. Ich folge ihr und beobachte, worauf sie aus ist. Der Felsen, den wir eben erst erklommen haben, ist wie die Schichten einer Torte überzogen von grellen orangen Streifen mit einer auberginefarbenen Lavierung. Beinahe im rechten Winkel und voller Entschlossenheit wachsen Bäume aus den Felsspalten.

Wir sammeln Zweige und brechen kleine Äste mit den Händen ab. Für die größeren benutzen wir die Füße.

»Du vermisst sie bestimmt sehr«, sagt Fiona.

Aus meiner Brust steigt ein Hitzeschwall herauf. »So nah standen wir uns gar nicht. Wir haben uns vor mehr als einem Jahr das letzte Mal gesehen …«

»Helen?«

»Ach, ich dachte, du meinst CJ. Ja, doch. Ich vermisse sie schrecklich. Seitdem ist es nicht mehr so wie …«

Fiona legt mir die Hand auf den Oberarm und drückt ihn leicht. Es ist die Berührung einer Sorgenden, eine tröstliche, sanfte Bestärkung, jene instinktive Geste von Müttern, die besagt: Halb so wild, solche Leute sind es gar nicht wert, deine Freunde zu sein, beim nächsten Mal wird alles besser, alles wird gut, ich wünschte, ich könnte es leichter für dich machen.

»Bei jeder Luftveränderung müssen wir das Atmen wieder neu lernen.«

Ich nicke. Es fällt leicht, in der Gesellschaft von Menschen zu sein, deren Leid deutlich spürbar ist.

»Darf ich fragen, was mit Cate los ist?«

Fiona kichert. »Man gewöhnt sich an ihre derbe Sprache. So ist sie groß geworden, mit vier älteren Brüder und so.«

»Ich meine, körperlich.«

»Ach so.« Fiona hält kurz inne. »Es gibt noch keine offizielle Diagnose, aber es wurden eine Menge Tests gemacht. Wir hoffen, dass es Multiple Sklerose ist.«

Ich warte ab.

»Sie wollte eigentlich keine Untersuchungen machen lassen. Das geht schon eine ganze Weile mit dem Muskelschwund. Wie auch immer, ich will nicht den Teufel an die Wand malen, aber ...«

Fiona hebt einen weiteren Zweig auf.

»Na ja, es könnte ALS sein, eine Motoneuronerkrankung.«

»O Gott.«

»Es wird schon werden. Ich vertraue darauf.«

»Ist es denn eine gute Idee, dass sie diese lange Wanderung hier draußen macht?« Immer muss ich mich in Dinge einmischen, die mich nichts angehen.

»Versuch du mal, Cate zu sagen, dass sie irgendetwas nicht

tun darf. Sie ist der sturste, tapferste Mensch, den ich kenne. Zäh wie sonst was. Solange sie denken kann, ist sie Umweltaktivistin. Die hat vor gar nichts Angst.«

»Vor gar nichts?«

»Eine Sache vielleicht, aber sie würde nie …« Fiona stockt, als ihr bewusst wird, dass sie auf eine Vertraulichkeit zugesteuert ist. »Kannst du das Ende festhalten?«, fragt sie, greift nach einem großen Ast, stellt sich darauf und zieht ihn zu sich heran. Der Ast knackt und kracht.

»Wir sind ein gutes Team«, meint Fiona. »Kiri wird zufrieden mit uns sein.« Ich helfe ihr dabei, die Äste mit einem Yoga-Gurt zusammenzubinden, damit wir sie zu zweit leichter tragen können, und es ist offensichtlich, dass sie nichts weiter über Cate erzählen wird.

Als wir die Äste hochheben, sagt sie: »Ich muss mich bei dir bedanken, Jo.«

»Wofür?«

»Dass du Liz heute Morgen umgestimmt hast. Ich weiß ja nicht, was du gesagt hast, aber es hat funktioniert. Sie braucht das hier, auch wenn sie es gar nicht weiß.«

Ich mache den Mund auf, um zu beichten.

Dann lächle ich schwach. »Ach, das war gar nichts.«

»Meine Güte, wie lieb von ihnen«, sagt Fiona. »Schau dir das an.«

Als wir eine halbe Stunde später zu den anderen zurückkehren, zwischen uns der Beutel, der mittlerweile unglaublich schwer ist von all den Blättern und Zweigen, während unsere freien Arme beladen sind mit zerbrochenen Ästen, brauche ich einen Augenblick, um einzuordnen, was ich vor Augen habe.

Sie haben ein buntes Sari-Tuch auf dem Boden ausgebreitet. Eine um ein Stück Treibholz gewundene Lichterkette flackert. Ein Steinkreis markiert die Grube für das Feuer. Und dann sind auch noch gelbe Rosenblätter verstreut.

Fiona berührt das alles sehr. Ihre Tränen wühlen etwas in mir auf.

Jetzt, da ich Zeugin all dessen bin, was ihr zu Ehren vorbereitet, herangeschleppt und ausgebreitet wurde, freue ich mich aus ganzem Herzen für Fiona darüber, dass sie Freundinnen hat, die genau wissen, was für ein Mensch sie ist.

»Machst du das Feuer?«, fragt mich Kiri, die selbst auf Erkundung war und praktisch einen halben Baum herbeischleppt. »Hier ist der Mutterstamm für unser Feuer, den habe ich am anderen Ende vom Strand gefunden. Übrigens ein gutes Plätzchen zum Kacken.«

»Ich weiß gar nicht, wie das geht.«

»Ach was. Nichts da, das ist ganz einfach. Du baust ein Nest aus Zweigen und Blättern. Dann legen wir die größeren Scheite drauf. Einen nach dem anderen. Ich gebe sie dir.«

Während die anderen mit den Schlafsäcken und Isomatten zur Höhle hinaufklettern, steht Kiri neben mir, und ich krabble auf Händen und Knien herum, um ein kleines Häufchen zum Anfeuern aufzuschichten. Ich möchte es richtig machen, aber ihren prüfenden Blicken kann ich womöglich nicht standhalten.

»Du musst sie aufeinanderschichten, nicht so ... So ...«, mischt sie sich ein und übernimmt das Ruder.

»Streichhölzer?«, frage ich.

Kiri atmet schwer aus. »Oh, verdammt. Ich wollte sie noch einpacken, die lagen auf dem Küchentresen. In dem ganzen

Durcheinander wurde ich abgelenkt. Du hast nicht daran gedacht, welche mitzunehmen?«

»Nein, tut mir leid.« Ich fühle mich dumm und fehl am Platz.

»Ich geh und frag Catey, ob sie ein Feuerzeug dabeihat. Einmal Raucher, immer Raucher. Selbst wenn sie aufgehört haben, tragen die doch immer ein Feuerzeug mit sich herum in der Hoffnung, dass sie irgendwas anderes anzünden dürfen. Ich sollte ihr die Hölle heißmachen wegen der Qualmerei, so, wie sie beieinander ist, aber jeder hat halt sein Laster. Mit dem Diabetes sollte ich ja auch keinen Zucker essen. Kein Mensch ist perfekt, stimmt's?«

»Kiri … Wie sind die Aussichten für Cate?«

»Schau ich aus wie der liebe Gott?«

»Ich dachte … du als Krankenschwester hast vielleicht eine Ahnung?«

»Nur keine Motoneuronerkrankung, das ist es, worauf wir hoffen. Das wäre wirklich übel, damit würden ihr maximal zwei bis fünf Jahre bleiben.«

»Woher kommt so was?«

»Pech? Gene? Catey hat die fixe Idee, dass es von den ganzen Pestiziden und dem Plastik und der Luftverschmutzung kommt, von den hormonell wirksamen Substanzen in der Nahrungskette. Wer weiß das schon? Und was macht das für einen Unterschied? Womit ich nicht sage, dass sie ein Jammerlappen ist. Ganz im Gegenteil, man weiß nie, ob sie traurig ist oder nicht, bei ihr muss man schon Gedanken lesen können.«

Sie stapft davon, bevor ich dazu komme, noch eine Frage zu stellen. Mir strauchelt das Herz in der Brust.

Kurz darauf kommt Kiri breit grinsend zurück und hält ein Feuerzeug hoch. »Manchmal kann ein Laster die Rettung sein.«

»Bravo, Jo.« Yasmin lächelt. »Du hast ein Händchen fürs Feuermachen.«

Es hat geklappt. Die großen Scheite haben Feuer gefangen, und alles brennt lichterloh. Vielleicht erkennen Menschen auf genau diese Weise spät im Leben noch verborgene Talente und ungeahnte Sehnsüchte und fragen sich, was sie sonst noch alles nicht von sich wissen. Das ist schon fast ein bisschen beunruhigend.

Jetzt, da das Feuer knistert, haben wir das Gefühl, richtig angekommen zu sein. Wir sitzen im Kreis darum herum, Fiona auf dem Sari, wir anderen auf Planen.

»Energiebällchen aus Mangos, Datteln, Cashews und Ingwer«, erklärt Yasmin und reicht einen Behälter herum. Hier draußen darf man nicht heikel sein, was das Essen angeht, aber meine Zähne fühlen sich immer noch pelzig an nach der Kokosrinde, die sie auf der Wanderung wortlos an uns verteilt hat. Noch mehr Süßes verkrafte ich nicht.

»Nein danke«, sage ich entschuldigend.

»Was? Magst du keinen Ingwer?«, fragt Yasmin schockiert.

»Ich brauche was Salziges.«

Helen hat mir die Hölle heißgemacht deswegen, sie tat immer so, als würde ich ihr das Leben verderben. Aber genauso wenig wie dünne, blasse oder extrem gut aussehende Männer meiner Vorstellung von sexy entsprechen, genauso wenig kann man mich mit Süßigkeiten verführen. Mehr als eine Kugel Eis (gesalzenes Karamell) oder ein Stück Dattelkuchen, wenn jemand gar nicht lockerlässt, bringe ich nicht herunter.

Ganz anders sieht es aus, wenn man mir eine eingelegte Zwiebel oder eine gefüllte Olive anbietet. Eine gebackene Artischocke mit Knoblauch und Zitrone, und ich gehöre ganz dir. Sardellen mit irgendwas. Teriyaki aus dem oder jenem.

Ich ziehe eine Tüte Kettle Chips aus meinem Rucksack. Mir egal, dass es stillos ist. Es sind meine Lieblingschips. Es ist Futter für die Seele, wie gemacht für unbequeme Orte wie diesen. Schon der Geruch von Salz und Essig lässt mir das Wasser im Munde zusammenlaufen, nicht anders, als wenn der Körper von der Lust geschmeidig wird.

Fiona lacht. »Jo, ich habe dich immer für eine Feinschmeckerin gehalten. Ich hätte gedacht, dass Chips unter deiner Würde sind.«

»Ich bin total süchtig nach Chips«, bekenne ich.

»Oi, nur her damit«, sagt Cate, steckt die Hand hinein und zieht einen Strauß knispriger Blütenblätter heraus. »Auf die bin ich total scharf.« Sie hält Liz die Tüte vor die Nase.

Liz schüttelt den Kopf. »Ich faste immer noch.«

»Liz besitzt diese eine Sache, ihr wisst schon, die ich nicht habe«, meint Kiri.

»Ihre eigenen Zähne?«, gackert Cate.

»Disziplin, du blöde Gans.« Zu meinem Entsetzen lässt Kiri dann aber ihr Gebiss klappern, sodass wir alle es sehen können.

»Tja, nach der Geburt von Tiffany sind mir alle Zähne ausgefallen. Wenn das kein Omen war, dann weiß ich auch nicht. Ein Baby saugt dir einfach das ganze Kalzium aus dem Körper.«

Von all den Grausamkeiten, die das Muttersein bietet, ist diese wohl eine der abscheulichsten. Das Gebären fordert seinen Tribut und macht sich immer mit irgendetwas davon: Es nimmt uns die Kontrolle über unsere Blase, die schraubstockfeste Vagina, die Spannung in den Bauchmuskeln, eine dehnungsstreifenfreie Haut. Aber handelt es sich letztlich nicht doch bloß um Eitelkeiten?

Ich habe meine beiden Kinder unter bewusster Amnesie auf die Welt gebracht. Willentlich verdrängte ich den Gedanken an die im Rollstuhl sitzende Mutter von Barry, daran, wie ihr Körper zur Seite kippt und niemand je über den postpartalen Schlaganfall sprach, den sie nach den Wehen hatte. Ich verdrängte den Gedanken an Henrietta, die Cousine meiner Mutter, die im Kindbett starb. Der Impuls, die körperlichen Demütigungen von Schwangerschaft und Geburt zu beklagen, ist eine Unsitte, wenn man bedenkt, dass die echten Tragödien ganz in der Nähe lauern. Trotzdem werde ich für immer dankbar sein, dass ich die Geburten meiner Kinder mit sämtlichen Zähnen überstanden habe.

»Es ist wie bei den Flamingos«, murmelt Cate. »Wusstet ihr, dass Flamingos grau zur Welt kommen?«

»Wenn ich mir ein Tier aussuchen könnte, wäre ich ein Flamingo, leuchtend und knallig rosa. Woher kommt nur diese Schönheit?«, fragt Yasmin.

»Flamingomilch. Die Mütter füttern ihre Babys mit der knallrosa Kropfmilch, die sie hochwürgen und den Jungen einflößen.« Ich bin selbst überrascht, dass ich das noch weiß.

»Ja, so ist die Natur«, sagt Yasmin fröhlich. »Wir können den natürlichen Lauf der Dinge nicht ändern. Mütter müssen für ihre Kinder Opfer bringen.«

»Also, mir wird von der Vorstellung schlecht«, meint Liz. »Ich finde das Stillen schon krass genug.«

»Hier geht es um Vögel, Süße«, sagt Cate. »Wie sollen die denn Futter organisieren und zum Nest zurücktragen? Jo scheint ja eine ganze Menge über Flamingos zu wissen. Wie kommt das?«

»Eine Überdosis *Planet Earth*. In meinem Kopf schwirren lauter skurrile Fakten über Tiere herum.«

Es ist nicht meine Absicht, Cate zu beeindrucken. Aber sie betrachtet mich von der Seite, als überdenke sie ihre Einschätzung meiner Person.

»Am Ende der Brutzeit ist das Federkleid der Weibchen zerfleddert und verblichen, sie sind völlig ausgelaugt. Es ist mir ein Rätsel, warum die Mutterschaft so beschissen sein muss. Ihr armen Trottel, ihr hättet euch das wirklich überlegen sollen, bevor ihr euch fortgepflanzt habt.«

»Hast du keine Kinder, Cate?«, frage ich.

»Ich doch nicht.«

Fiona dreht sich zu ihr. »Wirklich, Catey? Stimmt das?«

»Zu gebären bedeutet noch lange nicht, dass man Mutter ist. Sei so lieb und reich noch mal die Chips rüber.«

Ich gebe ihr die Tüte, und sie greift noch einmal tief hinein.

Ein Abgang? Eine Fehlgeburt? Ich kann sie mir nicht so richtig als Leihmutter vorstellen.

Endlich finden meine kostbaren Chips den Weg zu mir zurück. Ich versuche, nicht zu genau über die Grenzen der Tauglichkeit von Desinfektionsgel nachzudenken, und tauche die Hand hinein.

Es sind nur noch ein paar Krümel übrig. Am liebsten würde ich mir die Finger ablecken, aber das würde etwas verzweifelt wirken. Ich wische sie mir an der Wanderhose ab.

»Oh, entschuldige, Jo. Wir haben dir keine mehr übrig gelassen«, ruft Yasmin beschämt.

Cate gackert. »Ist kein Spaß, Flamingomutter zu sein, hab ich recht?«

Kapitel 6

Vitamin G

H ast du vorhin gesagt, dass du fastest, oder habe ich mich
da verhört?«, wendet sich Yasmin ernsthaft besorgt an
Liz.

»Ich esse nur alle paar Tage etwas.«

»Warum?«

»Intervallfasten.«

»Ich weiß, es steht mir nicht zu, über die Figur anderer
Frauen zu urteilen, aber du siehst so aus, als könntest du ganz
gut ein paar Kilo mehr verkraften«, meint Cate.

Liz entfährt das Seufzen einer Frau, die eigentlich keine
Lust mehr hat, ihre Entscheidungen oder ihren Körper zu
rechtfertigen.

»Ich mache das ja nicht wegen meines Gewichts. Fasten ist
gesund. Es senkt den Blutdruck, den Cholesterinwert, kann
sogar Diabetes rückgängig machen.«

»Wie im Ramadan.« Yasmin nickt. »Das ist gut für dich.«

»Da muss man vorsichtig sein. Im Ramadan rennen uns die
Leute regelmäßig mit Nierensteinen die Bude ein«, widerspricht Kiri kopfschüttelnd. »Man muss auf die Flüssigkeits-
zufuhr achten.«

»Beim Intervallfasten kann man Wasser, Kräutertee und
schwarzen Kaffee trinken«, erklärt Liz.

»Die wichtigste Regel ist, genug zu trinken«, bestätigt Kiri.

»Hier in der westlichen Welt überfressen wir uns doch«,
fährt Liz fort. »Wir könnten alle mit viel weniger überleben.«

»Das mag ja alles sein, aber nenn mir einen guten Grund aufzustehen, wenn da kein Puddingteilchen auf dich wartet und am Ende des Tages ein Lammkotelett mit so einer knusprigen Fettkruste auf dem Grill brutzelt«, sagt Kiri. »Ganz besonders dann, wenn Yasmin Küchendienst hat.«

»Oder saure Feigen und Ziegenkäse mit Pfefferkruste auf frisch gebackenem Brot«, ergänzt Yasmin lächelnd und wiegt sich den Bauch.

»Ofenkartoffeln mit Butter«, schwärmt Cate. »Knoblauchbrot und Pilzrisotto …«

Liz wirkt ermüdet von dieser Aufzählung. »Mir ist Essen egal. Also, ein Gin Martini … das ist was anderes.« Sie dreht mir den Kopf zu und gibt mir mit den Augen einen Wink. Ich weiß nicht, wie viel länger ich sie noch hinhalten kann.

»Ich habe nie gelernt, Essen abzulehnen«, seufzt Kiri. »Als ich klein war, wusste ich, dass ich mich mit einem Nachschlag bei meiner Mutter lieb Kind mache. Für ihre Lieblinge hat sie immer eine Extraportion aufgehoben.« Sie hört auf zu kichern. »Das da«, sie deutet auf ihren riesigen Bauch, »zeigt dir, dass deine Mutter dich geliebt hat.«

Yasmin nickt. »Kochen ist das *Ich liebe dich* und essen das *Ich dich auch.*«

Helen würde diese kurze und prägnante Definition mit Begeisterung übernehmen.

Reue ist ein Punkt, den man in den mittleren Jahren erreicht. Man braucht eine Anhöhe, von der aus man zurückblicken kann. Von dort aus erkennt man Momente im Leben, die man gern auslöschen würde, wenn man eine zweite Chance bekäme. Bei unserem großen Wiedersehen vor sieben Jahren verwehrte ich mir sämtliche köstliche Speisen von Helen; in dieser verzweifelten altersfeindlichen Krise bildete ich mir ein, dass das beste Rezept zum Glücklichsein wäre, »Nein« zu allem zu sagen, was Spaß macht und schmeckt. Wie oft hatte ich gesagt: »Nein, danke, ich nicht«, »Muss auf meine Figur achten«, »Nur Salat bitte, keine Pommes«?

Jetzt sehe ich das Kreuz, das den Punkt markiert – genau hier muss ich die Stecknadel platzieren. An dieser Stelle begann meine Freundschaft mit Helen zu bröckeln. Wir verloren unsere gemeinsame Sprache, denn egal was Dr. Gary Chapman in *Die Fünf Sprachen der Liebe* behauptet, jenem Buch, das Helen und ich gemeinsam lasen, als wir herauszufinden versuchten, warum unsere Ehemänner beim Geschenkekaufen so dermaßen versagten: Tatsächlich gibt es sechs. Bei allem Respekt, wie sollte ein Baptistenprediger auch über die orgiastischen Qualitäten von Essen Bescheid wissen?

Liz zieht eine Thermosflasche aus dem Rucksack und schenkt sich eine dampfende Flüssigkeit in einen kleinen Becher. »Möchte jemand grünen Tee?«

»Den kannst du ganz allein für dich behalten«, meint Kiri. »Gib dir nur die Kante.«

»He, Zilly, möchtest du vielleicht ein bisschen Honig reintun?«, fragt Fiona.

Fast unmerklich zuckt Liz bei der Erwähnung des Spitznamens zusammen, den sie vermutlich das letzte Mal gehört hat, als sie noch Zöpfe trug.

Sie schüttelt den Kopf. Dann: »Na ja, vielleicht … nur ein Löffel, nach der langen Wanderung …«

»Entschuldigt bitte alle miteinander, aber das hier ist ein besonderer Augenblick. Lasst mich ihn auskosten.« Fiona schließt die Augen und lässt den Moment wirken, bevor sie herumkriecht, um nach der Plastikflasche mit dem Honig zu suchen.

»Dann lasst mal sehen, was das Gedöns soll«, sagt Liz.

Wir beobachten Liz, als sie einen Löffel voll Honig in ihren Tee rührt. Sie nippt daran und gibt dann noch einen Löffel dazu.

»Der Honig von Fiona und Cate schmeckt wie der Himmel auf Erden, stimmt's?«, ermuntert Yasmin sie.

»Ich würde ihn auch gern probieren«, sage ich. Es wäre unhöflich, es nicht zu tun, außerdem sind ohnehin alle Chips weg.

Fiona reicht mir einen Löffel mit klarem bernsteinfarbenem Sirup. Wie von Yasmin beschworen, zaubert er eine Mischung aus Wind, Blüten und Nektar auf die Zunge.

»Schmeckst du die Grevillea? Und die Spinnenblume?«

Ich schließe die Augen. Da ist noch eine subtile würzigere Note.

»Eukalyptus?«, frage ich.

Fiona nickt aufgeregt.

»Mir ist schleierhaft, wie ihr bei Honig einen Unterschied schmeckt«, wundert sich Liz.

»Es ist wie beim Wein«, erklärt Yasmin. »Manches schmeckt man stärker heraus, manche Untertöne sind schwächer.«

»Bist du immer noch so eine tolle Köchin?«, fragt mich Fiona. »Ich werde dieses unglaubliche Festmahl nie vergessen, das du mit Helen damals für uns aufgetischt hast. Ich erinnere mich noch an die Pfannkuchen mit Butternusskürbis und Ricotta. Das Geheimnis war der Muskat, hab ich recht?«

»Wie kannst du dich an all das erinnern? Ich weiß noch nicht einmal, wo ich das Auto abgestellt habe, wenn ich aus dem Einkaufszentrum komme.«

»Aber es war unvergesslich, findest du nicht, Liz?«

»Zu essen gab es jedenfalls im Überfluss«, räumt Liz ein. »Und zu trinken. Soweit ich mich erinnern kann, hatten wir einen ziemlich guten Rotwein.«

»Mittlerweile verbringe ich nicht mehr so viel Zeit in der Küche«, sage ich zaghaft.

»Wie schade«, meint Fiona. »Ich habe mir vorgestellt, dass du und Yasmin ganz auf einer Wellenlänge seid. Sie kocht wie eine Göttin. So wie du damals.«

»Oje, Fiona, hör auf mit den Vorschusslorbeeren«, schimpft Yasmin. »Du weckst so hohe Erwartungen. Gutes Essen sollte einen überraschen.«

Trotzdem greift Yasmin nach meiner Hand, als wären wir jetzt ein Team oder so.

So wie Fiona mich beschreibt, kommt es mir vor, als rede sie über jemand anderen. Man sieht sich von außen, als stieße man zufällig auf ein altes Foto, und denkt: »Wer ist das?«, bevor einem auffällt: »Oh, das war ich.« War. Nicht bin. Sich selbst zu verlieren, bedeutet vielleicht genau das: Man ist verunsichert davon, wie andere einen sehen. Man betrachtet sein Bild im Spiegel, und es ergeben sich Fragen, keine Antworten, über die Person, die man dort sieht.

»Warum hast du mit dem Kochen aufgehört?«, fragt mich Fiona.

»Ach, das ist eine langweilige Geschichte.«

Yasmin dreht sich zu mir. »Es interessiert mich schon, warum jemand etwas aufgibt, wenn Gott ihm ein Talent dafür gegeben hat.«

»Na ja, weiß nicht, ob man es so nennen kann.«

»Warum hast du aufgehört?«

Es war mir einfach abhandengekommen, wie so oft im Leben, es war eine ganz gewöhnliche Trennungsgeschichte. Eines Morgens machte ich die Augen auf und spürte die chronische Ermüdung, das Fehlen jeder Lebenskraft, die ich jahrzehntelang auf die Frage umgelenkt hatte, was ich zum Abendessen kochen sollte. An jenem Tag brachte ich es nicht fertig aufzustehen. Diese scheinbar unbedeutende Entscheidung hatte meine Lust auf alles, was an dem Tag vor mir lag, aufgezehrt.

Sechzehn Jahre lang hatte ich im Kopf schon zu planen begonnen, bevor ich morgens auch nur pinkeln war: »Die mexikanischen Bohnen vom Mittwoch kann ich nicht noch einmal aufwärmen. Haben wir alles im Haus für glutenfreie Makkaroni mit Käsesoße? Schaffe ich es vor meinem Vier-Uhr-Termin in der Stadt kurz in den Lebensmittelladen? Wann findet sich eine freie Stunde zum Kochen?«

Ich hätte ein ganzes Buch füllen können mit den vielen Stunden, die ich auf die zermürbende Mühe verschwendet hatte, Überschneidungen zwischen drei unterschiedlichen Speiseplänen auszumachen. Kein Fisch für Aaron, glutenfrei und vegetarisch für Jamie und für Frank Fleisch und Kartoffeln. Man frage mich gar nicht erst nach meinen eigenen Vorlieben. Ich kenne sie selbst nicht.

»Wenn man etwas jeden Tag, zwanzig Jahre lang, ohne Erbarmen und ohne ein Dankeschön machen muss, dann kann die Leidenschaft schon mal flöten gehen.«

»Es ist wirklich eine Lebensaufgabe, eine Familie zu ernähren«, stimmt Yasmin mir zu.

»Und bei dir waren es vier – plus Rajit«, sagt Fiona mitleidig.

»Vier Kinder?« Vermutlich greift sich Liz nicht absichtlich so entsetzt an die Brust.

Yasmin lächelt und nickt langsam, als wäre sie sich selbst

nicht ganz sicher, ob es wirklich so viele sind, und müsse im Kopf nachrechnen.

»Wessen Idee war es, so viele Kinder zu haben?«, fragt Cate.

»Rajit wollte eine große Familie.«

»Und du, Schätzchen?«, fragt Cate nach.

Yasmin zuckt die Schultern. »Weiß nicht. Es sind viele hungrige Mäuler zu stopfen, viele Körper und Seelen, um die man sich kümmern muss. Jetzt bin ich einfach sehr müde.« Mit dem Handrücken wischt sie sich über die Stirn.

»Als Pflegeeltern hatten wir eine Zeit lang sechs«, erzählt Kiri. »Da habe ich immer einen Rieseneintopf gekocht, alles reingeschmissen, Fleisch, Gemüse, dann kriegst du schon alle satt.«

»Du hattest drei Pflegekinder gleichzeitig?«, fragt Fiona.

»So viele, wie es nötig hatten.« Kiri zuckt die Schultern. »Es ist auch nicht schwerer, sechs Mäuler zu stopfen als drei.«

»Ja, das stimmt schon«, bestätigt Yasmin. »Ich bin froh, eine große Familie zu haben. Es war meine Schule, da ich nicht auf die Uni gegangen bin. So habe ich gelernt, für viele Leute zu kochen, das war eine gute Übung für meine Begrüßungsfeste. Wenn alles weg ist, dann weißt du, du hast die Leute am Tisch glücklich gemacht. Wenn es Reste gibt, dann ist es ein Glücksfall für den nächsten Tag.«

»Was sind das für Begrüßungsfeste?«, frage ich.

»Für neue Einwanderer – damit will ich sie in Australien willkommen heißen.«

»Einmal im Monat kocht Yasmin ein vegetarisches Festessen und lädt alle, die wollen, zu sich nach Hause ein«, erklärt Fiona. »Sie ist die Mutter Teresa der Kulinarik.«

»Nein«, Yasmin wischt das Kompliment fort, aber es spielt doch ein Lächeln um ihre Lippen. »Im letzten Monat waren

Leute aus elf Ländern bei uns im Haus, einschließlich Syrien, Iran, Pakistan, Nepal und – zum ersten Mal – aus der Mongolei. Ich musste auf der Weltkarte nachschauen, wo das liegt.«

»Man müsste mich unter Drogen setzen, bevor ich eine Horde Fremde in mein Haus lasse.« Liz sieht wieder in meine Richtung. Mittlerweile quält mich meine eigene Großzügigkeit.

»Man bleibt sich nur so lange fremd, bis man eine Mahlzeit geteilt hat. Gegen Heimweh hilft nur eines: Essen.«

Meine Brust wird von Sonnenlicht geflutet. Jetzt habe ich das Bedürfnis, nach Yasmins Hand zu greifen.

»Was verlangst du dafür?«, fragt Liz.

»Wofür?«

»Für die Eintrittskarte oder was auch immer es ist, was man für deine Feste braucht.«

»Nichts.« Die Frage scheint Yasmin zu verwirren.

»Aber wer bezahlt diese Veranstaltungen?«

»Ich. Das Geld stammt aus meinem Cateringservice, ich verwende einen Teil des Gewinns dafür. Außerdem weiß ich, wo und wie ich an große Mengen günstiger Lebensmittel komme. Manchmal spenden die Lebensmittelläden auch etwas. Ich müsste auf die Suche nach mehr Sponsoren gehen. Aber das dauert, und ich habe von allem mehr als genug außer Zeit.«

»Aber warum verlangst du denn kein Geld von den Leuten?« Liz ist perplex.

»Es ist eine Begrüßungsfeier, keine Geschäftsidee.« Mit Yasmins linker Augenbraue geschieht etwas ganz Wunderbares. Sie wandert nach oben und bildet ein auf dem Kopf stehendes V, mit dem sie fragt, was daran nicht zu verstehen ist. Es zieht meinen Blick auf die Narbe unter ihrem Auge.

»Du könntest die Sache doch ganz leicht zu Geld machen«, meint Liz.

»Für eine Begrüßungsfeier würde ich niemals Geld verlangen«, erwidert Yasmin lachend.

»Dann gehörst du wohl zu den Weltverbesserern, die lieber geben als nehmen.«

Yasmin zuckt die Schultern. »Ich gehöre zu denen, die einfach gern kochen. Was isst du gern, Liz?«

»Was ich gern esse?« Beinahe wirkt sie, als verstünde sie die Frage nicht.

»Ja. Was beschert dir Freude, wenn du es in den Mund steckst? Wann schließt du die Augen, spürst der Musik nach, schmeckst die Melodie?«

»Für mich ist Essen ein Treibstoff, etwas Funktionales. Mich interessieren Proteine, Ballaststoffe, Grünzeug. Solange ich es in einen Smoothie stecken und auf einen Zug herunterkippen kann, bin ich für den Rest des Tages zufrieden.«

»Proteine, Ballaststoffe, Grünzeug«, wiederholt Yasmin mit trauriger Stimme. »Wenn man es so nennt, besitzt das Essen keine Seele.« Auf ihrer Miene spiegelt sich aufrichtiger Kummer. »Was du brauchst, ist Vitamin G.«

»Ich wusste nicht, dass es ein Vitamin G gibt.« Liz nippt an ihrem grünen Tee.

»G wie Genießen. Wenn wir Proteine und Fett zu uns nehmen, dann produziert der Körper etwas mit einem langen Namen, den ich nicht aussprechen kann. Im Gehirn wirkt es wohltuend, und der Körper nimmt mehr von dem Guten auf, das im Essen steckt. Das stimmt wirklich. Genießen ist gut für die Verdauung, so ist es doch, Kiri?«

»Genießen ist gut, Punkt«, schnaubt Kiri.

»Aber ich ziehe keinen Genuss aus Essen«, meint Liz.

»Woraus dann?«, fragt Kiri.

»Aus einer durchschlafenen Nacht. Einem gelungenen Haarschnitt mit Gratismaniküre. Aus *japanischem Whisky.*« Sie fängt an, mir Angst einzujagen. Es war doch nur eine beiläufig hingeworfene Bemerkung. Wie viel Druck übte sie wohl aus, wenn ein unterzeichneter Vertrag vorlag?

»Mein Problem ist, dass alles, woraus ich Genuss ziehe, verboten ist«, sagt Kiri seufzend.

»Was soll an Genuss denn verboten sein?«, fragt Yasmin. »Es geht doch nicht nur darum, was wir essen, sondern wann und – noch wichtiger – wie. Man darf nicht essen wie ein Dieb, mit Schuldgefühlen, gehetzt und heimlich. Man muss sich Zeit nehmen, um die knusprigen Stücke zu spüren und zu schmecken, ob etwas klebrig, nussig, süß, salzig, sauer oder umami ist. Man muss dem Körper Gelegenheit geben, alles auszukosten, sei es die knusprigen Flügel eines Brathähnchens, dunkle Schokolade oder die Butter auf einer Scheibe Brot.«

Ich wische mir über den Mund und hoffe, dass ich nicht buchstäblich am Sabbern bin. Yasmins Ausführungen beschwören etwas herauf, graben den Boden eines vernachlässigten Gartens in mir um, den Ort, an dem Freude und Essen gemeinsam erblühen. Es kommt so selten vor, dass man einer Frau begegnet, die in diesem Maße Freundschaft mit ihrem Körper geschlossen hat, berauscht von ihrem eigenen Fleisch, voller Verehrung für die Haut, in der sie steckt. Die meisten von uns dulden nach endlosen Verhandlungen gerade so ihren Körper und meiden den Blickkontakt im Spiegel. Sie jagen dem flüchtigen Geist von Schönheit hinterher, statt die Schönheit anzunehmen, die bereits da ist.

In dem Jahr vor Helens Wegzug trennte ich mich langsam

vom Essen, die Liebe dazu ließ nach, und ich wurde argwöhnisch gegenüber der Freude, die ihm entsprang. In meinen Vierzigern behandelte ich Nahrung wie einen Terroristen. Der Schmackhaftigkeit für schuldig befunden. Enthaltsamkeit war ein Merkmal für Reife. Fast alles, was ich gern gegessen hätte, lehnte ich ab. Kohlenhydrate wurden kriminalisiert, Salatsoßen verteufelt, jedes Brioche verbannt. Ich wurde zum Profi darin, still und heimlich zu lechzen, wenn Frank und die Kinder bestellten, worauf immer sie Lust verspürten, mit *extra Pommes, Sahnesoße auf den Nudeln, frittiert, nicht gegrillt.* Wann immer jemand schmeichelhafte Worte verwendete wie »Willensstärke« oder »Selbstbeherrschung«, dachte ich: Das bin ich, ich bin ein Mensch, der Nein sagen kann. Eines Tages aber wurde mir bewusst, dass ich mich dazu beglückwünscht hatte, etwas nicht zu haben, nicht zu feiern – zu meiner Fähigkeit, Wünschen zu entsagen.

In dem Augenblick, als ich keine Periode mehr hatte, gingen auf einen Schlag fünf Kilo an Bord, als wäre ich der letzte Nachtbus, ohne dass ich Ernährung oder Lebensweise verändert hatte. Ich begann noch mehr Sachen wegzulassen: sämtliche Zuckerarten (einschließlich, Gott behüte!, Obst), Alkohol (selbst ein gelegentliches Glas Wein), Kohlenhydrate (zusätzlich zu den ballaststoffreichen Arten). Einen Monat lang lebte ich vegan. Eine Zeit lang hielt ich mich an die Paläo-Diät. Ketogene Ernährung. Low-FODMAP-Diät. Ich übte Enthaltsamkeit, dann stopfte ich mich voll. Jeder Versuch frustrierte mich noch mehr. Flatulenzen. Blähungen. Meine Kleider passten mir nicht mehr. Das, was auf meinem Teller war, hatte längst nichts mehr mit Genuss zu tun, immer fragte ich mich, welchen Schaden es in meinem Hormonhaushalt anrichten würde, im Darm und beim Cholesterin, als wäre Essen nichts anderes als eine Horde Teenager ohne elterliche Aufsicht.

Hin und wieder gab es Augenblicke, in denen ich all das vergaß, in denen ich mit Hingabe aß und unerschrocken allen Konsequenzen trotzte. Das letzte Mal war wann? O ja, jetzt weiß ich es wieder.

Nachdem Robbie Williams *Angels*, das letzte Lied seines Konzerts, gesungen hatte, war ich völlig durchgeschwitzt vom Tanzen, und mein Herz raste. CJ und ich hatten uns in eine Bar gesetzt, rosa Cocktails mit Gin bestellt und teilten uns eine Meeresfrüchteplatte mit Pommes.

Sie kippte Salz über die Pommes, nahm in jede Hand ein Stäbchen, tauchte das eine in Tomatenketchup und das andere in Knoblauchmayonnaise. »Die letzte Mahlzeit deines Lebens. Für welche Fritte entscheidest du dich?«

»Das ist einfach.« Ich deutete auf die Knoblauchmayonnaise. »Knoblauch ist ein Geschenk der Götter.«

Sie steckte mir das Stäbchen zwischen die Lippen und aß das andere selbst.

»Für mich bleibt es bis in alle Ewigkeit bei Ketchup«, verkündete sie.

»Voller Konservierungsstoffe. Und so stillos.«

»Na ja, du kennst mich doch«, erwiderte sie lachend. »Ich stecke voller Konservierungsstoffe und bin stillos wie noch was. Für mich gibt es weit und breit nichts Besseres als Kentucky Fried Chicken. Das wäre meine letzte Mahlzeit. Außerdem sind Konservierungsstoffe gut für die Organe, so bleiben sie gut in Schuss, und ich kann sie alle spenden.«

»Bist du Organspenderin?«

»Ja, von mir soll jedes Teil wiederverwendet werden.«

Ich rief die Kellnerin herbei und bat sie um eine halbe Zitrone. Als sie wiederkam, drückte ich die Zitrone über den Pommes aus. »Probier mal.«

»O Gott, ja«, johlte sie.

»Salz und Zitrone. Das ist die Edelversion von Salz und Essig. Meine Henkersmahlzeit wäre ein großer Teller Fritten.«

»Meinst du, du würdest es genießen, wenn du wüsstest, dass es deine letzte Mahlzeit ist?«, fragte sie mich.

»Ich würde ganz langsam tun und jeden Bissen genießen. Ich denke, manches spricht durchaus dafür, Bescheid zu wissen, wann es so weit ist.«

»Verflucht, nein, ich will das ganz bestimmt nicht wissen.«

Yasmin holt einen weiteren Behälter aus ihrer Tasche und drückt ihn mir direkt in die Hand.

»Oliven, gefüllt mit eingelegter Zitrone.«

Nie habe ich jemanden so verehrt wie Yasmin in diesem Augenblick. Ich stecke meine schmutzigen Finger hinein und will eine der dicken öligen Kugeln packen, die fast pflaumengroß sind, aber sie entgleitet meinem Griff wie ein Fisch im Wasser. Yasmin gibt mir einen Zahnstocher.

»Du hast wirklich an alles gedacht«, schwärme ich.

»Aber nicht zu viele, sonst bekommst du zu sehr Durst.«

Vielleicht liegt es daran, dass wir mitten in der Pampa sind und eine begrenzte Auswahl an Nahrungsmitteln haben oder dass ich den ganzen Tag noch nichts Salziges gegessen habe, dennoch ist es gut möglich, dass ich nie zuvor eine derart überragende Geschmackskombination gekostet habe. Ich schließe die Augen und kaue ganz langsam. Die Zitronenschale im Innern der fleischigen Olive hat den perfekten Biss.

Sie sind Seelenverwandte. Ich könnte ein Gericht mit diesen Oliven kreieren, und mir ist vollkommen klar, welche Zutaten ich zusammenbringen würde.

Aubergine. Prall. Geschmeidig. Seidenglatt. Saftig. Makelloses Violett.

Frank kann sie nicht essen, er bekommt davon Bläschen auf der Zunge. Ich habe schon vor Jahren aufgehört, sie zu kaufen oder damit zu kochen. Und im Restaurant würde ich sie nie bestellen, weil das egoistisch wäre. Wir suchen immer Gerichte aus, von denen wir wissen, dass der andere sie auch mag. Er bestellt Lamm, weil er weiß, dass ich kein Rind mag. Ich nehme immer Garnelen statt Tintenfisch, weil ihn die Fangarme ekeln.

Es spricht einiges dafür, dass man die Bedürfnisse eines anderen Menschen berücksichtigt, wenn unsere eigenen Gelüste sich aber eintrüben, dann haben wir die Sache mit dem Paar-Dasein zu weit getrieben. Geben wir unsere Freuden um eines anderen willen auf, vergessen wir, was wir einmal geliebt haben. Aufgrund dieser unausgesprochenen Regel gegenseitiger Verpflichtung habe ich seit meiner Heirat auf Sardellen, Austern, Kohl, Rote Bete und Pilze verzichtet, außer ich esse allein.

Allein im Haus von Penny ist die Aubergine wie eine verloren geglaubte Lust wieder ans Licht gekommen. Bei meinem zweiten Besuch auf dem Bauernmarkt hatte ich den Korb damit vollgestopft. Als ich dann am Herd stand, kochte ich, als bliebe mir und der Aubergine nicht mehr viel Zeit.

Mit geröstetem Sesamöl. In grünem Curry. Mit Knoblauch und Zitrone frittiert. Gedünstet zu einer Salsa verde. Gegrillt und geräuchert. In Tandoori-Paste getaucht. In würziger Misosoße sautiert. Schnucklig und weich zwischen Mozzarella und Tomaten in einem Melanzane alla parmigiana.

Wie der Sub gegenüber einer Domina gab ich mich der Aubergine hin. Ich war die verlorene Tochter, die an die Tafel zurückgekehrt war. Ich stopfte mich voll. Ich schlemmte.

Voller Euphorie bemerkte ich, dass ich mich langsam wieder dem Essen zuwandte.

Und mit jeder feierlichen Speise schrieb ich die Hieroglyphen um aus beinahe vierzig Jahren unterschiedlichster Ernährungsgewohnheiten. Was hatte ich denn vorzuweisen? War ich mit Größe 38 ein besserer oder glücklicherer Mensch? Schon als Jamie noch ein Würmchen war, hatte ich sie dazu angehalten zu essen, was und wann immer sie wollte. Doch es war wirklich extrem scheinheilig, mir zugutezuhalten, dass sie keine Essstörung hatte, wo ich nicht einmal sicher sein konnte, ob ich nicht selbst eine hatte.

Aarons Freundin Sienna ist Vertreterin für ein Ernährungsprogramm mit Diät-Shakes, das sie mir seit acht Monaten anzudrehen versucht. Wenn ich nach Hause komme, werde ich sie beiseitenehmen und sagen: »Ich bin zufrieden mit meinem Körper, so wie er ist.« Den ungläubigen Blick einer Neunzehnjährigen werde ich nicht persönlich nehmen. Ich werde ihr in die Augen sehen und sagen: »Liebes, eines Tages, falls du das Glück hast, immer noch beide Brüste und deine Gebärmutter zu besitzen, wirst du keine Sekunde mehr darauf verschwenden wollen, deinen Körper oder das, was davon übrig ist, nicht wertzuschätzen. Du wirst nicht mehr denken: ›Warum kann ich nicht sein wie Julia Roberts? Das da kann ich nicht anziehen. Man darf die Cellulite nicht sehen.‹ Wenn du in mein Alter kommst, wird dir klar, dass dich kein Mensch ansieht außer du selbst. Also gib acht, dass diese eine Person keine selbstkritische Zicke ist.«

In Yasmins Gegenwart will mein Körper essen, tanzen, klimpern und scheppern.

Ich wende mich zu ihr. »Du erinnerst mich an meine beste Freundin Helen. Sie würde dich vergöttern.«

Kapitel 7

Alt genug, um zu sterben

Tief ausatmend, recke ich die Arme der Sonne entgegen. Dabei bleibe ich versehentlich an Cates Pullover hängen, den sie sich über die Schultern gelegt hat, und entblöße ein Tattoo. Ich kneife die Augen zu und sehe noch einmal hin.

»Was steht denn da?« Ich beuge mich hinüber, um es genauer zu betrachten.

»DNFR. Do Not Fucking Resuscitate. Keine Reanimation.«

»Das ist doch ein überflüssiges Tattoo«, meint Liz. »Du bräuchtest bloß ein Notfallarmband zu tragen. Mittlerweile gibt es da sogar ganz hübsche.« Sie schüttelt den Arm, und ein Lederarmband mit einem silbernen Plättchen kommt zum Vorschein.

Cate verdreht den Hals und blickt sich über die Schulter. »Ich habe mir das in den Zwanzigern machen lassen, als mein Vater nach einem Schlaganfall wiederbelebt wurde. Es hat fünf Monate gedauert, bis er endlich sterben konnte. Er war hirntot und hing bloß noch an Maschinen. Eine bekackte Geld- und Zeitverschwendung. Genau das hätte er auch gesagt. Er hätte niemals so vor sich hin dämmern wollen. Hätte eine Patientenverfügung gebraucht. Das hier ist meine. So gibt's definitiv keine Missverständnisse, was meinen Letzten Willen angeht.«

»Aber das ›F‹ könnte falsch verstanden werden«, sagt Kiri. »Man könnte meinen, dass es bedeutet: Do Not Forget to Resuscitate, *Bitte nicht vergessen zu reanimieren.* Damit hättest du dir einen Bärendienst erwiesen. Ich verstehe nicht, warum du sogar noch bei einem Tattoo mit Schimpfwörtern um dich werfen musst.«

»Es ist unser Geburtsrecht, obszön zu sein, gerade weil es so verfickt undamenhaft ist«, gackert Cate.

»Ich habe erst vor Kurzem eine Patientenverfügung verfasst«, erzähle ich.

Letztes Jahr vor unserer Auslandsreise, als wir die Kinder einen Monat lang allein ließen, hatten Frank und ich endlich unser Testament aufgesetzt, und ich hatte Wert darauf gelegt, die Patientenverfügung gleich mit zu erledigen. Seit Jahren hatte ich ihm damit in den Ohren gelegen, aber er hatte die unangenehme Aufgabe immer wieder hinausgeschoben, schriftlich niederzulegen, wie mit unserem »Vermögen« und unserem »Grundbesitz« vorzugehen sei, und einen Testamentsvollstrecker zu benennen. Es hatte sich gezeigt, dass Frank der Zimperliche und Abergläubische von uns beiden war.

Wir erstellten sogar einen Ordner für den Todesfall mit Passwörtern, Versicherungs- und Bankdaten und einer Vorsorgevollmacht für die Kinder. »Das ist gruselig, es kommt mir vor wie ein böses Omen«, hatte er gesagt und sich geschüttelt.

Jamie hatte ich erklärt, dass es notwendig war, nur für den Fall, dass wir beide …

»Was? Bei einem Autounfall oder einem Flugzeugabsturz ums Leben kommt? An so was will ich gar nicht denken!«

»Es ist alles in der obersten Schublade von Papas …«, wollte ich erklären, aber Jamie hatte sich die Finger in die Ohren gesteckt und gesagt: »Das ist echt morbide. Euch beiden wird nichts passieren.«

Aaron hatte gesagt: »Wenn Jamie Bescheid weiß, reicht das.«

Frank hatte versucht, mir die Patientenverfügung auszureden.

»Es gibt immer wieder Leute, die aus dem Koma aufwachen, auch nach Jahren. Erinnerst du dich an den Fall, als …?«, hatte er ausholen wollen.

»Bitte, schaltet einfach alle Apparate ab. Du lieber Himmel, ich bin wirklich alt genug, um zu sterben.«

Yasmin bietet mir noch eine Olive an. »Also, ich für meinen Teil gehe nicht mehr zu den jährlichen Vorsorgeuntersuchungen: Darm, Brust, Gebärmutter, Eierstöcke, Cholesterin, Hautkrebs, Herz. Das ist doch uferlos«, sagt sie seufzend.

Mir geht es ähnlich, auch ich bin der Routineuntersuchungen überdrüssig. Doch es braucht nur eine beiläufig beim Abendessen erzählte Horrorgeschichte über die Sowieso, die jetzt nicht ihrem Ende entgegenblicken würde, »wenn sie bloß zur Mammografie gegangen wäre«, und prompt fängt man hektische Nachforschungen an unter Einbeziehung von allerlei Schläuchen und Durchleuchtungsgeräten, um herauszufinden, was da im Innern still vor sich hin brütet. Wir wissen schon, was sich dort zusammenbraut. Letzten Endes ist es unser Schicksal. Früher oder später.

Die übertriebene Wachsamkeit hatte ich immer damit gerechtfertigt, dass ich um meiner Kinder willen den Zeitvertrag möglichst verlängern wollte. Dann, als ich fünfzig wurde, empfand ich geradezu Erleichterung darüber, dass niemand je darüber klagen könnte, ich sei »so jung gestorben«. Im schlimmsten Fall würde man betrauern, dass ich in mittleren Jahren gestorben war.

»Jeder Tag ist geborgte Zeit. Ein Bonus«, meint Cate.

»Meiner Meinung nach steckt in dir noch massenhaft Leben«, sagt Kiri.

»Frida Kahlo war siebenundvierzig, als sie starb.«

»Und Prinzessin Diana gerade mal sechsunddreißig«, sagt Fiona seufzend.

»Also, ich halte nicht viel von der Zwangsvorstellung, so lange wie möglich zu leben. Manche Menschen haben ihre Zeit auf Erden überstrapaziert«, sagt Kiri, »und manche bleiben definitiv zu kurz.«

»Man sollte so leben, dass man glücklich ist, falls man genau jetzt stirbt«, meint Cate.

»Genau jetzt?«, fragt Fiona.

»Ja, jetzt. So können wir die Probe aufs Exempel machen.«

»Keiner von uns wird genau jetzt sterben«, sagt Fiona.

»Das macht das Menschsein doch erst interessant – man kann es nie wissen«, meint Cate augenzwinkernd.

»Warten wir auf die endgültige Diagnose«, meint Fiona. »Vielleicht ist es ja gar nichts«, wendet sie sich an uns. »Ohne Diagnose ist doch alles Spekulation.« Sie setzt sich für Cate ein, nimmt die Dinge in die Hand. Genau darum geht es in einer Freundschaft: die Hoffnung aufrechtzuerhalten und, komme, was wolle, Stütze zu sein, wenn uns das Schicksal einholt.

»Will bloß niemandem ein Klotz am Bein sein«, kichert Cate.

»Da gibt es noch etwas, was du erledigen musst …«, sagt Fiona leise.

»Also, ich finde, ich habe alles abgehakt plus ein paar Extras.«

»Dein Leben war doch die reinste Seifenoper«, wirft Yasmin ein.

»Ja, beim Ärgermachen war ich immer vorn dabei.«

Fiona wendet sich mir zu. »Cate hat eine Gruppe von Umweltaktivisten angeführt. Sie haben ein Kohlebergwerk stillgelegt.«

»Und sie hat vier Nächte im Gefängnis verbracht«, ergänzt Yasmin.

»Und was war mit dieser Schlägerei im Pub?«, sagt Kiri. »Ein Typ hat eine Frau sexuell belästigt, und Cate musste natürlich dazwischengehen.«

»Dann war sie ein Jahr lang in einem buddhistischen Kloster in Tibet«, erzählt Fiona.

»Klappe, Leute. Ihr redet ja daher, als wäre ich schon unter der Erde. Ich bin hier bei euch, nicht vergessen.« Tatsächlich aber genießt Cate diesen Nachruf zu Lebzeiten.

Ich blicke mich um und betrachte die Gesichter dieser Frauen, und ganz gleich, dass ich Yasmin beim Pinkeln zugesehen, Kiris Schweiß abgekriegt und mit Fiona Feuerholz gesammelt habe, Liz falsche Versprechen gemacht habe und mir Cate alle Salt-and-Vinegar-Chips weggefuttert hat – ich würde nicht glücklich sterben, wenn es genau jetzt so weit wäre.

Ich habe noch nicht einmal annähernd »alles« gemacht.

Während Cate dieses unglaubliche unflamingohafte Leben geführt hat, habe ich Flamingomilch produziert und in überfüllten Schulaulen gesessen, wenn Jamie ihre Auftritte hatte, oder im Wartezimmer von Kinderpsychologen, um Aaron auf ADHS testen zu lassen.

Ich habe Helens Rendang noch nicht probiert, das Nordlicht und die Galapagosinseln nie gesehen, längst nicht alle Klassiker gelesen oder ein Enkelkind im Arm gehalten. Vermutlich werde ich nie auf einer Swingerparty sein, mich von einem Trapez herabbaumeln lassen oder über einen roten Teppich schreiten, aber es gibt trotzdem noch eine Menge Dinge im Leben, die ich machen will. Ich könnte surfen lernen, mir einen neuen Hund zulegen, ein Charityprojekt für schwangere Mädchen in Ruanda aufziehen. Oder den Südwesten von China bereisen, so wie CJ es vorhatte.

»Das hier dürfte meine letzte Wanderung sein, dabei habe ich das alles immer für selbstverständlich gehalten: das Bergsteigen, Segeln, Gleitschirmfliegen …« Cate schnieft. »Doch, es ist echt super, hier mit euch zu sein.«

»Das weißt du doch gar nicht, Catey«, tröstet sie Fiona. »Wart mal ab und geh die Sache Schritt für Schritt an.«

Cate legt den Kopf schief und betrachtet Fiona durch halb geschlossene Lider. Es ist der Blick, den Eltern ihrem Kind schenken, wenn sich Erfahrung schützend vor die Unschuld stellt, sich das Wissen der Ahnungslosigkeit beugt, ein sanftes »Wenn du unbedingt willst«.

»Ich will nur vermeiden, dass du dich zu sehr an den Gedanken gewöhnst, dass ich mal alt werde.«

»Du wirst bestimmt mal eine exzentrische alte Frau«, meint Yasmin.

»So wie die in den Märchen, vor denen die kleinen Kinder Angst haben?«, schnaubt Cate.

»Ich freu mich schon darauf, mit dir alt zu sein, weißhaarig und runzlig, mit Enkelkindern und ständig am Stricken oder Backen.«

Liz verzieht das Gesicht. »Erspart mir das bitte. Ich mache lieber einen würdevollen Abgang, bevor ich alt und klapprig bin. Seniorenwindeln gehören nicht zu meiner Vorstellung von einer schönen Zukunft.«

»Das sehe ich auch so«, sagt Cate. »Ich habe nie verstanden, warum so viele Leute sich das ewige Leben wünschen. Irgendwann kommt doch der Punkt, an dem man hier wegwill.«

»Kennt ihr den unsterblichen Tithonos aus der griechischen Mythologie?«, frage ich. »Es gibt ein Gedicht von Tennyson über ihn.«

»Erzähl uns von ihm«, bittet Yasmin.

»Als ihm klar wurde, dass es keine Rolle spielte, welche Entscheidungen er traf, und nichts, was er tat, tödliche Folgen hatte, da bat er die Götter darum, ihn zum Menschen zu machen. Eine Zeile in Tennysons Gedicht lautet: ›Glücklich sind die Menschen, die zu sterben vermögen‹. Das, was unserem Leben Bedeutung verleiht, ist doch die Tatsache, dass wir nicht unendlich viel Zeit haben.«

Wir glauben, dass wir den Tod nicht brauchen, aber das stimmt nicht, wir brauchen ihn doch.

Ich war gerade am Einkaufszentrum angekommen, die Einkaufsliste hatte ich auf die Rückseite eines Briefumschlags geschrieben. Auf dem Weg von der Tiefgarage hinauf zu den Geschäften checkte ich meine Facebook-Nachrichten. Ich hatte eine Nachricht von Jorja.

Die Tatsache, dass ich mich zunächst fragte: »Wer?«, gleich darauf beantwortet von ihren Worten: »Ich bin die Tochter von CJ, bitte rufen Sie mich so schnell wie möglich zurück«, versetzte mir einen Stich im Magen. Es war etwas mehr als ein Jahr her, dass ich CJ das letzte Mal gesehen hatte. Ihre letzte Nachricht, die sie mir am Tag nach dem Konzert geschickt hatte, hatte ich nie beantwortet. Ich wusste einfach nicht, wie ich darauf reagieren sollte.

Ich hatte das Gefühl, dass ich mich irgendwo hinsetzen sollte. Also ging ich hinaus und ließ mich auf einer Bank aus

Beton vor einem Café nieder. Aus einem kleinen Brunnen plätscherte Wasser auf die schwarzen Marmorplatten. Es war kein schlechter Ort, um Menschen zu beobachten. Auf dem Platz herrschte ganz gewöhnliche Geschäftigkeit. Vielleicht plante Jorja eine Geburtstagsparty für ihre Mutter. Mir war bewusst, dass meine Ruhe etwas Verzweifeltes an sich hatte und dass ich bereits mit der Trauer in Verhandlungen stand, bevor ich überhaupt wusste, dass ich trauerte.

Ich saß da und wartete. Ich sah zu, wie die Menschen ihren Beschäftigungen nachgingen. Tief saugte ich die betörende Gewöhnlichkeit der Szenerie auf.

Das Telefonat dauerte zwei Minuten.

Es braucht nicht viel Zeit, um jemandem zu sagen: »Meine Mutter ist letzte Woche bei einem Motorradunfall ums Leben gekommen.«

Die Nachricht erreichte mich über eine Synapse. Ich merkte, wie mein Gehirn sich abmühte, spürte das Knistern und Zischen der Leitungen, die in den schwammigen Windungen meiner Hirnmasse Verbindungen herstellten.

Da saß ich in der Sonne auf dieser Bank, die Einkaufsliste noch in der Hand: *Klopapier Karotten Brot Milch Hühnerbrust grüne Äpfel Katzenfutter.* Die Umklammerung meiner verschwitzten Hand ließ die dunkellila Schrift verlaufen.

In meiner Brust wurde etwas hin und her geschüttelt, als würde jemand an Gitterstäben rütteln, um sie aus den Angeln zu heben.

Mir entschlüpfte ein Wort. »Nein. Nein, nein, nein, nein. Oh, Jorja, was ist passiert?«

Jorja hatte wohl mit der Frage gerechnet. »Sie war mit Kitos Motorrad unterwegs. Wollte Bier und was zu essen von KFC holen. Ein Auto ist bei Rot über die Ampel gefahren.«

Jedes ihrer Worte, jedes Detail war eine kleine Explosion, wie dazugehörige Stills auf einer Filmrolle. Das Motorrad. Das Umschalten der Ampel. Ein zu schnell fahrendes Auto. CJs Aufprall auf der Windschutzscheibe.

»Sie war sofort tot. Sie hat nicht gelitten«, fügte Jorja hinzu.

»Und Kito?«

»War zu Hause und hat Fußball geschaut.«

Ihre Stimme klang sehr fern, als studiere sie eine Rolle ein.

»Jorja …« Meiner Kehle entfuhr ein Schluchzen. »Es tut mir so leid … so unendlich leid. Wann ist das Begräbnis?«

»Das war gestern.«

»Ich habe es verpasst?«

»Es tut mir leid. Ich bin erst heute dazu gekommen, ihr Telefonbuch durchzugehen.«

»Schon klar. Deine Mum und ich hatten eine ganze Weile nichts mehr voneinander gehört.«

Am Tag nach dem Robbie-Williams-Konzert hatte CJ mir eine Textnachricht geschickt: Ich würde es wieder tun. Salz und Zitrone … mmm, ich habe den Geschmack noch an den Fingern. Lange Zeit hatte ich auf diese Worte gestarrt. Mir war einfach keine adäquate Antwort darauf eingefallen.

»Wenn Ihnen noch Leute einfallen, die es wissen sollten, könnten Sie die dann informieren?«, bat mich Jorja.

»Natürlich. Ich rufe Helen an, sie lebt in Amerika«, antwortete ich benommen. »Falls es irgendwas, egal was, gibt, dann melde dich bitte bei mir. Wie geht es … deinem Bruder und deiner Schwester?«

»Liam ist zum Begräbnis aus London gekommen, aber er fliegt morgen wieder zurück. Und Scarlett … na ja, die ist ziemlich durch den Wind.«

»Wie alt ist sie jetzt?«

»Letzten Monat fünfzehn geworden. Aber … sie hat ein schlimmes Jahr hinter sich, gab noch andere Probleme …« Jorja verstummte, und von ihrem Schweigen führten viele geheime Türen ab.

»Es tut mir so leid.« Ich wünschte, ich hätte es dabei belassen, aber irgendwie kam es mir falsch vor, das Gespräch an dieser Stelle zu beenden, ohne mehr über diese tapfere junge Frau zu erfahren, die sich durch das Telefon ihrer verstorbenen Mutter arbeitete und diese schrecklichen Anrufe machte. Ohne groß darüber nachzudenken, plapperte ich: »Studierst du an der Uni? Setzt du gerade aus?«

»Hm … Ich mache eine Ausbildung zur Friseurin. An der Berufsschule.«

»Das ist eine gute Sache. Die Leute sind doch immer auf der Suche nach einer guten Friseurin …« Ich presste mir die Hand auf den Mund, damit mir nicht noch mehr haarsträubende Bemerkungen entschlüpften.

»… okay, ich sollte mal Schluss machen.«

»Ja, klar. Ach, Jorja … Konntet ihr irgendwelche von CJs Organen spenden?«

Am anderen Ende des Hörers herrschte Schweigen.

»Wie meinen Sie das? Meine Mum war keine Organspenderin.«

Nachdem wir uns verabschiedet hatten, saß ich regungslos da, während die Erkenntnis, dass CJ tot war, sich durch die Engstelle in meiner Kehle hochkämpfte. In meinen Adern pulsierte ungläubiger Zweifel. Hatte CJ keinem außer mir erzählt, dass sie ihre Organe spenden wollte? Was war aus der geplanten Wiederverwertung ihrer Einzelteile geworden?

Oder hatte sie mir eine Lügengeschichte aufgetischt? Ich würde es nie erfahren.

Es fiel mir schwer zu schlucken. Dann hatte ich Frank angerufen, nur um es jemandem zu erzählen.

»Das ist schrecklich«, hatte er tröstend gesagt. Er hatte CJ kaum gekannt. Es genügte nicht.

Ich brauchte jemanden, mit dem ich wehklagen konnte. Auf meinem iPhone rief ich die Uhrzeit in Santa Monica ab, dort war es zwei Uhr nachts. Jetzt konnte ich Helen nicht anrufen.

Also war ich aufgestanden, und während mir die Tränen über die Wangen liefen, hatte ich meine Einkäufe erledigt.

Cate erwidert meinen Blick, aber ich kann ihre Miene nicht deuten.

»Das Ende kommt sowieso, nicht nur das von jedem Einzelnen, sondern das der ganzen Erde«, sagt sie und kramt ihre Wasserflasche heraus. Es sind nur ein paar Tropfen übrig, und Cates Hand mit der Flasche zittert. »Es ist doch scheißegal, was wir uns als Individuen wünschen.«

»Das ist überhaupt nicht egal«, widerspricht Fiona und reicht Cate ihre Wasserflasche.

»Wie sieht es mit dem Wasservorrat aus? Lasst uns lieber mal nachschauen, wie viel noch da ist, damit wir nicht plötzlich auf dem Trockenen sitzen«, sagt Kiri. »Also, ich habe noch etwas mehr als einen Liter.«

»Ich habe meins ausgetrunken, tut mir leid. Die Hitze hat mich voll umgehauen …«, sagt Cate.

»Bei mir ist die Hälfte weg«, sagt Yasmin. »Wir brauchen ein bisschen was fürs Kochen, aber nicht viel.«

Ich ziehe meine Flasche heraus. Es ist mehr weg, als ich dachte, ich habe nur noch einen Liter übrig.

»Das wird uns schon reichen«, meint Fiona. »Wir müssen einfach ein bisschen sparsam damit umgehen.«

»Seht euch das an.« Cate deutet auf die Wasserflaschen, die vor uns stehen. »Das ist ein kleines Abbild des großen Ganzen.«

»Wie meinst du das, Catey?«, fragt Yasmin.

»Na ja, wir haben … wie viel … fünf Liter Wasser für sechs Erwachsene. Uns geht das Wasser aus. Es ist eine endliche Ressource.«

»Das liegt daran, dass wir nicht noch mehr schleppen konnten«, sagt Kiri.

»Ich meine alles – Phosphor, Öl, Eisen, sogar Sauerstoff, das große Ganze. Nicht zu vergessen, dass wir jeden Tag Arten verlieren. Wie sollen wir denn genug Nahrung produzieren, um diesen beschissenen, überbevölkerten Planeten satt zu kriegen, wenn es keine Bienen oder andere Bestäuberinsekten mehr gibt? Wir stolpern geradewegs ins sechste Massenaussterben. Es ist nur eine Frage der Zeit.«

Während die Nachmittagssonne langsam schwindet und der Tag das Geschäft an die Nachtschicht übergibt, hat sich um uns herum die Stimmung verdüstert. Der Tag ist nur mehr eine leere Hülse.

»Und jetzt rück mit der guten Nachricht raus«, fordert Liz Cate auf.

»Es gibt tatsächlich eine gute Nachricht.« Cate lächelt. »Aber ich glaube kaum, dass ihr die hören wollt.«

»Ich will sie hören«, meint Fiona.

»Ich auch«, sagt Yasmin.

Ich nicke. Wer würde sich einer guten Nachricht verweigern?

Auf Cates Gesicht erscheint ein verschlagenes Grinsen.

»Die Menschheit wird ausgelöscht, und zwar eher früher als später.«

»Das soll die gute Nachricht sein?«, fragt Kiri gereizt.

»Zwar werden wir nicht überleben, aber die Erde schon. Sie braucht uns nicht. Wenn wir erst mal weg sind, dann entwickeln sich irgendwelche glibberigen kleinen Meereslebewesen und paaren sich mit den letzten überlebenden Kakerlaken. Ein neues System entsteht. Und ohne uns werden sie glücklich und zufrieden weiterexistieren.«

»Ich glaube ja nicht, dass es so weit kommt.« Fiona seufzt. »Es gibt so viele intelligente junge Menschen, die an der Lösung unserer Probleme arbeiten. Alles wird gut werden.« Sie steht auf und legt noch einen großen Ast auf das Feuer, und der Jenga-Turm aus Kleinholz und Zweigen, den ich so behutsam aufgeschichtet habe, stürzt um und verursacht einen Funkenregen.

»Erinnerst du mich daran, dich anzurufen, wenn ich mal einen schlechten Tag habe?«, brummt Kiri. »Finsternis und Untergang, hurra, wir gehen den Bach runter. Uns bleibt nichts als gutes Essen. Yasmin, du Frau der Stunde, lass die Kochlöffel tanzen.«

Kapitel 8

Einmal Küchenhexe, immer Küchenhexe

Als Yasmin fragt, ob ich an den Lauch gedacht hätte, klingt es, als wäre er der Schlüssel zum Königreich.

»Ich habe eine Lauchstange dabei«, sage ich, unsicher, ob ich irgendeine Besonderheit übersehen habe.

Die Nachricht beglückt sie. »Sehr gut, sehr gut, Jo.« Sie lächelt. »Der Lauch ist entscheidend.«

Auf der Suche nach der Lauchstange krame ich in meinem Rucksack. Ich mag Lauch, im Geschwisterpaar Zwiebel und Lauch ist er der Anmutigere. Es fängt schon damit an, dass er einen nicht zum Weinen bringt. Wie die Zwiebel verleiht er Suppen, Eintöpfen, Braten und anderen Speisen jenen Grundton, der Wunder wirken kann, doch anstelle von Schärfe sondert er Süße ab. Mit seinen konzentrischen Schichten, Haut auf Haut, und dem Haarbüschel erinnert er an einen Baumstamm und ist doch ein stiller Leistungsträger. Kaum jemals ist er der Held auf dem Teller, oft bleibt er unbemerkt und unterschätzt, während er das Milieu für die anderen extrovertierteren Zutaten abmildert, die ins Scheinwerferlicht treten und den ganzen Ruhm für sich einheimsen.

»Wir sollten kochen, bevor es zu dunkel wird«, meint Yasmin. Wir sitzen im Sand um das Feuer, hundert Meter von uns entfernt plätschert das Wasser, und mit wenigen, geschickten Handgriffen verwandelt Yasmin die Stelle in eine provisorische Küche. Sie holt ein Geschirrtuch und ein dünnes Plastikschneidebrett aus dem Rucksack. Dann kramt sie ein weinrotes Samtpäckchen heraus, das mit einem Seidenband verschnürt ist. Sie zieht daran, und das Bündel klappt auseinander wie ein Buch, das sich von selbst an der Lieblingsstelle öffnet. In Reih und Glied und nach Größen geordnet liegen drei professionelle Schneidemesser mit Perlmuttgriffen bereit.

»Meine Schätzchen.« Yasmin berührt jedes Messer mit der Fingerspitze. »Können wir den Lauch vorbereiten? Fiona, hast du den Kocher?«

Fiona wühlt in ihrer Tasche und fischt einen kleinen Gaskocher heraus und eine Pfanne, die sie auf dem Kocher platziert.

»Wir brauchen Kochwasser«, sagt Yasmin.

»Ach ja, ich habe den Wasserkessel dabei«, sagt Kiri und zerrt einen ramponierten Campingkessel aus ihrem Gepäck.

»Und hast du auch die Mandeln mitgenommen?«, fragt Yasmin.

»Eine Sekunde.« Kiri taucht in die Tiefen ihres Rucksacks ab. »Ich kann nichts erkennen da drin.« Sie setzt sich eine Stirnlampe auf, kramt weiter und kommt schließlich mit einer Packung Mandeln wieder zum Vorschein. »Diese hinterhältigen Kerle hatten sich ganz unten versteckt.«

»So, dann brauchen wir noch die Pistazien«, sagt Yasmin.

»Die hab ich.« Cate langt in den kleinen Tagesrucksack und zieht eine Packung geschälte Pistazien heraus. »Und wolltest du nicht auch Karotten?«

»Ja, Karotten, wunderbar. Hat jemand an die Sultaninen gedacht?«

Niemand reagiert.

»Ich glaube, wir haben Liz gebeten, sie zu besorgen«, meint Fiona.

Liz liegt ein paar Meter entfernt im Sand, den Rucksack unter den Kopf geschoben, und blickt gedankenverloren aufs Meer. »Worum habt ihr mich gebeten?«

»Die Sultaninen zu besorgen. Hat das geklappt?«

Liz wirkt gelangweilt. »Ach, Entschuldigung. Ich weiß noch nicht einmal genau, was Sultaninen sind. Ist das das Gleiche wie Rosinen?«

»Das macht nichts. Wir bitten ganz einfach die Cranberrys, die Rolle der Sultaninen zu übernehmen.« Yasmin lächelt.

Sie bewegt sich wie eine Tänzerin, als sie alle möglichen Gegenstände aus der Tasche holt und auf dem Geschirrtuch ausbreitet. Eine Tupperdose mit etwas, das aussieht wie gekochter Naturreis. Ein Tiefkühlbeutel mit getrockneten Cranberrys. Ein winziges Fläschchen Olivenöl, eines mit Orangenblütenwasser, eine Häufchen rosa Himalajasalz. Winzige Päckchen mit Gewürzen. Ich erkenne Kardamom, Zimt und Safran. Sie nimmt das kleinste Messer aus dem Samtetui, greift nach einer Orange, hebt sie an die Nase und schnuppert daran. Dann setzt sie die Messerklinge am Nabel der Orange an, jener Stelle, an der sie vom Baum gepflückt wurde, und fährt mit dem Skalpell ins Fleisch. Die Schneide ist derart scharf und ihre Bewegungen so unerschütterlich, dass die Schale wie von allein von der Frucht zu fallen scheint, das Entgegenkommen einer Frau, die sich für ihren heimlichen Liebhaber entblößt, für das es weder Zwang noch Druck braucht.

Mit derselben mühelosen Sicherheit habe ich Mütter ihre dritten, vierten oder fünften Babys handhaben sehen, ein Halt, der den Moro-Reflex beschwichtigt, ein Beisein, das vollkommen und sicher ist und vermittelt: *In diesen Händen bist du geborgen.* Sowohl Yasmin als auch die Orange scheinen zu wissen, dass außer Frage steht, welchen Lauf die Dinge nehmen werden. Die Orange entblättert sich in diesem Ballett, und zwischen beiden herrscht ein harmonisches und von keinerlei Zweifel belastetes Einverständnis. In einer nahtlosen Spirale löst sich die Schale von der Frucht.

Yasmin legt die Orange auf die Seite und umschließt die Schale mit der Hand, sodass sie wieder ein Ganzes ist, eine leere, fleischlose Hülle. Die Geste ist spielerisch, kein notwendiger Schritt der Vorbereitung, aber mir ist klar, dass sie sich das nie entgehen lässt. Dann nimmt sie ein Ende der Spirale zwischen die Finger und hebt sie hoch, sodass sie aussieht wie eine dieser Spielzeugfedern, die die Treppe hinuntersteigen. Sie lässt sie ein paarmal wippen, bevor sie die Schale auf das Brettchen legt, flach drückt und die Kringel in kleinere Stücke hackt, die sie dann in hauchdünne Streifen schneidet. Behutsam schiebt sie sie auf einen Teller.

»Die müssen eine sachte Minute lang im kochenden Wasser bleiben, damit das Bittere rausgeht. Kannst du sie kurz eintauchen und wieder herausfischen, Jo?« Sie reicht mir eine kleine Zange. An der Feuerstelle sprudelt bereits das Wasser, das Kiri geholt hat, und ich lasse die Stückchen hineinfallen und sehe zu, wie sie darin herumzappeln.

»Kipp das Wasser nicht weg. Das können wir noch für den Mitternachtstee brauchen«, meint Yasmin. »Mit dem Honig von Fi und Cate, mmm.«

Als ich ihr die Orangenstreifchen wiederbringe, ist sie dabei, in einer Schale den Safran mit einem Löffel zu zerdrücken. Dann gibt sie einen Schuss Orangenblütenwasser dazu. Sie schneidet zwei Karotten in streichholzgroße Stäbchen und drückt mir einen Tupperbehälter in die Hand.

»Wir machen persischen Juwelenreis«, erklärt sie. »Das ist eine Speise für ganz besondere Tage. Aber nicht so, wie es meine Mutter mir beigebracht hat, ich lasse das Rezept ein paar neue Tanzschritte machen. Und wir nehmen Emmer statt Reis, den habe ich schon vorgekocht.« Sie tippt auf den Behälter. »Der braucht sonst zu lange.«

»Emmer? Das habe ich noch nie gehört«, sage ich, nehme den Deckel ab und schnuppere daran.

»Der ist extrem gesund, ein ganz altes Korn, nussig, und so elastisch, dass es zwischen den Zähnen herumhüpft. Probier mal.«

»Mit den Fingern?«

»Na klar, so halt.« Yasmin schaufelt sich etwas auf die Finger und saugt die Körner in den Mund.

Ich tu es ihr nach. Genau wie Yasmin sagt, ist es etwas zäh und nussig, ein robustes Getreide, Reis mit einem besonderen Pep.

»Vor zwei Tagen habe ich von Lauch geträumt. Erinnerst du dich an deine Träume, Jo?«

»Manchmal.« Allerdings wage ich nicht zu gestehen, dass ich noch nie von Gemüse geträumt habe. Plötzlich kommt mir das verkehrt vor. Ich könnte doch wirklich mal von Auberginen träumen.

»Wenn ich mir eine Frage stelle, dann bitte ich sie, mich in den Traum zu begleiten, und wenn ich aufwache, ist die Antwort nicht mehr weit. Du weißt doch, wie das Träumen funktioniert? Das Wissen ist schon da drinnen.« Sie tippt sich ans Brustbein. »Alle Antworten sind hier.«

Frank würde so etwas »Mumpitz« nennen, und Helen würde »Schwachsinn« dazu sagen, aber ich bin ganz verzaubert von dem, was zwischen uns vor sich geht.

»Der Lauch hat gesprochen und gesagt: Vergiss die Linsen nicht. Stimmt, habe ich gedacht, wir brauchen das Protein, um uns zu stärken. Die sind gut für Cates Muskeln.« Yasmin wischt sich mit dem Ärmel über die schweißglänzende Stirn.

»Puh, diese Hitzewallungen.« Sie hebt den Rock hoch, er bauscht sich im Wind, und sie fächelt sich Luft damit zu. Dabei erhasche ich einen Blick auf ihren weichen braunen Bauch und den Bauchnabel, ein in ein Speckröllchen eingebettetes gekräuseltes Fischmaul. Aber es ist keines dieser ungeliebten Fettpolster, die unter Unmengen an Kleidern versteckt werden, sondern der großzügige Bauch einer arabischen Tänzerin, ein Bauch, der mit Kokosöl liebkost und der Sonne ausgesetzt wird, der mitfeiern darf, eine Bereicherung und kein Anlass zur Scham. Ihr Körper strahlt ein vollmundiges, berauschendes Entgegenkommen aus.

Als die Hitzewallung abebbt, atmet sie genüsslich aus. »Wie steht's mit deinem Klima?«

»Wie bei dir«, sage ich. Das brennende aufwühlende Arpeggio, das den Körper hinauf- und hinabwandert, ist mir nur zu bekannt; es trifft dich wie ein Blitzschlag, ein atemloses Donnern.

Die Wechseljahre sind ein ganz privater innerlicher Sommer. Die Hitzewellen rieseln vom Unterleib hinauf bis zum Hals, und als stünde ich in Flammen, reiße ich mir Hemd und BH vom Leib, damit er atmen kann. Es muss Luft an die Haut. In meinem ersten Wechseljahreswinter schlief ich sogar nackt, weil mein Körper im Dunkeln immer auf der Suche nach Abkühlung war wie ein auf Frost trainierter Spürhund. Früher war ich kälteempfindlich gewesen, jetzt sehnte ich mich danach. Wenn die Hitzewallung aufzieht, dann gilt es, sich zu beeilen. Mir bleibt keine Zeit, höflich innezuhalten und zu fragen: Ist es Ihnen recht? Alles, was das Fleisch berührt, muss abgeworfen werden. Mir ist es egal, und falls andere sich daran stören, Pech gehabt. Unbeabsichtigt bin ich zur Exhibitionistin geworden. Für den Fall, dass du auf schlaff stehst: Hier kriegst du, was du willst.

Diesen innerlichen Hochofen kannte ich nur aus den Schwangerschaften. Ich konnte das warme Köcheln der Zellteilung spüren, das Fieber der ersten Bewegungen.

»Mir gefällt es, dass ich eigene Hitze erzeugen kann«, sagt Yasmin. »Wie bei der Sonnenenergie – sie kostet nichts und funktioniert immer. Ich brauche keine Heizung mehr und dusche nicht mehr heiß. Damit spare ich Hunderte von Dollars.«

»Vielleicht erfindet ja irgendein Millennial etwas, womit man unsere Körpertemperatur in Treibstoff umwandeln kann. Dann könnten wir damit Wasser kochen oder unser iPhone laden.«

»Und Eier ausbrüten.«

»Den Pool heizen.«

»Die Tiefkühltruhe abtauen.«

»Frauen in der Menopause – eine neue Quelle erneuerbarer Energien. Was für eine Werbekampagne könnte Liz daraus machen!«

Wir lachen, als wären diese plötzlichen Anfälle unerträglicher Hitze, die durch uns fegen nach vierzig menstruierenden Jahren, der letzte Brüller.

»Wer hat dir das Kochen beigebracht?«, frage ich Yasmin.

»Meine Mutter. Doch davor hat sie mir von frühester Kindheit an das Riechen und Schmecken beigebracht. Zwischen uns war immer ein Topf oder eine Schöpfkelle – das waren die Arme, mit denen sie mich hielt. Sie gab mir meine Nase und meine Zunge. Jetzt versuche ich, dasselbe an meine Kinder weiterzugeben, aber außer Ibrahim interessiert sich keiner von ihnen fürs Kochen. Er besitzt das Fingerspitzengefühl meiner Mutter. Aber so vieles geht verloren, die Rezepte verschwinden.«

»Meine Mum ist auch eine ganz wunderbare Köchin.« Ich spüre ein Ziepen im Bauch. Hühnersuppe. Gehackte Leber. Salzhering. Latkes. Kugl. So mühelos schuf sie in einem fort all diese jüdischen Aromen meiner Kindheit. Und dann bekam Afrika sie zu fassen, und sie brachte sich bei, wie man Lamm Potjie kocht, Eintopf aus Waterblommetjie, Chakalaka und Mielie Pap, malaiisches Curry, Speisen, deren Zubereitung ich nie erlernt habe. Erst als sie der Vergangenheit angehörten, habe ich festgestellt, wie sehr ich diese Geschmäcke liebte.

»Lebt sie noch?«

Ich nicke.

»Du hast Glück. Meine Mutter ist letztes Jahr gestorben. Pankreaskrebs. Es ging sehr schnell.«

»Das tut mir sehr leid.«

»Der Tod ist ein Kamel, das sich vor jeder Tür niederlässt. Ich vermisse sie so. Mein Herz fühlt sich an wie ein gewrungenes nasses Handtuch.«

»Ich kann noch nicht einmal darüber nachdenken, dass meine Mutter sterben könnte. Es muss verstörend sein.«

»Ja, das Wort beschreibt es gut. Wie eine Gehirnerschütterung, aber am Herzen. Rajit weiß das nicht, aber ich bezahle immer noch die Gebühr für ihr Handy. Ich rufe die Nummer an, um ihre Stimme zu hören. Jeden Tag gibt es Dinge, die ich ihr erzählen will, Fragen, die ich ihr stellen müsste. Ich will wissen, was sie davon hält. Man kann nie wirklich glauben, dass man die Mutter verloren hat, es kommt einem vor wie ein Missverständnis.«

Ich schlucke. »Es ist lächerlich, oder? Wenn man zweiundfünfzig ist und sich nicht damit abfinden kann, irgendwann einmal seine Mutter zu verlieren.«

»Aber wenn sie hier wäre, weißt du, was sie dann sagen würde? ›Ich bin nicht weg. Ich bin hier bei dir.‹ Riech mal«, sagt Yasmin und hält mir die Schale mit dem Safran und den Orangenblüten unter die Nase. Ich atme tief ein. Die Aromen funkeln, und das olfaktorische Feuerwerk lässt etwas in meinem Gedächtnis aufleuchten.

Plötzlich bin ich ein Kind in der Küche meiner Mutter und sehe zu, wie sie in ihrer Schürze am Herd steht; das Radio läuft, in den Pfannen zischt und brutzelt es, die Zwiebeln liegen geschält bereit und warten auf ihren Einsatz. Meine Mutter streut, rührt und würzt. Es ist ein Maulbeersommer, und sie überwacht den blubbernden klebrigen tiefroten Vulkan der Marmelade. Das Pessachfest steht an, die Knödel wirbeln und schnattern in der Suppe. Die rosa Grapefruits waren im Angebot, und der blutrote bittersüße Sirup gluckst schwerfällig im Topf, während sie die Flaschen auskocht, die sie mit der Marmelade befüllen wird und die drei Winter vorhalten werden. Ungeachtet all der Enttäuschungen, die ihr das Leben bescheren wird – einschließlich jener, dass ich Jahrzehnte später die Enkel ans andere Ende der Welt verfrachten werde, gerade als sie anfängt, sich am Dasein als Großmutter zu erfreuen –, steht sie da in der Hitze, und es steckt eine Freude in ihr, die nichts ihr jemals nehmen kann; ich kann den Blick kaum von ihr abwenden.

Yasmin hat mich in mein Elternhaus zurückversetzt, zu den Düften und Aromen jener Welt, die ich zurückgelassen habe, und hat mich daran erinnert, wie man die Liebe nährt. Der Weg in die Seele einer Frau führt über den Mund in ihren Bauch, wo sie zunächst sich selbst versorgt, um dann andere zu ernähren.

Wenn meine Mutter Essen zubereitet, erinnert es daran, wie manche Menschen singen – eine mühelose, freigiebige und schrankenlose schöpferische Kraft. Damals kochte sie, um den Frieden zu wahren, Unwetter zu besänftigen, uns vergessen zu lassen, dass das Leben nicht fair ist – sie milderte Verletzungen, linderte die afrikanische Hitze, sorgte für Wärme im kühlen Highvelder Winter und für Zusammenhalt, hielt die Erinnerung an ein Zuhause in uns wach, in dem der Hunger gestillt wird und Zufriedenheit herrscht. Sie sah sich nie als Künstlerin, doch sie war in der Lage, aus den einfachsten Zutaten ein Festmahl zu zaubern: ein Ei, eine Kartoffel, eine Dose Sardinen, ein Bund Radieschen, ein übrig gebliebener Hühnerkadaver. Mit ihrer ruhigen Art, einer Schüchternheit, die oft als Unnahbarkeit missdeutet wurde, offenbarte sie das versteckte Kunstwerk, das hinter der Bescheidenheit verborgen war, so wie Michelangelo den Engel im Marmor erkannte.

»Es ist so vielschichtig«, sage ich zu Yasmin. »Da überlagern sich ganz viele Nuancen.«

Aufgeregt nickt sie. »Du und ich, wir haben beide eine Nase, die wie das Facettenauge von Fliegen ist. Wir riechen die ganze Zitrone, sogar den Boden, auf dem der Zitronenbaum gewachsen ist. Du musst gut auf deine Nase achten.« Sie tätschelt ihre, als wäre sie ein kleines, flauschiges Haustier. »Versieh sie mit Muskeln, mach sie stark. Damals, auf dem Boot, hätte ich beinahe meinen Geruchssinn verloren. Das war, als wir aus dem Iran nach Australien gekommen sind, eng wie Sardinen in ein Boot gequetscht. Diesen Gestank von Körpern ohne sanitäre Versorgung und ohne Wasser vergisst man nie: Schweiß, Urin, Fäkalien, Menstruationsblut. Meine Mutter hat mir Rosenwasser und Ingwer unter die Nase gerieben, damit ich mich nicht übergebe.«

»Ihr seid als Flüchtlinge hergekommen?«

»Ja, da war ich fünfzehn. Wir hatten solches Glück. Nach der Revolution wollte mein Vater ein besseres Leben für uns. Er hat sein Geschäft aufgegeben, unser großes Haus, unsere lange Familientradition und die Großfamilie, damit wir in dieses wunderbare Land auswandern konnten. Er wusste, was ein Opfer ist. Vielleicht ist es etwas, das Männer verstehen. Er wurde nicht rührselig, als es darum ging, Dinge zurückzulassen. Anders als meine Mutter. Was hat sie geweint! Aber er hat ihr kein Gehör geschenkt, um uns ein besseres Leben zu ermöglichen.« Sie schüttelt den Kopf und verlagert das Gewicht auf eine Seite.

»Mein Mann und ich sind auch hier eingewandert, als unsere Kinder zwei und vier Jahre alt waren. Aber nicht so … Es war eine freie Entscheidung, wir sind im Flugzeug hergekommen, wo wir die Wahl zwischen englischem und kontinentalem Frühstück hatten«, erzähle ich.

»Einwanderung ist Einwanderung, meinst du nicht? In jedem Fall ist es nicht dein Zuhause.«

Bei diesen Worten spüre ich einen kleinen Kloß im Hals. »Sollte Australien nach achtzehn Jahren nicht unser Zuhause sein?«

Yasmin bewegt die Lippen übertrieben hin und her, als kaue sie auf einem Stück Knorpel herum und benötige sämtliche Backenzähne dafür. »Für unsere Kinder schon. Wir selbst bleiben immer halb-halb, wir stecken im Graben der Erinnerung fest.«

Ihr Blick wird schwermütig. »Ich erinnere mich noch«, sie atmet tief ein, »an die roten Vorhänge im Haus meiner Kindheit, an den Brunnen in unserem Garten, wie meine Mutter gekocht hat … die Gerüche, würzig, sauer …« Sie schließt die

Augen. »Wie ein Hund im Hof gewinselt hat … ja, das Licht und das Dunkel.« Obwohl sie die Augen geschlossen hat, bemerke ich, wie sich ihr Gesicht verändert, sich ganz leicht verzerrt, als habe man ihr einen Hieb versetzt. Ihre riesigen Augen klappen auf. »Es war nur ein Straßenhund«, sagt sie leise. Diese fünf Wörter setzen unmissverständlich den Schlusspunkt.

»Fiona, bringst du uns bitte den Mais?«, ruft Yasmin. Fiona kommt vom Feuer herüber und zieht sechs Maiskolben aus dem Rucksack, die noch in ihrem großblättrigen Brautgewand stecken.

»Direkt aufs Feuer?«, fragt Fiona.

Yasmin nickt. Dann holt sie eine kleine Tupperdose mit einer Gewürzmischung hervor. Sie macht sie auf und reicht sie mir.

»Koriander, Pfeffer, Sesam«, sage ich.

»Du hast eine gute Nase. Deine Mutter hat dir eine Menge beigebracht. Das ist Aleppo-Pfeffer, schwarzer und weißer Sesam und Koriandersamen. Wenn der Mais fertig ist, dann beträufeln wir ihn mit Öl und tauchen ihn in die Gewürzmischung, mmh …«

»Hast du es schon mal mit Mayonnaise, saurer Sahne, Chili und Limettensaft probiert? Man bepinselt die Kolben damit und streut Käse darüber. Dann werden sie gegrillt und obendrauf kommt frischer Koriander. Das ist ein mexikanisches Rezept.«

Yasmins Augen leuchten. Keine Ahnung, warum mir das Rezept plötzlich eingefallen ist, ich habe es selbst erst wenige Male gemacht. Yasmin hat es hervorgelockt, sie ist ein Kraftfeld, eine unbeirrbare Missionarin, die etwas längst Vergessenes in mir wiederbelebt.

»Stimmt schon, was Fiona sagt: Einmal Küchenhexe, immer Küchenhexe.«

»Früher vielleicht …«

Yasmin legt den Kopf schief und mustert mich, um festzustellen, ob sie mir glauben soll.

»So was geht nicht verloren. Das ist hier.« Yasmin tippt mir auf die Nase. »Du verlierst deine Geschichte, deine Eltern, deine Familie nicht.«

Sie lässt die unerhört langen Wimpern klimpern und wischt meinen Einwand fort, dass durchaus alles verloren gehen kann. Alles, worauf du vertraut hast, deine Gewissheiten, deine Identität, deine Kinder, deine glückliche Ehe – alles liegt in Trümmern.

»Also«, sagt sie ernst. »Dann machen wir uns mal an den Lauch.«

Kapitel 9

Die brennende Frau

Lässt du mich jetzt mal die Blase an deinem Fuß angucken?«, sagt Kiri zu Liz. »Oder willst du den ganzen Weg so zurücklaufen, damit sie auch ordentlich wehtut? Willst du vielleicht noch eine nette Infektion als Souvenir mitnehmen?«

Seufzend schwingt Liz ihr Bein zu Kiri herum.

Kiri besieht sich die Stelle. »Mann, ich bin so kurzsichtig, ich kann echt nichts sehen.« Sie schaltet die Stirnlampe an. »Hab meine Brille im Auto gelassen. Dachte, die brauche ich hier draußen nicht. Ich gehe mal davon aus, dass keiner eine Lupe mithat?«

»Ist nur eine Blase«, meint Liz.

»Wir könnten einen Klecks Honig drauftun«, schlägt Fiona vor. »Der wirkt antibakteriell.«

»Papaya-Salbe«, empfiehlt Cate. »Steckt in der Außentasche meines Rucksacks.«

»Muss erst schauen, was ich vor mir hab, Leute«, sagt Kiri, die Liz' Fuß in der Hand hält und ihn blinzelnd inspiziert.

»Ich habe Vergrößerungsgläser dabei«, sage ich und krame sie aus meinem Rucksack. Ich besitze sechs dieser schmalen, zusammenklappbaren Brillen, um jederzeit eine zur Hand zu haben – im Nachtschränkchen, in der Küche, im Auto, Schreibtisch und in zwei Handtaschen. Mitte vierzig ging es los. Meine Augen beschlossen, dass ich die mittleren Jahre erreicht hätte, und unvermittelt konnte ich weder Speisekarten lesen noch die Dosierungsangaben von Medikamenten, englischsprachige Anleitungen auf winzigen zusammengefalteten Beipackzetteln oder sonst etwas Kleingedrucktes. Ohne die Brillen bin ich unfähig zu lesen, wie vor den Kopf gestoßen und verzweifelt. Ich habe mich schon mit Haarspülung eingeseift, bevor mir bewusst wurde, dass es gar kein Duschgel war. Vor wenigen Monaten kam ich an einen Tiefpunkt, als ich mir beinahe die Zähne mit der Mykose-Creme geputzt hätte, die noch auf dem Waschtisch lag. Warum denken die Werbetreibenden nicht an Frauen in den mittleren Jahren, die beim Duschen eine Lesebrille brauchen? Im Allgemeinen sind wir Frauen die, welche die Kaufentscheidungen fällen. Liz sollte wirklich mal den Kampf für unsere Sache aufnehmen.

Ich reiche Kiri die Brille.

»Ah, da hätten wir's. Au weia, du hast dir eine fiese Blase eingehandelt. Da haben die Reibungskräfte ganze Arbeit geleistet.«

»Neue Schuhe«, sagt Liz. »Bei dem, was die gekostet haben, sollte man meinen, dass sie blasensicher sind.«

»Geld allein hilft eben auch nicht immer«, meint Kiri. »Wenn dich eine Biene sticht, tut's weh, egal ob du Rupert Murdoch bist oder obdachlos.«

»Versuch's mit Teebaumöl«, sagt Yasmin. »Das hilft immer.«

»Wir stechen sie nicht auf, das soll man nicht machen. Die Flüssigkeit bietet Schutz. Ich mache das alles mit einem Antiseptikum sauber, und dann polstern wir die Stelle mit Verbandsmull und einem Pflaster. Schau, dass sie trocken bleibt.«

Liz nickt. »Ich werde mich nicht mit der Krankenschwester anlegen.«

»Warte mal, was ist das denn?« Kiri beugt sich vor, um Liz' Unterschenkel zu betrachten.

»Ein Ausschlag?«, sagt Liz mit einem Blick auf ihr Bein.

»Hattest du die Windpocken schon?«

»Als Kind, ja.«

»Hast du denn keine Schmerzen? So ein brennendes Kribbeln?«

Liz' Gesicht ist anzusehen, dass sie nicht hergekommen ist, um wie ein Patient in der Uniklinik einer öffentlichen Gesundheitsprüfung unterzogen zu werden. Im Bemühen, das Gespräch vertraulicher zu gestalten, senkt Liz die Stimme.

»Es juckt ein bisschen. Und manchmal schießt ein stechender Schmerz das Bein rauf und runter.«

»Also, meine Liebe, so wie ich das sehe, hast du dir eine Gürtelrose eingehandelt«, brüllt Kiri. »Das kriegt man als Bonus obendrauf, wenn man ordentlich im Stress ist. Siehst du, wie es sich da am Bein runterzieht? Immer entlang der Nerven.«

»Gürtelrose?«

»Ist dasselbe Virus wie bei Windpocken. Erst kriegt man einen Hautausschlag, und dann kommen richtig garstige Bläschen. Es wird wehtun, du musst damit zum Arzt gehen, vielleicht braucht's auch ein Antibiotikum. Die gute Nachricht ist: Eine Amputation wird nicht nötig sein.«

Eine Sekunde lang herrscht Schweigen, dann entfährt Fiona ein Ächzen.

Ich brauche einen Augenblick, bevor ich schalte. Grimmige Stille senkt sich auf uns herab, als Kiris Worte sich setzen.

Liz ist diejenige, die uns aus der Starre rüttelt. »Entspannt euch, es ist alles okay. Nur weil mein Sohn ein Bein verloren hat, muss noch lange nicht über jeden Amputationswitz Zensur verhängt werden.«

Kiri wird blass. Sie schlägt sich die Hand vor den Mund. »Du lieber Himmel. Mein Gott, das tut mir leid ...«

»Kein Problem.«

Kiri lässt den Kopf in die Hände sinken. »Immer muss ich die Klappe zu weit aufreißen.«

»Alles gut. Heutzutage sind alle so überempfindlich«, meint Liz. »Es ist doch lächerlich, wenn man seine Gedanken und Kommentare zensiert, weil irgendwer ein persönliches Trauma erlitten hat. Meine Güte, es gibt Tausende Schicksale, die viel schlimmer sind, als ein Bein zu verlieren.«

Ihr Wortschwall scheint sie selbst erschöpft zu haben. Sie hat die Kontrolle über mehr als bloß ein vertrauliches Zwiegespräch zu ihrer Gesundheit verloren.

Kiri hebt den Kopf. »Ich mache immer dumme Witze über Amputationen, weil ich doch selbst Diabetikerin bin und so, aber es ist nicht witzig.«

»Vergiss es einfach«, sagt Liz. »Mann, jetzt auch noch eine bescheuerte Gürtelrose.«

»Lass Kiri bloß nicht vom Haken!«, sagt Yasmin lachend. »Sie ist so ein Großmaul, und jetzt tut es ihr leid.«

Ich blicke zu Kiri hinüber, die vor Reue ganz niedergeschmettert ist. Am liebsten würde ich zu ihr gehen, meine Stirn an ihre drücken und ihr zeigen, dass wir alle Fehler machen.

Yasmin wischt sich den Schweiß vom Gesicht. »Oho, noch mehr Hitzewallungen.« Sie steht auf und schüttelt sich, die Handgelenke, die Arme, den Kopf, als wäre sie eine flatternde Fahne im Wind.

»Nimmst du keine Medikamente gegen die Hitzewallungen?«, fragt Liz.

»Nein, bei natürlichen Sachen würde ich nie Medikamente nehmen. Weder Laxative gegen Verstopfung noch Schmerzmittel gegen Kopfweh. Gegen die Hitzewallungen verwende ich Yamswurzel und Frauenwurz. Nimmst du denn Tabletten?«

»Ich nehme Tabletten gegen absolut alles«, erwidert Liz. »Yams und was?«

»Frauenwurz. Das ist eine Heilpflanze aus der Familie der Hahnenfußgewächse. Kommt von den amerikanischen Ureinwohnern. Aber ich habe meine Tabletten zu Hause vergessen. Heute bin ich also eine brennende Frau«, sagt Yasmin und lacht. »Ich stelle mich kurz zu Kiri und halte die Füße ins Wasser, um mich abzukühlen.« Mit den Händen fächelt sie sich Luft zu.

Die Hose über die enormen Unterschenkel gekrempelt, steht Kiri mit dem Rücken zu uns am Wasser und blickt hinaus aufs Meer.

»Ist nur eine Hitzewallung«, sage ich. »Sie kommt und geht, wie die Wehen, weißt du noch?«

»Ich hatte einen Wunschkaiserschnitt. Und qualvolle Wechseljahre«, erzählt Liz.

»Du hast es damals auch schlimm erwischt, stimmt's, Kiri?«, ruft Fiona.

Langsam dreht sich Kiri um. »Worum geht's?«

»Die Wechseljahre. Du hattest eine harte Zeit …«

»Kann nichts verstehen.« Kiri kommt wieder auf uns zu.

»Sie hatte eine drei Jahre während monogame Beziehung mit einem Harnwegsinfekt«, erzählt Cate.

»Wovon ist denn die Rede?«, fragt Kiri, zurückgekehrt aus dem selbst gewählten Exil.

»Ich erzähle gerade, wie du dauernd unter Dehydrierung gelitten hast, weil du keine Lust hattest, Rasierklingen zu pinkeln«, sagt Cate.

»Wohl wahr. Aber saudumm. Was Blöderes kann man nicht machen«, sagt Kiri, und beinahe meine ich, den Soundtrack zu hören, wie sie sich innerlich zur Schnecke macht.

»Harnwegsinfektionen waren eine angenehme Abwechslung gegenüber dem restlichen Albtraum«, meint Liz. »Und das Ganze zwei Mal durchzustehen, hat es auch nicht leichter gemacht.«

»Zwei Mal?«, fragt Yasmin nach.

»Quasi Doppelbestrafung.«

»Wie hast du das angestellt?« Yasmin zwinkert. Gut möglich, dass ihre Superkraft darin besteht, andere dazu zu bewegen, Dinge zu tun, die sie gar nicht tun wollen, auch wenn ihr das selbst womöglich nicht bewusst ist.

»Muss eine Endometriose gewesen sein«, sagt Kiri.

»Ganz genau, damit hat es vor fünfzehn Jahren angefangen – mit einer Endometriose«, erzählt Liz. »Ich habe Medikamente gegen die Zysten, die starken Blutungen und Krämpfe bekommen. Dadurch haben die Wechseljahre frühzeitig eingesetzt – einschließlich Hitzewallungen und Schlaflosigkeit, ich habe es sogar fertiggebracht, ein paar Kilo zuzulegen. Nach einer Weile ging es mir wieder gut. Aber dann, vor fünf Jahren, kamen die echten Wechseljahre.« Kurz hält sie inne. »Da habe ich die ganzen Symptome noch einmal gehabt, nur noch schlimmer.«

»Manche Frauen kriegen es wirklich schlimm ab. Nicht nur körperlich, sondern auch, was das Emotionale und die Psyche angeht.« Kiri trocknet sich die Füße mit einem Tuch ab und wischt den Sand ab. »Wir hatten mal eine Frau da, die mit einer Gabel auf sich eingestochen hat, hierhin.« Kiri deutet auf ihren Oberschenkel. »Sie hat gesagt, damit wollte sie verhindern, dass sie ihren Mann ersticht, der sie immer mit seiner Schnarcherei und Furzerei wach hielt.«

Liz zuckt zusammen. »Mir ist es wie eine Hirnschädigung vorgekommen. Ständig habe ich Sachen fallen lassen, bin gegen Tischkanten gerempelt und über die eigenen Füße gestolpert. Ich konnte nicht mehr als eine Stunde am Stück schlafen. Es war schlimmer als mit einem Neugeborenen. Meine Haut hat gebrannt wie Feuer. Bis zu fünfzig Mal am Tag hatte ich Hitzewallungen. Und grauenhaften Reflux.«

»Zilly«, sagt Fiona. »Das habe ich gar nicht gewusst.«

Liz zuckt mit den Achseln. »Jammern hat auch keinen Sinn.«

»Das tut mir so leid, Liz«, sagt Yasmin mitfühlend. »Solches Leid, nur damit die Menopause kommen kann?«

Kaum wahrnehmbar ändert sich Liz' Körperhaltung. So als habe sie aufgehört, sich gegen eine Windböe zu stemmen. Die Schultern fallen herab, ihre Körperspannung lässt nach, so wie wenn man aus einem Sturm kommt und die Tür hinter sich schließt. Es ist ein Nachgeben, nicht mit Gewalt herbeigeführt, keine weichgeklopften Fasern, sondern eine Entspannung der Faszien, durch die der Muskel sich lockert. Auch auf ihren Kehlkopf wirkt sich das aus; ihre Stimme klingt eine Oktave höher, während sie uns ins Vertrauen zieht oder zumindest etwas tut, das dem sehr nahekommt.

»Es hat sich auf die Arbeit ausgewirkt. Meine Konzentration war weg, und ich war besessen von Kleinigkeiten, wie zum Beispiel, wo ich in einem Konferenzraum sitzen sollte. Wenn es weder Ventilator noch Klimaanlage gab, habe ich meine Assistentin vorausgeschickt, damit sie mir einen Stuhl am Fenster reserviert. Ich musste immer in der Nähe der Tür sitzen, nur für den Fall, dass ich schnell wegmüsste. Es war eine Art Paranoia. Es ist demütigend, daran zu denken, wie viele Seidenblusen ich manchmal an einem Tag durchgeschwitzt habe«, fährt Liz fort. »Es war wie bei einer heimlichen Affäre – ständig war ich darauf bedacht, die Symptome vor den anderen geheim zu halten. Einmal musste ich meine Assistentin vor einem Vortrag mit meinem Kleid zur Reinigung schicken, weil ich den Rücken völlig nass geschwitzt hatte. Aber das, was mich wirklich überrascht hat, was ich überhaupt nicht hatte kommen sehen …«, sie fährt sich mit den Händen durchs Haar, »das war die Wut. Sie war unglaublich. Es war schon so etwas wie eine Geistesstörung.«

Das Geständnis ist ihr entschlüpft, und sie hält inne, um zu sehen, ob sie zu weit gegangen ist. Mit ihrer Verwundbarkeit geht sie nicht leichtfertig hausieren.

»Ich war überhaupt nicht darauf vorbereitet.«

»Das ist normal, Liz. Ich habe auch Wutausbrüche seit den Wechseljahren«, wirft Yasmin ein. »Ich nenne sie meinen Drachenatem.«

»Auf der Station im Krankenhaus haben sie mich den Vesuv genannt«, erzählt Kiri lachend. »Wenn die mich gesehen haben, sind sie auseinandergestoben wie eine Horde Kakerlaken.«

»Zilly, ich werde schon seit Jahren von Wutanfällen geplagt«, sagt Fiona sanft.

Es ist eine Kettenreaktion. Zuerst geht eine Hand hoch, dann noch eine, dann noch eine. Auf diese Weise beginnt eine #MeToo-Bewegung.

»Ich musste Medikamente nehmen. Damals wusste ich das nicht, aber es waren dieselben, die sie im Hochsicherheitstrakt den Kriminellen geben, die unter einer Psychose leiden. Immerhin, es hat funktioniert.«

Plötzlich wird mir das Herz leicht, ein Flügelschlagen in der Brust. Ach, wie gut es tut, unter meinesgleichen zu sein, zornigen, wütenden, brüllenden Frauen in den Wechseljahren. Vielleicht bin ich ja ein ganz normales zänkisches Weib, eine gewöhnliche Xanthippe in den Fünfzigern, und nicht etwa eine durchgedrehte Irre.

»Ich verstehe gar nicht, warum du so wütend bist«, sagte Frank herablassend.

»Scheiße noch mal, was fällt dir ein, mir zu sagen, wie ich mich fühle?«

Sein Gleichmut war mir ein Rätsel. Sah er es denn nicht? Jedes einzelne Gemüse in diesem Supermarkt – ohne Ausnahme – war in Zellophan oder Styropor erstickt. Facebook war nur mehr ein Podium für weiße Rassisten, Chauvinisten und Klimawandelleugner. In Australien wurde immer noch Kohle abgebaut. Und wer zum Teufel hatte meine Vanilleschnitte gegessen, die ich in den Kühlschrank gestellt hatte?

»Reg dich nicht über Kleinigkeiten auf, davon kriegst du nur Pickel«, erwiderte er, und, lieber Gott, hier mit einem Klischee zu kommen, hatte denselben Effekt wie eine glimmende Zigarette in einem von der Dürre ausgemergelten Busch. Außerdem ging es hier nicht um Kleinigkeiten – ich hatte mir diese Vanilleschnitte extra aufgespart.

Auf dem Weg hinaus hatte ich die Tür hinter mir zugeknallt. »Ich geh spazieren.«

»Ja, tu das«, rief Frank. »Und tief durchatmen.«

Schäumend vor Wut, stampfte ich vorwärts. In mir war etwas aufgeplatzt, und nichts deutete darauf hin, dass es mit dem Aufplatzen vorbei war.

Wut war mir immer fremd gewesen. Leidenschaft kannte ich, aber nicht diese Weißglut. Ich war mit einem wütenden

Vater aufgewachsen und hatte mir geschworen, dass sich die Geschichte nicht wiederholen sollte. »Ein aufbrausendes Gemüt steht einer Dame nicht«, sagte meine Oma Bee immer, wenn ich die Stimme hob und meine Meinung lautstark vorbrachte. Also hatte ich mich angepasst. Meinen Zorn regulierte ich mit denselben Grundsätzen, die ich auf mein Gewicht anwandte: Entbehrung und Verleugnung. Ich versagte mir die legitime Wut gegenüber sexistischen Witzen und beiläufiger Frauenfeindlichkeit, um den Stereotypen keinen Vorschub zu leisten und für noch mehr Geringschätzung verantwortlich zu sein. Frank versicherte ich, dass es mich nicht störte, wenn er den Fernseher im Wohnzimmer einschaltete und sich Rugby und Boxen anschaute. Ich tolerierte es als eine Geschmackssache, im Sinne von: »Nein, danke, ich brauche das nicht, aber mach du nur«, doch ich kann euch sagen, dass er jedes Mal Reißaus nahm, wenn ich mich mit Meditation, Kirtan oder Yoga Nidra beschäftigte.

Im Zugeständnisse-Machen wurde ich Profi, extrem flexibel, was meine Bedürfnisse anging, und gänzlich daran gewöhnt, dass sie erodierten, damit ich anderen entgegenkam. Und die ganze Zeit arbeitete ich mit jedem »Ach, das macht mir nichts aus« an meiner eigenen Auslöschung.

In dem Moment aber, als meine Periode versiegte, endete meine Toleranz, alles zu tolerieren; endlich ließ ich die Blähungen platzen, die wir in der Ehe fest im Schließmuskel unserer Herzen zurückhalten. Meine Gereiztheit schwoll an, während sich die Welt um mich herum in ein Irrenhaus zu verwandeln schien. Wie konnte es sein, dass ich die Einzige war, die den Zusammenhang erkannte zwischen der Zellophanfolie um den Kürbis, dem Rückgang des Phytoplanktons in den Meeren und dem selbstgefälligen Facebook-Post dieses

Journalisten, der der Ansicht war, die Frauenbewegung habe es ein bisschen »zu weit getrieben«?

Außerdem hätte Frank es wirklich wissen können. Ich bin immer für einen Scherz zu haben, aber alles hat seine Grenzen.

Sosehr er es auch abstritt – ich kenne den Unterschied zwischen *lachen* und *auslachen*. Erstens einmal war mir ohnehin nicht nach Lachen zumute. Es war ein irre heißer Tag, was die Frage aufwirft, warum überhaupt eine Strumpfhose im Spiel war. Ich war von einem Meeting in der Stadt zurückgekehrt und hatte sie mir vom Leib gerissen, wobei ich sie in Fetzen riss. Danach nahm ich mir die Bluse vor, ich ließ die Knöpfe springen, attackierte meinen BH, bis er vernichtet am Boden lag. Mit nackten, um Luft ringenden Brüsten hatte ich die Schublade mit der Unterwäsche aus den Angeln gerissen, sämtliche BHs und Strumpfhosen herausgezerrt und wie unter Strom stehende Zitteraale auf den Boden geschleudert.

Welcher Scheißkerl entwirft bloß diese Dinger?

An der Stelle hatte er gekichert.

»Lachst du mich etwa aus?«, schrie ich.

»Natürlich nicht.«

»Doch, das tust du. Du lachst mich aus.«

»Falls es dich tröstet: Ich muss Krawatten und lange Hosen tragen.« Frank hatte die Schultern gezuckt und den Rückzug angetreten. »Tut mir leid, Schatz, von mir stammen die Regeln nicht.«

»Klar, aber ihr Männer steht doch alle auf diese beschissene Reizwäsche, diese elendigen, winzigen Spitzenteilchen.«

»Von mir aus kannst du Oma-Unterhosen anziehen, die dir bis unters Kinn reichen. Mich interessiert nur, was drin steckt.«

An dem Tag traute er sich nicht mehr herein, um mir einen Abschiedskuss zu geben.

So schnell kann es passieren. Da liegt ein Haufen Strumpfhosen auf dem Schlafzimmerboden, und plötzlich attackiert man Niemanden-im-Besonderen voll blutrünstiger Inbrunst: »Schluss mit dieser Quälerei.« Im Angesicht der Nylonstrümpfe und Bügel-Korsetts schwört man sich, dass man sich nie wieder in etwas zwängen wird, das einen einengt und gängelt. Man legt einen Eid ab gegen jegliche Art von Einschränkung, Unbequemlichkeit und Druckstellen. Man erklärt den eigenen Körper zur entmilitarisierten Zone. Man kündigt Victoria's Secret die Gefolgschaft auf. Wie soll man existieren, schöpferisch sein, die Welt und sich selbst lieben, wenn man sich die Luft abschnürt?

Wie eine Frau, die einem Ehebruch auf der Spur ist, durchforstete ich meinen Kleiderschrank nach allem, was mich auch nur irgendwie einzwängte – *Gummizug am Bund, meine Fresse* –, was figurformend war, unter der Achsel zwickte, den Bauch flach machte, wo der Reißverschluss oder Knopf an der falschen Stelle war, was eine Hose war. Ich schnappte mir das ganze Sportzeug, in dem ich mich früher herausgeputzt hatte – eng anliegendes, notgeiles Elasthan, figurbetonte, klaustrophobische Yogatrikots mit Trägern und Riemchen und Netz, und spendete sie der Heilsarmee, wobei die Tatsache, dass ich denjenigen, die ohnehin schon litten, derart sinnloses Leid aufbürdete, zeigt, wie achtlos ich in meiner Raserei sein kann.

Dann war da noch die Sache mit dem Erstickungsanfall. Eines Morgens sprühte Frank wie jeden Morgen sein Deodorant auf, doch diesmal bewirkte der Geruch – der mich, sollte ich als Witwe einem nach Axe Africa riechenden Fremden begegnen, sicherlich völlig aus der Fassung bringen würde –, dass ich keuchend und würgend aus dem Zimmer stürzte. *Kannst du das nicht im Badezimmer machen?* Unversehens wurde mir von Düften schlecht, die ich einmal geliebt oder zumindest harmlos gefunden hatte, genau wie während der Schwangerschaften. Zehn Jahre teurer Parfums warf ich in den Müll.

Ich reagierte allergisch auf mein eigenes Leben.

Und dennoch.

Ich legte meine Vagheit ab, diesen *Bin-mir-nicht-ganz-sicher-was-meinst-du-denn?*-Charakterzug, der anderen Menschen gefallen wollte, damit mich auch ja jeder x-beliebige Irgendwer sympathisch fand. Was verschwommen war, wurde scharf gestellt, wie die Linsen beim Optiker, bei denen aus einem O plötzlich ein D wird.

Mein Zorn reinigte und läuterte mich, allerdings nicht auf die Heilige-Muttergottes-jungfräuliche Art, sondern als um Luft ringende, die Haut versengende apokalyptische Nahtoderfahrung, die mich zutiefst erschöpfte. Eine schlummernde Stimme erwachte zum Leben, die wie ein Echo vom Ursprung aller Stimmen war und den inneren Krieg an die Oberfläche beförderte. Ich war die Brennende Frau, doch nicht etwa an den Pfahl gebunden und von jenen angezündet, die sie fürchteten; vielmehr entsprang das Feuer ihrem Bauch und legte die Grenzen ihres Königreichs fest. Es war meine ureigene Brandmauer und Festungsanlage. Zugegebenermaßen kam dabei nicht gerade meine liebenswerteste und empfänglichste Seite zum Vorschein. Doch ich war stärker denn je, und es jagte sowohl Frank als auch mir Angst ein.

Jetzt, wo ich diesen Frauen zuhöre, kann ich es als das erkennen, was es ist: kein Wahn, der mich von den Mitmenschen isoliert, keine Anomalie, sondern ein hart erarbeiteter

Lebensabschnitt, ein Meilenstein der Charakterbildung. Doch was sollen wir damit anfangen, wenn wir ihn erreicht haben? Lassen wir die Phase wie ein Buschfeuer durch unser Läuft-doch-alles-wunderbar-Leben rasen und die Angelegenheit als Ganzes verschlingen? Oder gehen wir auf Abstand zu denjenigen, die wir lieben, um gleichermaßen sie und uns zu schützen, während wir herauszufinden versuchen, was wir damit anstellen wollen und was sich – falls überhaupt – dadurch verändert?

»Jetzt geht es mir endlich besser«, sagt Liz. »Ich habe einen Arzt gefunden, der mir Hormone verschrieben hat.«

»Mensch, Liz, ist das nicht ein Risiko?«, sorgt sich Fiona. »Es gibt doch auch natürliche Mittel.«

»Ich musste Medikamente nehmen«, erklärt Liz.

»Warum? Hast du auch eine Krebs-Vorgeschichte wie Fi?«, fragt Kiri.

»Meine Mutter ist an Brustkrebs gestorben.«

»Damals war sie wie alt? Zweiundvierzig?«, springt Fiona ihr bei, und die beiden wechseln einen Blick, aus dem eine lange gemeinsame Geschichte spricht.

»Ja, du und Fi, ihr solltet echt die Finger von Hormonen lassen, ihr armen Schweine«, sagt Kiri nickend. »Ich habe ein Hormonpflaster. Es gibt kleine Mengen Progesteron an die Haut ab. Da.« Sie rollt den Ärmel ihres Hemds hoch.

»Kamillentee hilft auch, Liz. Melatonin. Sogar Rotwein«, meint Yasmin. »Und Yoga.«

»Ich schwöre auf naturidentische Hormone«, sagt Cate.

»Glaubt mir, ich brauche Chemie. Ich bin nur ein einziges Mal in einer Arztpraxis ausgerastet, und das war, weil ich auf einer Hormonersatztherapie bestanden habe. Die Arroganz männlicher Ärzte bringt wohl jede von Hormonen geplagte Frau um die Beherrschung. Da habe ich zu ihm gesagt: ›Ich treffe jeden Tag millionenschwere Entscheidungen, wie andere Leute ihr Geld ausgeben sollen, und Sie wollen mir sagen, dass ich keine Entscheidung über meinen eigenen Körper fällen kann?‹«

»Du hast ihn eingeschüchtert, damit er dir Hormone verschreibt?«, fragt Kiri.

»Es ging nicht anders. Immerhin ist es mein Körper. Ich dachte, wir Frauen hätten diesen Streit gewonnen, aber offenbar ist dem nicht so.«

»Es ist ihr Körper, ihr Zicken«, pflichtet Cate ihr bei.

»Eine Hormontherapie kann einem das Leben retten«, meint Kiri. »Das stimmt schon. Ich habe das oft und oft erlebt. Mit deiner Geschichte musst du einfach ein bisschen vorsichtig sein.«

»Ich habe das Brustkrebsgen nicht«, sagt Liz. »Ich habe mich da reingearbeitet, kenne mich jetzt aus mit Östrogenen. Das ist kein reines Fruchtbarkeitshormon, wir haben überall im Körper Östrogenrezeptoren, im Gehirn in der Amygdala, im Hippocampus und im Hypothalamus. Und davon hängt die Produktion von Serotonin, Dopamin und anderen Hormonen ab. Wir brauchen das Östrogen für alle möglichen Hirnfunktionen und unsere Wahrnehmung. Ohne sind wir gar nicht in der Lage, klar zu denken, da sind wir eine Gefahr für uns selbst und alle anderen. Die Wechseljahre sollten eigentlich als rechtmäßige Entschuldigung für Mord herhalten.«

»Es gibt Fälle, bei denen damit argumentiert wurde«, sage ich. »Darauf bin ich bei den Recherchen für ein neues Buch gestoßen.«

»Lass hören«, bittet Kiri.

»Bekanntermaßen sind Frauen gegenüber vor Gericht ständig sexistische Stereotype im Spiel. Immer müssen wir um Glaubwürdigkeit kämpfen und uns gegen unsere Hormone verteidigen.«

»Du meinst, wie bei den Vergewaltigungen, wo die gesamte Sexualgeschichte der Frau aufgerollt wird, als hätte sie es gar nicht anders gewollt«, meint Cate.

Ich nicke. »Mich überrascht ja, dass es überhaupt Frauen gibt, die eine Vergewaltigung anzeigen. Entsprechen wir nicht dem Jungfrauenklischee, sind wir sofort Huren. Menstruieren wir gerade nicht, leiden wir unter PMS. Entweder sind wir im Klimakterium oder nicht. Die Menopause wird meistens gegen die Klägerinnen verwendet, damit schreibt man ihnen eine Schuld zu oder redet Verletzungen klein und spricht ihnen den Anspruch auf Entschädigung ab.«

»Zum Beispiel?«, fragt Kiri.

»Es gab da einen Fall, bei dem ein Flugzeug notlanden musste. Eine Frau erhob Schadenersatzansprüche wegen der dadurch entstandenen emotionalen und physischen Schmerzen. Die Verteidigung argumentierte damit, dass ihre Symptome den Wechseljahren zuzuschreiben seien und nichts mit dem traumatischen Erlebnis der Notlandung zu tun hätten. Dasselbe ist einer Frau passiert, die aus einer Pepsi-Flasche getrunken hat, in der eine verrostete alte Rasierklinge war. Der Einwand war, dass die traumatischen Folgen von den Hormonschwankungen herrührten. In der Menopause treffen Sexismus und Altersdiskriminierung aufeinander.«

»Dann sind wir im doppelten Sinne die Gearschten«, meint Kiri.

»Am Ende wird alles so hingedreht, dass wir die Doofen sind«, sagt Yasmin.

166

»Es ist einfach schwer, die Kontrolle über das Narrativ unseres Körpers zu behalten«, sage ich. »Und wenn es in die falschen Hände gerät, dann wird es gegen uns verwendet.«

Mal abgesehen von der Situation bei Gerichtsprozessen, werden die Wechseljahre aber auch sonst sicher nie den ersten Preis im Beliebtheitswettbewerb gewinnen. Ich kenne kaum eine Frau, die gleichgültig bleibt, wenn es um zunehmende Gesichtsbehaarung geht (und damit meine ich richtige, abstehende Schnurrhaare, nicht den Flaum, den Kosmetikerinnen einem mit Wachs von der Oberlippe ziehen) oder um den Wechseljahresbauch, der leicht mit einer Schwangerschaft im fünften Monat verwechselt werden kann. Es dauert, bis man sich an die Speckrollen gewöhnt hat, wie es bei sich plötzlich herausbildenden unnötigen Körperteilen auch wäre. Die Hitze, die dich überrollt, lässt die saftigsten Körperteile verdorren wie der Brickfielder Wind, der aus dem Outback herbeiweht, dein ganz persönlicher Schirokko oder Chamsin, und du bleibst nass geschwitzt und glitschig vor Beklemmung zurück. Wir sind nervös, launisch und, einer Medizinzeitschrift zufolge, »der ständigen Bedrohung durch das Pulverfass unserer Emotionen ausgesetzt, die langsam irgendwo im Hypothalamus vor sich hin schwelen«. Die Dürreperiode schließlich lässt uns zur Furie werden, einer »gewalttätigen, herrischen, rasenden, krakeelenden und streitsüchtigen Frau, einem widerspenstigen Mannweib«, wie es das Wörterbuch beschreibt.

Doch ich werde diese »Veränderung im Leben« nicht beklagen, denn sie hat mich aus der Versklavung befreit, ich bin nicht länger die Hure meiner Östrogene. Endlich wurde der Blutungszyklus unterbrochen, dem ich seit dem vierzehnten Lebensjahr unterworfen war und mit dem mein Leben eine

Folge von Monat für Monat erlittenen Ängsten und Beschämungen wurde: Habe ich Blutflecken auf dem Kleid? Habe ich genug Binden dabei? Kann ich beim Schulfest schwimmen? Vier Jahrzehnte Blut, Krämpfe, Akne und Blähungen habe ich überlebt. Bis zur Menopause.

Nachdem ich ein Leben lang ungewollte Schwangerschaften mithilfe ungewollter Mittel vermieden hatte (Pille, Spirale, Intrauterinpessar), konnte ich das Thema Verhütung endlich hinter mir lassen. Ich schleppte einen Vorrat an Kondomen mit mir herum, denn wessen Leben stände auf dem Spiel, wenn er keine hatte? Frank mochte keine Kondome. Ich spielte mit dem Gedanken, mir die Eileiter durchtrennen zu lassen. Bis ich endlich – Heureka! – darauf kam: *Wie wär's mit einer Vasektomie?* Die Geschichte meines Körpers könnte den Titel *Blut und Brut* tragen.

Im Frühstadium des Klimakteriums fingen die Myome an, in mir zu wuchern, und bedrängten meine Organe. »Ich empfehle Ihnen eine Hysterektomie, jetzt, wo Sie die Familienplanung abgeschlossen haben«, meinte der Arzt. Ich entschied mich für eine Myomektomie, bei der die größten Wucherungen entfernt wurden. Ich stopfte mir superduper Tampons hinein, benutzte zusätzlich drei Lagen Binden und konnte das Haus an Tag zwei und drei meiner Periode trotzdem nicht verlassen. Ich richtete Termine und Flugreisen danach aus und plante mein Leben um meinen Zyklus herum. Ich gab vor, krank zu sein.

Also werde ich die Menopause nicht schlechtreden, auch wenn sie eine Zicke aus mir macht. Überhitzt zu sein, ist allemal besser als ein blutender, brütender Körper.

»Genau genommen stören mich die Wechseljahre gar nicht«, werfe ich ein.

»Das ist doch völlig verrückt«, sagt Liz. »Hattest du irgendwelche Symptome?«

»Jede Menge. Aber ich kann das erste Mal im Leben beim Roten Kreuz Blut spenden, weil ich nicht unter Blutarmut leide. Mir ist heiß, ich brauche Gleitgel, ich bin wütend, aber ich kann damit leben.«

»Hast du es mit Hormonen versucht?«, fragt Liz.

»Die brauche ich nicht. Macht mir nichts aus, die Sache auszusitzen.«

Im Zweifel habe ich immer dagegen entschieden dazwischenzufunken, wenn es um Hormone und die natürlichen körperlichen Abläufe ging, auch wenn sie mich manchmal ziemlich gequält haben. Ich will daran glauben, dass mein Körper schon weiß, was er tut, auch wenn er beim Gebären ein paar Fehler gemacht hat. Wobei sich natürlich die Frage stellt, ob er mich nicht jederzeit wieder im Stich lassen kann, nachdem er ausgerechnet in dem Moment, wo ich ihn am dringendsten an meiner Seite brauchte, die Sache derart verbockt hat.

Trotzdem will ich mir einreden, dass der Mond Einfluss auf meinen Körper hat. Ohne Zweifel traue ich dem Mond eher über den Weg als dem menschengemachten Produkt eines Pharmariesen, das irgendwem Dividenden beschert. Ich will keine synthetische Blockade zwischen mir und irgendeiner übergeordneten Kraft, die ich verstehen mag oder nicht, denn damit würde ich meinem Körper bedeuten: *Du bist nicht gut genug. Ich vertraue nicht auf dich.*

»Hormonersatztherapien sind ein echter medizinischer Durchbruch, so wie die Pille«, meint Liz. »Sie sollen uns doch dabei helfen, das alles durchzustehen. Stellt euch vor, es gäbe keine Epiduralanästhesie oder keinen Kaiserschnitt! Narkosemittel. Chemotherapie.«

»Ich wäre tot, so viel ist sicher«, sagt Fiona. »Eine Routine-Mammografie hat mir das Leben gerettet. Aber Hormone? Die sind schon riskant, Liz.«

»Wir haben darum gekämpft, dass Frauen selbst entscheiden können, ob sie die Pille nehmen, abtreiben, eine gleichgeschlechtliche Ehe eingehen, einen Kaiserschnitt haben oder ihr Baby mit der Flasche füttern. Und jetzt wollen wir uns gegenseitig hineinreden, wie wir mit den Wechseljahren umgehen sollen? Das halte ich für falsch«, meint Liz. »Und wisst ihr, wer diese Panikmache und Propaganda vorantreibt? Wir selbst. Wir Frauen. Der ach so schöne schwesterliche Zusammenhalt. Wir drängen einander unsere Überzeugungen auf. Nimm du dein Frauenwurz, ich nehme meine Hormone. Manchmal kommt es mir so vor, als hätten wir vom Patriarchat nichts anderes gelernt als die Methoden, uns gegenseitig zu tyrannisieren.«

»Es stimmt schon, dass jede selbst entscheiden sollte, wie sie damit umgeht«, meint Yasmin. »Aber vielleicht beeinflusst unsere Einstellung gegenüber der Menopause, welche Abhilfe wir wählen. Ist sie ein Problem, das man lösen muss? Oder ist sie eine ganz natürliche Phase?«

»Mir helfen Kinesiologie, Akupunktur und pflanzliche Mittel bei den Symptomen. Und meine Lieblingsmethode, tantrischer Tanz«, sagt Fiona.

»Aber wir leben doch nicht mehr in Stämmen, wo wir als gemeinschaftlich begangenes Ritual in die Erde menstruieren«, wirft Liz ein. »Die eine oder andere von uns muss sich vor den Aufsichtsrat stellen, ganz egal was gerade in ihrem Körper vor sich geht. Wir können eine fünf Millionen teure Präsentation nicht aufschieben, bloß weil wir Krämpfe oder Hitzeschübe haben. Dieses ganze Getue, dass wir die Zähne zusammenbeißen sollen und notfalls halt ein Vitamin schlucken sollen, damit ja alles *natürlich* ist, will mir nicht in den Kopf. Damit wird das Leiden von Frauen doch nur befördert – als hätten wir es nicht schon schwer genug. Diese Schmerzen würden wir doch für unmenschlich halten, wenn Männer oder Kinder sie ertragen müssten.«

»In manchen Kulturen, zum Beispiel in Japan, gibt es noch nicht einmal ein Wort für Hitzewallungen«, erzähle ich.

»Wirklich?«, fragt Kiri. »Haben die denn keine Hitzewallungen?«

»Das kommt vom Essen«, meint Yasmin. »In dem ganzen Gemüse und Soja sind lauter Phytoöstrogene. Die simulieren das Östrogen. Essen ist immer das beste Heilmittel.«

»Unser Körper steckt voller Wissen«, sagt Fiona. »Die neuronalen Verbindungen im Herzen, im Darm und sogar in der Gebärmutter. Uns kann es nie schnell genug gehen, etwas zu ›reparieren‹, auch wenn gar nichts kaputt ist, sondern sich nur verändert.«

»Die Hitzewallungen sind unangenehm, das stimmt, aber sind sie unerträglich? Nein«, sagt Yasmin. »Soll ich Hormone nehmen, weil mir zwei Härchen aus dem Kinn wachsen, die ich einfach rauszupfen kann? Tun meine Launen irgendwem weh? Allenfalls Rajit. Er will, dass ich Medikamente nehme, aber in meiner Heimat sagt man so: ›Du brauchst den Esel nicht zu fragen, wann es Mittwoch ist.‹ Seine Meinung ist unerheblich.«

Fiona hat einen unmöglichen Yogasitz eingenommen und die Füße jeweils auf dem anderen Knie abgelegt. »Seit den Wechseljahren fühle ich mich viel geerdeter. Ich will, dass mein Körper mit den Urrhythmen der Erdmutter Gaia in Verbindung bleibt. Für mich würde es sich wie ein Anschlag auf meinen Körper anfühlen, wenn ich sie mit Chemie außer

Kraft setze. Und ich kann mir nicht helfen«, setzt sie leise fort, »aber ich frage mich, welchen Einfluss es auf nachfolgende Generationen haben wird, dass wir unseren Hormonhaushalt verändern, insbesondere in den gebärfähigen Jahren. Meint ihr nicht, dass die Zunahme an Brustkrebs etwas mit dem Einsatz der Pille zu tun hat?«

»Machst du dir mal wieder Selbstvorwürfe wegen deiner Brustkrebserkrankung?«, fragt Kiri.

»Ich habe zweiundzwanzig Jahre lang die Pille genommen«, sinniert Fiona. »Ihr könnt mir nicht erzählen, dass das keine Rolle spielt.«

»Hilft dir denn die Vorstellung, dass du die Krankheit selbst verursacht hast?«, fragt Liz.

»Ich möchte Verantwortung übernehmen, für alles in meinem Leben. Nicht nur für die positiven Sachen.«

»Aber nicht alles liegt in deiner Verantwortung«, hält Liz dagegen.

»Wieso nicht, wenn es doch in meinem Leben aufgetaucht ist?«, meint Fiona.

»Wisst ihr, was wirklich gut taugt, um mit den Wechseljahren klarzukommen?«, schaltet Cate sich ein. »Adrenalin. Ich habe gelesen, dass man keine Medikamente braucht, wenn man irgendwas total Verrücktes und Riskantes macht, von dem man Herzrasen bekommt. Zum Beispiel Fallschirmspringen oder Bungee-Jumping, Gleitschirmfliegen, Tauchen, Kitesurfen, Mit-Haien-Schwimmen. Ich habe das alles gemacht. Selbst wenn es die Hitzewallungen nicht kuriert, kann man es immerhin auf der Liste abhaken und sich sagen: Verdammt, das habe ich überlebt.«

»Mit Haien schwimmen? O nein, das ist nichts für mich.« Yasmin hält sich die Augen zu. »Dann schon eher Delfine.«

»Jedes Mal, wenn du zurückkommst und am Leben bist, bist du ein Stück mutiger und lebenshungriger.« Cate kichert. Sie nimmt ihre Ukulele, hält sie sich wie ein kleines Lebewesen an die Brust und fängt an zu spielen. Der reine, zarte Klang umfängt uns. Ganz plötzlich, als habe sie sich verbrüht, lässt sie das Instrument fallen. »Scheiße«, seufzt sie und versucht, es wieder aufzuheben.

Fiona nimmt die Ukulele und reicht sie ihr. Zärtlich drückt sie Cate am Arm.

»Catey, gibt es etwas, wovor du Angst hast?«, fragt Fiona sanft, rhetorisch.

»Ehrlich gesagt habe ich Angst, mich einzupissen. Macht jemand von euch mit beim Pinkeltrichterwettbewerb?«

Fiona springt auf und streckt Cate die Hand hin, um ihr beim Aufstehen zu helfen. Yasmin nimmt die andere, und zu zweit ziehen sie Cate auf die Beine. Beinahe scheinen ihre rostigen, knochigen Gelenke zu knirschen, als sie sich streckt. Der lange Marsch fordert seinen Tribut.

Als ich den drei Frauen auf ihrem Weg zum Wasser nachblicke, Arm in Arm wie Teenagerinnen, die gemeinsam aufs Klo gehen, und sie Spuren über den Strand ziehen, muss ich daran denken, wie es sich angefühlt hat: meine Füße im Sand. Meine Zehen, die sich zusammenkrümmen wie Vogelklauen und sich festkrallen an der Sicherheit, während weit hinter mir die Wedding Cake Island liegt und mein Körper dröhnt vor Adrenalin.

Damals war ein teuflischer Hunger in mir zum Leben erwacht.

Kapitel 10

Aktivierte Mösen

Kiri kramt in ihrer Tasche und fördert eine große Cola-flasche mit einer durchsichtigen Flüssigkeit zutage. Sie hält sie Liz hin. »Ein Friedensangebot. Schnell, bevor die anderen zurückkommen.«

»Danke, aber ich habe selbst noch Wasser.«

»Nimm einen Schluck.« Kiri zwinkert.

Liz dreht den Verschluss auf und schnuppert. »Tequila?«

»Si. Aber nicht irgendeiner, sondern das Beste vom Besten. Wir wollen unser kleines Geheimnis für uns behalten, okay? Um Fionas Wunsch zu respektieren. Ihr Dad hat beim Alkohol ganz gern zugelangt«, sagt Kiri mit gedämpfter Stimme.

»Das kann man wohl sagen«, meint Liz. Sie hebt die Flasche an die Lippen, und mit geschlossenen Augen nimmt sie einen großzügigen Schluck. »Aaaaah … Wow …«

»Gern geschehen«, sagt Kiri. »Nimm noch einen. Es wehrt auch die Mücken ab. Brennt gar nicht, stimmt's?«

Liz schüttelt den Kopf und gibt Kiri die Flasche zurück, die das Mundstück mit ihrem T-Shirt abwischt, bevor sie selbst einen Schluck nimmt. Dann trägt sie die Flasche zum Gaskocher herüber, neben dem ich kauere.

»Nein danke, das ist nichts für mich.« Neuerdings verträgt mein Magen nichts als eine kleine Menge hochwertigen Whisky. Ich war auch früher keine besondere Trinkerin, aber immerhin konnte ich mit Helen mithalten. Bei unserer ersten Pyjamaparty haben wir uns durch eine ganze Wanne

voll Erdbeer-Daiquiris gearbeitet und hinterher noch Kara-
mell-Likör getrunken. Mittlerweile reicht ein Glas Rotwein
oder Sekt, und schon quäle ich mich die ganze Nacht, starre
schlaflos an die Decke und habe die folgenden vierundzwanzig Stunden mörderische Kopfschmerzen. Frank murrt, dass
er es nicht leiden kann, allein zu trinken (was ihn allerdings
nicht davon abhält, es trotzdem zu tun), als wolle ich ihm
absichtlich das Spiel verderben, indem ich Mineralwasser
trinke statt Gin. Doch es ist eben eine verfluchte Tatsache,
dass gerade in den mittleren Jahren, wenn wir endlich Zeit
und Mittel hätten, uns dem Trinken hinzugeben, der Körper
nicht mitmacht. Sollte ich mir das ausschweifende Leben für
die Jahre nach dem Muttersein aufgehoben haben, ist es leider zu spät.

Ich muss mich entscheiden, das ist klar. Ich bin hin- und
hergerissen. Das kommt davon, wenn man unvorsichtiger-
weise Versprechungen in zwei Richtungen macht. Allerdings
gibt es keinen Grund, warum Fiona je davon erfahren sollte.
Außerdem gehört sie zu der unerträglich nachsichtigen Sorte
Mensch. Liz hat eine krasse Blase am Fuß *und* eine Gürtelrose,
eine fiese Dreingabe, als habe jemand gerufen: Halt, Stopp, da
kommt noch was. Sie kann wirklich jede Unterstützung brauchen.

Aus den Tiefen meines Rucksacks fische ich den Flachmann
mit Whisky, gönne mir einen tiefen Schluck und spüre, wie
mir die Hitze durch die Kehle pfeift. Dann trage ich die Flasche hinüber zu Liz, die dabei ist, ihre Blase im Schein der
Stirnlampe zu inspizieren.

Zum ersten Mal an diesem Tag zeichnet sich auf ihrem Gesicht ein aufrichtiges Lächeln ab. Es ist großartig anzusehen,
wie ihre Augen, mehr blau als grau, aufleuchten. Ich frage

mich, ob ihr bewusst ist, wie atemberaubend sie wirkt, wenn der Zynismus zurückweicht.

»*Lechajim*«, sagt sie und nimmt einen Schluck. Sie schließt die Augen. »Also, der hat Klasse.« Sie seufzt und reicht mir den Whisky zurück.

»Behalt ihn nur.«

»Willst du mich betrunken machen? Ich bin kein heimlicher Alki oder so, falls du das denkst.«

Womöglich habe ich die Sache nur noch schlimmer gemacht, wie so oft, wenn man jemandem einen Gefallen tun will. Das wird jede Mutter bestätigen.

»Wollen wir die Mahlzeit segnen?« Mit der Linken greift Yasmin nach meiner Hand, mit der Rechten nimmt sie die von Fiona. Falls es eines Zeichens bedurft hat, dass das Ritual ansteht, da ist es: gemeinsames Händehalten. Wir alle strecken die Hände aus, bis wir einen Kreis gebildet haben. Sogar Liz gibt sich geschlagen und überlässt den anderen ihre Hände, um den Kreis zu schließen. Alle machen die Augen zu, und ich folge ihrem Beispiel.

»Im Ernst?«, brummt Liz. »Beten wir jetzt oder was?«

Yasmin macht weiter. »Wir zeigen uns dankbar für diesen Augenblick, wir schenken dem Essen unsere Wertschätzung und auch dem Boden, auf dem es gewachsen ist, und dem Regen, der es genährt hat. Wir danken unserem Hunger und dem Appetit …«

»… und auch den Händen, die das Essen für uns bereitet haben, insbesondere dir, Yasmin«, fügt Fiona hinzu. »Du versorgst uns so gut.«

»Jo hat auch mitgemacht«, wirft Yasmin ein.

»Natürlich, danke, Jo«, sagt Fiona, doch mir kommt es wie

Betrug vor, übertriebenen Dank für einfache Aufgaben entgegenzunehmen – ganz im Gegensatz zum Alltag als Mutter, wo die Plackerei unendlich ist und der Dank mickrig. Das Schweigen, das nun eintritt, wird schon bald ungemütlich. Doch dann spricht Fiona weiter, und wir öffnen alle wieder die Augen.

»Ich hatte immer das Gefühl, dass meine Mutter Alice irgendwie anders war. Nachdem ich *Alice im Wunderland* gelesen hatte, habe ich angefangen, sie mit dem Vornamen anzureden. Aber erst, als ich selbst Mutter geworden bin, ist mir klar geworden, was anders an ihr war. Sie hatte keine Freundinnen. Sie war Einzelkind. Sie hatte keine Ahnung davon, wie es in einer großen, lärmigen Familie mit Cousins, Cousinen, Tanten und Großmüttern zuging. Sie konnte nicht verstehen, warum ich die ganze Zeit mit dir verbringen wollte, Liz, als wir Freundinnen wurden.«

»Für immer und ewig Pinkie-Schwestern.« Liz reckt den kleinen Finger in die Höhe.

Fiona imitiert die Geste. »Was hatten wir für Abenteuer in Indien und Mexiko …«

»Wir haben mehr als hundert ›erste Male‹ abgehakt«, bestätigt Liz.

»Als ich nach Gabes Geburt postnatale Depressionen hatte, ist mir klar geworden, dass Freundschaften unter Frauen nicht bloß eine Zugabe im Leben sind, sie sind nicht zweitrangig. Durch sie wird alles andere erst möglich. Sie versüßen dir selbst die bittersten Erfahrungen und bringen Licht und Lachen in die dunkelsten, schwierigsten Stunden. Yasmin, ich vergesse nie, wie du mit deinem köstlichen Essen in die Selbsthilfegruppe für postnatale Depression gekommen bist – immer mit extra knalligem Lippenstift, egal wie erschöpft und kaputt du warst. Weißt du noch, wie du darauf bestanden hast, dass wir uns alle die Lippen anmalen und einander auf die Wangen küssen?«

Yasmin kichert. »Lippenstift wirkt auf die Hirnströme.«

»Dann du, Jo. Wir haben uns in der Vorschule der Kinder kennengelernt. Diese Pyjamaparty war unglaublich – du und Helen, ihr habt euch so unendliche Mühe gemacht, uns mit tollem Essen zu versorgen und uns das Gefühl zu geben, dass wir die wichtigsten Menschen auf Erden sind. Es passiert nicht oft, dass man sich aufgehoben genug fühlt, über die intimsten Gedanken zu reden, und weiß, dass hinterher kein Gerede daraus wird.«

Ich darf nicht vergessen, Helen davon zu erzählen. Ich habe einen guten Grund, sie anzurufen, wenn ich zurück bin.

»Catey, du bist mit Sally zur Brustkrebsgruppe gekommen und hast unsere Glatzen bemalt, selbst als schon klar war, dass sie im Endstadium war.«

»Ich habe für euch Metastasenweiber gesungen«, sagt Cate.

»Sally war Cates Lebensgefährtin«, erklärt mir Yasmin flüsternd.

»Deine Stimme war Teil meiner Heilung. Und ich weiß, was für ein Trost sie für Sal in den allerletzten Tagen war.«

Cate senkt den Blick.

»Kiri, du hast mir durch die Chemo geholfen, du warst die beste Pflegerin, die man sich nur wünschen konnte. Ich weiß wirklich nicht, wie du es hingekriegt hast, uns alle zum Lachen zu bringen, während wir mit Gift vollgepumpt wurden. Aber irgendwie ist es dir gelungen. Und dann hast du auch noch darauf bestanden, uns im Hospiz zur Seite zu stehen, als Ben im Sterben lag.«

»Dafür bin ich da«, sagt Kiri verschämt.

Fiona hält inne und reibt sich mit dem Handrücken über die Augen. »Wenn ich euch alle so ansehe, dann sehe ich mein Leben, das von Güte und Fürsorge geprägt ist. Ich weiß, dass meine Mutter ein anderer Mensch gewesen wäre, wenn sie gewusst hätte, was Freundinnen bedeuten. Ihr alle wart meine Rettung.«

Fiona schlägt die Augen nieder.

In mir regt sich tiefer Schmerz – ich denke an Helen und all die anderen Freundinnen, die ich geliebt und verloren habe, manche an die Entfernung, manche an den Tod. Ich schwenke die Erinnerungen in der Goldwaschpfanne und filtere jedes goldgesprenkelte Stückchen Freundschaft heraus. Kirsten, die Aquarelle für mich gemalt hat und mir E. E. Cummings zum Lesen gab. Ilze, die mich vom Flughafen in Kapstadt abholt und geradewegs mit mir ans Meer fährt. Emma, die mir ein Bad eingelassen und die Kissen aufgeschüttelt hat, als ich Lungenentzündung hatte. Tracey, die mich daran erinnert, dass Vollmond ist, und fragt, wie es mit einem Tänzchen aussieht.

Cate räuspert sich. »Au Mann, das hier ist schwer zu überbieten. Scheiße noch mal, lasst euch danken für eure Hilfe. Ich hab euch allen übel mitgespielt, weil ich mein Zeug nicht selber schleppen konnte … ihr könnt euch gar nicht vorstellen, wie beschissen das für eine harte Nuss wie mich ist. Ein Hoch auf euch alle, dass ihr mir keine Schuldgefühle macht. Ihr habt das schwächste Glied mitgeschleift, sonst säße ich nicht hier auf meinem knochigen Hintern. Und ich möchte an keinem anderen Ort der Welt sein. Tut mir echt leid, dass ich so eine Spielverderberin bin.«

»Du bist absolut keine Spielverderberin«, widerspricht Fiona.

»Ha, ich bin die ultimative Spielverderberin, eine bessere gibt's nicht.«

»Bild dir bloß nichts darauf ein«, spottet Yasmin.

Kiri schürzt die Lippen und bläht ihre riesige Brust auf wie ein Akkordeon; sie sieht aus, als rüste sie sich für einen langen Vortrag. »Fiona, meine Liebe, du dachtest, es geht zu Ende, als dir deine Titte Scherereien gemacht hat. Aber deine Zeit war noch nicht gekommen, das habe ich dir auch gesagt, daran muss ich dich nicht erinnern. Dann war es für Ben an der Zeit – und es hatte seine Richtigkeit, er war älter. Die Reihenfolge stimmt. Er hatte seine siebzig Jahre auf dem Buckel.«

Sie wischt sich über die Augenbrauen und atmet schwer aus. »Ich bin froh, dass ich dabei war, als es so weit war, soll heißen, ich bin dankbar dafür. Hab eine Menge Leute sterben sehen, so oder so, und um ehrlich zu sein, er hatte keinen leichten Tod. Hart für dich und für Gabriel. Aber die gute Sache daran ist, dass das ganze Leiden vorüber ist. Wir sollten es also gut sein lassen.«

Fiona nimmt Kiris Hand, und nickend senkt Kiri den Kopf.

Jetzt bleiben nur Liz und ich mit unserer Undankbarkeit übrig.

»Hm. Na ja, ich fühle mich ein bisschen wie ein Anhängsel hier bei dieser besonderen Zusammenkunft. Danke, dass ich dabei sein darf.« Ich schlucke. Wofür ich eigentlich dankbar bin: Ich bin weder Witwe, noch warte ich auf eine Diagnose, die mir womöglich eine degenerative neuronale Erkrankung bescheinigt, außerdem hat mein Sohn keine Beinamputation hinter sich. Diesen stillen Dank verberge ich tief in meiner Brust und verstaue ihn unter den Rippen.

»Ich freue mich, dass ich nach fünfzehn Jahren wieder mit

dir und Liz in Kontakt bin. Was für ein schöner Zufall, dass wir uns letzte Woche über den Weg gelaufen sind.«

»Es sollte so sein.« Fiona lächelt.

Jetzt ist Liz dran, komme, was da wolle. Das Schweigen hängt über und zwischen uns. Ihre Reaktion verzögert sich, sie wirkt gedankenverloren. Wir bleiben an ihrer Seite.

Schließlich räuspert sie sich; ihre Stimme kommt von weit her. »Es war nur ein Bein. Hätte viel schlimmer kommen können … nur ein Bein.«

Es ist unbequem. Die Jahre, in denen ich geschmeidig im Schneidersitz sitzen konnte, einen Teller auf dem Schoß, liegen hinter mir. Ich brauche eine Rückenstütze. Also grabe ich für meinen Po eine Mulde in den Sand und häufe einen Hügel auf, an den ich mich lehnen kann. Ächzend lasse ich mich darin nieder.

»Gute Idee«, sagt Cate.

»Soll ich dir auch einen bauen?«, frage ich.

Sie will das Angebot schon ablehnen, überlegt es sich dann aber anders. Und nickt. »Ja, das wäre toll.«

Ich schaufle einen Sitz für sie heraus und klopfe den Sand zu einer robusten Rückenstütze fest.

»Danke.« Sie nickt mir zu.

»Willst du wirklich nichts essen?«, versucht Yasmin, Liz zu animieren.

Liz blickt in den Topf mit dem persischen Juwelenemmer und schüttelt den Kopf. Es ist die absolute Verleugnung jeglicher Lust, denn dieses Essen ist eine Einladung an jeden lebensbejahenden Instinkt. Da ist der Mais, der auf dem Feuer gegrillt wurde, der Geruch nach Popcorn hängt in der Luft, während sich die Dunkelheit über uns senkt und die Geräusche um uns herum zum weißen Rauschen der Wildnis werden.

»Danach geht es dir besser.«

Der Whisky hat Liz' Wangen gerötet und ihr ein Geständnis entlockt, doch er hat keinen Appetit bei ihr geweckt. Die Düfte sind klangvoll, klar und unbeirrbar. Plötzlich überfällt mich ein Heißhunger.

»Vom Essen geht es mir nicht besser.«

»Womit würde es dir denn besser gehen, Zilly?«, fragt Fiona.

Halb senkt Liz die Lider. Sie zwickt sich in die Nasenwurzel, als versuche sie die Erinnerung an etwas heraufzubeschwören, das sie nicht mehr finden kann. *War es auf dem Küchentresen? In der Diele? Auf dem Rücksitz im Auto?*

Sie seufzt tief. »Mit einem Anruf von Chloe, in dem sie mir irgendwas Alltägliches erzählt – über einen Film, den sie sich im Kino angeschaut hat, oder ein Konzert, auf das sie gehen will, keine großartigen Enthüllungen, bloß ein ganz normales Mutter-Tochter-Gespräch.« Ich nehme das Zittern in ihrer Stimme wahr, eine winzige Fehljustierung, die bei hoher Geschwindigkeit ins Verderben führt.

»Redet deine Tochter nicht mit dir?«, fragt Yasmin.

»Sie hat an ihrem neunzehnten Geburtstag den Kontakt zu mir abgebrochen. Soviel ich weiß, gab es eine Art Abnabelungszeremonie mit ein paar Freunden. Das war vor genau zwei Jahren, sieben Monaten und fünfzehn Tagen.«

»Ich habe auch jahrelang nicht mit meiner Mutter geredet«, meint Cate. »Ich denke, das ist normal.«

»Sie wird zurückkommen«, sagt Fiona. »An irgendeinem Punkt im Leben wird sie dich brauchen. Sie wird ihre Mutter brauchen.«

Liz zuckt die Achseln. »Ich kann es nicht erzwingen. Immerhin war ich diejenige, die fortgegangen ist.«

»Sie erkundigt sich nach dir«, sagt Fiona sanft.

»Wirklich?« Liz wirkt überrascht. »Wenigstens habe ich eine Sache richtig gemacht, als ich dich zur Taufpatin bestimmt habe.«

»Sicher macht sie nur eine Phase durch«, meint Yasmin. »Fatimah erzählt mir überhaupt nichts mehr über ihr Leben. Immer muss ich bitten und betteln, und trotzdem fallen nur ein paar Brocken für mich ab.«

An dieser Stelle könnte ich meinen Beitrag leisten. Könnte, doch ich tu es nicht. Es gibt Zeiten, da müssen Eltern damit rechnen, verbannt zu werden. Die Deportation aus dem Innenleben der Kinder ist unvermeidlich und entsetzlich, doch sie ist nicht als persönliche Bestrafung gedacht im Sinne der guten alten Exkommunizierung und Ächtung katholischer Tradition.

Seit drei Jahren erfahre ich nicht das geringste Detail aus Jamies Leben. Früher wusste ich sogar, wann sie ihre Tage hatte, weil unsere Zyklen synchron waren. Dem haben die Wechseljahre ein Ende gesetzt. Ich habe ihr beigebracht, Drogen zu widerstehen, einen Tampon einzuführen, Pickel zu kaschieren, Schuppen loszuwerden, Rüpel zu ignorieren, Geschenke zu verpacken, mit Vitamin C den ersten Anzeichen von Halsweh zu trotzen, Dankeskarten zu schreiben, sich für einen Job zu bewerben, sich nicht alkoholisiert ans Steuer zu setzen. Trotzdem kann eine Mutter niemals alle Fragen im Leben abdecken. Das Thema Verhütung, so wurde mir versichert, wurde im Sexualkundeunterricht an der Schule abgehandelt. Mütter bringen ihren Kindern etwas bei, indem sie zur Nachahmung auffordern. *Schau her, so macht man das.* Wir sind

Vorbilder. *Tu es mir nach.* Bis man uns zum Teufel schickt. Die Kinder tun es uns gleich. Bis sie es anders machen.

»Du darfst sie nicht stalken«, hatte Frank mich gewarnt.

Ich bin sehr dafür, anderen ihre Privatsphäre zuzugestehen – zu gegebener Zeit. Im angemessenen Rahmen, mit denselben Ausnahmen, die auch dann gelten sollten, wenn in Krankenhäusern »ausschließlich direkte Angehörige« vorgelassen werden, was unmöglich bedeuten kann, dass Freundinnen oder gleichgeschlechtliche Partner ausgeschlossen werden.

»Instagram ist doch ein öffentliches Forum«, hatte ich widersprochen.

Es gab da Wissenslücken, die ich unbedingt füllen musste.

Ich fand heraus, dass sie in einen Club ging, der The Ghostly Tail hieß, dass sie Teil eines Teams war, das in einem Quiz eine Platte mit Aufschnitt gewonnen hatte, dass ihr Lieblingsgetränk etwas war, das sich Tom Collins nannte. Sie war in Kleidern auf Collegefesten gewesen, die ich noch nie zu Gesicht bekommen hatte, hatte eine Rolle übernommen in der Aufführung eines frühen feministischen Theaterstücks – *Trifles* von Susan Glaspell (wollte sie uns denn nicht im Publikum haben?), war auf einer Halloween-Party, einem Konzert und in der Oper gewesen (seit wann mochte sie Opern?).

Mir ist deutlicher als anderen bewusst, dass das Leben und das Schreiben nicht immer übereinstimmen. Dennoch durchforstete ich die Fotos nach einem Anzeichen für den einen, den sie in ihrer preisgekrönten Kurzgeschichte den »Kummunisten« genannt hatte. Keinen von denen, die den Arm entspannt um sie geschlungen hatten, kannte ich. Wer war der bärtige Kerl, der ihr die Zunge ins Ohr steckte? War er es?

Oder der Typ mit der Glatze und dem Zungenpiercing? In ihren Facebook-Kommentaren bezeichnete sie diese Fremden als ihre »Familie«.

»Vielleicht sollte man das Leben nicht daran messen, wie gut es einem geht.« Fionas Stimme ist weich.

»Klar, dass du das sagst«, meint Liz.

Fiona macht eine Pause. »In unserem Alter müssen wir unsere Erwartungen an das Leben neu ausrichten. Natürlich sind Spaß und Annehmlichkeiten wichtig, aber vielleicht gibt es ja auch noch andere Möglichkeiten, ein seelenvolles Leben zu erfahren.«

»Ist das der Grund, warum du auf dem Boden schläfst?«, fragt Liz.

»Du schläfst auf dem Boden?« Endlich ist der Augenblick gekommen, um danach zu fragen.

Fiona nickt.

»Freiwillig«, erläutert Liz.

»Also richtig auf dem Fußboden? Nicht auf einem Futon oder einer Matte?«

»Auf dem kalten, harten Fußboden«, führt Liz aus. »Je kälter und härter, desto besser.«

»Du übertreibst, Liz. Ich habe eine Decke.«

»Warum?«, frage ich.

»Es geht ihr darum, einen Standpunkt zu vertreten«, fährt Liz fort. »Es ist eine Frage des Prinzips.«

»Nein, das stimmt nicht ganz. Tatsächlich habe ich nach meiner Brustkrebsbehandlung eine Entscheidung getroffen, was meine Lebensweise angeht. Von Pflegern wie Kiri und manchen der Ärzte habe ich im Laufe der Jahre so viel Fürsorge und Güte erfahren, dass ich danach etwas zurückgeben wollte. Also habe ich angefangen, einmal die Woche als Ehrenamtliche in einem Hospiz zu arbeiten, wo ich Zeit mit Menschen verbracht habe, deren Leben zu Ende geht. Man lernt dort eine Menge über sich selbst und wie sehr man an seinen Bequemlichkeiten hängt. Das Sterben ist meistens unbequem, es kann extrem qualvoll sein.«

»Immer? Ist es immer schmerzhaft?« Ich schlucke schwer.

»Es kann auch friedlich sein«, meint Kiri. »Hängt davon ab, wie und wann.«

»Ich habe Menschen erlebt, die ganz leicht loslassen konnten, wie ein Drachen im Wind, andere haben gerungen wie beim Tauziehen. Diejenigen, die am Ende dagegen ankämpfen, können sich nicht damit abfinden zu kapitulieren. Der Grund für unser Leid liegt oft darin, dass wir so besessen von Bequemlichkeit sind.«

»Also tut Fiona alles, um es möglichst unbequem zu haben«, meint Liz. »Daher auch diese Übernachtung hier mitten in … keine Ahnung, wo sind wir doch gleich? Deswegen sitzen wir ungemütlich auf dem Boden und überall ist Sand und Staub.« Liz schüttelt sich.

»Aber du liebst es doch, draußen zu sein. Was ist mit deinem Garten?«, fragt Fiona.

»Am Garten mag ich genau die Tatsache, dass er zu einem Haus gehört. Und meine Wertschätzung für Häuser rührt daher, dass zu ihnen ein Klo mit Spülung, eine Dusche mit warmem Wasser, ein bezogenes Bett, ein Tisch und Stühle gehören. Unser Bild von der Natur ist doch genauso verklärt wie das von der Ehe und der Mutterschaft. Dabei ist sie roh, wild und ungemütlich.«

»Aber es gibt doch einen Grund, warum wir von der ›freien Natur‹ sprechen«, wirft Kiri ein. »So toll und frei ist es drinnen eben nicht – Wohnzimmer, Küche, Waschkeller.«

»Wir müssen zu unseren wilden Ursprüngen zurückkehren«, sagt Fiona. »Es ist uns bestimmt, unter dem Sternenhimmel zu schlafen, unser Blut der Erde zu überlassen und uns im Wald zu lieben.« Sie fährt mit den Fingern durch den Sand.

Yasmin, die mit den Fingern isst, leckt einen nach dem anderen ab. »Ich würde so gern mal draußen Sex haben. Seit eh und je mache ich das drinnen. Hinter geschlossenen Türen, Fenstern und Vorhängen.«

»Ich habe schon einmal auf einem Bett aus Kiefernnadeln Sex gehabt«, erzähle ich.

»Oh, das würde mir gefallen, Kiefernnadeln im Rücken und Bäume statt Wände«, meint Yasmin. »Du hast Glück, dass dein Mann so romantisch ist.«

»Das war nicht mein Mann, sondern ein Ex-Freund.«

»Man kann halt nicht alles haben«, findet Cate. »Mögt ihr es lieber zärtlich oder wild?«

»Ach, ich habe genug von zärtlich«, sagt Yasmin. »Ich würde gern mal wilder rangenommen werden«, seufzt sie. Für diese Aufgabe, da bin ich mir sicher, würden sich eine ganze Reihe von Anwärtern finden.

»Mit Sal war ich mal zum Wandern im Yosemite Park«, erzählt Cate. »Gott, waren wir geil. Ich konnte gar nicht mehr mitzählen, wie viele Orgasmen sie hatte. Sie konnte fünf, sechs Mal hintereinander kommen. Als ich dann endlich Luft holen konnte, standen da vier Wanderer, die sich die Sache angeschaut hatten. Sie haben geklatscht. Aber es war wirklich beeindruckend. Sal hat immer unglaublich gekreischt.«

»Ist es nicht verboten, so intime Sachen in der Öffentlichkeit zu machen?«, fragt Yasmin staunend und mit weit aufgerissenen Augen.

»Klar, aber wer soll so was anzeigen?« Cate lächelt.

»Ben und ich haben auf der Hochzeitsreise am Strand miteinander geschlafen. Aber es war nicht romantisch. Mich hat eine Möwe vollgekackt, und er wurde von einer Wespe in den Po gestochen.«

»Das bringt Glück«, meint Yasmin.

»Also, mir ist ein Satinlaken, ein Kissen und eine ordentliche Matratze allemal lieber«, sagt Liz.

»Cate, hast du nicht deine Jungfräulichkeit am Strand verloren?«, fragt Yasmin.

»Ja, in Brighton.«

»Da dürftest du dich ganz ordentlich aufgeschürft haben«, meint Kiri.

»Kann man wohl sagen«, bestätigt Cate.

»Ich glaube, ich habe echt schon alles zu Gesicht gekriegt«, sagt Kiri. »Egal wo und egal womit die Leute vögeln. Einmal kam eine Frau ins Krankenhaus, eine Oma in den Sechzigern, die einen Kugelvibrator verloren hatte. Ich hatte noch nie auch nur von so was gehört. Und er steckte noch nicht einmal da, wo man ihn vermuten würde, sondern im Arsch. Ein ganzes Ärzteteam war damit beschäftigt, ihn herauszuholen. Das verdammte Ding hat sogar noch geschnurrt, als wir es rausgezogen haben. Man wundert sich ja schon, was die Leute sich alles einfallen lassen.«

»Daran ist gar nichts merkwürdig«, wirft Cate ein. »Ist ein ganz alltägliches Vergnügen für die Durchschnittslesbe.«

»Auf Tinder gehen die Leute ganz offen mit ihren sexuellen Vorlieben um«, sagt Liz.

»Erzähl uns von Tinder«, meint Yasmin. »Lass uns ein paar sexy Geschichten hören.«

»Da kannst du innerhalb von zwanzig Minuten mit irgendwem anbandeln«, erzählt Liz. »Vierundzwanzig Stunden am

Tag steht dir das gesamte Repertoire an Sex zur Verfügung, das du dir nur wünschst.«

»Das habe ich verpasst. Zu meiner Zeit gab es das noch nicht«, seufze ich.

»Na ja, es wird überbewertet«, sagt Liz. »Es taugt nur, wenn du auf Wechsel und Vielfalt aus bist. Aber es fördert nur das Verlangen und macht dich unersättlich, so lange, bis du jemanden findest, mit dem du auch über das Körperliche hinaus eine Verbindung hast. Was ich sagen will, wenn du auf Tinder bist, geht es ausschließlich um Sex.«

»Wirst du dich bei Tinder anmelden, Fiona, jetzt, wo Ben nicht mehr da ist?«, fragt Yasmin.

Fiona zuckt die Achseln. »Es ist zu früh, um über so was nachzudenken. Vielleicht versuche ich es als Nächstes ja mit Frauen.«

»Ich würde auch gern eine Frau küssen. Catey, wann war dir klar, dass du lesbisch bist?«, will Yasmin wissen.

»Schon immer. Aber meiner Mum habe ich es erst gestanden, als ich Anfang zwanzig war. Das Komische ist: Sie hat mir nicht geglaubt. Ich habe mich geoutet, und sie hat mich einfach wieder eingeordnet. Als ich gesagt habe: ›Mum, dieses Mädchen, mit der ich seit zwei Jahren zusammenwohne, Isobel, die ist meine Freundin. Ich bin homosexuell‹, da hat sie bloß geantwortet: ›Nein, bist du nicht. Lass dir doch von einer schlechten Erfahrung nicht alles verderben.‹«

»Mir ist unerklärlich, wie Eltern das nicht merken können«, sagt Fiona.

»Manchmal schlüpft einem etwas durch. Kann man den Eltern nicht übel nehmen«, sagt Kiri.

»Irgendwie sind wir doch alle bisexuell, meint ihr nicht?«, werfe ich ein.

»Also, ich bin durch und durch hetero«, widerspricht Kiri. »Von Kopf bis Fuß, von links nach rechts und rauf und runter.«

»Vielleicht musst du nur der Richtigen begegnen«, neckt sie Cate.

»Ne, wirklich nicht.«

»Ist dein Heterosex denn so großartig?«

Kiri fängt an zu lachen. Zunächst ist es ein Kichern, dann sprudelt es hervor und wird zu einem Lachen, das tief aus dem Bauch kommt. »Wartet mal, das letzte Mal, dass Jim und ich Sex hatten, das muss mehr als ein Jahrzehnt her sein. Und auch da hatte er schon AMPS.«

»AMPS?«, fragt Fiona nach.

»Das Alte-Männer-Penis-Syndrom. Hat ihn nicht hochgekriegt.«

»Mehr als zehn Jahre? Das ist doch Frevel an deiner Muschi. Das ist praktisch Misshandlung durch Aushungern«, findet Cate.

»Ach, Sex wird doch total überschätzt.«

»Das denkst du nur, weil du nicht den richtig guten abkriegst«, meint Cate.

»Den besten Sex meines Lebens hatte ich mit meinem Ex, und der war ein Dreckstück. Ein Schweinehund. Hat versucht, mich zu überfahren. Bei der Gelegenheit habe ich mir das Schulterblatt gebrochen. Ich habe immer noch Schmerzen deswegen.«

»Aber dann hast du Jim kennengelernt«, sagt Fiona.

»Schon, aber wir hatten auch Streit. Irgendwann mal hatten wir so ein tiefsinniges Gespräch über Scheidung und so, und ich habe gesagt: ›Wenn du fremdgehst, ist es vorbei.‹ Und er sagt: ›Wenn du dick wirst, bin ich weg.‹ Dann ist er fremdgegangen, und ich wurde dick.«

»Und ihr seid immer noch zusammen«, sagt Yasmin.

Kiri nickt. »Wir teilen uns ein Bett, er furzt mich voll. Ich koche Essen für drei, kümmere mich um ihn und seinen alten Vater. Ich weiß schon gar nicht mehr, was Sex ist.«

»Na ja, du hast auch eine ganze Menge hinter dir.« Fiona legt ihre Hand auf Kiris riesigen Unterarm.

Kiri zuckt die Achseln. »Mag sein, aber vielleicht ist es ja an der Zeit, das alles hinter mir zu lassen.«

»Schwester, du brauchst dringend einen Vibrator«, meint Cate. »Funkruf an Vibrator, bitte sofort zur Notaufnahme kommen. Schwester Kiri braucht eine ordentliche Mösenaktivierung.«

»Zu spät«, sagt Kiri. »Meine ist schon hinüber. Ruf lieber den Bestatter«, grunzt sie. »Eine tote Klitoris lässt sich nicht wiederbeleben. Wenn ich nie wieder Sex habe, ist das auch egal. Ich bin da ganz leidenschaftslos, ihr braucht mich nicht zu bemitleiden oder so. Der Teil meines Lebens ist vorbei, und manchmal muss man eben einfach hinnehmen, dass sich etwas erledigt hat.«

»Du solltest nicht aufgeben« sagt Fiona.

»Was, hattest du mit Ben denn so großartigen Sex?«, fragt Kiri.

»Eine Zeit lang schon. Aber dann hat sich das verändert. Nach der Chemo wusste er irgendwie nicht mehr, wie er mit meinem Körper umgehen sollte. Plötzlich hielt er mich auf eine andere Weise im Arm, als wäre ich ein kleines, fremdartiges Wesen, dem er nicht wehtun wollte. Als müsse man mit einer Frau anders schlafen, bloß weil sie Brustkrebs gehabt hatte. Er hat ganz merkwürdige Sachen gemacht, die er vorher nie gemacht hatte. Zum Beispiel hat er mir auf die Oberschenkel geklopft und mich an Stellen gedrückt, die einfach …

falsch waren. Aber ich habe nichts gesagt, sondern einfach weiterhin enttäuschenden Sex gehabt.«

»Genau das«, meldet sich Liz zu Wort, »ist einer der Gründe, warum ich Carl verlassen habe. Beim Sex braucht es Abwechslung. Wenn es nur noch Gewohnheit ist, dann kann man doch gleich Schluss machen.«

Eifersucht ist eine verwirrende Erfahrung. Auch wenn ich ganz sicher nicht mit Liz tauschen will, das Argument zum Thema Abwechslung leuchtet mir ein. Ich muss es wissen: Seit vierundzwanzig Jahren kriege ich aus dem großen Sex-Repertoire immer dasselbe aufgetischt.

Wenn auf den Hallmark-Glückwunschkarten Paare gefeiert werden, die ihre Kristall-, Porzellan- und Perlmutthochzeit begehen, die silberne, rubinrote, goldene oder diamantene Hochzeit, dann wird dabei nicht einkalkuliert, dass es bedeutet, jahrzehntelang, womöglich ein Viertel oder ein halbes Jahrhundert lang mit demselben Menschen auf die exakt gleiche Weise gevögelt zu haben. Jemand sollte sich bereit erklären, im Abwechslungskomitee dafür zu sorgen, dass es nicht langweilig wird – so wie die Leute, die im Club Med fürs Entertainment zuständig sind, denn bis in alle Ewigkeit montags Bingo und dienstags Wasserball ist eine elende Schinderei für alle Beteiligten.

Frank und ich haben wirklich alle Jahreszeiten durchlebt, die es geben kann: die ersten Frühlingsjahre, in denen wir ganze Nächte durchgevögelt haben, der Sommer, in dem hektisch an Hosen gezerrt und gierig der Mund des anderen gesucht wurde, als wären unsere Unterleibe Magnete auf der verzweifelten Suche nach dem Gegenpol. Dann kam der Spätsommer, die gehetzte, erschöpfte, flüchtige Kopulation als junge Eltern, das Stöhnen unterdrückt, um nur ja nicht das schlafende Baby zu wecken. Wir haben die Herbstjahrzehnte durchlebt, in denen sich der Sex auf die immer gleiche Weise abspielte, weil er sich so am besten in den Menstruationszyklus einfügt, zwischen Erkältungskrankheiten und Migräneanfälle, bis hin zum öden »Na, Lust auf ein bisschen Action heute Abend?«-Sex, zwischen dem auch mal Monate liegen können und auf den ich gut und gern verzichten kann.

Der Abgrund, der sich zwischen meinem vierzigsten und dem fünfzigsten Geburtstag auftat, bewirkte einen langsamen Tod meiner gesunden Libido. Als die Wechseljahre heranrauschten, wurde die einst feuchte Körperstelle zum furchterregenden Ödland. Wir mussten spezielle Schmierdienste hinzuziehen. Doch die Abhängigkeit von einer Tube, um eine natürliche Körperfunktion zu simulieren, verleiht dir dasselbe Gefühl von Gebrechlichkeit, wie es ein Dauerkatheter oder ein Rollator tun dürften. Ich litt an libidinöser Amnesie, nicht einmal mehr zum Fantasieren war ich in der Lage. Ich vermisste es, mich nach einem Schwanz zu sehnen und jemanden wirklich zu begehren, statt mir tatsächlich nur zu wünschen, früh ins Bett zu kommen, ein gutes Buch zu lesen und danach ohne Unterbrechung durchzuschlafen.

Seit ein paar Jahren sieht unser Sexualleben aus wie folgt. Frank streckt seine Hand nach mir aus. Ich denke: »Funktioniert meine Vagina noch?« Ich verleugne, wie sehr es mich demütigt, dass an die Stelle meines Begehrens Instandhaltungsfragen getreten sind. Das soll nicht heißen, dass ich Frank behandle wie einen Handlanger oder so. Doch er will so sehr. Es ist ein Wunder, dass er überhaupt noch mit mir schlafen will.

»Wie sieht es mit deinen tantrischen Fähigkeiten aus?«, wendet sich Cate an Fiona.

»Davon hat Ben gar nichts gewusst. Ich habe ihm gesagt, dass ich zu einem Yoga- oder Meditationsseminar fahre. Das habe ich geheim gehalten.«

»O Mann, was war denn dann der Sinn des Ganzen?«, fragt Liz.

»Ich habe gelernt, meine eigene Lust zu erleben. Es ging um mich, nicht um ihn. Die meisten Menschen tun sich schwer damit, sich selbst zu erlauben, Lust zu empfinden.«

»In einem Buch über die Menopause habe ich gelesen, dass wir Sex haben sollten, am besten ein paarmal die Woche. Quickies. Um unseren Beckenboden zu trainieren«, erzählt Yasmin.

»Therapeutisches Vögeln ist so gut wie jedes andere«, sagt Cate. »Egal aus welchem Anlass. Nur die Mitleidsnummer nicht, kein Gnadensex. Wobei, wenn ich es mir recht überlege …«

»Stimmt schon, Sex ist ein Heilmittel«, bestätigt Yasmin. »Rajit und ich schlafen einmal die Woche miteinander, donnerstags.«

»Nimmt der Leidenschaft ein bisschen den Saft, oder?«, meint Liz. »Wenn man sich die Sache vormerkt wie einen Friseurtermin.«

»Bei uns hat es nie Leidenschaft gegeben, in einer arrangierten Ehe ist das nicht so einfach. Der Sex ist Routine. Meine Lustgefühle hole ich mir nicht von ihm. Mich erregt es, wenn ich bis zu den Ellbogen im Teig stecke, neue Gewürze zusammenmische oder wenn die Schokolade beim Aufschneiden aus dem Kuchen quillt. Wie steht es mit dir, Jo?«

»Der Sex mit Frank ist noch … zufriedenstellend.«

»Klingt ja aufregend«, meint Cate.

»Immerhin haben sie noch Sex«, findet Kiri.

»Manchmal ist kein Sex besser als schlechter Sex«, sagt Liz.

»Er ist nicht schlecht. Ich habe mich bloß … daran gewöhnt.«

Ich seufze. Ehrlich? Bin ich dafür hergekommen? Ist es überhaupt angebracht, dass ich auf diesem heiligen Yatra-Marsch, der eigentlich schweigend vonstattengehen sollte, darüber spreche, dass ich nicht mehr genau weiß, was mir Befriedigung verschafft, nicht einmal dann, wenn es um Sex geht? Das göttliche Wesen braucht nun wirklich nicht zu wissen, dass das, was dort unten mal funktioniert hat, den Geist aufgegeben hat. Dass meine Muschi gleichgültig und heikel geworden ist und so eine Art Persönlichkeitsstörung entwickelt hat. Nie weiß ich so genau, was ich von ihr zu erwarten habe: plötzliche Stimmungsschwankungen, extreme Reaktionen, impulsives Verhalten.

Es ist wohl kaum der richtige Zeitpunkt zu gestehen, dass das Beste am Über-fünfzig-Sein ist, dass mir die Titten nicht mehr wehtun. Jetzt, wo sie schlaff herunterhängen, kann ich dagegen klatschen, sie quetschen und mit ihnen herumschlenkern. Ich muss sie unter die Kleider stopfen. Ich finde sie kein bisschen sexy, und es ist kaum vorstellbar, dass Frank es noch tut, obwohl er, nett, wie er ist, sein Bestes gibt. Das hat er immer getan.

»Sag mir, wie du es möchtest. Ich mach alles, was du willst.« Franks Gesicht war zwischen meinen Oberschenkeln, seine Stimme klang bittend.

»Ich weiß es nicht. Ich kenne mich mit meinem eigenen Körper nicht mehr aus.«

Hätte ich eine Antwort gewusst, hätte ich ihm durchaus Anweisungen gegeben. Dann hätte ich gesagt: *Drück fester, nimm die Zunge, beweg dich langsamer, schneller.* Aber es wäre reines Rätselraten gewesen. Mein Körper hatte neue Regeln aufgestellt; ich war mir fremd, als hätte ich eben erst Bekanntschaft mit meiner Vagina und Klitoris gemacht, und wir müssten einander nun von Neuem kennenlernen.

Ich fühle mich gedrängt, den Frauen, die hier ums Feuer sitzen und Intimitäten ihres Liebeslebens offenbart haben, etwas zu sagen.

»Wir bemühen uns, wenigstens ein paar Mal im Monat miteinander zu schlafen«, sage ich. »Wobei er meint, dass etwas nicht stimmen kann, wenn dafür Mühe nötig ist. Aber da bin ich mir gar nicht so sicher. Bewegung ist immer mühsam, und es tut einem trotzdem gut.«

»Schätzchen, du erkennst es daran, ob ihr euch noch schmutzige Sachen sagt«, meint Cate.

»Meinst du?«

Sie nickt.

Ich habe es versucht, aber es klingt merkwürdig und abgedroschen.

Manchmal sage ich: »Steck mir deinen großen Schwanz rein.« Grundsätzlich törnt das Adjektiv »groß« im Zusammenhang mit seinem Penis ja jeden Mann an. Es wäre ein Stimmungskiller zu sagen: »Steck mir deinen mittelgroßen Schwanz rein«, oder noch schlimmer: »Steck mir deinen winzigen Schwanz rein«, wobei ich gelesen habe, dass es Frauen gibt, die es aus unterschiedlichen persönlichen und anatomischen Gründen durchaus gern haben, wenn ein Mann ein klitzekleines Würstchen hat.

»Oh, das tut so gut«, bringe ich auch noch über die Lippen, wenn er tief in mir drin ist, weil es, na ja, guttut. Aber auch das

klingt banal, dürftig und lahm. Alle wollen ein »Ich liebe dich«
hören, aber das ist nicht sexy, wie jedes Vögeln im Streit be-
weist.

Frank hingegen kann ganz darin aufgehen, wenn er davon
spricht, wie ich schmecke, wie sehr er es mag, wenn ich feucht
bin, dass er meine Muschi essen, meine Möse lecken und mich
hart durchficken will. Nicht besonders originell vielleicht,
aber was soll's? Ich genieße es, wenn er solche Sachen sagt,
weil es Frank so gar nicht ähnlich sieht. Er wird zu einem
Fremden, er ist nicht mehr der Mensch, den ich wegen der
Holzfäule oder meiner neuesten Cholesterinwerte anrufe.
Erica Jongs Ansprüchen an den Spontanfick würde es womöglich nicht genügen, aber es sorgt doch für die Illusion von
aufregender Distanz.

Ich versuche, seinem Beispiel zu folgen, aber die Worte
fühlen sich komisch und gezwungen an. Mich überkommt
eine Schüchternheit, als würde man mich belauschen und
ich klänge lachhaft und lächerlich. Ich hinterfrage ihre Auf-
richtigkeit – doch was soll schon aufrichtig sein an sexueller
Gier, abgesehen von dem Trieb, sie zu befriedigen? Bevor ich
Frank kennenlernte, war ich vollkommen ungehemmt und
meine Liebesabenteuer heiß und ungestüm. Ohne jede
Schwierigkeit sprudelten Obszönitäten aus mir heraus. Doch
diese Art Sex führte zu nichts anderem als einer neuen Runde Sex. Mit Frank zu schlafen, ist schön, weil sich zwei Menschen lieben. Als Porno würden wir allenfalls ein Gähnen
hervorrufen. Wir sind nett zueinander. Respektvoll. Anständig. Kultiviert. Wir zeugen Babys. Haben eine Geschichte.
Unser Sex ist sicher.

An dem Abend nach dem Konzert mit CJ schlief Frank schon, als ich nach Hause kam. Ich kroch ins Bett, und mir hämmerte der Kopf vom Alkohol und Adrenalin. Da streckte er seine Hand nach mir aus, doch er wollte nicht kuscheln oder zeigen, dass er froh war, dass ich wieder da war.

»Entschuldigung, ich wollte dich nicht wecken«, flüsterte ich. »Ich bin ein bisschen beschwipst.«

»Dich hol ich mir. Zieh dir lieber dein Höschen aus, bevor ich es dir runterreiße«, hatte Frank gesagt und mich gepackt.

»Frank, ich bin total erschöpft. Außerdem ist das meine Lieblingsunterhose, also zerreiß sie nicht.«

»Wer ist Frank? Ich bin ein gefährlicher Fremder, nicht dein Mann.«

Ich musste kichern. »Gefährlich?«

Er seufzte. »Ich probiere hier was aus. Aber du nimmst meinen Schwanz nicht ernst.«

»Doch«, sagte ich, streckte die Hand aus und streichelte seinen steifen, weichen, warmen Penis. »Es war nur viel los heute Abend. Ich meine, es war ...«

»Tu so, als wäre ich Robbie Williams.«

Er hatte zwischen meinen Beinen herumgefummelt und meine Unterhose zur Seite geschoben. Dann spürte ich seinen heißen Mund und die forschende Zunge.

»Mein Gott, du bist so schön«, murmelte er. Er küsste meinen Schoß und hörte nur auf, um Luft zu holen.

»Dein Duft und dein Geschmack«, stöhnte er. In meinen Adern pulsierte noch das Robbie-Williams-Konzert.

Mit den Fingern schob er meine Schamlippen auseinander und steckte vorsichtig einen Finger hinein.

»O Mann, du bist jetzt schon so feucht ...« Er verstummte. Beinahe blieb mir das Herz stehen. »Ehrlich?«

»So feucht … Robbie Williams hat die ganze Arbeit für mich erledigt.«

»Fick mich«, sagte ich.

»Noch nicht.«

»Fick mich … wie eine Nutte.«

Er hatte innegehalten und mich angesehen, die Lippen glitschig von meiner Feuchte. »Ich werde dich niemals ficken wie eine Nutte. Du bist meine Frau und die Mutter meiner Kinder.«

Seufzend hatte ich gesagt: »Siehst du, genau das ist das Problem.«

»Unser Sex ist schon okay«, sage ich den Frauen. »Aber ich weiß nicht mehr, was mir guttut oder was mich erregt. Alles ist anders als früher.«

»Das ist der Klimawandel«, meint Yasmin. »Den hat nicht nur die Erde, den gibt's auch bei uns.«

Kapitel 11

Wie wir unseren Töchtern Angst einjagen

Natürlich könnte ich mich einfach geschlagen geben. Aber wenn man genug Niederlagen erlebt hat, entwickelt man irgendwann eine Könnerschaft. Man kann auch einen Kopfstand perfektionieren, zumindest behauptet das meine Yogalehrerin. Wie auch immer: Sollte es mir diesmal nicht gelingen, werde ich im Interesse der Körperhygiene auf die gute alte Hockstellung zurückgreifen, in der wir schon seit Jahrtausenden unsere Kinder gebären.

Ich presse den wabbeligen Gummitrichter an meine Vulva und richte ihn gegen einen Baum. Um auf Nummer sicher zu gehen, hängen Hose und Unterhose auf Höhe der Knie. Diese Haltung hat nicht das Geringste mit einem beiläufig aus dem Hosenschlitz geholten Penis zu tun, bei dem der Po bedeckt bleibt und seine Würde wahrt. Wer sich vom Nabel bis zur Kniescheibe entblößt, rangiert definitiv höher auf der Skala Einsatzbereitschaft. Ich schiebe die Hüfte nach vorn. Vorsichtig entspanne ich meinen Blasenmuskel und bemühe mich, das heausträpfelnde Rinnsal zu kontrollieren. In. Kleinen. Kurzen. Schüben. Alles hängt von der Dichtung ab – gibt es auch nur den kleinsten Spalt, bekleckert man sich, kann aber auch nicht aufhören, weil das Leck sonst nur noch verheerender wird. Ohne den perfekten luftdichten Sitz werden meine Blase und das gesamte vaginale Königreich, dem sie angehört, meiner Verfügungsgewalt entzogen.

Plötzlich höre ich Geraschel aus dem Gebüsch neben mir. Mitten im Strom lasse ich den Trichter los und zerre mir die Hose hoch, wobei ich mich vollspritze und spüre, wie meine Schuhe warm und nass werden.

»Scheiße, was war das?«

Sollte sich ein wilder Kasuar hier herunterbemühen, sitzen wir geografisch gesehen auf diesem kleinen Strand in der Falle.

»He«, rufe ich ins Dickicht. Irgendwo habe ich gelesen, dass grimmige Geräusche Raubtiere vertreiben können. Man muss so tun, als sei man noch gefährlicher als der Angreifer, was, wenn man mal darüber nachdenkt, das Thema Kindererziehung ziemlich genau auf den Punkt bringt. Ich wappne mich, mache mich bereit, dem rätselhaften Monster entgegenzutreten, während mein Herz den Brustkasten bearbeitet wie ein Presslufthammer.

Im Dickicht knacken Schritte.

»Hallo, hallo …«

»Wer ist da?« Es ist die Stimme einer Frau.

Es ist eine Botticelli-Venus mit zerzauster Lockenmähne und klobigem Rucksack. Aus dem Gebüsch kommt eine junge Frau mit kastanienbraunem Haar, deren breites Lächeln den oberen Gaumen entblößt. Sie glänzt vom Schweiß und vor Erschöpfung.

»Bin ich froh, jemanden zu sehen.« Sie streckt mir die Hand entgegen. »Emilie.«

Das zarte, gertenschlanke Wesen steckt in ausgetretenen Stiefeln, einer davon mit neonpinken Schnürsenkeln. Um den Hals trägt sie ein rot-weißes Tuch, und am Rucksack hängen ein kleiner pelziger Koalabär *made in China*, wie ihn sich die Touristen gern als Souvenir kaufen, und ein schmuddeliger Lumpen, der in einem früheren Leben weiße Spitze gewesen sein muss. Ihr Gesicht ist von Sommersprossen übersät, und auf der

Nase und den Wangen hat sie den üblichen Ausländer-Sonnenbrand, der veranschaulicht, wo die Sonnenbrille gesessen hat.

»Oh, du solltest meine Hand besser nicht schütteln«, sage ich. »Sie ist …«

»Ah, ich sehe schon, du benutzt den …?« Sie lacht und deutet auf den Trichter, der am Boden liegt. »Ich habe auch so einen. Einen Shewee. Find ich gut, ist wirklich praktisch.«

Ich bücke mich, um meinen Pinkeltrichter aufzuheben. Gras und Sand kleben daran.

»Emilie, du bist doch wohl nicht allein unterwegs?«

»Doch, ich bin allein. Eigentlich wollte ich bloß eine kleine Wanderung machen, vier Stunden, aber ich habe mich verlaufen und bin seit acht Stunden auf den Beinen. Dort oben habe ich dann Gott sei Dank den Rauch vom Strand aufsteigen sehen.« Sie deutet die Felswand hinauf. »Da wusste ich, dass hier jemand sein muss, und bin heruntergeklettert.«

Ihre unbekümmerte Haltung verträgt sich nicht mit dieser Erklärung, so als habe sie die angemessene Sorge irgendwo unterwegs verloren. Ich kenne derlei Defizite im präfrontalen Cortex. Jamie ist noch dabei, ihr dreizehntes Bußgeld für zu schnelles Fahren abzustottern, scheint allerdings immerhin kurz vor dem Durchbruch zu stehen. Die Tatsache, dass Aaron sich kürzlich Siennas Daumenabdruck ans Handgelenk hat tätowieren lassen, zeigt, wie viele Lichtjahre ihm noch fehlen, die Folgen seines Tuns zu ermessen. Das Dasein als Mutter erscheint mir oft wie das endlose, bange Warten darauf, dass sich die Synapsen im Gehirn endgültig miteinander verknüpfen. Ich will zu einer Standpauke ansetzen, doch ich bin nicht Emilies Mutter.

»Acht Stunden wandern in der Sonne ist ganz schön lang. Geht es dir gut?«

»Ich bin nur ein bisschen müde und durstig. Mittags war schon mein ganzes Wasser und das meiste Essen weg.«

»Es wird bald dunkel.«

»Ja, ich wollte hier bleiben und den Sonnenaufgang abwarten. Ich habe ein Einmannzelt dabei, das kann ich doch bestimmt aufstellen, oder? Sieht gut aus hier.«

»Wie steht's mit Verpflegung?«

»Ich hab noch ein paar Nüsse übrig.« Sie zieht eine kleine Plastiktüte aus der Tasche ihrer Shorts und bietet mir davon an. »Bist du auch allein hier?«

»Um Himmels willen, nein. Das wäre Wahnsinn. Wie alt bist du, Emilie?«

»Einundzwanzig.« Knapp zwei Jahre jünger als meine Jamie.

»Weiß deine Mutter, dass du ganz allein durch den australischen Busch wanderst?«

»Ach, nein.« Sie schüttelt den Kopf.

»Sie würde sich bestimmt Sorgen machen. Vielleicht solltest du ihr Bescheid geben, wo du bist, wenn wir wieder im Handynetz sind.«

»Ich habe keine Mutter mehr. Sie ist gestorben.«

Sie sagt es leichthin, und die Worte legen sich wie ein Isthmus der Trauer zwischen uns. Ihr wurde der eine Mensch genommen, der sich um ihre Sicherheit sorgen würde, der ihren Anruf erwartet, jeden ihrer Schritte mitverfolgt und auf die kurze Mitteilung »Gut angekommen« pocht. Es geht mir ans Herz, dass ihr diese Bindung fehlt.

»Oh … Entschuldige, ich …«

»Ist schon in Ordnung. Es ist schon viele Jahre her.«

»Und dein Vater?«

Sie zuckt die Achseln. »Er weiß gar nicht, dass ich vor fünf Monaten aus Deutschland weggegangen bin.«

»Gibt es noch jemand anderen in deiner Familie?«

»Ich habe einen Bruder. Hans. Aber … wir haben keinen Kontakt mehr.«

Es gibt niemanden, der auf sie wartet.

Es war nicht meine Absicht, neugierig und aufdringlich zu sein, und doch habe ich ihr gerade ein intimes Geständnis abgerungen.

Dabei weiß sie noch nicht einmal, wie ich heiße.

»Ich bin Jo. Ich bin froh, dass du uns gefunden hast, Emilie. Komm mit.«

»Hallo allerseits, das hier ist Emilie«, stelle ich sie den anderen vor. Mittlerweile eingepackt in Regenjacken und Mützen, sitzen sie auf den Planen ums Feuer. »Von der Klippe aus hat sie den Rauch gesehen und ist heruntergekommen, weil sie ein bisschen Gesellschaft und Unterstützung brauchen kann.«

Emilie steht neben mir und tritt von einem Fuß auf den anderen.

»Wow, das ist ja cool hier«, sagt sie begeistert. »Rosenblätter … Lichterketten …« Sie ist ganz bezaubert. »Hallo allerseits. Ich will euch nicht stören.«

»Bist du allein?«, fragt Kiri.

Sie nickt.

Ich reiße die Augen auf, um Kiri zu signalisieren, dass ich Emilie bereits einem Kreuzverhör unterzogen habe und es jetzt an der Zeit ist, sie unter die Fittiche zu nehmen. »Sie war den ganzen Tag unterwegs und hat nicht mehr viel zu essen und zu trinken. Sie muss sich heute Nacht ausruhen.«

»Du solltest nicht allein wandern gehen«, meint Kiri. »Regel Nummer eins …«

»Du kannst sehr gern bei uns bleiben«, sagt Fiona.

»Hast du Hunger?«, fragt Yasmin.

Emilie grinst. »Wenn ihr was übrig habt … wäre toll.«

»Natürlich«, sagt Yasmin. »Es ist mehr als genug da. Bedien dich.«

»Danke, gern. Zuerst muss ich aber … wie soll ich das sagen … ich blute.«

»Bist du verletzt?«, fragt Kiri. »Ich bin Krankenschwester.«

»Ich … habe meine Menstruation.«

»Au Mann, das ist Unglück im Unglück«, meint Kiri.

»Ja. Und ich habe nur ein zusammengefaltetes Halstuch in der Hose.«

»Keine Binden oder Tampons?« Kiri schüttelt den Kopf. »Da kommt zum doppelten Unglück auch noch eine schlechte Vorbereitung.«

»Ich habe alle meine Binden vor zwei Tagen aufgebraucht, als es mir ins Zelt reingeregnet hat.« Sie lacht. Der präfrontale Cortex hat nicht schnell genug gezündet.

»Verdammt, junge Dame, das hast du ja echt gut durchdacht«, meint Cate kopfschüttelnd.

»Ich habe Slipeinlagen«, sagt Fiona, »weiß aber nicht, wie saugfähig die sind. Du wirst wahrscheinlich gleich mehrere brauchen.«

»Ich habe auch ein paar Ersatzeinlagen dabei«, meint Yasmin. »Tut mir echt leid, aber die letzte Binde habe ich gerade aufgebraucht.«

Seit bald einem Jahr schleppe ich Hygieneartikel in meinem menopausalen Notfallset mit mir herum: drei Tampons sowie Binden für die undichte Blase.

»Ich denke, ich kann dir helfen«, sage ich.

Emilie ist hungriger, als sie dachte. Nun, da sie mit Tampon versehen und mit Binden ausgestattet ist, sich im Meer gewaschen, abgetrocknet und auf Drängen von Kiri die Hände desinfiziert hat, sitzt sie im Schneidersitz in unserem Kreis am Feuer und stopft sich die letzten Reste Emmer und Mais hinein, die Liz verschmäht hat. Eine strahlende Ruhe legt sich über sie, jetzt, wo sie geborgen, warm und in unserer Runde aufgenommen ist. Kiri bemerkt einen Insektenstich an Emilies Arm, der ihr nicht gefällt, und behandelt ihn mit einem Antiseptikum und einem Verband. »Du musst aufpassen, dass sich das nicht entzündet.«

In den vergangenen zwanzig Minuten haben wir erfahren, dass sie um die Welt reist. Nach Australien ist sie als Kellnerin auf einem Kreuzfahrtschiff gekommen, und seither hält sie sich mit den unterschiedlichsten Jobs bei der Obsternte, als Spülerin und hie und da als Kellnerin über Wasser. Und, ja, mag sein, dass ihr das Wasser, die Hygieneartikel und so gut wie ihr gesamter Essensvorrat ausgegangen sind, aber sie erzählt uns stolz, dass ihr Handy dank eines solarbetriebenen Ladegeräts noch Saft hat.

»Diese Millennials«, seufzt Cate kopfschüttelnd.

Emilie zeigt uns Selfies von ihrem Instagram-Account, die sie in Darwin, Uluru und am Great Barrier Reef zeigen. Ihr Handy wandert von einer zur nächsten. Als ich ihre Posts durchblättere, werden mir meine eigenen Sehnsüchte bewusst. Innerhalb von gerade mal fünf Monaten hat sie ein riesiges Vermögen an Abenteuern angehäuft. Selbst wenn ich noch heute damit anfange, kann ich das niemals aufholen. Ich merke, wie sich Bewunderung in mir regt.

»Es macht Spaß, unter Menschen zu sein«, sagt Emilie. »Schön, wenn man Freunde hat.«

»Ich habe heute Geburtstag«, sagt Fiona. »Das ist die Feier. Hast du denn keine Freunde, mit denen du auf Reisen gehen kannst?«

»Alle studieren oder arbeiten.« Sie zuckt die Achseln. »Stressen sich, hetzen rum … aber wozu? Ich will die Welt sehen, bevor …«

»… du so alt bist wie wir?«, vervollständigt Kiri den Satz.

Emilie lacht. »Ich wollte nicht unhöflich sein.«

»Ach, Liebes, mach dir keinen Kopf«, meint Cate. »Wir sind quasi Dinosaurier.«

»Na ja, auch bevor die Welt ganz anders ist und alles verschwindet«, fährt Emilie fort. »Die Korallen am Great Barrier Reef bleichen aus – durch die Versauerung des Meers und die Hitze sterben sie ab. Das war so ziemlich das Schlimmste, was ich je gesehen habe. Ja, das macht mich wirklich traurig.« Sie fängt an zu weinen.

»Ich war zwei Mal am Reef«, erzählt Fiona. »Einmal als Teenagerin und dann noch einmal vor zehn Jahren. Der Unterschied war niederschmetternd.«

»Ich war schon einige Male für Recherchen dort«, sagt Cate. »Ich verfolge das seit ein paar Jahrzehnten.«

»Bei mir steht's auf der Löffelliste«, meint Yasmin.

»Ich habe auch schon eine Weile vor, mir das anzusehen«, melde auch ich mich zu Wort.

Emilies Blick wird verzweifelt. »Wann? Wann wollt ihr hinfahren?«

»Vielleicht im nächsten Jahr oder im Jahr darauf«, sagt Yasmin.

»Euch läuft die Zeit davon. Ihr müsst bald hin.«

Ihr stechender Blick erwartet ein Versprechen.

»Ich fahre hin«, sage ich. »Noch in diesem Jahr.«

»Vielleicht könnten wir ja gemeinsam hinfahren«, schlägt Yasmin vor.

»Ja, lasst es uns zusammen machen«, sagt Kiri.

Emilie nickt, wobei sie keine Ahnung hat, wie mies meine Bilanz im Einhalten von Versprechen ist. Als Helen wegzog, beteuerte ich, dass wir uns einmal jährlich sehen würden. Man darf mir nicht trauen.

Wir sehen Emilie beim Essen zu, die sich den Mund mit dem Handrücken abwischt.

»Es ist ganz schön mutig von dir, allein herumzureisen«, meint Fiona.

»Du bist so alt wie meine Fatimah, aber ich wäre sehr unglücklich, wenn sie sich auf so einsame Sachen einließe«, sagt Yasmin.

»Warum?«, fragt Emilie.

Yasmin seufzt. »Ist es denn nicht gefährlich als Frau, so ganz allein?«

»Ich passe schon auf.«

»Da bin ich mir aber nicht so sicher, meine Liebe«, meint Kiri. »Immerhin bist du hier, und es war pures Glück, dass du auf uns gestoßen bist. Außerdem hängt es nicht von dir ab, es gibt überall Spinner, Verrückte, Psychopathen. Als die Welt erschaffen wurde, hat man die Frauen nicht mitbedacht, wir sollten also doppelt vorsichtig sein.«

»Ich mag die Einsamkeit, das Alleinsein in der Natur, mitten im Wald, bei den Vögeln und den wilden Tieren«, sagt Emilie. »Die Natur will einem nichts tun. Kann schon sein, dass man einen Unfall hat, aber das kann einem überall passieren, sogar zu Hause.«

»Da hat sie schon recht«, meint Cate.

»Manchmal wollen einem Menschen etwas antun. Vor

Menschen habe ich mehr Angst als vor Tieren oder dem Wetter. Es gibt Männer …« Emilie verstummt.

»Was ist dir passiert?«, fragt Kiri.

»Es geht uns nichts an, findet ihr nicht?«, schaltet sich Liz ein.

Ich drehe mich zu Liz, weil ich nicht einverstanden bin. Wir sind ein provisorischer Mütterzirkel für diese junge mutterlose Frau. Obwohl Liz wenig Erfahrung darin hat, Mutter einer jungen Frau zu sein, muss sie doch erkennen, dass wir jetzt Verantwortung für Emilie haben.

»Beim ersten Mal ist es ein Fehler. Beim zweiten Mal ist es deine eigene Schuld«, sagt Emilie. »Das hat meine Mutter immer gesagt. Ich habe einen Fehler gemacht, aber ich werde nie wieder eine Tür aufmachen, wenn ich nicht weiß, wer auf der anderen Seite ist.«

»Verfluchte Scheiße, das klingt gar nicht gut. Wer hat dir den Mist angetan?«, fragt Kiri mit gerunzelter Stirn.

»Ein Fremder.«

»Was ist passiert?«, sagt Yasmin. »Erzähl es uns.«

»Wir wollen die Geschichte hören«, sagt auch Fiona.

»Okay. Es war, als ich in Darwin angekommen bin. Dort habe ich den Job als Kellnerin auf dem Kreuzfahrtschiff aufgegeben. Ich war total aufgeregt, dass ich in Australien bin. Ich habe mir ein Motelzimmer am Fort Hill Wharf genommen. Ich war schon eingeschlafen, als jemand an die Tür geklopft hat. Ich habe aufgemacht, und da stand ein Mann.« Emilies Augen werden größer. »Sein Gesicht kommt mir bekannt vor, ich erinnere mich, dass ich ihn im Speisesaal auf dem Schiff gesehen habe. Ich frage ihn, warum er da ist, und er zieht seine Hose runter und zeigt mir seinen Schwanz.« Emilie schüttelt sich.

»Er ist dir vom Hafen bis ins Motel gefolgt?«, fragt Yasmin.

Emilie nickt. »Dann hat er mich hier gepackt«, sagt sie und deutet auf ihr langes Haar, »und da«, sie zeigt auf ihre Brüste.

»Was für ein mieser Dreckskerl«, faucht Cate.

»Das gibt's doch nicht«, sagt Kiri.

»Ich habe um Hilfe gerufen, ihn geschubst und gekickt. Es ist mir gelungen, die Tür zuzumachen und abzuschließen.«

»Was für ein schrecklicher Empfang in Australien.« Yasmin schüttelt traurig den Kopf.

»Hat er dich verletzt?«, fragt Kiri.

»Nur ein paar blaue Flecken und ein wunder Nacken, dort, wo er mich an den Haaren gezogen hat.«

»Warst du beim Arzt?«

»Nein, es war nichts Schlimmes. Ich habe Schmerztabletten genommen.«

»Ich meine das psychische Trauma, meine Liebe, da geht's nicht nur um die körperlichen Folgen.«

»Hast du die Polizei eingeschaltet?«, frage ich.

»Wozu soll das gut sein?«, meint Cate. »Die taugen doch nicht mehr als eine Packung gehäkelte Kondome.«

»Doch, ich war bei der Polizei. Die Besitzerin des Motels hat mich hingefahren, und der Polizist hat meine Aussage aufgenommen. Aber alles, was ich von dem Mann weiß, ist, dass er auf der Kreuzfahrt war, welche Farbe sein Haar und dass er einen Bart hat. Und einen grau-lila Schwanz.« Wieder schüttelt sie sich.

»Ich wette, es kam nichts dabei heraus«, meint Cate.

»Zwei Tage später hat mich der Polizist angerufen. Er erzählt, dass sie der Sache nachgehen. Dann«, Emilie macht eine bedeutungsschwere Pause, »fragt er: Haben Sie heute Abend schon was vor?« Sie lacht bitter.

»Fuck. Männer sind wirklich noch größere Schweine, als wir ihnen zugetraut haben«, stöhnt Cate.

»Das ist so übergriffig.« Fiona legt Emilie die Hand auf den Rücken. »Geht es dir gut?«

»Ist schon in Ordnung«, antwortet Emilie.

»Hast du ihn angezeigt?«, frage ich. »Ich meine den Polizisten.«

Emilie schluckt und sieht mir nicht in die Augen.

»Nein, ich will ihm keinen Ärger machen. Außerdem hatte ich Sorge, dass sie dann den Fall nicht weiter verfolgen. Irgendwie war er ja auch süß. Trotzdem denke ich, dass ein Polizist so etwas nicht machen sollte.«

»Für so etwas sollte er seinen Job verlieren«, sage ich.

»Das ist ein massiver Regelverstoß«, meint Liz.

»Wahrscheinlich macht er dasselbe auch bei anderen Frauen«, fügt Fiona hinzu.

»Wetten, das war nicht das erste Mal, dass er so was getan hat und davongekommen ist«, sagt Kiri.

»Die Attacke hat dich verunsichert, und dann hat der Polizist alles noch schlimmer gemacht«, sagt Yasmin.

»Weißt du seinen Namen und den Dienstgrad? Mein Bruder arbeitet bei der Polizei. Ich hätte nicht schlecht Lust, der Sache nachzugehen«, meint Kiri.

Emilie lässt den Blick von einer zur anderen wandern, diesen Chor von »Wie konnte er?« und »Das hast du nicht verdient!«, und grinst breit. »Ja, ich weiß seinen Namen. Von der Suche nach dem Schwanz-Typen vom Schiff habe ich nichts mehr gehört. Danke. Es tut gut, mit anderen Frauen darüber zu sprechen.«

»Männer sind doch einfach nur mies und gefährlich«, sagt Cate.

»Ach komm schon, Cate, findest du Gabriel mies und gefährlich?«, widerspricht Fiona.

»Wenn man von den Ausnahmen absieht, die größtenteils von feministischen Müttern aufgezogen wurden.«

»Von meinen Jungs ist nur einer ein Reinfall«, erzählt Kiri. »Sein Jähzorn macht ihn so schlimm. Das hat er von seinem Dad. Aber Blake ist ein toller Kerl. Der reinste Gentleman.«

»Farouk und Ibrahim sind gute Männer«, sagt Yasmin. »Wir haben ihnen beigebracht, Frauen zu respektieren. Aber mein Baba hatte einen hitzigen Charakter. Schaut mal.« Sie deutet auf ihre Stirn. »Als ich zehn war, hat mich mein Vater mit dem Handrücken geschlagen, und sein Ring hat mich am Auge erwischt.«

»Das ist ja Kindesmisshandlung.« Fiona ist entsetzt.

»Stimmt schon, in Australien nennen wir es Misshandlung. Aber im Iran war mein Vater so was wie ein König, hoch angesehen, alle sind zu ihm gekommen, um sich Ratschläge für ihre Geschäfte zu holen. Er konnte gut mit Geld umgehen. Aber ich habe gehört, wie die Nachbarn getuschelt haben, dass ein Fluch über unserer Familie liegt. Man wusste von Babas Wut und Gewalttätigkeit in Buschehr. Die Leute wurden taub und stumm, wenn wir in der Nähe waren, sie wandten ihre Ohren ab. Manchmal ist das noch schlimmer als die Gewalt, wenn die anderen nur zuschauen und nichts tun. Ich weiß schon, dass die Menschen meinen, die Gewalt steckt in unserer Kultur, aber es ist überall dasselbe – sogar in Australien, dem Land der Gleichberechtigung und Ebenbürtigkeit.«

»Frauen und Kinder werden überall auf der Welt misshandelt«, sagt Fiona. »Trotzdem erschüttert es mich, meine Süße, dass dich dein eigener Vater geschlagen hat, der Mensch, der dich eigentlich beschützen soll.«

»Ach, danke. Australien ist auch deshalb mein Zuhause, weil mein Onkel bei unserer Ankunft zu meinem Vater gesagt hat: ›Albazi, das muss aufhören. Keine Schläge. Das mögen sie in Australien nicht. Damit handelst du dir ernsthaft Ärger ein, womöglich sogar Gefängnis.‹ Stellt euch vor, was das für mich, meine Mutter und meine Brüder bedeutet hat. Mein Vater hat nie geflucht, er fand das vulgär, es gab nur ein Schimpfwort, das er verwendet hat: DOCS, Department of Child Services. Er brüllte, das Jugendamt sei wie ein Hexenfluch, der ihm seine Männlichkeit genommen habe. Dann machte er mit dem Finger so«, Yasmin knickte den Zeigefinger ab. »Australien sei ein Land voller lascher Männer, die Gesetze gegen die männliche Natur erlassen. Er glaubte, dass ein Mann als Oberhaupt der Familie das Recht hätte zu tun, was immer er wollte.«

»Also hat er auch deine Mutter geschlagen?«, fragt Kiri.

Yasmin nickt. »Sie hat versucht, uns zu beschützen, aber sie war Hausfrau und besaß keinerlei Fähigkeiten, mit denen sie hätte Geld verdienen oder auf eigenen Füßen stehen können.«

»Es muss furchtbar für sie gewesen sein, dass er dir wehgetan hat«, sage ich.

»Ja, aber sie hatte Zauberkräfte. Mit denen hat sie zwar nicht die Schläge verhindert, aber sie konnte uns wieder fröhlich machen. Sie kochte Essen, das wie sanfter Gesang in uns widerhallte. Sie machte Juwelenreis mit Nüssen und getrockneten Früchten oder Reis mit Dill und Bohnen. Butter und Safran, manchmal Rosinen, Mandeln, Berberitzen, Ackerbohnen, Lammstücke. Von ihr habe ich alles gelernt. Ich koche, um meine Söhne zu besänftigen, den Frieden zu wahren, Liebe zu schenken, genauso wie es meine Mutter getan hat. Wo immer Gift ist, gibt es ein Gegengift. Eine beruhigende Suppe. Ein lindernder Nachtisch. Ein gütiges Brot.«

Während Yasmin in der kühlen Nachtluft unter den aufgehenden Sternen ihre Geschichte erzählt, spüre ich einen leichten Druck unter dem Brustbein, ein Hohlraum, in dem sich Reue einnistet. In Gedanken kehre ich zu dem Moment zurück, in dem ich das richtige Gegengift hätte wählen und die Gelegenheit beim Schopf hätte packen müssen. Ich hätte Aaron sagen sollen, dass ich – mal abgesehen von seiner Entscheidung fürs Militär – stolz darauf bin, dass er sich zu dem Mann entwickelt hat, der er ist.

Vielleicht wäre es ihm wichtig gewesen.

Jetzt aber ist es zu spät.

»Es geschieht jeden Tag. Viele Männer betrügen ihre Frauen«, hatte ich gesagt.

Aaron hatte vom Vater seines Freundes Toby erzählt, der seine Frau nach sechsundzwanzig Jahren Ehe sitzen lassen hatte. Es war ein solches Klischee. Er hatte sie wegen seiner Assistentin verlassen, die ironischerweise ausgerechnet sechsundzwanzig Jahre jünger war als er selbst.

»Echte Männer machen so was nicht. Das würde ich Sienna niemals antun. Was für eine Arschloch-Aktion!«

Das war Frank in Reinform, der Aaron seine Überzeugungen langsam und stetig eingeflößt hatte. Frank ist loyal bis zur Selbstverleugnung – der Inbegriff des Nicht-Betrügers.

Das war die Gelegenheit, Aaron zu loben. Nichts allzu Überschwängliches oder Sentimentales, sondern eine beiläufige positive Bemerkung über seinen Charakter. »Du bist ein guter Kerl«, oder etwas ähnlich Zurückhaltendes typisch Australisches. Ich würde gern behaupten, dass es ein unbedachtes Versäumnis meinerseits war, tatsächlich aber war es eher Berechnung als Nachlässigkeit. Jamie war in Hörweite, und ich hatte keine Lust, einen Streit vom Zaun zu brechen, warum Männer ständig Beifall dafür erwarten, dass sie einfach bloß anständig sind, was Jamies Ansicht nach Grund für das aufgeblähte Selbstwertgefühl von Männern und das fehlende Selbstbewusstsein der meisten Frauen ist.

Und so gesehen stimmt es ja auch. Meine Zögerlichkeit ist Symptom einer tiefer liegenden Unfähigkeit, die Regeln zu dechiffrieren, die unter der neu installierten Tyrannei in unserem Zuhause gelten und inakzeptables Verhalten und andere unzulässige mütterliche Handlungsweisen festlegen. Dazu zählt auch, Jamie zu sagen, dass sie schön ist, wie gut ihr der rosa Jumpsuit steht und wie perfekt der neue Haarschnitt ihr Gesicht einrahmt. Anmerkungen zu ihrer äußeren Erscheinung sind »unangemessen«, »übergriffig« und »beleidigend«, selbst wenn sie ihre Schönheit feiern. Wie sehr das meine mütterlichen Instinkte durcheinandergebracht und mein Weltbild zerstört hat, ist wahrlich nicht zu überschätzen. Die 5G-Interferenzen sind nichts dagegen.

Auf Aarons Vorwurf, dass »echte Männer« so etwas nicht täten, antwortete ich lahm: »Es gibt auch Frauen, die ihre Männer betrügen.«

Auch Aaron schreckt zurück, wenn ich mich spontan darüber auslasse, wie gut oder elegant er aussieht, aber aus ganz anderen Gründen als Jamie. »Klar, dass du das sagst«, widerspricht er. »Hör dir doch selbst zu, Mum.«

»Das ist eine ganz und gar objektive Feststellung.«

»Du bist eine jüdische Mutter. Ich kann dir schon per definitionem nicht über den Weg trauen. Du solltest dir selbst nicht trauen.«

Niemand mag es, wenn man ihm religiöse Stereotype überstülpt, insbesondere von einem herablassenden Millennial in einer verwirrenden Verkehrung der Rollen. Mag sein, dass ich voreingenommen bin, aber ich halte es für ein mütterliches Recht, Einsprengsel von Brillanz in der Mittelmäßigkeit unserer Kinder hervorzukehren, ähnlich wie William Blake in einem Sandkorn eine ganze Welt sehen konnte. Genau so funktioniert der mütterliche Blick, oder nicht?

Auch seinen Humor hat Aaron von Frank geerbt. Aber selbst meiner Heiterkeit werden Grenzen gesetzt; ich traue mich nicht, zu viel oder zu lange zu lachen.

»Chill mal, Mum. So lustig ist es nun auch wieder nicht«, sagt er dann.

»Stimmt schon, er ist im besten Fall durchschnittlich lustig«, meldet sich Jamie zu Wort.

Bei der Vorstellung, wie sehr ich meinen Sohn vermissen werde, wenn er sich dem Militär in die Arme wirft, stockt mir der Atem.

Frank hatte es scherzhaft gemeint.

»Wahrscheinlich hätte er sich das echte Ding nicht antun müssen, wenn du ihm das Kriegsspielzeug nicht verboten hättest.«

Ich hatte sämtliche Plastikwaffen aus dem Haus verbannt, ganz im Gegensatz zu meiner Freundin Ilana, die ihrem Sohn Steve erlaubte, echte Waffen zu sammeln, als er Interesse daran entwickelte. Damals war er fünf Jahre alt. In seinem Kinderzimmer hatte ich einmal ein Samurai-Schwert in die Hand genommen, und er hatte mich gewarnt: »Vorsicht, das ist gefährlich.« Ilana war davon überzeugt, dass sie Steve die Gelegenheit geben musste, verantwortlich mit gefährlichen Gegenständen umzugehen und von selbst aus der Sache »herauszuwachsen«. Ich hingegen dachte, dass sie damit einer schlechte Angewohnheit Futter gab, die sich nur verschlimmern konnte.

Mein Problem war, dass ich das »Spielerische« im Kriegsspiel nicht erkennen konnte. Stattdessen bemühte ich mich, Aarons Interesse auf Dinge umzulenken, die weder schwere Verletzungen noch den Tod zur Folge hatten. Ein Toilettentraining für die Seele sozusagen. Ich perfektionierte meine Ablenkungsmanöver. Plätzchen backen. Puzzeln. Töpfern. Bücher lesen. Ich vertraute nicht darauf, dass ihm das Leben schon beibringen würde, was es heißt, ein Mann zu sein. Vielleicht schloss er daraus, dass ich ihm nicht zutraute, selbst herauszufinden, was es hieß, ein Mann zu sein. Im Rückblick kann ich erkennen, dass man den Widerstand auf diese Weise womöglich erst heraufbeschwört. Steve studiert mittlerweile Botanik und hat sich auf seltene Orchideenarten spezialisiert.

»Aber du hast mich doch dabei unterstützt!«, sagte ich zu Frank.

»Ich wollte deine Bemühungen nicht untergraben. Aber ich habe auch mit Spielzeugpistolen gespielt. Ich sag's ja nur.«

»Damals gab es aber auch noch kein *Call of Duty* und diese ganzen brutalen Videospiele.«

»Immer noch besser, so zu tun, als würde man töten, als es tatsächlich zu tun. Damit hätte er sich abreagieren können.«

Es hatte so geklungen, als wäre der Impuls, »so zu tun, als würde man töten«, die natürlichste Sache der Welt.

Frank hatte keine Wahl gehabt, er war für zwei Jahre bei der südafrikanischen Armee eingezogen worden, wo man ihm beigebracht hatte, zu bügeln, ein Bett akkurat zu beziehen, im Stehen zu schlafen und ein echtes Gewehr zu laden und abzufeuern.

Da baute man mit Bedacht am Wertekanon, der das Kind

217

auf den richtigen Weg führen sollte, und kaum hob man den Blick, waren die Kinder auf der Schnellstraße in die entgegengesetzte Richtung unterwegs.

Selbst die Liebe wird zum Gemetzel. Entweder gibt es zu wenig davon oder zu viel, man liebt nicht auf die richtige Weise oder anders, als wir es uns vorstellen, ein bisschen mehr links bitte, nein, etwas höher noch, jetzt ein Stück nach rechts. Ihre Umsetzung ist ein Missgriff desjenigen, der liebt, und Übergriffigkeit für denjenigen, der geliebt wird. Während wir uns abmühen, die Defizite unserer eigenen dürftigen Kindheit auszugleichen, begehen wir ganz einfach andere Fehler. Überkompensation ist nicht weniger falsch, und dabei kommt ironischerweise oft exakt dasselbe heraus wie das, was wir durch den Kurswechsel vermeiden wollten.

»Aaron muss die Verantwortung für seine Entscheidungen übernehmen. Du solltest ihm deine Meinung dazu nur andienen, wenn er von sich aus darum bittet«, hatte Frank gesagt.

Wenn es ein Wert an sich ist, Eltern zu haben, dann doch der, dass sie sich einschalten, einmischen, warnen, da sie nun mal über so viel mehr Lebenserfahrung verfügen. Welche Mutter, welcher Vater sagt achselzuckend: »Schon gut, meine Arbeit ist getan, viel Spaß mit deinen Lebensentscheidungen«? Auf diese Weise kommt es, dass Leute einen Narzissten heiraten, Stripperin werden oder einer Sekte beitreten.

Während ich mich mit Zweifeln quälte, schien Frank voller Zuversicht. Ich hielt mich an seine Anweisung.

Aaron bat mich um meinen Computer, um das Bewerbungsformular auszudrucken. Er fragte, ob er sich für die Fahrt zur ärztlichen Untersuchung mein Auto leihen dürfte.

Aber er bat mich nie um meine Meinung.

»Ach, lass es bleiben. Du bist drüber weg«, rät Cate Emilie. »Du hast's überlebt. Hat nicht jede hier ihre eigene #MeToo-Story?« Sie blickt sich um. Niemand widerspricht. »Man kann nicht sein Leben lang den Kopf einziehen. Mann, am Ende erwischt es uns alle irgendwie. Wir müssen einfach versuchen, ein bisschen schneller zu sein als das, was uns ans Leder will.«

Mein Herz fängt an zu klopfen.

»Nein, Cate, in so einer Welt wollen wir nicht leben. So weit sind wir noch nicht.«

»Versprich mir, dass du nachts niemals allein unterwegs bist«, hatte ich Jamie beschworen.

Sämtliche Nachrichten hatten an dem Tag davon berichtet. Paige Ellis, eine junge Komikerin, hatte ihre Mitbewohner angerufen und ihnen gesagt, dass sie auf dem Heimweg von ihrer Vorstellung sei. Doch ein Mann hatte sie vom Bahnhof aus verfolgt, sie vergewaltigt und ermordet. »Paige hätte nachts nicht allein auf der Straße sein sollen, das ist dir doch klar, oder?«

»VERDAMMT NOCH MAL! MUM! Paige hat wirklich alles getan, um sich abzusichern. Hast du mit Aaron darüber geredet? Hast du ihm erklärt, dass er nicht rausgehen und Frauen vergewaltigen und töten soll? Warum ist immer das Opfer schuld?« So aufgebracht hatte ich sie noch nie erlebt. Sie war wütend auf mich. *Weil ich mich den gesellschaftlichen Normen unterwarf. Wegen dieser typischen Haltung, das Opfer verantwortlich zu machen.*

Ich hatte nicht vor, mich in eine Diskussion über Geschlechterpolitik zu stürzen. Jamie sollte mir bitte nur versichern, dass sie nachts niemals allein durch die Gegend spazieren würde. Ich wollte dieses eine Wort von ihr hören: niemals.

»Ich lass mir doch von männlicher Gewalt nicht mein Leben diktieren. Ich gehe, wohin ich will und wann ich will«, hatte sie gebrüllt.

Tagelang hatte sie kein Wort mit mir geredet.

Wochen später klingelte mein Handy, als ich gerade kurz vor dem Einschlafen war. Jamies Nummer. Es war 22 Uhr 18. Das Herz rutschte mir in die Hose.

»Hallo, Mum. Ich rufe bloß an, weil ich gerade durch einen Park gehe … allein.«

Ich wartete ab.

»Ich wollte mit dir reden, bis ich am Auto bin …«

»Sehr vernünftig. Wie weit ist es noch?«

»Ziemlich weit …« Ihre Stimme klang völlig fremd, absichtsvoll fröhlich, so wie man spricht, wenn man weiß, dass andere einen hören können. Sie bemühte sich, mutig und unbekümmert zu wirken, als sei nichts dabei, nachts allein durch einen dunklen Park zu gehen.

Ich verlangsamte meine Worte, sprach ganz ruhig. »Wo bist du? Wie heißt der Park? In welchem Stadtteil bist du?« Ich sammelte forensische Daten.

Und prägte sie mir ein. Dabei hielt ich Jamie am Reden. »Wie war dein Tag? Was hast du gemacht?«, so wie eine Mutter ihr Kind nach einem Albtraum tröstet oder von einem anstehenden ärztlichen Eingriff ablenkt. Mit meinem sanften, inhaltsleeren Gemurmel versuchte ich, sie zu beruhigen.

Als sie schließlich im Auto saß und die Türen verriegelt waren, verabschiedeten wir uns. Schwer atmete ich aus.

Es war kein schöner Sieg. Ich hatte sie auf die Welt vorbereitet, in der wir leben. Doch um dieses Ziel zu erreichen, hatte ich etwas zerstören müssen: die furchtlose Frau, die sie bis dahin gewesen war.

Emilie lächelt mich über ihr Essen hinweg an. »Mir kommt es immer so vor, als würde meine Mutter auf mich aufpassen.« Sie legt den Kopf in den Nacken und blickt in den langsam dunkler werdenden Himmel hinauf.

»Pfefferspray wirkt besser«, meint Kiri.

»Hast du schon mal einen Selbstverteidigungskurs gemacht, Schätzchen?«, fragt Cate.

Emilie schüttelt den Kopf.

»Was machst du, um dich zu schützen?«, fragt Fiona.

Unvermittelt lässt Emilie einen gellenden Schrei los, der die gesamte Bucht auszufüllen und das Feuer zum Aufflackern zu bringen scheint. Überrascht fängt Cate an zu husten. Yasmin kneift die Augen zusammen, und Kiris dritte Zähne hängen schief, als habe ihr jemand einen Faustschlag auf den Mund versetzt.

»Meine Herren, du bist ja eine echte Sirene«, meint Kiri und rückt die Prothese zurecht.

»Das hilft dir nichts, wenn du geknebelt bist«, meint Cate.

»Oder betäubt«, fügt Liz hinzu. »Was, wenn dir jemand heimlich was ins Getränk kippt?«

»Wir machen keine Witze«, sagt Yasmin.

»Was würde deine Mutter sagen, wenn sie hier wäre?«, frage ich.

Emilie blinzelt. »Lass dir alles geschehn: Schönheit und Schrecken.«

»Rilke?«

»Sie hat ihn ständig zitiert. Er war ihr Lieblingsdichter.«

»Meinst du, sie würde wirklich wollen, dass dir *alles* geschieht?«, frage ich.

Emilie zuckt die Schultern. »Nicht alles …«

»Lass dich von uns nicht einschüchtern und dir unsere

Ängste einimpfen«, meint Liz. »Das Ganze steht man nur durch, wenn man sich die Sorgen der Mütter nicht zu eigen macht. Sie sind nur eine Belastung – du machst es ganz richtig, dass du mit leichtem Gepäck reist.«

Ich suche Liz' Blick, und in den müden, glasigen Augen ist keine Abwehr mehr. Ich sehe das kleine Mädchen, das seine Mutter viel zu früh verloren hat, die Liz aus der Zeit vor den Karriereplänen, den Verhandlungszimmern, den perfekten Frisuren, manikürten Nägeln und dem Moratorium für sämtliche Freuden und Genüsse. Im schummrigen Licht wirkt sie so zerbrechlich, ausgehungert nach der Liebe, die ein Kind von seiner Mutter und eine Mutter von ihrem Kind bekommt. Jene Vertrautheit, die ich für selbstverständlich hielt, solange die Kinder klein waren und das Kuscheln fester Bestandteil des Alltags war; die einem das Wissen darum schenkte, wer man war und was man anderen Menschen bedeutete.

Kapitel 12

Den Liebkosungen den Krieg erklärt

Mit angezogenen Beinen sitzt Emilie da und stützt das Kinn auf die Knie. Eifrig lauscht sie dem, was wir sagen, wendet den Kopf von einer zur anderen und saugt jedes Wort in sich auf.

Ich frage mich, wann sie das letzte Mal von jemandem im Arm gehalten wurde, der nichts wollte, als sie beschützen, so wie eine Mutter es tut. Sie sieht aus, als würde sie von so ziemlich jedem eine Umarmung tolerieren, anders als meine beiden Kinder, die von mir ihr Leben lang mit körperlicher und emotionaler Aufmerksamkeit überschüttet wurden und den Liebkosungen hinter meinem Rücken den Krieg erklärt haben.

Seit Jahren verzehre ich mich nach den Umarmungen meiner Kinder. Wenn man darum bitten muss, dann ist es nicht das Gleiche. Niemand wirft sich mir nach einem langen Tag in die Arme oder legt den Kopf auf meine Schulter, um über eine Gemeinheit hinwegzukommen. In den Teenagerjahren voller Geringschätzigkeit lernte ich, aus ihrem gebieterischen Schweigen, verschlossenen Türen und Unverschämtheiten Stimmungen zu dekodieren. Wie von einem Laster musste ich mich von den Körpern meiner Kinder entwöhnen. Anders als die vertretbaren Entzugserscheinungen, die man erleidet, um den Cholesterinspiegel und das Herzinfarktrisiko zu senken, ist dieser Entzug der reinste Betrug: als wäre das Bankkonto für Körperkontakte, auf das man jahrelang eingezahlt hat, von einem Tag auf den anderen leer und sämtliche Ersparnisse für die Rente verschwunden.

Es ist kein Rätsel. Ich weiß genau, wann die Umarmungen meiner Kinder aufgehört haben. Ich erinnere mich an das Quietschen der Reifen, das schreckliche Krachen und Kreischen, den Knall beim Aufprall, der mir das Blut in den Adern gefrieren ließ.

Frank und ich rannten vors Haus, wo sich ein Autowrack um einen Lastwagen krümmte, das Heck zusammengepresst wie eine zerdrückte Coladose. Der Lastwagenfahrer raufte sich das Haar und war bereits mit seinem Telefon zugange.

Ein junger Mann stand gebückt da und stützte die Hände auf die Knie.

Kein Blut. Keine abgetrennten Körperteile. Gottseidankgottseidank.

»Ist jemand verletzt?«, fragte ich.

Der junge Mann, kaum älter als zwanzig, richtete sich auf und blickte mich mit weit aufgerissenen Augen an. Er war bleich, unrasiert, trug ein Pink-Floyd-T-Shirt und zitterte am ganzen Körper.

»N… nein … nein …«

»Alles in Ordnung?«

Er nickte, während ihn das Adrenalin zusammenschaudern ließ.

»Sicher?«

Ja, ich weiß, das gehört sich nicht, aber ich hatte wenig Erfahrung damit, Ersthelferin an einem Unfallort zu sein, also tat ich das Einzige, was mir in diesem Augenblick richtig erschien.

»Soll ich dich in den Arm nehmen?«

Frank sah mich stirnrunzelnd an. »Lass den armen Kerl in Ruhe«, flüsterte er.

»Ich glaube, du könntest es ganz gut gebrauchen. Darf ich …?«

Er widersetzte sich nicht. Ich nahm es als Aufforderung.

Frank streckte die Hand nach mir aus, um mich zu bremsen, aber ich schüttelte ihn ab.

Ich legte die Arme um den jungen Mann und zog ihn an mich. Als ich meinen Körper an seinen drückte, spürte ich seine bebenden Schultern und den flachen, zitternden Atem, und ich hielt ihn fest. Sachte erwiderte er meine Umarmung. Er lehnte sich an mich. »Es ist alles gut«, gurrte ich. »Alles wird gut.«

Später habe ich gelesen, dass freundschaftliche Umarmungen nicht länger dauern sollten als drei Sekunden und dass innige Umarmungen ab zwanzig Sekunden Dauer die Ausschüttung von Oxytocin bewirken. Damals wusste ich nichts über die wissenschaftlichen Erkenntnisse, aber ich war mir meiner Sache sicher. Wie lange wir dort standen, weiß ich nicht. Dieser Junge war dem Tod gerade noch von der Schippe gesprungen, und ich würde nicht diejenige sein, die losließ. Ich spürte, wie sich ihm ein Schluchzen entrang, und streichelte ihm wie einem kleinen verängstigten Kind über den Rücken.

Mir war egal, ob uns jemand beobachtete oder ob es angemessen war. Ich war ganz und gar ich selbst, folgte meinen Instinkten. Noch Tage später erinnerte ich mich an das Gefühl seiner vom Schock durchgerüttelten Knochen und das Heben und Senken seines Herzens an meiner Brust, an seinen Schweißgeruch und daran, wie ich ihm meine Stärke lieh. Er war ein Fremder, der irgendwohin unterwegs gewesen war und hätte sterben können, es nicht getan hatte und für den Rest seines Lebens an diesen Augenblick denken würde, den er schadlos überstanden hatte, obwohl es so ganz anders hätte ausgehen können. Es war eine Geschichte, die er erzählen würde, wenn es um riskante Situationen ginge, um Glück, darum, dem Tod knapp entronnen zu sein; er würde sagen, dass er gerade so davongekommen war und eine verrückte Frau ihn wie blöd umarmt hatte.

Als wir uns voneinander lösten, lag in seinem Blick zwar nicht eindeutig Dankbarkeit oder Beschämung, aber er war nicht weit davon entfernt. An dem, was zwischen uns vorgefallen war, herrschte kein Zweifel.

»Bitte entschuldigen Sie meine Frau«, mischte sich Frank mit männlicher Geste ein. »Können wir jemanden anrufen?«

»Darf ich Ihr Telefon benutzen? Ich glaube, meins ist irgendwo da drin.« Er deutete auf das zerbeulte Wrack. Frank zog sein Handy aus der Tasche, und von dem Augenblick an war ich unsichtbar. Der Pannendienst wurde gerufen, die Freundin holte den jungen Mann ab, und die Fahrzeuge wurden abgeschleppt. Der einzige Hinweis auf den Unfall waren die Glassplitter, die noch zehn Tage danach auf der Straße lagen. Seinen Namen erfuhr ich nie, aber ich habe ihn nie vergessen und auch nicht, wie er mir erlaubte, ihn in die Arme zu schließen und ganz ich selbst zu sein.

Beim Abendessen erzählte Frank den Kindern davon. »Heute gab es einen Autounfall vorm Haus. Und stellt euch vor, was eure Mutter gemacht hat: Sie ist zu dem Kerl gegangen, der eben sein Auto zu Schrott gefahren hatte, und hat ihn *umarmt!*« Bei ihm klang es so, als hätte ich ihm eine Ohrfeige oder einen Blowjob verpasst.

»Mum! Vielleicht wollte er gar nicht angefasst werden«, sagte Aaron. »Ih, das ist eklig.«

»Hat er dich darum gebeten, dass du ihn umarmst?«, fragte Jamie.

»Nein, aber ich habe ihn gefragt, ob er es will ... und ... er hatte es wirklich nötig.« Plötzlich war ich mir nicht mehr so sicher.

»Womöglich hatte er innere Verletzungen. Dann hast du vielleicht alles noch schlimmer gemacht«, meinte Frank. »Wir werden es erfahren, wenn der Brief vom Anwalt eintrudelt.«

»Du bist so daneben, Mum«, sagte Jamie missbilligend.

Ich spürte, wie sich die Beziehungen um mich herum verschoben und sich neue Allianzen bildeten; ich war der Kandidat, der bei *Expedition Robinson* zum Abschuss freigegeben war. Ich wurde zur Aussätzigen. Von da an überlegte ich zwei Mal, bevor ich in ihrer Anwesenheit meinen Instinkten freien Lauf ließ. Sollte ich das sagen? Durfte ich darüber lachen? Konnte ich das anziehen?

Ich begann zu verkümmern.

In den folgenden Monaten schwelte die Wunde in mir; gefangen in einem endlosen Gedankenstrudel, kehrte ich wieder und wieder zu der Unfallszene zurück, während ich das Ufer meiner Familie nicht mehr erreichen konnte.

Aus der Entfremdung wurde schließlich Wut: Niemandem stand es zu, mir zu sagen, wie ich mich zu verhalten hatte. Weder meinen Kindern noch meinem Ehemann, egal wie sehr er mich liebte. Ich brauchte keinerlei Ratschläge, Billigung oder kritische Begutachtung, und am allerwenigsten brauchte ich eine Erlaubnis. Ich wollte nichts anderes als die Freiheit, mein eigenes Selbstbild auszuleben.

Einmal – ich war Ende zwanzig – war ich mit dem Auto unterwegs, als es unvermittelt von einem Furcht einflößenden Krachen erschüttert wurde. Es klang, als würden sämtliche Innereien aus dem Fahrwerk gerissen; abrupt kam das Auto zum Stehen. Der Mechaniker erklärte mir, dass es an einer Antriebswelle lag, die sich gelockert hatte. Wer wusste schon, was eine Antriebswelle war oder was sie in einem Auto zu suchen hatte?

»Wie konnte die sich so plötzlich lockern?«

Er bedachte mich mit einem etwas missbilligenden Blick, der Leuten mit dummen Fragen vorbehalten war, die anschließend eine Rechnung, aber bestimmt keine Essenseinladung von ihm erhielten. »So was passiert nicht plötzlich. Durch die andauernde Belastung und Beanspruchung lockern sich die Teile mit der Zeit. Wir sehen hier nur, wo die lose Stelle endgültig nachgegeben hat.«

Vermutlich hatte der ölverschmierte Arbeiter bei diesen Worten bloß Motoren und Antriebswellen im Sinn, für mich aber gehörten sie zum Tiefgründigsten, was ich je über das Dasein als Mensch gehört hatte.

Nicht immer überkommt einen die Einsicht jäh und auf einen Schlag. Psychologische Wahrheiten bewegen sich oft geschickt und sind filigran, sie arbeiten sich ganz allmählich voran und verbreiten sich wie ein Schimmelpilz. Tonfall, Appetit oder Schlafgewohnheiten verändern sich um winzige Nuancen; langsam wie Asbest breitet sich das Gift Atemzug für Atemzug aus. Aus dem Innern rücken sie heran und metastasieren still und heimlich, während wir ahnungslos schlafen. Sie sickern unter der Tür durch, wabern zwischen den Topfpflanzen vom Fenstersims herein. Leise ziehen sie heran, ganz ohne Wehklagen und Sirenengeheul.

Pickt man sich nur eine heraus, dann hat sie keinerlei Bedeutung. Setzt man sie aber zusammen, ergibt sich ein Bild.

Eine Kontaminierung.

Ihre Entschlüsselung hat die Form einer Spirale, eine Windung folgt der nächsten, und nur Stück für Stück entrollt sich die Spule. Mit meiner rang ich schon mein Leben lang.

»Tut mir leid, dass die Bücher den Flur blockieren. Könntest du sie zur Heilsarmee bringen?«, hatte ich Frank am Tag vor meiner Abreise gebeten.

»Willst du wirklich die ganzen Bücher rausschmeißen?«, fragte Frank nach. »Bist du durch mit all den Ratgebern? Endlich ein besserer Mensch?«

»Du kannst mich mal, Frank. Zumindest habe ich es versucht.«

Trotz all der Bemühungen zur Persönlichkeitsentwicklung, die ich über Jahrzehnte unternommen hatte, hatte ich ganz offensichtlich nicht meine besten Seiten hervorgekehrt, vorausgesetzt, da war mehr als eine unter einer Schreibblockade leidende Schriftstellerin Anfang fünfzig. Das Schlimmste war, dass ich als Vorbild für meine Kinder versagt hatte. Zu so etwas kann man sich nicht selbst ernennen, man wird dazu auserkoren. Für sie war ich die Straßensperre auf dem Weg in die 5G-Sphären. Eine, die unnötige Umarmungen austeilte. Eine Fehlkonstruktion. So zu werden, musste dringend vermieden werden.

In diesem Augenblick entdeckte Frank in einem der Kartons seine Rugby-Tasse von den Sydney Roosters. Mich überkam ein schlechtes Gewissen. Der verletzte Gesichtsausdruck war echt.

»Wie konntest du nur? Die ist mir *heilig!*«

Es war ein überteuerter, in China produzierter Fanartikel, gekauft nach einem gewonnenen Spiel und sechs Gläsern Bier. Was hatte ich nicht alles hingenommen!

Elefanten aus Mücken. Stürme im Wasserglas. Viel Wind um nichts. Sucht euch ein Klischee aus. Zugegeben, es handelt sich weder um Mord noch um Betrug. Es ist keine Verletzung von Menschenrechten, das Wort »heilig« zu missbrauchen.

Wenn ich aber an meiner Entscheidung zweifelte, wegzufahren (und das tat ich), wenn ich Schuldgefühle hatte, Frank drei Monate allein zu lassen (die hatte ich): Hiermit war die Sache klar. Das Universum hätte sich nicht deutlicher ausdrücken können.

»Wollt ihr türkischen Honig?« Yasmin reicht einen Behälter herum. »Selbst gemacht, mit Maisstärke statt Gelatine, ist also vegan.«

Wie ein kleines Mädchen klatscht Emilie in die Hände. Dann nimmt sie ein Stück zwischen die Finger und hält es hoch, um es im schwachen Licht zu betrachten. »Das hat mir meine Mutter mal aus Prag mitgebracht. Sie war mit ihren Freundinnen hingefahren, um sich das Ballett *Schwanensee* anzuschauen. Ich war furchtbar unglücklich, dass sie drei Tage ohne mich weggefahren ist. Aber sie kam mit einer Schachtel türkischem Honig nach Hause. Ich hatte das schon immer mal probieren wollen, seit ich *Der König von Narnia* gelesen hatte. Kennt ihr das?«

»Na klar. C. S. Lewis«, sage ich. »Die verbotene Speise, mit der die Königin Edmund auf die andere Seite lockt.«

»Gefräßiger Kerl.« Emilie kichert.

Ich stelle mir Emilies Mutter vor, bestimmt eine langhaarige, zierliche Frau, wie sie erschöpft und glücklich von drei herrlichen, unbeschwerten Tagen mit ihren Freundinnen nach Hause kommt, in denen sie zu viel Sekt getrunken, zu wenig geschlafen und ätherische Tänzerinnen mit schwerelosen Vogelknochen bewundert hat. Als sie im Taxi sitzt, das sie zurückbringt zu den Mahlzeiten, die gekocht, den Hausaufgaben, die kontrolliert werden müssen, und der Wäsche, die sich angesammelt hat, fällt es ihr ein. Sie bittet den Fahrer, vor einem Geschäft anzuhalten. Dann lässt sie den Blick über die Regale schweifen, bis sie das Richtige findet, das dem Kind vermittelt: *Na siehst du, ich habe die ganze Zeit an dich gedacht. Du warst immer bei mir.*

Jahrelang verbrachte ich die halbe Zeit auf meinen Reisen damit, nach Geschenken zu suchen, die ich mit nach Hause bringen konnte. Bei Aaron fiel es mir leicht, ein Ball oder ein Kartenspiel waren immer richtig, Schokolade. Mit Jamie aber verhielt es sich anders. Ich suchte nach Dingen, die Symbolwert besaßen und nur für uns beide Bedeutung hatten: ein Buch von Amy Tan, ein handgeschnitztes Kästchen mit Geheimfächern. Eine Pfingstrose, die Königin der Rosen, wie ich ihr erklärte.

Den Versuch, meine Abwesenheit in übersteigertem Maße zu kompensieren – Frank nannte es »Erziehung über den Einzelhandel« –, gab ich erst auf, als mir bewusst wurde, dass ich keine Ahnung mehr hatte, was ihr Freude machte oder sie begeisterte. Sie machte ihre eigenen Entdeckungen, ohne mir davon zu erzählen. Einmal stand ein Postbote mit einer altmodischen Schreibmaschine vor der Tür. Eine Polaroidkamera. Ein Gedichtband von Hafis, von dem sie nicht wusste, dass ich ihn schon im Bücherregal stehen hatte.

Nichts gegen Frühjahrsputz, ganz ehrlich, aber trotzdem war es ein Schock, Schätze, die ich ihr gekauft hatte, in den

Kartons für die Wohlfahrt zu entdecken, manche davon noch ungeöffnet und unbenutzt. Natürlich können wir von unseren Kindern nicht erwarten, dass sie zu Sammlern werden, bloß weil wir unsere Liebe über Geschenke ausdrücken. Unsere Kinder zu »kennen«, bedeutet nicht, dass wir eine feste synaptische Verbindung haben, auf die wir uns dauerhaft verlassen können. Sie entwachsen uns. Sie verändern sich, genau wie wir. Wir wollten doch, dass sie sich selbst treu sind, oder nicht?

Wertschätzung bedeutet, dass der Schenkende und der Beschenkte auf einer Linie sind, andernfalls werden Geschenke zur Last. Sie wiegen schwer wie ein Geheimnis und sind manipulativ wie eine an Bedingungen geknüpfte Liebenswürdigkeit.

Von all den Verlusten, die man erleidet, wenn die Kinder erwachsen werden, kommt vielleicht am unerwartetsten, wie sich das Reisen verändert. Ohne fette Würmer, die meine Babys nähren sollen, kehre ich zurück ins Nest. Ich vermisse es, die Welt auf der Suche nach Kleinigkeiten zu durchstöbern, die von meiner Heimkehr künden.

Meine Reise löste weder Dramen noch Neugier aus. Niemand fragte, wohin genau ich fahren wollte, warum oder wann ich wieder nach Hause käme.

Meine Whatsapp-Nachricht wurde in der Familiengruppe beantwortet.

»Bis dann.«

»Viel Spaß.«

»Kann ich dein Auto haben, solange du weg bist?«

Niemand ließ sich anmerken, dass er sich an den Unfall vor unserem Haus und den jungen Mann, den ich umarmt hatte, erinnerte. Keiner nahm zur Kenntnis, was für ein Einschnitt es war.

Als Frank und ich das Haus verließen, um zum Flughafen zu fahren, lagen beide noch im Bett.

»Kann ich noch ein Stück essen?«, fragt Emilie. »Nur, falls ihr schon genug habt.«

»Natürlich, bitte«, ermuntert Yasmin sie.

Emilie nimmt sich das vorletzte Quadrat der weichen, klebrigen, rosafarbenen Süßigkeit.

Ich beobachte ihre Mimik, als sie hineinbeißt. Das Haar fällt ihr ins Gesicht. Die Locken erinnern mich an Jamie als kleines Mädchen, doch deren Haar war pechschwarz, nicht rotbraun. Damals flocht ich ihr Zöpfe, während wir über Dinge redeten, von denen sie träumte: eine Übernachtungsparty mit dem Dschinn aus *Aladin* oder einem Kaffeekränzchen mit Willy Wonka aus *Charlie und die Schokoladenfabrik.*

»Du hast wunderschöne Locken«, sage ich. Jamie würde an dieser Stelle eine feministische Apoplexie erleiden. Sofort bereue ich meine Bemerkung.

Emilie berührt ihr Haar.

»Das habe ich von meiner Mutter. Ihr Haar war noch viel dicker und total lockig. Sie trug es lang, damit man ihr Hörgerät nicht sehen konnte.«

»War sie von Geburt an schwerhörig?«

»Nein, nach einem Skiunfall. Da war sie zehn. Sie schlug mit dem Kopf auf und war wochenlang bewusstlos. Sie hatte Glück, dass sie nur auf einem Ohr taub wurde. Ansonsten hatte sie nur einen Schneidezahn verloren, aber das hat man wieder hinbekommen.«

Neben mir nehme ich Liz' Körpersprache wahr. Sie schaltet sich ins Gespräch ein.

»Mein Sohn hatte letztes Jahr einen Skiunfall. Dabei hat er ein Bein verloren. Er lernt gerade wieder laufen – mit einer Prothese.«

Erschrocken schlägt Emilie die Hände vors Gesicht. »O nein.«

»Wir haben das Schlimmste hinter uns. Er kann schon wieder gehen. Es ist unglaublich, was mit künstlichen Gliedmaßen heutzutage technisch möglich ist.«

»Ja, bei Robotern und Computern und 3-D-Druckern entwickelt sich gerade total viel«, sagt Emilie.

»Implantate und Prothesen werden mithilfe von 3-D-Druckern gemacht«, erzählt Liz. »Ich habe sogar Geld in ein Unternehmen investiert, das Bioprinter nutzt, um neue Hautzellen für Menschen mit Verbrennungen zu erzeugen. Die Genomchirurgie wird die Behandlungsmöglichkeiten bei Krebs oder Aids von Grund auf verändern. Wir werden schon bald in der Lage sein, so gut wie jede Krankheit und jeden Defekt zu heilen.«

»Und was ist mit psychischen Erkrankungen?«, fragt Yasmin.

»Es gibt bereits Neuroprothesen wie Cochlea-Implantate oder Retina-Chips. Die Fortschritte in der Forschung werden es möglich machen, das Gedächtnis oder andere Bereiche im Gehirn zu beeinflussen – auch solche, die von psychischen Störungen beeinträchtigt sind. Schon heute werden digitale Tattoos eingesetzt, um Herzrhythmusstörungen, Frühchen, Schlafstörungen und andere Hirntätigkeiten zu überwachen.«

»Essstörungen auch?«, fragt Yasmin.

»Wer weiß.« Liz zuckt die Achseln.

»Meine Tochter Leah leidet unter Magersucht. Das ist eine wirklich erschreckende, geräuschlose Krankheit.«

»Das ist echt übel«, stimmt Liz Yasmin zu.

Mit Einbruch der Dunkelheit ist ein lebhafter Wind aufgekommen, und vom Meer wird sprühende salzige Gischt herangeweht.

»Ich habe früher nach dem Essen gekotzt«, erzählt Emilie.

»Bulimie?«, fragt Kiri.

Emilie nickt beschämt.

»Was für eine Essensverschwendung«, meint Yasmin. »Wo es so viele Kinder auf der Welt gibt, die hungern.«

»Ich weiß, es war ein Fehler.«

»Warum hast du das gemacht?«, fragt Yasmin.

Ratlos hebt Emilie die Hände. »Keine Ahnung. Vielleicht lag es daran, dass ich zu früh auf die Welt gekommen bin und als Baby fast gestorben wäre. Ich war sehr klein und dünn, und meine Mutter hat immer aufgepasst, dass ich den Teller leer esse.«

»Immerhin hat sie auf dich achtgegeben«, wirft Kiri ein.

»Sie hat mich nicht aus den Augen gelassen. Ich konnte nichts vor ihr verheimlichen, sie hat alles mitgekriegt.«

Jeder Mensch hat Wunschträume, denen er nachhängt. Einer von mir sieht so aus: Eines Tages sitzen meine Kinder mit Freunden ums Feuer und sagen: »Meine Mutter ist der eine Mensch auf dieser Welt, der mich wirklich wahrgenommen hat.« Diese Wunschvorstellung ist sowohl anmaßend als auch sinnlos, weil mir bewusst ist, dass ich die beiden durch meine Überbemutterung bedrängt habe. Andererseits ist es viel einfacher, einen abwesenden Elternteil zu idealisieren als eine lebende, alternde Mutter mit Ansprüchen.

»Meine Mutter war das genaue Gegenteil«, erzählt Liz. »Total abwertend. Wenn ich einen Keks, ein Eis oder ein Stück Kuchen gegessen habe, hat sie gesagt: ›Dir ist schon klar, wohin das führt, oder? Das legt sich direkt auf die Hüften.‹ Und dann hat sie geschimpft, dass ich den Teppich nicht bekleckern soll.«

»Stimmt schon, sie war wirklich ein bisschen pedantisch«, bestätigt Fiona.

»Heutzutage nennt man so jemanden einen Narzissten, oder?«

Yasmin wendet sich an Emilie. »Ist es mit der Bulimie jetzt besser geworden?«

»Ja, seit dem Tod meiner Mutter.«

»Weil dir niemand mehr im Nacken sitzt und jeden Bissen beobachtet«, meint Liz.

»Ich beobachte Leah ständig. Mache ich es dadurch nur noch schlimmer?«, fragt Yasmin. »Ich will ihr doch nur helfen.«

»Ich weiß nicht«, sagt Emilie.

»Es dürfte nicht schaden, wenn du sie ein bisschen weniger kontrollierst«, meint Liz.

»Ich frage mich ständig, was ich falsch gemacht habe. Was habe ich getan, dass mein Kind dieses Problem hat? Aber ich komme auf keine Antwort. Egal wie viel ich bete und in Büchern lese.«

»Vielleicht solltest du es deinen Kindern überlassen, sich selbst darüber klar zu werden«, regt Cate an.

»Leah ist einfach zu sensibel. Sie hat im Fernsehen einen Bericht über hungernde Kinder in Äthiopien gesehen. Erinnert ihr euch an das Foto aus der Zeitschrift *National Geographic,* das um die Welt ging? Danach fing es mit der Magersucht an. Sie hat mich gefragt, wie sie denn das Essen genießen soll, während andere Menschen verhungern.«

»Zu viel Empathie kann einem gefährlich werden in dieser grausamen Welt«, sagt Fiona.

»Ich halte das für Unsinn«, sagt Kiri. »Sie kann sich doch nicht zu Tode hungern, weil andere verhungern. Wie soll das den Hungerleidenden nützen?«

»Es könnte mit der Epigenetik zu tun haben«, meine ich.

»Was ist das?«, fragt Yasmin.

»Ein vererbtes Trauma. So eine Art Echo in der DNA«, erkläre ich. »Es gibt da neue Forschungen über generationenübergreifende Erkrankungen, wonach vergangene Ereignisse als Erinnerung an uns weitergegeben werden.«

»Schlimm genug, dass man sich beim Mobiliar oder Schmuck mit den Geschmacksverirrungen von verstorbenen Angehörigen auseinandersetzen muss, aber dann auch noch mit ihren Erinnerungen?«, wirft Liz ein.

Zugegeben, das ist schon ein bisschen viel Erblast. Ich weiß immer noch nicht, was ich mit dem Tafelsilber meiner Großmutter Bee anstellen soll, das ich nach ihrem Tod für viel Geld von Südafrika bis nach Australien geschafft habe. Trotzdem, mit Silberbesteck wird man, wenn es um generationenübergreifende Vermächtnisse geht, verhältnismäßig einfach fertig. Im schlimmsten Fall weiß man nicht, wohin damit. Wir müssen uns vor den heimtückischen, unsichtbaren Erbstücken in Acht nehmen, die durch die Maschen unserer DNA schlüpfen und die Herzen unserer Kinder befallen. In die Geschichte meiner Familie sind Gaskammern verwoben, die Gräber junger Mütter und kleiner Kinder. Kein Wunder, dass ich in Erziehungsfragen eine Null bin.

»Es gibt Fortschritte bei Suchtkrankheiten und Angststörungen. Ihr wisst doch, manchmal hilft einfach keine Therapie, man kommt mit Medikamenten nicht weiter, und es nützt auch nichts, die Essgewohnheiten umzustellen. Manche Leute mühen sich so sehr ab, mit solchen Themen fertigzuwerden, und haben ständig das Gefühl zu versagen. Da kann es bei der Heilung helfen, wenn sie verstehen, dass es die Biografie eines anderen ist, die sie im Griff hat, und nicht die eigene.«

»Ist das wirklich möglich?«, fragt Yasmin.

»Man hat Experimente mit Mäusen gemacht, denen Elektroschocks verabreicht wurden, und gleichzeitig hat man sie dem Duft von Kirschblüten ausgesetzt. Noch fünf Mäusegenerationen später haben die armen kleinen Kreaturen beim Geruch von Kirschblüten das Stresshormon Cortisol ausgeschüttet«, sage ich.

»Das ist wirklich eine erstaunliche Entdeckung«, meint Yasmin. »Schon klar, dass wir unsere Geschichte von der Großmutter über die Mutter zur Tochter weiterreichen.«

»Vielleicht gibt es ja in deiner Familie irgendein Trauma, das mit Essen oder Hungern zu tun hat, was Leahs Magersucht erklären könnte«, meint Fiona.

»Ja, dem sollte ich mal auf den Grund gehen.«

»Jeder von uns muss auseinanderklamüsern, welchen Scheiß er selbst zu verantworten hat und was von den Vorfahren kommt«, sagt Kiri. »Das ist wie beim Wäschewaschen, du musst die bunte Wäsche von der weißen trennen, damit sie nicht abfärbt.«

Emilies Blick wandert von einem Gesicht zum nächsten, als beobachte sie die Darsteller in einem Theaterstück. Sie wirkt belustigt und fasziniert. *So also werden Frauen, wenn sie altern.* Sie befindet sich im ersten Akt ihres Lebens, wir sind im zweiten, möglicherweise letzten. Sie muss ohne die mütterlichen Ratschläge auskommen, sich nicht zu weit an den Abgrund vorzuwagen, vorsichtig zu sein und nicht mit Fremden zu sprechen, nun aber ist sie von Frauen umgeben, die sich insgeheim wünschen, ihr den Arm um die Schulter zu legen und sie an sich zu ziehen, so wie wir es am liebsten bei allen, die des Trostes bedürfen, machen würden.

Liz wendet sich an Emilie. »Meine Mutter ist auch früh gestorben.«

Eine Weile sehen sich die beiden an.

»Ich war achtzehn. Sie bekam die Brustkrebsdiagnose, als ich vierzehn war. Schon zwei Jahre vor ihrem Tod wusste ich, dass sie sterben würde, aber als es dann so weit war, hat es trotzdem alles auf den Kopf gestellt.«

»Meine ist drei Tage vor meinem sechzehnten Geburtstag gestorben«, erzählt Emilie. »Es war ein Unfall auf der Autobahn, mein Bruder saß am Steuer. Weder er noch ich haben auch nur einen Kratzer abgekriegt. Deswegen möchte ich niemals selber Auto fahren.«

»Au Mann, da hat dir das Leben aber ganz schön was aufgeladen«, sagt Cate.

»Ach, du Liebe. Das tut mir so leid«, meint Fiona.

»Das ist furchtbar«, sagt auch Yasmin.

»Ja, es war ein unfassbarer Schock. Ich glaube, es ist besser, wenn man langsam stirbt. Am Morgen noch da, und am Nachmittag plötzlich weg – das geht einem nicht in den Kopf.«

Weg sein. Während das Gehirn versucht, die Tatsache zu verinnerlichen, stellt sich dem eine undurchlässige, abweisende Membran in den Weg.

»Da.« Emilie zupft an dem fleckigen Stofffetzen aus Satin und Spitze, der an ihrem Rucksack hängt. »Meine Mutter war dabei, mir ein Kleid zu nähen, aber sie ist nicht mehr fertig geworden.«

Liz beugt sich hin, um das Stück Stoff zu betrachten, das Emilie in den Fingern hält, und Emilie neigt sich ihr entgegen. Es ist eine so offensichtliche Einladung. Erwartungsvoll halte ich die Luft an. Ich zucke innerlich, wie eine Mutter, deren Brüste beim Schreien eines Babys anschwellen. In diesem Augenblick ist mir ganz und gar nicht egal, was passiert. Für exakt solche Momente sind meine Arme da.

Na los, Liz. Du kannst das. Du besitzt die Arznei, die sie braucht.

Doch Liz richtet sich wieder auf, und der Abstand zwischen ihr und Emilie vergrößert sich wieder. Die Arme hat Liz vor der Brust verschränkt. Beinahe meine ich zu sehen, wie ihre linke Hirnhälfte aufleuchtet und sich das Licht im Herzen verdunkelt.

Emilie erkennt, dass sie die Situation falsch eingeschätzt hat, und kauert sich zusammen wie ein Meerestier, das sich in seine Muschel verkriecht.

Ich sehe, wie der Versuch zweier Menschen misslingt, einander über die Barriere ihrer Haut hinweg zu erreichen und vorsichtig an das zu rühren, was sie eigentlich brauchen.

Kapitel 13

Die Träne

Vom anderen Ende des Strands höre ich Cate mit der Handfläche auf die Ukulele schlagen, um uns zurückzurufen. Ich gehe über den Sand zurück, in der Hand ein gerolltes Stück Teebaumrinde, in dessen Höhlung meine Opfergabe liegt. Als uns Fiona mit der Aufgabe losschickte, uns »von etwas finden zu lassen«, fragte Emilie voller Eifer: »Was sollen wir machen?«

»Es ist so eine Art Schnitzeljagd. Bring einfach einen kleinen Schatz aus der Natur mit zurück.«

»Ah, okay.«

»Mit der Blase ziehe ich mir ganz bestimmt den Bergschuh nicht wieder an«, brummte Liz.

»Ich kann doch etwas für dich suchen.« Emilie lächelte sie an.

Liz' Miene erstarrte. »Oh, nein … das ist … das muss nicht sein.«

»Das macht mir doch nichts aus.«

Liz war nicht in der Lage, ihr in die Augen zu sehen. »… na gut.«

»Sie ist es nicht gewohnt, sich helfen zu lassen«, hatte ich Emilie erklärt, als wir zum Wasser liefen.

»Warum kann ich nicht in dieser Welt leben?«

Als Jamie mir diese Frage stellte, war sie vier Jahre alt, und ich hatte sie nie beantworten können. Es war ein kleiner Abstecher gewesen, um eine lange Autofahrt zu unterbrechen. Festgeschnallt in ihren Kindersitzen in der brütenden Hitze, waren die Kinder schlapp und rastlos vor Langeweile. Das Hinweisschild zur Schmetterlingswelt am Highway verhieß eine Pinkelpause und die Möglichkeit, sich ein bisschen die Füße zu vertreten. Wenn die Kinder sich benahmen, dann gäbe es ein Eis, ja, egal welche Sorte, wenn's sein musste, auch eins mit Waffel und Schokostreuseln.

Sobald wir uns durch den Streifenvorhang geschoben hatten und in die drückende Schwüle eingetreten waren, schwirrten Hunderte Schmetterlinge um uns herum – mit Flügeln versehenes Konfetti, das warm und lebendig flimmerte. Aaron rannte sofort los und grapschte mit seinen klebrigen Händen nach den Schmetterlingen, und ich überließ Frank die Rettung der Tiere, während Jamie mit weit aufgerissenen Augen im flirrenden farbigen Gewimmel stand. Freudestrahlend und mit ausgestreckten Armen drehte sie sich um sich selbst. Ein Schmetterling landete auf ihrer gespreizten, warmen Handfläche. »Mum, schau, er hat mich ausgesucht!« Als es Zeit war zu gehen, weinte sie. Jahrelang zeichnete und malte sie Schmetterlinge, sie wurden zu ihrem Markenzeichen, das sie überall hinterließ.

Während wir fort waren, ist das Feuer zu neuem Leben erweckt worden, und die Flammen lodern und sprühen Funken. Fiona nimmt den Rhythmus auf, den Cate vorgibt, und schlägt sich mit der hohlen Hand auf die Brust. Kiri trommelt mit einem Stock auf den Wasserkessel, und nach und nach werden wir Teil der Zeremonie.

»Es ist an der Zeit, dass wir uns den heiligen Dingen zuwenden«, verkündet Kiri.

»Oh, das ist so aufregend«, flüstert Emilie neben mir. »Das ist das erste Mal für mich.«

Tief aus Cates Kehle steigt ein Wehklagen auf, ein gregorianischer Laut, ein lang gezogenes Ommmm, als habe sie insgeheim Atemluft angespart, um sie nun herauszulassen. Darin klingt das Mädchen aus dem Kirchenchor durch und jenes, das unter der Dusche *Take on Me* von a-ha schmetterte; mit einem lang gezogenen reinen, tiefen Ton stimmt sie den Gesang an. Fiona, Yasmin und Kiri greifen das wogende Mantra auf, diesen geistlichen Choral und Psalm, der sich wieder und wieder um dieselben Worte windet, die sich wie in einer Fuge vervielfältigen, auseinanderbrechen und ineinanderschieben, so lange, bis auch ich wie von selbst in den Gesang hineingezogen werde.

Als die urzeitlichen Klänge abschwellen, ist mein Kopf schwerelos, mein Gehirn nachgiebig und sind meine Knochen gelockert.

Kiri ergreift das Wort. »Lasst uns zuerst die begrüßen, die uns nahestehen: das Feuer, das Wasser, die Erde und die Luft, die Bäume und all die göttlichen Urwesen, die uns leiten.« Sie kreuzt die Hände auf der ausgedehnten Steppe ihrer Brust und spricht wie ein Prediger, Sänger und Stammesältester. »Wir haben unsere Sorgen bis hierher, an den Rand der Welt, getragen, und im Gesang, Tanz und in Erzählungen werden wir unseren Kummer teilen.«

Ich streiche über die Teebaumrinde in meiner Hand, dieses Sinnbild göttlicher Brüchigkeit.

»Könnt ihr einer alten Schachtel wie mir mal auf die Beine helfen?«

Kiri und Fiona unterstützen Cate beim Aufstehen. Sie sucht die Balance, wendet uns kurz den Rücken zu und dreht sich wieder herum. Sie hält sich einen großen Palmwedel als Maske vors Gesicht und lugt dahinter hervor. *Da bin ich, und weg bin ich.* Sie fächelt sich Luft zu wie eine mächtige Herrscherin. Dann lässt sie das Becken rotieren und beginnt einen verführerischen, stillen Tanz. Es ist unverkennbar, dass sie einmal die Tanzfläche beherrscht hat, ihr Körper war dafür gemacht, sich dem Rhythmus hinzugeben. Das hier ist eine wortlose Grabrede auf die schwächer werdenden Glieder, die sich der Erinnerung widersetzen.

Unvermittelt ist sie außer Atem, und es ist vorbei. Sie lässt den Palmwedel ins Feuer fallen, das ihn zischend und rauchend verzehrt.

Nach einer dramatischen Verbeugung lässt sie sich wieder auf die Knie sinken.

Yasmin singt für uns ein persisches Schlaflied, ein unverständlicher, verschachtelter, vollkommener Singsang. Es gibt so viele Dinge, die ich nicht verstehe, dennoch erreicht mich der Trost ihres Gesangs durch die Gitterstäbe meiner eigenen Begrenztheit.

»Das stammt aus meiner Kindheit«, erklärt Yasmin. »Meine Mutter hat damit die Albträume vertrieben. Als sie im Sterben lag, habe ich es für sie gesungen. Und als ich endlich wieder in die Küche zurückkehren konnte, wusste ich, dass die Trauer aus einer Knospe zu einem Zweig erwächst.«

Sie bricht ein y-förmiges Stöckchen entzwei. »Eine Trennung. Wir meinen, wir überleben diesen Bruch nicht.« Yasmin schüttelt den Kopf. »Aber das ist zu einfach, denn manches stirbt auch daran, dass es nicht seiner Wege gehen kann.« Sie wirft das Stöckchen ins Feuer.

Die Flamme leckt daran und verschlingt es dann.

»Das hier stammt vom Flammenbaum.« Kiri hält eine Schote hoch. »Es sind noch fast alle Samen drin. Da kommen einem alle möglichen komischen Gedanken. Ist auch merkwürdig, wie du hier aufgetaucht bist, Emilie. Du bist ein bisschen wie meine Tiffany, hast Grips und bist gleichzeitig kopflos wie ein kleiner Welpe. Sie würde verträumt herumspazieren und keinen ernsthaften Gedanken verschwenden, und eh sie sich's versieht, wäre es dunkel.«

Kiri pult einen Samen aus der Schote.

»Also, ich lese ja nicht viel, das ist nichts, worauf ich stolz bin oder so, ich denke mal, ich bin eine nicht diagnostizierte Legasthenikerin. Deswegen halte ich mich mehr an Netflix. Wahrscheinlich habe ich auch deshalb dieses eine Buch nie vergessen, eins der wenigen, das ich jemals ausgelesen habe. *Ein Sonnenstrahl für Jesus sein,* fragt mich nicht, von wem das ist. Jedenfalls geht es um ein kleines Mädchen mit Leukämie. Am Ende nimmt sich der Vater das Leben«, Kiris Stimme wird brüchig, »damit er auf der anderen Seite für sie da sein kann.« Kiri seufzt und wirft die Schote ins Feuer. »Aber was ist, wenn man auf beiden Seiten gebraucht wird? Niemand kann gleichzeitig an zwei Orten sein, so ist das nun mal.« Sie drückt Emilie den einzelnen, geborgenen Samen in die Hand. »Jetzt bist du an der Reihe, Emilie. Zeig uns, was du mitgebracht hast.«

»Ich habe diesen Kiefernzapfen gefunden«, sagt sie und hält ihn hoch.

»Ein Fruchtbarkeitssymbol.« Yasmin lächelt.

»Ah. Ich mag sie, weil schon die Dinosaurier sie gefressen haben. Es erinnert mich daran, wie alt unsere Erde ist.« Emilie lässt den Zapfen fallen, das Feuer flackert auf und verschlingt ihn schmatzend.

»Hast du einen Kummer, den du loswerden willst?«, fragt Kiri.

»Es ist schon lange her, dass ich meine Mutter verloren habe.«

»Und dein Bruder?«

Emilie wirkt verwirrt. »Er lebt noch.«

»Und warum hast du ihn dann verloren?«

Eine endlose flackernde Minute lang starrt Kiri in Emilies Gesicht, dann streckt sie die Hände aus und greift nach Emilies Händen. »Hast du noch nie etwas gemacht, wofür man dir vergeben müsste?«

Unangenehm berührt verlagert Emilie das Gewicht. »Doch, natürlich.«

»Es gibt eine Menge Dinge, an denen du nichts ändern kannst – zum einen: Er ist deine Familie. Jemand muss ihm verzeihen, sonst kann er sich selbst nicht verzeihen.« Wie eine Möwe, die gegen den Wind anfliegt, nirgendwohin fliegen kann und nirgends landen kann, hängt dieser Satz in der Luft.

Kiris Tonfall wird sanfter. »Du hast dir diese Geschichte nicht ausgesucht, und er hat es auch nicht getan. Er ist der einzige Mensch auf der Welt, der zum selben Zeitpunkt wie du seine Mutter verloren hat. Ihr wart zusammen im Auto, als es passiert ist. Nichts verbindet zwei Menschen stärker als das, was sie gemeinsam verloren haben.«

Kiri beugt ihren Kopf nach vorn, sodass Emilies und ihre Stirn sich berühren.

»Was ist mir dir, Liz?«, fragt Kiri. »Gibt es irgendwas, was du hier loswerden willst?«

Liz hält die leuchtend rosa Mittagsblume hoch, die Emilie ihr mitgebracht hat.

»Aus dem Fleisch ihrer Früchte kann man Süßigkeiten und Marmelade machen«, sagt Yasmin. »Und die Blätter kann man einlegen, das schmeckt wunderbar, wie salzige Kiwis. Jo würde das schmecken.«

Liz wirft die Blüte ins Feuer und lässt den Blick über die Runde schweifen.

»Willst du uns erzählen, was du hierher mitgeschleppt hast?«, fragt Kiri. »Und damit meine ich nicht den Rucksack.«

Am nördlichen Ende der Bucht, wo der Felsen stumm aufragt, beginnen die Zikaden sich zu regen.

»Vielleicht willst du dir ja was wünschen, wenn dir das leichter fällt«, flüstert Fiona.

Liz stiert ins Feuer und dreht an dem schweren Ring, den sie am Finger trägt. »Das letzte Mal, dass ich mir etwas gewünscht habe, habe ich die Zahnfee gebeten, mir statt Geld Fantales zu schenken.«

»Was ist Fantales?«, fragt Emilie.

»Die muss man probiert haben«, gackert Kiri.

»Das sind Karamellbonbons mit Schokoladenüberzug«, erklärt Liz. »In Australien sind die Kult. Und auf jeder Verpackung gibt es irgendwelche belanglosen Infos zu einem Promi. In der Schule haben wir sie getauscht, ich hatte Hunderte davon gesammelt. Vielleicht sogar Tausende.«

»Ich kann mich noch an einen anderen Wunsch erinnern«, sagt Fiona.

Liz begegnet Fionas bestimmtem Blick mit einem leichten Kopfnicken.

»Dass deine Mum noch miterlebt, wie du die Schule fertig machst.«

Liz nickt. »Wie man sieht, sind Wünsche was für Kinder.

Trotzdem, ich wünsche mir, dass ich dich zu deinem nächsten Geburtstag ins Sheraton einladen darf.«

Fiona lächelt. »Das werde ich mir ganz sicher nicht entgehen lassen.«

Kiri deutet auf mich. Ich rolle meine Rinde auseinander und präsentiere Flügel in leuchtendem Blau und Schwarz.

»Ein Odysseusfalter.« Cate ist beeindruckt.

Er saß auf einem Stein, und zuerst dachte ich, dass er lebt, doch als ich mich hinunterbeugte, merkte ich, dass sich kein Leben mehr in ihm regte. Kurz überlegte ich, ob ich ihn an dem Ort lassen sollte, an den er sich zum Sterben begeben hatte. Leblosigkeit ist immer wie ein Elektroschock: Fort.

»Woran sterben Schmetterlinge?«, fragt Emilie.

»Das Weibchen stirbt nach der Eiablage«, sagt Cate. »Es hat getan, was von ihm erwartet wurde, seine Aufgabe ist erledigt. Schmetterlinge kommen nicht in die Wechseljahre.«

»Darf ich?«, fragt Emilie.

Ich reiche die Teebaumrinde herum. Emilie hält sie in der einen Hand und berührt mit der anderen die Schmetterlingsflügel. Durch diese zarte Berührung löst sich ein Flügel und bleibt an ihrem Finger kleben. »Nein, nein, nein …« Panisch blickt sie mich an.

»Ist schon gut. Es tut ihm nicht mehr weh.«

Emilie hält mir den Finger hin, damit ich den Flügel nehme und zurück in das Stück Rinde lege.

Ich blicke zu den freundlichen Gesichtern auf, und wie Alice purzle ich rücklings hinunter in den Kaninchenbau. Ich stehe an Jamies Zimmertür und beobachte sie dabei, wie sie ihr Tattoo mit Kokosöl einreibt; meine Tochter hat zwei unumkehrbare Entscheidungen ohne mich gefällt.

Bitte mach die Tür hinter dir zu.

Mühsam rufe ich mir meine beiden Kinder vor Augen, aber es kommt kein klares Bild zustande, ständig oszilliert es zwischen dem Kind und dem Erwachsenen. Mein Hirn weigert sich, ihr Bild festzuhalten und einzufrieren. Habe ich sie nur geträumt? Gibt es sie wirklich? Was tun sie in diesem Augenblick, an einem Donnerstag um 18 Uhr 36?

Alles geht viel zu schnell vorbei, dazu bin ich noch nicht bereit.

Ich schüttle den Schmetterling ins Feuer.

Lautlos spreche ich die Worte in mein Inneres, in die Körperzellen, die Jamie mit mir teilt.

Es tut mir leid, dass ich diese Welt für dich nicht erschaffen konnte.

Mit den Schalen einer Austernmuschel in beiden Händen beginnt Fiona zur Musik, die Cate ihrer Ukulele abringt, zu tanzen. Sie beugt den Rücken nach hinten, schlingt die Arme um ihren Körper, dreht sich und wirbelt im Kreis. Die Muschelschalen werden zu Brustharnischen, Ohrenschützern, Kastagnetten. Schließlich sind sie zwei Hälften, die ein Ganzes bilden.

Sie kniet sich vor das Feuer und legt eine der beiden Schalen in die Flammen.

»Schwestern, ich habe euch hierhergebracht, um an meinem Geburtstag nicht allein zu sein. Die Wahrheit aber ist, dass ich schon seit zehn Jahren allein bin.« Sie blickt zu uns auf, macht sich bereit für ein Geständnis. Ich kann ihren Augen ansehen, dass sie etwas zurückgehalten hat und jetzt der Moment gekommen ist, es zu offenbaren.

»Ich hatte vor, mich von Ben scheiden zu lassen.« Kurz hält

sie inne. »Ich hatte schon einen Anwalt und habe nur den richtigen Moment abgewartet. Dann wurde er krank.« Das Eingeständnis scheint sie selbst zu schockieren.

»Warum hast du nie etwas davon gesagt?«, fragt Yasmin.

Fiona zuckt die Achseln.

»Das hast du wirklich profimäßig geheim gehalten«, meint Liz.

»Ich hätte ihn schon vor langer Zeit verlassen sollen.«

»Ins Feuer mit dem *hätte* und dem *sollte,* meine Liebe«, sagt Kiri.

»Ich war schon so lange unglücklich und habe mich jahrelang mit so wenig Freude zufriedengegeben. Immer war Ben auf Reisen, und ständig haben wir uns wegen Kirsty gestritten. Sie war sein blinder Fleck, wir konnten uns nie einigen.«

»Patchworkfamilien. Verdammt, dafür hast du dir eine Medaille verdient«, meint Kiri.

»Immer hat er ihr Geld zugesteckt, sie hat sich in den vergangenen sechs Jahren mehr als fünfzigtausend Dollar von uns geliehen. Und hat nichts davon zurückgezahlt. Mit dem Geld hätte ich mein Unternehmen retten können. Es gibt nichts Schriftliches über das geborgte Geld, das heißt, wenn die Zeit kommt und das Vermögen aufgeteilt werden soll, dann wird Gabe nicht bekommen, was ihm zusteht.« Ihre Lippen beben.

»Kannst du denn nicht dokumentieren, was Ben ihr gegeben hat?«, fragt Liz.

»Er hat manches davon als Geschäftsausgabe deklariert und ihr auch immer wieder Bargeld gegeben. Ehrlich, ich weiß gar nicht genau, wie viel er ihr geliehen hat. Die fünfzigtausend Dollar sind das, was ich nachvollziehen kann. Aber ich will nicht über Geld reden, und ich will auch Bens Andenken nicht entweihen. Mir war wichtig, die Wahrheit auszusprechen – vor Zeugen. Ich will endlich loslassen und mein Leben weiterleben.« Sie atmet schwer aus, als habe sie die Luft lange Zeit zurückgehalten. »Am schwersten fällt mir, mir meine eigene Heuchelei einzugestehen. Bis zum Ende haben wir so getan, als seien wir glücklich verheiratet. Er starb in der Meinung, dass ich immer noch die Liebe seines Lebens sei.« Fiona lässt den Kopf in die Hände sinken.

»Ach, Fiona, du hast Ben vor großem Schmerz bewahrt«, sagt Yasmin.

»Die letzten zwei Jahre war mein Leben eine Lüge, ich kam mir schon richtig verrückt vor.«

»Wir tun doch alle nichts anderes, als unsere Zeit abzusitzen«, wirft Kiri ein. »Oder kennst du irgendjemanden, der glücklich verheiratet ist?«

»Meine Ehe wurde arrangiert«, sagt Yasmin. »Da erwartet man nicht, glücklich zu sein.«

»Ich bin glücklich verheiratet.« Die Worte purzeln unvermittelt heraus.

»Was? Hast du dir also keine Enttäuschung namens Ehemann zugelegt, Jo?«, fragt Kiri.

»Frank ist ein wunderbarer Mann.« Kein Arschloch. Kein Betrüger. Kein Trinker. Weder grausam noch verantwortungslos. Kein Egoist. Wie ein Croupier blättere ich den Kartensatz von Franks Charaktereigenschaften auf. »Natürlich hat er schlechte Angewohnheiten … so wie wir alle …«

»Bestimmt guckt er Pornos«, meint Kiri.

»Spielt er?«, fragt Yasmin.

»Kokain?«, schlägt Cate vor.

»Geht er zu Prostituierten?«, fragt Liz.

»O Gott, nein, nichts dergleichen.« Ich komme mir lächerlich vor, als ich preisgebe, was ich meine. »Er ist ein Pedant. Er hält sich immer strikt an die Liste.«

»Was für eine Liste?«, fragt Yasmin.

»Die Einkaufsliste.«

»Er ist ein Mann, der sich an Anweisungen hält? Kannst du den für mich klonen?«, meint Liz.

»Wieso ist das eine schlechte Angewohnheit?«, fragt Kiri.

Zugegeben, es ist kein Verbrechen, nur das wahrzunehmen, was man direkt vor Augen hat, und dabei zu übersehen, dass gerade Erdbeersaison ist und das Obst praktisch verschenkt wird, drei Schälchen zum Preis von einem. Wie kann es sein, dass eine Ehe daran scheitert, dass eine Seite nie bemerkt, wenn wir keine Servietten mehr haben oder das Katzenfutter ausgegangen ist? Natürlich ist es verzeihlich, blind an einer neuen limitierten Sorte Karamelljoghurt oder Litschi-Schokolade vorbeizugehen. Was ich hier mache – die Unzufriedenheit mit meinem Mann Fremden gegenüber hinauszuposaunen –, ist sowohl illoyal als auch fehlgeleitet, es ist eine an die falsche Abteilung adressierte Beschwerde. Ein einseitiges Bild, das äußerst skrupellos ist. Frank kann sich nicht verteidigen. Aber irgendwie ist das Persönliche zum Politischen geworden, hier, unter diesen Frauen, die sich unter einer ähnlichen Lawine an banalem Missmut abstrampeln.

»Männer verstehen nichts vom Sammeln, sie sind Jäger. Wenn sie losziehen, um einen Fisch zu angeln, dann kommen sie auch mit einem Fisch zurück«, meint Yasmin.

»Willst du damit sagen, dass das sein schlimmster Fehler ist?«, fragt Kiri.

Frank war fassungslos gewesen. »Das ist eine einmalige Gelegenheit, so eine Einladung bekommst du vielleicht nie wieder. Ein internationales Autorenfestival. Denk an die öffentliche Wirkung, die Möglichkeiten, die sich für dich damit auftun. Wozu sonst war das alles denn gut?«

»Ich kann nicht … ich komme mir vor wie eine Hochstaplerin, wenn ich über das Schreiben reden soll.«

»Du hast zehn Bücher geschrieben.«

»Ich habe schon seit zwei Jahren nichts mehr geschrieben. Ich weiß einfach nicht, was ich noch zu sagen hätte.«

»Erzähl von deinen Erfolgen.«

»Mir ist die Fähigkeit verloren gegangen, so wie früher mit Worten umzugehen.« Es war quälend, das laut auszusprechen, doch es war die Wahrheit, die ich bislang verschwiegen hatte.

»Quatsch. Das ist wie Radfahren, das verlernt man nicht.«

Ach tatsächlich? Hatte er jemals etwas geschrieben? Außerdem wusste er, dass ich nicht Rad fahren kann.

Ins Schreiben hatte ich ebenso viel Energie gesteckt wie ins Muttersein. Mit Leib und Seele hatte ich mich den Figuren, Erzählstrukturen und Handlungsbogen gewidmet, dankbar für jämmerliche Vorschüsse und armselige Tantiemen. Ich hatte zugesehen, wie meine besten Bücher bei Amazon mühsam ums Überleben kämpften, während das Buch, auf das ich am wenigsten stolz war, ein kleiner Bestseller wurde. Manche meiner Bücher waren eingestampft worden. Ich hatte keinerlei Preise gewonnen, man hatte mich für Literaturfestivals nie ins Auge gefasst, und keines meiner Bücher war für eine Verfilmung angefragt worden. Ich hatte das Schreiben aufgegeben und war doch wieder dorthin zurückgekehrt, ohne mir einzugestehen, wie sehr es einer Missbrauchsbeziehung ähnelte. Als ich einen Schritt zurücktrat, um mein Lebenswerk zu betrachten, schien es mir wie eine Laufbahn voller Eifersucht, Zweifel, Misserfolge und Enttäuschungen. Dann traf mich die Schreibblockade, und wann immer ich mich an den Computer setzte, erfasste mich eine lähmende Leere, die mir die Fähigkeit nahm, eines der zwei Dinge zu tun, die mein Selbstbild ausmachten.

Als dann endlich jenes Angebot eintrudelte, das meinen schriftstellerischen Leistungen Anerkennung zollte, hatte sich im Laufe der Warterei die Sehnsucht nach dieser Art von Erfolg längst verflüchtigt.

»Außerdem bist du so eine gute Rednerin. Du hast schon so viele Vorträge gehalten, du kannst doch einfach einen von den alten wiederverwerten.«

Meine Täuschung war derart geglückt, dass ich sogar den Mann hinters Licht geführt hatte, vor dem ich furze, rülpse und weine.

»Wo ist die Frau hin, die ich geheiratet habe? Die hat so was im Schlaf gemacht.«

In diesem Augenblick riss etwas zwischen uns ab – wie die Flügel eines Odysseusfalters.

In einem Moment, in dem ein Mensch nichts anderes versuchte, als mich zu berühren, und nichts Böses im Sinn hatte.

Ich wende mich Kiri zu. »Jep, davon abgesehen, ist er ganz in Ordnung.«

»Warum hast du ihn denn dann verlassen?«, fragt Cate.

»Oh, ich habe ihn nicht verlassen, zumindest nicht für immer«, erwidere ich.

»Aber du denkst darüber nach«, stellt Kiri fest.

»Natürlich tut sie das«, meint Yasmin. »Jede Frau denkt darüber nach.«

Nein, tu ich nicht. Die Worte nehmen Aufstellung, und ich öffne den Mund. Auf Zehenspitzen tippelt der Satz bis an die Zungenspitze und gleitet dann wieder die Kehle hinunter. Ich kratze mich an der weichen Innenseite meines linken Ellbogens.

»Das tut sie nicht.« Fiona greift ein. »Frank und Jo sind Seelenverwandte.«

Das Feuer knistert. Ein Scheit fällt herab, neonorange Asche stiebt auf und setzt einen Schwall flüssiger Hitze frei.

Mir ist schon klar, was sie macht. Sie beschützt mich, sie steht für mich ein wie ein resolutes Mädchen mit aufgeschlagenen Knien im Schulhof für den schikanierten Mitschüler.

Die Frauen hier wissen nichts über mich oder Frank, deshalb mischt sich Fiona ein.

Doch sie täuscht sich.

»Ich muss allein weg.« Irgendwann hatte ich den Mut gefunden, es Frank zu sagen. Er hatte die Pausentaste gedrückt und *Wer wird Millionär* unterbrochen. Es ging um die 50 000-Dollar-Frage, und selbstverständlich wusste er die Antwort.

»Für wie lange?«

»Ich weiß nicht, zwei Monate vielleicht.« Ich schwieg. »Oder ein bisschen länger.«

Frank hatte die Hand nach mir ausgestreckt. Jetzt hatte ich seine Aufmerksamkeit. Sein Blick flatterte zurück zum Bildschirm. *A ... B ... C ... oder D?*

»Ich muss eine Weile allein sein. Du weißt schon, nach allem, was passiert ist.«

Er nickte. »Nimm die Sache mit der Kurzgeschichte nicht persönlich.«

»Wie soll ich sie denn sonst nehmen?«

»Unpersönlich?«

Frank war nicht auf dieselbe Weise darin verwickelt wie ich. Zum einen hatte ich ihm erst einmal erklären müssen, was eine Dystopie ist. Jamies preisgekrönte Kurzgeschichte *Das Recht auf Leben n. d. Schm.* spielt im Jahr 2045. Ebenso wie Schwangere sich für eine Abtreibung entscheiden können, sind Föten in dieser Erzählung in der Lage, die Beziehung zu ihren Müttern abzubrechen. Die Kommunikation funktioniert über Ultraschall, und wenn ein Fötus es möchte, kann er herausoperiert und in einer künstlichen Gebärmutter aufgezogen werden. Das *n. d. Schm.* steht für »nach den Schmetterlingen«. Der erste Satz lautet: »Kein Mensch erinnerte sich mehr daran, jemals einen Schmetterling gesehen zu haben.«

»Es ist nicht nur die Geschichte, es ist so viel zusammengekommen. CJ, Paige Ellis, David Attenborough … einfach alles.«

»David Attenborough? Ich hätte gedacht, dass dich das beruhigt.«

Der exzessive Konsum von Tierfilmen war Balsam für meine Seele gewesen. Ich hatte eine Abkehr vollzogen von Nachrichtensendungen, CNN, Politik, Flugzeugabstürzen, dem Krieg in Syrien und dem Klimawandel. Es war als Heilmittel gedacht gewesen; die Hinwendung zu unserem herrlichen Planeten sollte mir eine neue Sicht auf die Dinge ermöglichen. Doch ich hatte nicht berücksichtigt, wie herzzerreißend die Tier- und Pflanzenwelt tatsächlich ist.

Ich hatte mich in das Leben von Geschöpfen hineinziehen lassen, die im Dschungel, den Bergen, Höhlen oder im Meer lebten, und war völlig gebannt gewesen von ihrer unendlichen Suche nach Nahrung und Wasser und dem unaufhörlichen

Bestreben, sich fortzupflanzen. Das Schicksal der winzigen Baumfrösche brachte mich zum Heulen, die Fruchtfledermäuse, Erdmännchen und Tiere, von denen ich nie zuvor gehört hatte, wie den Elefantenspitzmäusen oder Alpensteinböcken, und die neugeborenen Rentiere, deren Mütter wochenlang auf der Suche nach ihnen waren, während sie längt den Geiern zum Opfer gefallen waren.

»Ich muss eine Weile allein sein«, hatte ich noch einmal gesagt.

Dabei sollte das jetzt doch die Zeit in unserer Ehe sein, in der wir wieder zueinanderfanden, nun, da wir kinderlos waren, und jenen Funken wiederzubeleben, der uns dieses gemeinschaftliche Erziehungsexperiment beschert hatte. Wie zwei Wissenschaftler eines gemeinsamen Forschungsprojekts hatten wir die Verantwortung geteilt und unsere Stärken ausgeschöpft. Er hatte größtenteils die Finanzen beigesteuert und ich die Gefühle. Unsere Zusammenarbeit hatte in Textnachrichten und Gesprächen Ausdruck gefunden. *Wie sollen wir damit umgehen? Wir sollten mit ihm reden. Wer soll die Sache als Erstes ansprechen? Willst du diesmal den guten Cop geben oder den bösen? Lass uns eine Familienkonferenz einberufen.* Wir hatten hinter verschlossenen Türen Diskussionen geführt, wobei es üblicherweise seine Aufgabe war, mich zu beruhigen und am Durchdrehen zu hindern. Wir hatten einander unaussprechliche Bekenntnisse anvertraut: *Mir gefallen die Typen nicht, mit denen sie herumhängt. Er ist ein selbstsüchtiger Mistkerl. Was für Tiere!* Frank hatte mich getröstet, wenn ich Tränen über sie vergossen hatte, die Art von Tränen, von denen ein Kind niemals wissen sollte und die aus der quälenden Angst um das emotionale Wohlergehen des Kindes erwachsen. *Ich glaube, er schafft das nicht. Sollten wir uns nicht professionelle Hilfe holen? Meinst du, ein Arzt sollte sich das ansehen?*

Franks Finger zuckte über der Fernbedienung. Aber er wandte sich mir zu.

»Dann muss es eben sein.«

»Wirklich?«

»Na klar.«

Mir traten die Tränen in die Augen.

»Ist das die falsche Antwort? Willst du, dass ich dich bitte hierzubleiben?«

»Nein, natürlich nicht.« Es war kein Spiel, ich wollte mich nicht zieren. Es war weder List noch Prüfung. Ich erwartete nicht, dass er ausflippte und mir sagte, dass er ohne mich nicht leben konnte, oder misstrauisch wurde und sich ausmalte, dass ich eine Affäre haben wollte. Frank ist ein unabhängiger Mensch, was einer der Gründe ist, warum ich bei ihm bin. Wir existieren nicht nur als Anhängsel des Ehepartners. In den vergangenen zwanzig Jahren haben wir uns immer mal wieder allein abgesetzt, dem anderen die Kinder überlassen, um unserem Beruf nachzugehen oder, in seinem Fall, einer Obsession für den Radsport, die ihn in andere Länder führte.

Diesmal aber war es anders. Hier ging es um eine Auszeit von unserer Ehe und dem, was mich als Ehefrau und Mutter ausmachte. Mir war klar, dass ich viel von ihm verlangte.

Außerdem wusste ich, dass er mich schrecklich vermissen würde und ich ihn vermutlich auch. Aber genau das wollte ich spüren: das Gefühl, zu vermissen und vermisst zu werden. Ich vermisste es, vermisst zu werden.

»Bist du unglücklich?« Die Frage war traurig, und es gab keine Wahl zwischen A, B, C oder D.

Wie sollte ich ihm erklären, dass es mit der Bettwäsche zu

tun hatte? Vielleicht noch nicht, als er sein Veto gegen die lila Handtücher eingelegt hatte oder mich angesichts der roten Tagesdecke gefragt hatte, ob ich ihn auf den Arm nehmen wolle. Doch als er kopfschüttelnd die tannengrünen Bettlaken betrachtet hatte, fiel ich in mich zusammen. »Ich habe nichts gegen Grau«, hatte er gesagt. Also wurde es Weiß. Eine Farbe, die den Frieden und das eheliche Übereinkommen wahrte. Für meine Garderobe immerhin hielt ich mich weiterhin an leuchtende Farben. Mag sein, dass er sich innerlich krümmte, wenn ich mir ein smaragdgrünes Tuch überwarf oder in meiner knallrosa Jacke auf die Straße ging. Für das Selbstbild ist es zutiefst niederschmetternd, wenn man weiß, dass der Mensch, mit dem man zusammenlebt, einen als extreme Überreizung der Sinne empfindet. Der gute Frank hatte sich angewöhnt, zu lächeln und zu sagen: »Du siehst wunderbar aus«, weil es das ist, was gute Ehemänner ihren Frauen sagen, nachdem sie Lippenstift aufgetragen und Ohrringe angelegt haben.

Und dann war da die ewige Warterei. Ich wartete mit dem Abendessen auf ihn, obwohl ich viel lieber früh zu Abend esse. Ich wartete mit dem Kaffee, bis er aufwachte, obwohl ich ihn so gern bei Sonnenaufgang am Strand getrunken hätte. Mein Lebensrhythmus wurde unterbrochen und künstlich umgestellt wie bei einer Frau, die die Pille nimmt.

»Es gibt schon glückliche Momente«, hatte ich Frank geantwortet, »aber es gibt da etwas in mir, an das ich nicht herankomme, solange ich hier bei dir bin, und ich muss herausfinden, was es ist.« Nach einer Pause fuhr ich fort: »Irgendwie habe ich nicht zu Ende durchdacht, was nach dem Dasein als Mutter kommt. Mein ganzes Leben war auf dieses Ziel hin ausgerichtet, und jetzt, wo ich da bin …«

»… hast du keine Verwendung mehr für mich?«

»Nein, darum geht es nicht. Ich habe keine Verwendung mehr für das Ich, das mich bis an diesen Punkt gebracht hat. Jetzt muss ich ganz von vorn damit anfangen herauszufinden, wer ich eigentlich bin.«

Franks Verblüffung war unübersehbar, aber dahinter erkannte ich auch seine Stärke.

»Ich muss in mich gehen, und zwar gründlich, und das funktioniert nur allein. Aber«, ich hielt inne, »ich habe auch Angst, dass sich zwischen uns etwas verschiebt, wenn ich fortgehe. Vielleicht verändert sich etwas bei mir, und ich will doch nichts machen, was uns schadet.«

Frank streckte die Hand aus und wischte mir die Tränen fort. Es waren die ehrlichsten Worte, die ich jemals ausgesprochen hatte.

»Du solltest es nicht sein lassen, bloß weil du Angst vor den möglichen Folgen hast. Wir finden schon eine Lösung, wenn du wieder zurück bist. Du musst gehen. Ich möchte dir nicht im Weg stehen oder dich zurückhalten. Notfalls bringe ich dich und hole dich wieder ab, wenn du so weit bist. Danach klären wir den Rest.«

Seht ihr, genau aus diesem Grund habe ich mich für ihn entschieden.

Er hielt Wort und brachte mich zum Flughafen. »Wir sehen uns, wenn du so weit bist«, sagte er und nahm mich in den Arm. »Ich liebe dich. Ich hoffe, du findest, wonach du suchst.«

Doch als ich mich umdrehte und mit meiner Reisetasche davonging, fühlte ich mich wie eine Verräterin.

Unsere Leidenschaft hatte niemals Heathcliff-und-Cathy-Qualitäten besessen und nichts vom Drama und der Inbrunst von Platons verwandten Seelen. Keiner von uns beiden hatte sich dem Irrglauben hingegeben, dass es nur »den Einen« für uns gab. Uns beiden war klar, dass unsere Verbindung aus der richtigen Mischung von Timing, Kompatibilität und intellektueller Ebenbürtigkeit entstanden war. Diese Sachlichkeit hatte unserer Beziehung etwas von der Romantik genommen, ihr aber gleichzeitig das feste Fundament aus dauerhafter Freundschaft und Respekt verliehen.

Insofern also lautet meine Antwort »Nein«, Frank und ich sind keine Seelenverwandten, oder falls doch, ist es nicht das, was ich mir darunter vorstelle. Wir führen ein gemeinsames Leben mit so viel Wertschätzung und Leichtigkeit wie nur denkbar. Kein Mensch kennt mich besser, als er es tut, weil er meine schlechtesten Seiten kennengelernt hat. Vor allem aber hat er mich selbst als größte Zicke noch geliebt. Er ist witzig und klug. Er sagt, dass ich ihn auf Trab halte. Mit seiner ganz eigenen Art, mich im Zaum zu halten, und seiner Immunität gegenüber den Unzumutbarkeiten meiner Stimmungen ist er vermutlich der einzige Mensch, der es überhaupt mit mir aushalten kann. Er ist der Inbegriff von Herzensgüte, Freundlichkeit und Loyalität.

Und trotz allem sehnte ich mich nach mehr. Mehr wovon konnte ich allerdings nicht sagen. Ich wünsche mir keine Affäre und will auch nicht den einen Ehemann gegen einen anderen tauschen. Wenn Frank es mir nicht geben kann, dann kann es niemand. Wenn wir zwei es nicht zustande bringen, dann ist es nicht möglich.

Ich hatte ihn verlassen, um endlich mit dieser Tatsache Frieden zu schließen.

Kapitel 14

Wozu Kinder gut sind

D er Wind nervt«, sagt Cate und zieht den Reißverschluss ihrer Jacke zu.

Die plötzlich aufkommende Brise wirbelt den Sand auf. Die Flammen flackern in der von Steinen gesäumten Feuerstelle, stemmen sich gegen die Windböe und geraten ins Stocken, während die Luft um uns herum abkühlt. Die Abstände zwischen uns sind kleiner geworden, und nun, da die Zuversicht des Tages von der Dunkelheit verschluckt wird, rücken wir dicht zusammen.

Kiri schnuppert. »Ich denke, wir sollten das Feuer ausmachen und hinauf zur Höhle gehen. Ich glaube, das Wetter schlägt um.«

»Es wird doch nicht regnen, oder?« Liz ist aufgeschreckt.

»Das wäre ein Wunder, aber es riecht danach.«

Ich liebe den Regen unter so gut wie allen Umständen, außer genau jetzt. Wir können ihn weiß Gott gut brauchen, und der Wunsch einer Handvoll Frauen, nicht nass zu werden, ist ohne Belang. Es haben mich auch früher schon Gewitter erwischt – unter anderem eines im Mulanje-Bergmassiv in Malawi in meiner Jugend. Regen kann den Ort, an dem man sich befindet, und das, worauf man vertraut, verändern – die Landschaft, den Wasserpegel, die Sicht und die Sicherheit. Alles wird glitschig und unbeständig. Nach einem Regenguss wird der Aufstieg aus dieser Bucht eine Rutschpartie. In meiner Brust regt sich unüberhörbar die Sorge, wie wir alle das schaffen sollen. Insbesondere Cate.

Plötzlich höre ich ein Platschen. Auf meiner Wange landen Spritzer.

»Lauft in die Höhle«, ruft Kiri. »Ich mach das Feuer aus.«

Fiona und Yasmin ziehen Cate an den Händen auf die Füße, und alle sammeln zusammen, was geht, einschließlich der flackernden Lichterkette, die über das Treibholz drapiert ist, und machen sich auf den Weg zur Höhle.

Ich folge Kiris Beispiel und schaufle mit den Händen Sand auf das Feuer, bis es rauchend und zischend vom herabprasselnden Regen erstickt wird.

»Wer hat Lust auf ein Stück persischen Liebeskuchen?« Yasmin schlägt die Aluminiumfolie zurück, und der Duft von Kardamom, Muskat und Orange steigt auf.

Wir kauern in der Höhle, wo unsere Stirnlampen und eine zu grelle Laterne merkwürdige Lichtbogen und Schattenbilder werfen. Wir haben die Schlafsäcke ausgerollt und so die Stellen markiert, an denen wir den nächtlichen Teil dieses Abenteuers überdauern wollen. Es wird eine enge Angelegenheit voller Ellbogen und Köpfe. Von den beiden Pyjamapartys mit Helen und den anderen Freundinnen abgesehen, habe ich in den vergangenen fünfzehn Jahren mit keinem Menschen außer Frank derart dicht nebeneinander geschlafen. Ich stehe am Eingang zur Höhle, an dem die Lichterkette blinkt, und lausche dem sanften Gesang von Wind und Regen.

»Meine Mutter hat diesen Kuchen zu allen Geburtstagen gebacken, und ich backe ihn immer, wenn meine Kinder Geburtstag haben. Es ist eine Tradition«, erklärt Yasmin. Der Kuchen hat eine Zuckerglasur mit getrockneten Rosenblättern und Pistazien. Sie steckt eine Kerze in die Mitte.

»Yasmin, du Süße, das ist so schön«, sagt Fiona und zieht sie zu sich, um ihr einen Kuss zu geben.

Cate zückt ihr Feuerzeug, und Emilie legt schützend die Hände um die Kerze, die zum Leben erwacht.

»Happy birthday to you«, beginnt Yasmin, und wir stimmen mit ein, sogar Emilie und Liz singen mit. Unweigerlich wiegt sich Fiona in diesem Lied und bläst dann die Kerze aus.

»Na los, jetzt rück schon raus mit dem Kuchen«, sagt Cate und kramt in ihrem Rucksack. Aus einem Lederholster zieht sie ein großes Jagdmesser.

»Wir haben doch nicht vor, einen Hund zu schlachten«, sagt Yasmin erschrocken.

»Wenn man draußen in der Wildnis ist, muss man sich zu schützen wissen.« Mit zittrigen Händen zieht sie das Messer aus der Scheide.

»Regel Nummer eins«, sagt Kiri.

»Man braucht keinen Vorschlaghammer, um eine Fliege zu erschlagen.« Yasmin holt ein Kuchenmesser aus ihrem Samtetui. »Pack dieses Mordwerkzeug bitte wieder weg.«

Seufzend steckt Cate das Messer zurück ins Holster.

Begeistert nimmt Emilie ihr Stück entgegen. Unter den Fingernägeln und an der Nagelhaut ist eine dicke Schmutzschicht. »Meine Mutter hat mir nie einen Geburtstagskuchen gebacken, sie hat immer nur einen billigen Kuchen im Supermarkt besorgt«, erzählt sie zwischen den Bissen. Ihre Lippen glänzen vom Sirup.

Die Bemerkung ist nah dran an einer Klage, so wie wir uns alle über unsere Mütter beklagen, bevor wir selbst zu Müttern werden. Auch ich habe meinen Kindern nie Kuchen gebacken. Wie schön wäre es, wenn das ihr einziger Vorwurf an mich wäre! Es wäre ein Erfolg, wenn nichts weiter als ihre Enttäuschung über meine Fertigkeiten als Bäckerin auf der Therapeutencouch zur Sprache käme.

»Dann kannst du ja für deine Kinder Kuchen backen«, sagt Yasmin lächelnd.

»Nein, ich will keine Kinder«, sagt Emilie und wischt sich den Mund mit dem Handrücken ab.

»Ach, Emilie, du bist noch jung. Wenn du dem richtigen Mann begegnest …«, redet Yasmin ihr zu.

Lachend schüttelt Emilie den Kopf. »Ich werde nie heiraten.«

»Vielleicht änderst du ja irgendwann deine Meinung«, meint Fiona.

»Nein. Die Ehe ist so … merkwürdig. Ich weiß gar nicht, wer sich das ausgedacht hat. Außerdem, wie soll ich sagen, ich mag Männer und Frauen.«

»Du bist bisexuell?«, frage ich.

»Ja, und ich liebe nicht nur einen Menschen, sondern manchmal drei oder sogar vier.«

»Offene, polyamore Beziehungen?«

Sie nickt. »Für mich ist es unnatürlich, mich auf einen zu beschränken. Ich kann mich nicht nur für einen entscheiden.«

»Du lässt dir offensichtlich nichts entgehen«, sagt Kiri kauend. »Übrigens, Yasmin, das schmeckt köstlich. Du bist wirklich ein Albtraum für jeden Diabetiker.«

»Und wie steht's mit der Eifersucht?«, fragt Yasmin mit großen Augen.

»Na ja, das kommt schon vor, aber in Ehen gibt es doch bestimmt genauso Eifersucht. Ich habe ganz schön viele unglückliche Geschichten von euch gehört …«

Als ich in Emilies Alter war, waren die Leute entweder hetero oder schwul, verheiratet oder Single, hatten Kinder inner-

265

halb oder außerhalb einer Ehe. Wie in der Economy Class gab es nur die Frage nach dem Entweder-oder *(Huhn oder Pasta?)*, und das machte die Sache einfacher. Heutzutage sind Beziehungen ein Sammelsurium aus Pansexualität, Demisexualität, Dreierbeziehungen, Polyamorie, Transsexualität, Partnertausch – um nur die geläufigsten zu nennen. Ich musste Jamie fragen, was sie meinte, als sie mir erklärte, dass sie im Polykül lebe, und war aufrichtig überrascht zu hören, dass damit eine Gruppe von Menschen bezeichnet wird, die in polyamoren Beziehungen zueinander leben. Ich blieb ruhig, machte jedoch eine gewagte Bemerkung über die Wahrscheinlichkeit von Geschlechtskrankheiten angesichts der Zahl von Geschlechtspartnern.

Auf dem Weg zu einer internationalen Konferenz, bei der alle Kosten übernommen wurden, flog ich einmal in der Businessclass. Ich fühlte mich unbedarft und deplatziert, als ich mit zwei anderen Leuten am Check-in-Schalter der Businessclass stand, während sich die Schlange für die Economyclass fünf oder sechs Mal um die Absperrungen wand. Der Mann vom Bodenpersonal beugte sich mir verschwörerisch zu und deutete auf eine Tür. »Sie können diesen Eingang nehmen, dann kommen Sie schnell durch den Zoll.« Nie zuvor waren mir diese Geheimgänge aufgefallen, mit denen man das Gewimmel der stolpernden, schlingernden und schwitzenden Massen umgehen konnte. Statt mich darüber zu freuen, brachte mich dieser unverschämte Vorteil zur Weißglut. Mein Leben lang war ich von diesem Wissen ausgeschlossen und gezwungen gewesen, dem allgemeinen Pulk zu folgen und mich im Mob zu verlieren, während sich die ohnehin schon privilegierte Minderheit ungehindert ans Büfett der Business Lounge begab.

Diese wundersame, großartige junge Frau, die sich den Honig von den Fingern leckt und nur den Bruchteil unserer Lebenserfahrung hat, hat es irgendwie fertiggebracht, die Abkürzung zu einer Erkenntnis zu offenbaren, die mir in diesem Augenblick kommt, nachdem ich so lange in der Warteschlange gestanden habe.

Keine Ahnung, was es über mich aussagt, dass ich mich auf eine eheliche Liegenschaft mit Frank einließ, auch wenn die Bauweise zu keinem von uns beiden passte. Nicht jeder Kompromiss ist Ausflucht, insbesondere dann, wenn darin Untertöne von Selbstaufopferung mitschwingen. Und ich will es auch nicht den Kindern in die Schuhe schieben, dass wir bald nach unserer Immigration ihnen zuliebe geheiratet haben – für sie war es nichts weiter als eine Mottoparty. Wir griffen nach der Sicherheit, die uns die Konvention bot, und rückten zusammen wie Pinguine im Schneesturm, um in der Kolonie Zuflucht zu finden. Wir kauften uns in der Vorstadtfamilien-GmbH ein, wo die Kinder vor den Unwettern des Lebens gefeit waren. Dabei wussten wir beide von vornherein, dass der Plan fehlerhaft war.

Zur Vereinbarung gehörte, dass Frank und ich einander offenstanden – ich stand ihm exklusiv zu und er mir, womit wir das Gezeter unserer Egos befriedeten, der oder die Eine, Besondere, Auserwählte zu sein. Ich mutmaßte, dass der Pachtvertrag unserer Verbindung auf ganz natürliche Weise auslaufen würde, sobald sich die Kinder im jugendlichen Narzissmus nicht mehr besonders darum scherten, ob ihre Eltern sich noch liebten oder nicht. Ohne Kinder, die die Sache verkomplizierten, hätte ich mir niemals vertraglich das Recht auf Unberechenbarkeit nehmen lassen und mich auch nicht dem monogamen, entsexualisierten, selbstaufopfernden Märtyrertum der Mutterschaft verpflichtet.

Ich hatte einmal eine Liste meiner Helden erstellt – Frida

Kahlo, Oscar Wilde, Virginia Woolf, Freddie Mercury – und erschrocken festgestellt, dass kaum jemand mit Kindern darunter war (egal ob absichtsvoll oder ungeplant). Und diejenigen, die doch welche hatten, waren vermutlich ziemlich schreckliche Eltern.

Wie kam es dazu, dass ich derart gestrauchelt bin? Warum habe ich all diese Fragen nicht gestellt, bevor ich die Gelegenheit hatte, jemanden zu verletzen, den ich liebte?

»Das glaube ich dir nicht«.« CJ hatte den Kopf geschüttelt und sich so weit zu mir vorgebeugt, dass ich die Ananas in ihrem Atem riechen konnte. Die Musik in der Bar war laut und aufdringlich, und wir mussten einander anbrüllen, um uns verständlich zu machen. »Willst du wirklich behaupten, dass du nie fremdgegangen bist?«

Ich hatte an dem rosafarbenen Gin genippt. »Nicht, seit ich mit Frank zusammen bin.«

Sie lehnte sich zurück und musterte mich kritisch. »Du bist so gar nicht der Typ, der *bis dass der Tod euch scheidet* an einem Mann klebt.« Es klang wie eine Provokation.

»Was für ein Typ bin ich denn?«

»Du bist …«, sie legte den Kopf schief und kniff die Augen zusammen, »… geradezu halsbrecherisch neugierig.«

»Man kann neugierig sein und trotzdem treu.« Ich trank einen Schluck. »Deswegen schreibe ich.«

»Und, wie läuft's mit dem Schreiben?«

CJ konnte manchmal ein ganz schön fieses Miststück sein.

»So geht es, wenn man zu lange an einer Stelle verharrt. Stagnation.« Sie stürzte den Martini hinunter. »Denk darüber nach, während ich uns noch eine Runde hole.« Sie war vom Barhocker heruntergerutscht.

268

»Ich will keine …«, doch sie war bereits weg. Mein Glas war noch halb voll. Ich ließ den Strohhalm im Gin kreiseln. Die Eiswürfel klonkerten ans Glas, und ich jagte einem Eiswürfel hinterher, bis ich ihn in die Ecke getrieben hatte. Die Innenseiten meiner Wangen brannten, als ich daran lutschte.

Frank und ich waren immer offen mit unseren gemeinsamen Zweifeln an der Ehe umgegangen. Schön für die Schwäne, Gibbons, Seeadler, Schleiereulen, Wölfe, Biber und Tintenfische, dass sie sich fürs ganze Leben zusammentaten. Aber Menschen waren weniger einfach zufriedenzustellen, sie waren sexuelle Omnivoren. Wenn einem das klar wird, dann ist es eine Erleichterung, die Scham- und Schuldgefühle abmildert. Monogamie dient einem höheren Wert, ähnlich dem Veganer, der Quinoa isst und von Speck träumt, der Nonne, die tausend Ave-Marias betet, während ihre Klitoris pulsiert, dem Bodybuilder, der vor McDonald's herumlungert und den Frittenduft einatmet. Alle wissen das.

Schwungvoll stellte CJ ein Schnapsglas vor mir ab. »Willst du wissen, was ich denke, wer du bist?«

Ich war neugierig.

»Jemand, der sich nicht so einfach kriegen lässt. Du willst nicht nur zu einem Menschen gehören.«

»Ich gehöre für immer zu einem Menschen, darum geht es doch in der Ehe.«

»Weißt du, warum ich mich in Kito verliebt habe? Er mag Punkmusik, Heavy Metal, Reggae, Country, Blues, gregorianische Gesänge, sogar diesen verrückten mongolischen Kehlkopfgesang. Hast du so was Abgefahrenes schon mal gehört? Es zeugt von einer hohen, ausgeprägten Intelligenz, sich für ein breites Spektrum an Musik, Literatur, Filmen, Kleidung und Essen zu interessieren. Warum also nicht, wenn es um Sex mit anderen Leuten geht?«

»Ein Versprechen zählt doch etwas. Man sollte halt nicht heiraten, wenn man vorhat, munter herumzuvögeln.«

»Stell dir vor, wohin ich nächstes Jahr verreise: nach Yunnan, das ist im Südwesten von China. Ich will einen Monat mit den Mosuo leben. Hast du von denen schon mal gehört?«

Hatte ich nicht.

»Es ist eine matriarchalische Gesellschaft, eine der wenigen, die es überhaupt noch gibt. Die Frauen binden sich nicht an einen Mann, sie führen sogenannte Besuchsehen. Die Zahl der Männer, mit denen eine Frau schläft, bedeutet kein soziales Stigma; sie lebt nicht mit einem Mann zusammen, und es spielt auch keine Rolle, wer die Kinder zeugt, denn die Frauen helfen sich gegenseitig bei der Kindererziehung. Stell dir vor, du könntest so viele One-Night-Stands haben, wie du willst, oder dich regelmäßig mit unterschiedlichen Liebhabern treffen, aus denen lebenslange Partner werden oder auch nicht.«

»Im Südwesten von China sagst du? Wer hätte das gedacht!«

»Du kannst mir doch nicht erzählen, dass du nicht auch mal von anderen nackten Körpern oder von der Lust anderer Menschen träumst. Fragst du dich nie, welche ungekannten sexuellen Erfahrungen du mit jemand Neuem machen könntest? Wie sich die Zunge eines anderen zwischen deinen Beinen anfühlen würde? Ob du schon das gesamte Spektrum aller möglichen Orgasmen erlebt hast? Und ob dir genügt, was du gehabt hast?«

Früher war das so. »Nach allem, was Tom dir angetan hat, als er während deiner Schwangerschaft in der Gegend herumgevögelt hat, hätte ich nicht erwartet, dass du Fürsprecherin der freien Liebe wirst.«

»Toms Problem war, dass ich ihm auf die Schliche gekommen bin. Außerdem bin ich drüber weg. Ich habe ihm verziehen, wir sind Freunde.«

»Das meinst du nicht ernst!«

»Freunde, die hin und wieder miteinander schlafen.«

»Weiß Kito davon?«

»Wir führen eine offene Beziehung«, hatte CJ lachend erklärt. »Im Übrigen ist Tom eins nie abhandengekommen, nämlich wie gut er zum Ficken taugt.«

»Er ist also nicht mehr der DVS?«

Dieser verdammte Scheißkerl, kurz DVS, war zu einem festen Teil meines Vokabulars geworden. Was sollte ich jetzt benutzen, nun, da der DVS vom Tisch war?

»Ich habe mich irgendwann eingekriegt. Die ganze Arbeit an mir, die Therapien und das Meditieren haben sich am Ende ausgezahlt.«

»Verdammte Scheiße! Meditation? Du hast dieses spirituelle Zeug doch immer abgelehnt.«

»Kito hat mich darauf gebracht. Heute bin ich die gechillteste Frau aller Zeiten. Hätte ich meine Wut auf Tom weiter gepflegt, dann hätte ich Krebs gekriegt wie Fiona.«

»Fiona?«

CJ hob die Augenbrauen. »Was denkst du denn, warum sie mit dem Kickboxen angefangen hat?«

Das Kickboxen hatte tatsächlich so gar nicht zu der erdverbundenen und naiven Fiona gepasst. Aber Widersprüche waren eben das, was die Menschen interessant und spannend machte. Vielleicht war es mit meiner Menschenkenntnis ja doch nicht so weit her.

»Wenn man es unterdrückt, dann explodiert es irgendwann. Monogamie ist eine Regel, die von Männern aufgestellt wurde, um uns Frauen kleinzuhalten. Mrs Soundso. Das ist doch gar nicht dein Ding! Das bist du nicht.«

Eins kann ich ganz und gar nicht leiden, nämlich wenn andere Leute mir erklären, wer ich bin.

»Man kann ja auch Kinder haben, ohne zu heiraten«, sage ich zu Emilie. Frank und ich hatten erst geheiratet, als unsere Kinder schon fünf und sieben waren.

Sie schüttelt den Kopf. »Ich will keine Kinder haben.«

»Warum nicht?«, fragt Yasmin.

»Es gibt sowieso schon zu viele Menschen auf der Erde. Wozu soll es gut sein, Kinder zu haben. Mehr Menschen verursachen nur immer noch mehr Probleme.«

»Mir hat der Sinn von Kindern auch nie eingeleuchtet«, sagt Cate. »Sie setzen sich in dir fest wie Parasiten. Und dann saugen sie das Leben und das Geld aus dir heraus …«

»Nicht zu vergessen die Zähne«, fügt Kiri hinzu.

»Wenn du Mutter bist, ist das wie bei der Mafia. Einmal dabei, kommst du da nie wieder raus«, meint Liz.

»Aber genau das macht es doch so eindrücklich und erhebend«, wendet Fiona ein. »Man hat eine lebenslange Beziehung zu jemandem, die nicht gekappt werden kann. Eine tiefere Seelenbeziehung zu einem anderen Menschen kann man gar nicht eingehen. Man wächst und lernt immer noch dazu – über den anderen und über sich selbst. Nie hört man auf, sich Sorgen zu machen über die dummen Entscheidungen, die sie treffen, oder die Leute, mit denen sie sich abgeben, und darüber, ob es ihnen körperlich und psychisch gut geht, aber gleichzeitig ist da eben auch eine Verbindung, die über deine eigenen banalen Bedürfnisse und Wünsche hinausreicht. Du bist niemals sorgenfrei, weder was die Kinder angeht noch den Planeten oder die Zukunft. Du bist eingebettet in diese Welt. Mit Kindern erhöht sich der Einsatz, für sie lohnt es sich zu kämpfen.«

Es ist ein ergreifendes Plädoyer für die Mutterschaft, perfektes Marketingmaterial.

»Ich bin der Typ, der die Dinge abschließen möchte. Ich erledige Aufträge, liefere ein Produkt ab, überreiche die Ware. Bei Kindern verpflichtest du dich für immer. Eine lebenslange Abhängigkeit«, meint Liz. »Das ist einfach zu … endlos.«

»Bei dir klingt es wie *Und täglich grüßt das Murmeltier*«, sage ich. »Es stimmt schon, es geht immer weiter, aber die Anforderungen an uns verändern sich. Es gibt saisonale Abschnitte, heute ist unsere Elternrolle doch eine ganz andere als vor zwanzig, fünfzehn, zehn oder auch nur zwei Jahren.«

»Die Regeln werden ständig neu geschrieben«, stimmt Yasmin mir zu. »Da kann man kaum noch mithalten.«

»Kinder zwingen einen dazu, sich weiterzuentwickeln«, fahre ich fort. »Man gerät in den Lebenszyklus eines anderen Menschen, dessen Kindheit, Schulzeit, seine Teenagerängste und die Entscheidungen als Erwachsener. Man wird zum Statisten in der Lebensgeschichte eines anderen.«

»Wer will schon Statist sein? Unter der Hauptrolle mache ich es nicht«, wendet Cate ein. »Ich habe meiner Mutter dabei zugesehen, wie sie sich für fünf Kinder aufgeopfert hat, und was hatte sie davon? Waren wir ihr dankbar? Pah. Wir haben sie absaufen lassen. Sie hat sich ihr ganzes Leben um unseretwillen gegen die Fluten gestemmt, nach Luft geschnappt, eine frustrierte Musikerin, die es kaum je auf den Klavierschemel geschafft hat. Das waren die seltenen Augenblicke, in denen sie glücklich war. Einmal hat sie zu mir gesagt: ›Ihr Kinder habt mir das Leben gestohlen.‹ Was sollte ich darauf sagen?

›Tut mir leid, Mum, stimmt schon, du hast die Arschkarte gezogen.‹ Aber genau das bedeutet das Elternsein eben. Gibst du dein Leben für die Kinder nicht auf, vernachlässigst du deine Pflichten. Mir ist ein Rätsel, warum das irgendwer freiwillig macht.«

»Aber sie wollte Mutter sein, oder?«, fragt Yasmin.

»Wer entscheidet sich schon bewusst dafür, fünf Kinder unter sieben Jahren zu haben?«, fragt Cate zurück. »Ich sag bloß: zu viel Kirche und zu wenig Verhütung. Und eins kann ich euch versichern: Es ist unmöglich, jemanden zu trösten, wenn man die Ursache seines Unglücks ist.«

»Wo ist sie jetzt?«, fragt Liz.

»Siecht im Schneckentempo in einem miesen Londoner Pflegeheim dahin, wo es um halb fünf Abendessen gibt und um sechs das Licht ausgemacht wird. Einmal im Jahr an Weihnachten taucht einer meiner Brüder mit einem Stück Mince Pie bei ihr auf, und das auch nur, wenn er gerade auf Bewährung draußen ist. Sie ist verbittert wie verdorbener Essig, und wer kann es ihr verdenken? Sie hat sich für uns aufgeopfert, und zur Belohnung kriegt sie den Singkreis am Donnerstag.«

»Aber sie hat dich gekriegt«, meint Fiona. »Und schau, was aus dir geworden ist.«

»Was denn? Ein abgewirtschaftetes Biest mit einer Prise Okay?«

»Ach, komm schon, Catey, du bist eine Heldin«, widerspricht Fiona.

Cate lacht laut auf. »Wir sind alle viel zu gefühlsduselig, wenn es um den Wert eines Menschen geht.«

»Aber was ist mit Rilke, Rumi, Frida Kahlo, Albert Einstein, Nelson Mandela oder Greta Thunberg?«, werfe ich ein. »Wir haben doch auch ein paar erstaunliche Menschen hervorgebracht.«

»Eine Handvoll vielleicht, aber die meisten sind Umweltverschmutzer und Sauerstoffvernichter. Ihr solltet nicht jedes Mal in Verzückung geraten, wenn eine Frau die Wehen kriegt, denn die Chancen stehen nicht schlecht, dass sie bloß noch einen psychotischen narzisstischen Drogenabhängigen mehr herauspresst, als hätten wir nicht schon genug davon. Wenn ihr meine Meinung hören wollt, dann haben diejenigen, die das Privileg einer Bildung genossen haben, die moralische Pflicht, einen Schlussstrich zu ziehen und zu sagen: Nicht noch mehr. Der größte Verursacher des Klimawandels ist die ewige, idiotische Mutterschaft.«

»Nein, Catey, das ist nicht fair.« Yasmin wirkt aufrichtig verletzt.

»Nimm das nicht persönlich, Yas. Ich rede über Wissenschaft, nicht über Gefühle.«

»Das Muttersein wird an sämtliche Zielgruppen vermarktet, so wie das Rauchen in den Fünfzigern. Und hast du mal angefangen, dann wirst du es nicht mehr los«, sagt Liz.

»Warum hast du Kinder gekriegt, Liz?«, fragt Yasmin.

»Aus demselben Grund, aus dem man seinem Ehemann einen bläst.«

»Um dich dem Sex zu entziehen?«

»Um eine gute Ehefrau zu sein. Mein Ex-Mann Carl stammt aus einer riesigen, weitläufigen griechischen Familie. Ständig hat er davon geredet, wie es sein wird, wenn er Vater ist. Erschwerend kam hinzu, dass er eine unglaublich glückliche Kindheit hatte und zwei ganz und gar großartige Eltern – geradezu perfekte Vorbilder.«

Plötzlich schießt mir der Streit unter dem Sonnenschirm

am Strand durch den Kopf. Ich war mir so sicher gewesen, dass Frank mir etwas verheimlichen wollte. Hatte er mich vielleicht in Wirklichkeit beschützen wollen? Er hatte nie Kinder gewollt, sondern um meinetwillen nachgegeben, so wie Liz es für Carl getan hatte. Hatte ihm das Vatersein beigebracht, dass er gar kein Vater sein wollte? Ich stütze den Kopf in die Hände. Angesichts voreilig gezogener Schlüsse und Missverständnisse sind im Rückblick die Verletzungen, die ich zugefügt habe, womöglich meine geringsten Verbrechen.

»Aber du musst doch auch Freude daran gehabt haben, als die Kinder dann da waren«, meint Yasmin.

»Es gab Augenblicke, in denen das Oxytocin gewirkt hat, aber größtenteils war es erstickende, unerbittliche Mühe. Obwohl ich mir jede Hilfe dazugekauft habe, die man für Geld kriegen konnte.«

»Ja, es ist schon ein Marathonlauf voller Opfer«, meint Kiri.

Yasmin nickt. »Die Kinder sollten immer an erster Stelle stehen. Aber genau das gibt meinem Leben Sinn – dass es nicht nur um mich geht.«

»Ich kann mir nicht vorstellen, wie ich dem Leben irgendeinen Sinn abgewinnen könnte, wenn es nur darum ginge, Spaß zu haben«, sage ich. »Ich tauge nicht zum Caligula, der nichts tut, als schöne Reisen zu machen und sich für nichts zu interessieren als das nächste Glas Pinot Noir oder den Ziegenkäse mit Trüffeln.«

»An der Stelle gehen unsere Vorstellungen auseinander«, sagt Liz. »Inwiefern soll es eine Frau stärker machen oder sinnvoll sein, wenn sie sich für den Rest ihres Lebens bei jeder Entscheidung hintanstellt? Welches Vorbild geben wir für unsere Töchter ab?«

»Die Welt ist so egoistisch und narzisstisch, da spricht

schon einiges dafür, anderen zu dienen. Verzicht kann auch eine großartige Form der Selbstverwirklichung sein«, meint Fiona.

»Aber warum müssen es immer die Frauen sein, die verzichten? Gewöhnlich sind es die Männer, die ihre Familien im Stich lassen«, sagt Cate. »Die meisten Kinder auf der Welt werden von alleinstehenden Müttern großgezogen.«

»Ja, Liz, du hast das auf den Kopf gestellt.« Kiri gefällt diese Vorstellung.

»Carl war ein toller, zupackender Vater. Wir hatten warmherzige und mütterliche Nannys. Chloe und Brandon haben alles bekommen, was sie brauchten. Also habe ich die Gelegenheit beim Schopf gepackt, als es darum ging, die zweitgrößte Werbeagentur Europas zu leiten. Zum Muttersein hatte ich keinerlei Befähigung und Leidenschaft. In der Geschäftswelt steckst du doch auch nicht denjenigen mit den administrativen Fähigkeiten ins Marketing oder den Kreativen in die Buchhaltung.«

Emilie schaltet sich ein. »Immer wenn ich sage, dass ich keine Kinder will, schauen mich die Leute an, als sei ich geisteskrank. Als könnten sich nur Verrückte gegen ein Baby entscheiden.«

»Dann stell dir vor, wie dich die Leute erst anschauen, wenn du deine Kinder *verlässt*«, meint Liz.

Ich weiß, was für bissige Kommentare Liz über sich ergehen lassen musste. Herzlose Schlampe. Lady Macbeth, Lilith. Persönlich hatte ich sie nicht derart gnadenlos abgestempelt, aber Helen hatte ein paar Gemeinheiten vom Stapel gelassen. Und ich hatte sie nicht angefochten, kein einziges Mal. Manchmal bedeutet Loyalität schlicht, im richtigen Augenblick Widerspruch einzulegen.

»Man könnte meinen, ich hätte sie in einem Schuhkarton vor dem Kirchenportal abgelegt oder sie in den Fluss geworfen und nicht in den Händen eines liebenden Vaters gelassen. Aber den Teil mit dem *Verlassen* verzeihen einem die Leute nicht.«

»Sei nicht so streng mit dir«, sagt Fiona. »Ihr hattet doch weiterhin Kontakt, du bist mehrmals im Jahr hergekommen, hast sie in den Ferien zu dir geholt …«

»Das macht einen nicht immun gegen Reue.«

»Bereust du es?«, frage ich. »Dass du sie bekommen hast?«

Yasmin wartet Liz' Antwort nicht ab. »Nein, das bereut sie doch nicht, stimmt's Liz? Deine beiden Kinder?« Yasmin klingt flehentlich. »Jetzt, wo sie da sind?«

Liz denkt nach. »Es tut mir leid, dass ich ihnen wehgetan habe. Vermutlich wäre es für alle besser gewesen, wenn ich keine Kinder bekommen hätte.«

Eine derartig ehrliche Bekundung des Bedauerns habe ich nie zuvor erlebt, so etwas wird, wenn überhaupt, flüsternd im Beichtstuhl offenbart. Fortpflanzung hat im Sprachgebrauch immer etwas von einem »Wunder«, ist »gesegnet«, das Kind ist der »kostbare Schatz«, der am Ende einer gescheiterten Ehe geborgen wird, oder das »Geschenk« einer grausamen Geburt, selbst dann, wenn die Mutter dabei stirbt. Kinder zu haben, ist eine Lebensentscheidung wie jede andere. Wir kreuzigen die Menschen nicht, die ihre Ehe, Berufswahl oder andere lebensverändernden Entscheidungen bereuen. Warum steht ausgerechnet das Muttersein unter Denkmalschutz?

»Als du weggegangen bist, warst du aber glücklich, oder?«, fragt Yasmin. Unermüdlich versucht sie, das Glück bei Liz zutage zu fördern, steht ihr loyal zur Seite.

»Wenn ich nicht gerade Schuldgefühle hatte.«

»Klingt, als hättest du die Arschkarte gezogen, egal wie«, meint Cate. »Mir will nicht in den Kopf, warum wir es für unnatürlich halten, wenn eine Mutter ihre Kinder verlässt. In der Natur gibt es das dauernd.«

Liz massiert sich die Füße. »Ich glaube nicht, dass man die Antidepressiva schon erfunden hat, die ich nötig gehabt hätte, wenn ich mein Leben der Familie gewidmet hätte. Es gibt Momente, da muss man der Wahrheit über sich selbst ins Auge blicken. Ich liebe meine Kinder. Aber ich habe meine Bedürfnisse über die ihren gestellt.«

Ich, für meinen Teil, habe mich immer für die Kinder entschieden. Vielleicht, so denke ich, bin ich gerade an der Stelle gescheitert. Von den vielen Irrtümern in der Liebe, denen ich anheimgefallen bin, hat mir immer wieder jener die tiefsten Verletzungen zugefügt, dass ich mir zu sehr eine Familie wünschte.

Während viele Kinder sich nach mehr Zeit und Aufmerksamkeit ihrer Eltern sehnen, hätten die meinen vermutlich vorgezogen, weniger davon abzubekommen. Mir fehlt die Fähigkeit, jemanden zwanglos zu lieben oder so, dass es gerade genug ist. Alles, was ich mache, ist überzogen. Wie sich das auf das Kind auswirkt, hatte ich nicht bedacht. Ich wob meine Liebe zu einem farbenprächtigen Mantel, der viel zu schwer war, um ihn tagtäglich zu tragen. Sosehr ein Kind auch wissen muss, dass es gewollt ist, ist es womöglich doch anstrengend, *so* sehr gewollt zu sein.

Als Eltern kannst du es nur vermasseln, egal ob du die Abzweigung nach rechts oder nach links nimmst. Verfolgst du deine eigenen Träume, heißt es, du lässt sie im Stich. Bleibst du da, erdrückst du sie. Liz ist gegangen, und Chloe redet nicht mit ihr. Ich bin geblieben, und Jamie wechselt kaum ein

Wort mit mir. Unausweichlich lassen wir den Reis anbrennen, ob wir neben dem Topf abwarten oder weggehen.

Es verwirrt mich, dass mir diese Erkenntnis kein Gefühl von Befreiung verschafft.

Denn das hier ist ein Gespräch, wie ich es mir immer gewünscht habe. Unter diesen Fremden ist es gefahrlos möglich zu hinterfragen, warum wir das Leben in Rudeln für die natürlich menschliche Lebensform halten. Oder warum wir so tun, als müsste es eine Einheitsgröße geben, die allen passt, wo doch jeder, der jemals in einer Umkleidekabine geweint hat, genau weiß, dass es sich dabei um ganz miesen Psychoterror handelt. Vielleicht ist es völlig natürlich, dem Nest zu entwachsen und weiterzuziehen, wenn wir die Ressourcen ausgeschöpft haben, so wie indigene Völker, die dem Boden die Gelegenheit geben, sich zu regenerieren. Vielleicht sollte es nicht nur für Medikamente und Lebensmittel, sondern auch für Familien ein Verfallsdatum geben, um uns klarzumachen, dass es eine Weile gut gehen kann, doch man damit rechnen muss, dass die Sache möglicherweise irgendwann anfängt zu müffeln.

Jahrelang habe ich beim Duschen die Unterwäsche, die Bade- und Radlerhosen anderer Leute über dem Wasserhahn ertragen. Seufzend nahm ich hin, dass wieder einmal die Milch auf dem Küchentresen stehen geblieben und sauer geworden war. Ich fluchte, wenn die Pfirsiche im Gemüsefach von den Bierflaschen zerdrückt worden waren, die obendrauf lagen, weil »woanders kein Platz war im Kühlschrank«. Ich lebte mit Hanteln unter dem Couchtisch, dem Werkzeugkasten im Esszimmer, so wie Frank die Bücherstapel neben dem Bett und das Durcheinander an Kosmetika am Waschbecken duldete. Fünfzehn Jahre lang aß ich einmal die Woche

Bratwurst und Spaghetti bolognese, weil Aaron sich weigerte, etwas anderes zu sich zu nehmen. Ich sagte: »Klar, warum nicht«, als sich alle für den 77-Zoll-Flatscreen-Fernseher aussprachen, und quälte mich durch mindestens dreizehn Folgen *Mission Impossible*, statt *A Star Is Born* zu sehen. Frank weckt mich nach wie vor jede Nacht, wenn er nach Mitternacht ins Bett kommt und mir meinen REM-Schlaf raubt, als wäre es Sperrmüll am Wegesrand.

Redlich habe ich mich um Frank bemüht, wobei wir uns beide niemals ausgemalt hätten, wie mangelhaft und enttäuschend diese Bemühungen oft ausfielen. Die Familie ist ein Korsett für unseren Individualismus, doch das ist in Ordnung, weil jeder Kompromisse eingeht und sich einschränkt, um die Nerven der anderen nicht überzustrapazieren.

Meine Flexibilität hielt ich dabei immer für eine Stärke, keine Schwäche.

Erwachsene einigen sich, sie kooperieren. Nur Kleinkinder und Teenager wollen oder können nicht teilen. Die goldene Mitte, auf der alle Bedingungen verhandelbar sind, ist eine stabile Grundlage für die Familiengründung. Bereitwillig und voller Liebe habe ich mich dem gebeugt, was Frank und den Kindern Raum zum Leben gab.

Aber wie ein Kehrreim ist die Frage »Muss das so sein?« immer wieder hochgekommen, hat sich angestaut und die Arterien verstopft. Das Bewusstsein für meine Identität hat nachgelassen. Jetzt, in meinen mittleren Jahren, ist jenes Ich nicht mehr da, an das diese Frage gerichtet war – die Person, die einmal gesagt hätte: »Nichts da, ich hasse Vorhänge, ich will Fensterläden!«, oder »Mir wäre ein Aborigine-Kunstwerk als Mittelpunkt im Wohnzimmer viel lieber als ein riesiger flimmernder Bildschirm«. Eines Tages wollte ich nach ihr greifen, und meine Hand ging einfach hindurch wie durch einen Geist. Die Nervenbahn, auf der es hieß: »Ich will«, ist abgestorben. Jetzt gibt es für mich nur noch: »Ich nehme dasselbe wie die anderen.«

Aus genau diesem Grund sitze ich hier unter diesen Menschen in einer Höhle, in irgendeiner Bucht am Ende der Welt, statt vor dem Fernseher mit Frank, der bei *Wer wird Millionär?* die richtigen Antworten errät.

Liz wendet sich an Emilie. »Bitte hör nicht auf mich. Ich bin kein Vorbild. Ich tauge nicht fürs Familienleben.«

»Genau, hör nicht auf Liz«, bekräftigt Yasmin. »Kinder machen das Leben erst schön, ich wüsste gar nicht, wer ich ohne sie bin. Alles, was ich mache und worin ich so gut bin, kommt vom Muttersein. Mich um andere Menschen kümmern, meine Familie bekochen, sie lieben. Mutter zu sein, ist die wichtigste Aufgabe, die es überhaupt gibt. Das habe ich von meiner eigenen Mutter gelernt. Sie hat mir alles beigebracht und auf mich aufgepasst, bis sie krank wurde. Von da an habe ich sie versorgt bis zu ihrem Tod im Kreis ihrer Kinder und Enkelkinder. Wir haben ihre Lieblingslieder gesungen, ihr das Haar gekämmt, ihre Hände massiert. Sie starb mit einem Lächeln. Jeder Mensch hat es verdient, so zu sterben, umgeben von Liebe, Musik und der Familie. Dann habe ich einen persischen Liebeskuchen gebacken, den sie nicht mehr probieren konnte. Doch die Trauernden haben sich ihn schmecken lassen.«

»So einen Abschied hat meine Mum nicht in Aussicht«, sagt Cate.

»Vielleicht solltest du nach London zurückgehen und dich um sie kümmern?«, meint Yasmin.

Cate lässt den Kopf hängen. »Klar, das wäre natürlich anständig.«

Fiona legt Cate eine Hand auf den Arm. »Vielleicht, wenn die Untersuchungsergebnisse da sind …«

»Ja, mal sehen …«

»Denkt nicht an uns«, hatte meine Mutter gesagt, als ich ihr unter Tränen erklärt hatte, dass wir nach Australien auswandern würden. Ich bemerkte, wie sie blinzelte und das Aufheulen unterdrückte, das jede Mutter in sich spürt, wenn das Schicksal sie von ihren Jungen trennt. »In erster Linie hast du Verantwortung für deine Kinder. Du musst tun, was für sie das Beste ist.« *Ja*, redete ich mir zu, *denk an die Kinder,* so wie es mein Urgroßvater Nachum 1924 getan hatte, als er meinen Großvater Akiva drängte, an Bord des Schiffs nach Südafrika zu gehen, damit der Sohn eine bessere Zukunft hätte, im Bewusstsein, dass er ihn nie wiedersehen würde. Osteuropa war kein Ort, um jüdische Kinder großzuziehen. Ich stelle mir vor, wie mein Urgroßvater den einzigen überlebenden Sohn umklammert hielt, den sich die Pocken nicht geholt hatten. Der Bart an seiner Wange, Mantel an Mantel, Herzschlag an Herzschlag. Ich weiß nicht, wer als Erstes losließ oder wie sich ein Vater oder eine Mutter aus einer letzten Umarmung lösen.

»Egal wie schlecht die Eltern waren, wenn sie sterben, wollen die Kinder bei ihnen sein«, erzählt Kiri. »Das ist der Moment der Vergebung und Heilung, dann, wenn die Eltern wie Neugeborene sind, nicht sprechen können, wenn die Zeit abläuft und das Kind die Rolle des Elternteils übernimmt. Habe ich tausendmal erlebt.«

Liz holt eine Mütze aus ihrem Rucksack und setzt sie auf. Sie stopft das Haar darunter und zieht die Mütze über die Ohren. Als sie zu sprechen anfängt, klingt ihre Stimme nah und warm, als habe sie heißen Kakao getrunken.

»In den Tagen vor ihrem Tod wollte meine Mutter nicht,

dass wir Kinder in ihr Zimmer kommen. Es war unappetitlich, das Erbrechen, die Windeln. Die Pflegerin und mein Vater haben sich abwechselnd um sie gekümmert. Zwei Tage bevor sie starb, hatte ich keine Zündhölzer für meinen Joint, und auf der Suche nach einem Feuerzeug schlich ich mich in ihr Zimmer, denn sie hatte immer eins in ihrem Schminktischchen. Sie sah klein und hilflos aus wie eine Puppe in dem großen Bett. Als ich die Schublade aufzog, weckte sie das Geräusch. Sie streckte die Hand nach mir aus und sagte: ›Bist du das, Elizabeth Frances? Komm, lackier mir die Nägel.‹ So wie ein kleines Mädchen seine Mutter bittet.«

Liz' Offenbarung entfaltet sich wie ein Origami der Trauer.

»Sie hat dieses tiefe Weinrot so gemocht, *Mercury Rising* hieß es«, erinnert sich Fiona.

»Das ist ja das Lustige. Sie wollte *Boogie Nights*.«

»Das dunkle Orange? Von dem sie immer sagte, dass man es *Billig und Nuttig* hätte nennen sollen?«

Liz nickt. »Genau, meine Lieblingsfarbe. Am nächsten Tag ist sie ins Koma gefallen. Wir haben sie mit *Boogie Nights* auf den Nägeln begraben.«

Liz' Augen werden schmal wie Mondsicheln, als die Erinnerung sie sanft durchströmt.

»Das ist *Mercury Rising*. Scheint so, als werde ich im Alter noch gefühlsduselig.« Sie lacht und hält ihre Hände in die Höhe.

Kapitel 15

Warum Bienen schwärmen

W isst ihr, warum Bienen schwärmen?«, fragt Fiona.
»Menopausale Aggression?«, schlägt Liz vor.

»Wird ein Bienenstaat zu groß für den Stock und das Gedränge zu eng, teilt er sich in zwei kleinere Völker. In der Tierwelt gibt es ein Bewusstsein für Klaustrophobie. Es ist ganz
natürlich, dass unsere Kinder irgendwann weggehen.«

Ich weiß, es bleibt nicht aus, dass eine Familie ihrem Stock
entwächst.

Gefühlt haben Jamie und Aaron uns schon verlassen, auch
wenn sie noch immer Platz im Badezimmer beanspruchen,
die Waschmaschine und das WLAN belegen. Unvermittelt ist
der Kühlschrank leer. In der Speisekammer finden sich plötzlich zehn Päckchen mit Instantnudeln voller Glutamat – etwas, das ich vor Jahren, als die Kinder klein waren, aus der
Küche verbannt habe. Aus all diesen Gründen ist das Flügge-
werden keine eindeutige, unmissverständliche Angelegenheit,
und keiner weiß mehr so genau, wer der andere ist.

Eines Morgens war Aaron dabei, sich ein Omelette zu machen, und ich sagte »Entschuldige« und griff an ihm vorbei
nach dem Wasserkessel, um mir einen Kaffee zu kochen. Er
reagierte gereizt, als wäre schon meine Anwesenheit in meiner
eigenen Küche ein übergriffiges Eindringen in seine Privatsphäre. Unübersehbar waren die Dinge aus dem Lot geraten,
als ich Jamie fragte, ob es ihr recht wäre, wenn ich mir mal für
den Tag mein Auto nähme, weil sie es üblicherweise benutzt.

Die Krone wurde dem Ganzen am Abend der Fußballweltmeisterschaft aufgesetzt. »Könntest du mit Dad so lange im Schlafzimmer bleiben, wenn ich mir mit meinen Freunden das Fußballspiel anschaue?«, fragte Aaron. Ich musste ihm den Rücken zuwenden, damit er nicht sah, wie ich die Fäuste ballte. Ich kann nicht erklären, warum Frank und ich später tatsächlich im Schlafzimmer blieben.

»Irgendwann kommt der Punkt, an dem du sie rausschmeißen musst, andernfalls saugen sie die eigene Mutter aus bis aufs Blut«, meint Kiri. »Nicht dass ich stolz darauf wäre, aber ich habe Jackson bei der Polizei angeschwärzt – anonym natürlich –, als er anfing, sich Crystal Meth reinzuziehen. Das konnte ich nicht hinnehmen in meinen eigenen vier Wänden, das ging definitiv zu weit.«

»Geht es ihm jetzt besser?«, frage ich.

»Keine Ahnung. Wenn er nicht gerade auf Entzug ist, kann er sich jederzeit bei mir satt essen und gern auch seine neueste Tussi mitbringen. Ich stelle keine Fragen mehr. Wenn er was braucht, dann weiß er schon, wo er es herbekommt. Wenn es um die eigenen Kinder geht, bleibt einem nichts anderes übrig, als das Schlechte wie das Gute zu lieben. Aus der Nummer kommt man nicht raus.«

»Sobald du anfängst, dich in deinem eigenen Zuhause klein zu fühlen, wird es Zeit, dass sie das Nest verlassen«, sagt Yasmin. »Manchmal kommt es mir so vor, als würden sie die Grenzen ausreizen, um herauszufinden, wie weit sie gehen können. Vor einiger Zeit war plötzlich ein Teil meines Schmucks weg, und es stellte sich heraus, dass Farouk in Schwierigkeiten war, weil er beim Glücksspiel im Internet fünfzehntausend Dollar verloren hatte. Mein eigenes Kind hat mich bestohlen.« Sie schüttelt den Kopf. »Rajit hat sich geweigert, ihm zu helfen, also habe ich Farouks Schulden mit dem Geld bezahlt, das ich mir für ein Auto zusammengespart hatte. Ich habe ihm erklärt, dass es das letzte Mal war.«

»Wie oft sagt man seinem Kind: ›Das war das letzte Mal‹«, spottet Kiri. »Und, hat er aufgehört mit dem Spielen?«

»Weiß ich nicht«, antwortet Yasmin. »Mir war es lieber, als die Kinder klein und auch die Sorgen kleiner waren. Ich vertraue ihm nicht mehr, und das tut weh. Ich vermisse es, sie so wie früher zu lieben und von ihnen geliebt zu werden.«

»Schaff dir einen Hund an«, empfiehlt Cate. »Die einzige bedingungslose Liebe, die zu haben ist.«

Ich muss an Stewie denken und das breite, dümmliche Grinsen, das er hatte, wenn ich nach Hause kam, während sein Schwanz wild hin- und herfegte wie der Taktstock eines Dirigenten. Die Pirouette, die er auf den Küchenfliesen drehte, und wie er manchmal ins Schlittern geriet und vor lauter Aufregung an den Kühlschrank plumpste. Die Liebe zwischen Eltern und Kindern ist darauf ausgerichtet, unerwidert zu bleiben. Immerhin haben wir darauf bestanden, sie zu kriegen, und sie ungefragt in unser Leben geholt. Unter diesen Umständen ist es vermutlich unsinnig, von ihnen zu erwarten, dass sie unsere Liebe erwidern.

Vor langer Zeit habe ich einmal etwas Verletzendes zu meiner Mutter gesagt, und ihr Blick wurde abwesend, und sie sagte wie zu sich selbst: »Du warst einmal so ein liebes, warmherziges Kind.« Die Trauer in diesen Worten traf mich hart, die Sehnsucht zwischen den Zeilen, die besagte: »Ich erkenne dich nicht mehr. Wo bist du hin?« Ich spürte diese schmerzliche Frage. Meine Mutter rief die Vergangenheit wach, um mir zu sagen: »Weißt du noch, wie sehr wir uns geliebt haben?«

Natürlich erinnere ich mich nicht mehr daran. Derartige

Erinnerungen sind Müttern vorbehalten. Ich war vier Jahre alt, als sie mich so liebte; das kleine Mädchen war herangewachsen und beschimpfte die Mutter mit einer Stimme, die jene vergangene Einträchtigkeit nicht würdigte. Jetzt bin ich an der Reihe, von meiner Tochter so angesprochen zu werden.

Die Worte, die ich mit meinen Kindern wechsle, entstehen mittlerweile unter hoher Belastung, und immer zensiere ich dabei entweder meine Liebe, meine Enttäuschung oder meine Sorge. Nie würde ich es wagen zu sagen: »Ich liebe dich mehr als alles in der Welt«, oder: »Wie viele Strafzettel braucht es denn noch, bis du lernst, langsamer zu fahren?«, oder: »Deine Kurzgeschichte ist absolut umwerfend.« Im Gegenzug dazu scheinen sie sich weniger Beschränkungen aufzuerlegen. Sie sagen freiheraus, wonach ihnen der Sinn steht, zum Beispiel: »Hätte ich die Meinung einer mittelalten Frau hören wollen, dann hätte ich dich schon gefragt.« Und: »Kannst du mir Geld leihen? Ich zahl's dir nächste Woche zurück.«

Wir haben den Punkt erreicht, an dem die Nähe von Eltern und Kind toxisch ist.

Es gibt einen Moment, an dem die Sache kippt und man sich wünscht, dass das Kind aus dem Haus geht. Einerseits will man es, andererseits aber natürlich auch nicht. Man will, dass sie fortgehen, damit man anfangen kann, mit dem Verlust zu leben, mit den Zimmern, die sie zurücklassen und in denen ihre ganze Kindheit steckt. Man muss sich darin üben, Mutter eines eigenverantwortlichen Erwachsenen zu sein. Es gibt einem die Gelegenheit, klar Schiff zu machen. Denn solange sie nicht wirklich weg sind, steckt man ständig auf halbem Weg fest, irgendwo im Halbdunkeln vor dem Ziel. Die Sehnsucht nach den idealisierten Kinderjahren zerstört einen.

Es kommt die Zeit, wenn erwachsene Kinder, die eigentlich

ausziehen sollten, sich den Auszug aber einfach nicht leisten können, anfangen, ihr Zuhause als Hotel zu betrachten, als Zwischenstation zwischen Abhängigkeit und Unabhängigkeit. Wir finden uns damit ab, dass man uns im Vorübergehen freundlich zunickt wie einem Hotelportier oder, schlimmer, wie Kindern, die man lieber nicht sehen oder hören möchte. Ich will nicht mehr das Zentrum ihres Lebens sein. Ich will ersetzt werden. Es ist eine Riesenerleichterung, dass Jamie und Aaron Geliebte und Partnerinnen und Partner haben, Freunde, denen sie sich anvertrauen können und die ihnen durchs Leben helfen. Gott sei Dank gibt es außer Frank und mir, die zur Zuneigung dienstverpflichtet waren, noch andere Menschen, die sie lieben.

Aber habe ich als Elternteil tatsächlich das Recht verwirkt, von meinen eigenen Kindern als Mensch angesehen zu werden? Das muss im Kleingedruckten gestanden haben. Dazu habe ich mich nie bereit erklärt, diese Vertragsbedingungen müssen nachverhandelt werden.

Jemand musste den Bann brechen und als Erster gehen.

Also bin ich gegangen.

In dem Augenblick, als ich die Tür von Pennys Haus aufschloss, fielen die Jahre von mir ab, in denen ich mich zurückgenommen hatte, mich in die Ecke gekauert und kleingemacht hatte, um nur ja nicht zu gefühlig, zu redselig, laut, überschwänglich, traurig, ängstlich oder nackt zu sein. Ich weinte um die Seiten, die ich mir abgewöhnt hatte, nur um ihnen in meiner Gegenwart genug Raum zu geben.

»Schulden sie uns denn gar nichts für all das, was wir ihnen gegeben haben?«, fragt Yasmin.

»Nein, unsere Kinder schulden uns nichts. Keinerlei Rücksicht, nichts von ihrer Zeit, weder ihre Gesellschaft noch Details aus ihrem Leben, sie haben nicht die Pflicht, sich um uns zu kümmern, wenn wir alt werden, sie schulden uns noch nicht einmal ein gelegentliches Telefonat, um zu hören, wie es uns geht«, sagt Liz.

»Das sehe ich anders«, widerspreche ich. »Ich finde, wir schulden denjenigen, die uns den Weg ins Leben finanziert haben, durchaus ein gewisses Maß an Aufmerksamkeit, Respekt, Rücksicht und Dankbarkeit.«

»Na dann viel Glück«, meint Liz.

»Wie sieht es mit einem Muttertagsgruß aus?«, frage ich. »Ich erwarte ja nicht, dass sie mich pflegen, wenn ich krank werde, oder dass mein Kind mir die Windeln wechselt. Dafür ist mir ein Profi ohnehin lieber, der weiß, was er tut, und Geld dafür kriegt. Doch ab und an mal zu fragen, ob man eine Tasse Tee trinken möchte oder Hilfe beim Einkaufen braucht, ist doch eine zwischenmenschliche Pflicht, ob Kind oder nicht.«

»Ich denke nicht, dass ein Kind seinen Eltern Liebe schuldet«, sagt Fiona. »So funktioniert Liebe nicht. In der Liebe geht es immer darum, dass man die Wahl hat. Alles andere wäre eine Perversion der Gefühle, ein verdrehtes synaptisches Gewirr aus übrig gebliebener Sympathie, Angst, Verbitterung und Abneigung.«

»Ja, stimmt schon, man sollte sich nicht zu viel erhoffen«, sagt Kiri. »Aber nach einer Weile kommen sie von selbst zu dir zurück.«

»Wirklich?«, frage ich. »Was, wenn nicht?«

»Dann hast du eine Menge Zeit, Geld und Energie für nichts und wieder nichts investiert«, meint Cate. »Wozu soll das gut sein?«

»Bleibt uns am Ende nichts als die Frage, wozu das alles gut gewesen sein soll?«, fragt Yasmin traurig.

»Eigentlich wünsche ich mir nur, dass Jamie und Aaron mich und Frank als Menschen mögen und nicht nur als Eltern tolerieren. Vielleicht verbringen sie ja eines Tages freiwillig Zeit mit uns, nicht weil sie müssen, sondern weil sie es gern tun.«

»Ne, wir können uns glücklich schätzen, wenn sie sich einigermaßen anständig auf den Weg machen – ausziehen, ihr eigenes Leben beginnen, uns vergessen«, wirft Kiri ein.

»Es ist ein Glücksgefühl voller Wehmut, wenn sie aus dem Haus gehen«, sagt Yasmin. »Ich wünsche mir so sehr, dass Leah eines Tages auf eigenen Füßen steht. Sie ist ein Vögelchen mit einem gebrochenen Flügel. Was soll aus diesem kleinen Vogel, der nicht fliegen kann, werden, wenn Rajit und ich tot sind?«

»Ihre Schwester und ihre Brüder werden sich um sie kümmern. Dafür hat man eine Familie. Um füreinander zu sorgen.« Kiri sieht Emilie an. »Die Kinder müssen sich um die Alten kümmern, so muss es sein.«

Den Gedanken, dass meine Eltern irgendwann alt und gebrechlich sein und meine Hilfe brauchen würden, habe ich auf Eis gelegt und tiefgefroren, als wir aus Südafrika emigriert sind. Ich steckte ihn in die Schublade mit den aufschiebbaren Dingen. *Kommt Zeit, kommt Rat. Jetzt muss ich an die Kinder denken.* Mir blieb nichts anderes übrig, denn wie hätte ich es sonst fertiggebracht, dieses Flugzeug zu besteigen und wegzugehen?

»Findet ihr es fair, das von unseren Kindern zu erwarten? Sie müssen doch ihr eigenes Leben leben«, wirft Liz ein. »Irgendwann müssen wir aufhören, die Beziehung zu unseren Kindern mit neuen Hypotheken zu belasten und unsere Kraft aus dem zu ziehen, was sie uns geben.«

Seufzend erkenne ich die Wahrheit an, die in diesem Gedanken steckt. Als Eltern müssen wir die Leere selbst füllen, statt den Brunnen der Lebenskraft unserer Kinder anzuzapfen. Irgendwann, nach unzähligen Selbsthilfebüchern, erkennen wir, dass keine Therapie die Vergangenheit umkehren kann. Wir trauern nicht länger um die Kindheit, die wir nie hatten und die uns zu einem anderen Erwachsenen mit weniger Durchhängern gemacht hätte. Die Möblierung unseres Gefühlslebens arrangieren wir in der Herzkammer nach Feng-Shui; uns wird klar, wie wir uns gekonnt vor Unannehmlichkeiten gedrückt und in kniffligen Situationen die Fallgruben umgangen haben und wie wir Hohlräume mit Bequemlichkeit ausgestopft haben, um die Leerstellen zu verbergen.

Seit ich von zu Hause weg bin, habe ich keine Sekunde darauf verschwendet, mir Sorgen darüber zu machen, wo sich Jamie oder Aaron um drei Uhr früh herumtreiben. Ich beschäftige mich nicht zwanghaft mit der Frage, ob sie heute schon etwas gegessen haben. Sie müssen selbst schauen, woher sie ihre fünf Portionen Obst und Gemüse am Tag bekommen. Verstopfung, Schlaflosigkeit und Strafzettel müssen sie allein bewältigen. Ich gebe mich keinerlei schrecklichen Visionen hin, was ihnen alles widerfahren mag. Ich habe meine Erwartungen korrigiert und mein verbliebenes Leben von der Schicksalsspule meiner Kinder abgewickelt. Endlich habe ich einen neuen Blick auf sie gewonnen, keine Naheinstellung, sondern aus respektvoller Distanz. Und was ich da sehe, sind zwei Erwachsene, die sich nicht davor fürchten, ihre Eltern zu enttäuschen.

Meine Kinder sind mir mehr wert als jeder andere auf der Welt.

Aber ich habe nicht länger das Bedürfnis, ihr Leben auf

mich zu nehmen. Es ist eine Erleichterung, von der Verantwortung, wie sich die Dinge für sie entwickeln, entbunden zu sein. Ich bin bereit, einen Schritt zurückzutreten und sie fliegen oder stürzen zu lassen. Ihren Ruhm oder ihr Scheitern werde ich nicht persönlich nehmen.

Das, wofür wir hergekommen sind, haben wir gemeinsam erledigt. Jetzt ist es an der Zeit, dass sie aus meinem Leben abhauen und sich um ihr eigenes kümmern.

Ich kann nicht länger sagen, dass ich zu ihnen gehöre.

Wohin aber gehöre ich dann? Zu meinen alternden Eltern? Um unserer Kinder willen sind wir damals ausgewandert. Ist es jetzt etwa an der Zeit, zurückzukehren ins Land des Ubuntu und die letzten Lebensjahre meiner Eltern bei ihnen zu verbringen?

Gehöre ich zu Frank?

Gehöre ich mir allein?

»Manchmal denke ich, das Problem mit den Kindern heute ist, dass wir nicht genug von ihnen erwarten«, sagt Kiri. »Ihnen steht frei zu sein, was immer sie wollen. Jeder will ein Rockstar sein, eine Berühmtheit auf YouTube oder ein Zocker, völlig egal, wie überflüssig so ein Dasein ist. Bei den Maori ist die ganze Familie verantwortlich für die Alten. Wir schieben sie nicht ins Altersheim ab – nimm's nicht persönlich, Catey. Aber so was gibt es bei uns einfach nicht.«

»Alles gut«, sagt Cate. »Ich finde das absolut bewundernswert.«

»Es gibt auch andere Möglichkeiten«, meint Fiona. »Bei denen wir uns den Kindern nicht aufbürden und trotzdem nicht allein sind im Alter. Ich habe mich mit dem Konzept von Wohngemeinschaften beschäftigt – in Skandinavien sind die total verbreitet.«

»Wie funktionieren die?«, fragt Yasmin.

»Eine Gruppe von Leuten, wie wir sechs hier zum Beispiel, investiert gemeinsam in eine Immobilie, um im Alter nicht zu vereinsamen, sondern Teil einer Gemeinschaft zu sein. Wir würden uns das Einkaufen, Kochen und Putzen teilen, Gesellschaft haben und trotzdem unsere Privatsphäre. Und notfalls auch medizinische Versorgung.«

»Ich bin dabei.« Yasmin klatscht vergnügt in die Hände.

»Alles ist besser als ein Pflegeheim«, meint Kiri. »Die sind doch wirklich lebendige Friedhöfe für die alten Leute.«

»Wie steht es mit dir, Catey?«, fragt Yasmin.

»Äh, ja …«, sagt sie. »Wenn es euch nichts ausmacht, mir den Arsch abzuwischen … Ich will nur keine Klagen hören. Ansonsten brauche ich nichts als die regelmäßige Versorgung mit Espresso Martinis und einmal die Woche Lasagne.«

»Das sind nicht einfach Alters-WGs, die Idee ist, dass alle Generationen zusammenleben, sodass die jungen Leute Zeit mit den älteren verbringen und Eltern immer mit Babysittern versorgt sind. Vielleicht würden unsere Kinder ja mit uns zusammenziehen«, sagt Fiona.

Da ist er – jener Traum, von dem wir alle wissen, dass er sich nie erfüllen wird. Aber heute ist ihr Geburtstag, und wir werden ihr den Traum lassen.

Yasmin reicht Feuchttücher für die klebrigen Finger herum, die wir vom Kuchen haben. »Ich erwarte einen Anruf pro Woche von jedem meiner Kinder und dass sie an Feiertagen nach Hause kommen. Außerdem erwarte ich Enkel von ihnen, so wie Kiri.«

»Bei vier Kindern stehen die Chancen nicht schlecht«, bemerke ich.

»Da gibt es keine Garantie – meine Cousine Lakshmi hat sieben Enkelkinder von einer einzigen Tochter, und meine andere Cousine Esta hat fünf Kinder und nur einen Enkel. Man kann sich nicht darauf verlassen, dass man viele Enkel kriegt, bloß weil man eine Menge Kinder hat. Wie geht es deinen Enkeln, Kiri?«

»Sie werden groß. Dafür lohnt sich das Kinderkriegen wirklich, Enkel sind in jeder Hinsicht so viel besser als eigene Kinder. Es ist pure Liebe, bis zur Vollkommenheit destilliert. Wenn wir nur den Hauptgang auslassen und gleich zum Dessert übergehen könnten, stimmt's?«, sagt sie kichernd.

»Hast du Fotos von ihnen dabei?«, frage ich.

»Na klar, welche Oma hätte die nicht?« Sie zieht ihr iPhone aus der Hosentasche, geht die Fotos durch und reicht mir dann das Handy. Auf dem Bild wird sie von drei kleinen Menschen belagert. Ein kleines Mädchen hat die winzigen Arme um ihren Hals geschlungen, ein Junge sitzt auf ihrem Schoß und ein zweiter hat den Kopf an ihre Schulter gelegt.

»Oh«, hauche ich.

»Sie sind anstrengend, und man darf sie nicht eine Sekunde aus den Augen lassen. Aber sie machen das alles wett. Die Jungs sind in Ordnung, kleine freche Schmutzfinken. Die kleine Willow ist mein Liebling, sie ist eine Prinzessin.«

»Sie sind prächtig«, sage ich seufzend. Darf man Lieblinge haben? Ich reiche das Handy herum.

»Dein Tag wird kommen«, meint Kiri.

»Weiß nicht. Meine zwei haben andere Dinge mit ihrem Leben vor«, erwidere ich.

»Was haben sie denn vor?«, fragt Liz.

»Aaron …«, ich mache eine Pause, »will in den öffentlichen Dienst, und Jamie ist angehende Schriftstellerin. Kinder haben die beide nicht auf dem Radar. Wie ist das bei deinen, Yasmin?«

»Fatimah studiert Medizin, Farouk Wirtschaft und Ibrahim Technik. Mag sein, dass Leah irgendwann wieder das Unterrichten angeht, im Augenblick aber wollen wir nur, dass sie ihr Abendessen aufisst. Kinder müssen besser sein als ihre Eltern, das gehört zu den Regeln der Evolution. In meiner Familie ist Fatimah das erste Mädchen mit höherer Schulbildung. Sie hat meinen Traum wahr gemacht.«

»Wollte sie schon immer Ärztin werden?«, frage ich.

»Sie weiß noch nicht sicher, ob sie Ärztin sein will, aber es ist der richtige Beruf für sie. Sie ist klug genug, und es ist ein guter Beruf, der geachtet wird. Sie wird Gynäkologin.«

»Jetzt sag aber nicht, dass du und Rajit sie gezwungen habt, Ärztin zu werden«, wirft Cate ein.

Yasmin stemmt die Hände in die Hüfte. »Was weiß man denn schon mit achtzehn? Wenn man diese Generation ihren Träumen überlässt, dann suchen sie sich den kürzesten Weg. Immer wollen sie, dass alles schnell und einfach geht. Wir müssen unsere Kinder erziehen und ihnen beibringen, für die Zukunft zu planen und vorausschauende Entscheidungen zu treffen.«

»Eine Frau muss einen Beruf haben und ihr eigenes Geld verdienen. Das ist die wichtigste Regel im Leben«, sagt Kiri. »Ich wünschte, ich hätte Medizin studiert, statt Krankenschwester zu werden. Dann würde ich sagen, was gemacht wird, statt die Bettpfannen zu leeren.«

»Und du, Emilie, was sind deine Träume?«, fragt Fiona.

Emilie will sich mit den Händen durch das verknotete Haar fahren, bleibt aber stecken. Sie zieht die verhedderten Finger heraus. »Ich? Ich habe keine … Träume.«

»Wofür interessierst du dich? Was sind deine Leidenschaften?«

»Vielleicht könntest du Reise- oder Wanderführerin werden?«, schlägt Yasmin vor.

»Etwas machen, was mit der Umwelt zu tun hat? Mit dem Meer?«, biete ich an.

»Weiß nicht. Ich will so viel von der Welt sehen wie möglich.«

»Dann such dir eine Arbeit, bei der du herumreist«, meint Liz. »Da gibt es viele Möglichkeiten – Flugbegleiterin, Pilotin, Reiseleiterin, Reisebloggerin, Mitarbeiterin einer Hilfsorganisation, Au-pair, Tauchlehrerin oder auch Diplomatin. Frag dich, wo du in zehn oder fünfzehn Jahren stehen willst, und roll dann die Sache von hinten auf.«

Kurz kneift Emilie die Augen zu. »Als ihr in meinem Alter wart, wie habt ihr euch da eure Zukunft vorgestellt?«

»Ich habe mir ein Haus in einem schönen Vorort gewünscht«, sagt Yasmin. »Und dass wir uns eine Privatschule für die Kinder leisten können, damit sie viele Möglichkeiten haben in diesem gesegneten Land, in dem es so viel Freiheit und Sonnenschein gibt.«

»Vom Rassismus ganz zu schweigen«, brummt Kiri.

»Stimmt schon, nach dem elften September war es sehr schlimm«, räumt Yasmin ein. »Aber es gibt keinen perfekten Ort auf dieser Welt.«

»Also, ich hatte mir vorgenommen, eine Familie mit vielen Kindern zu haben«, erzählt Kiri. »Und ich wollte den Menschen helfen, deswegen habe ich das mit der Pflege gemacht. Hatte nicht unbedingt vor, ausgerechnet in der Palliativversorgung zu landen. Trauerarbeit ist nichts, womit man sich in seinen Tagträumen beschäftigt. Das wird einem vom Leben auf die Türschwelle gestellt, und dann bleibt einem nichts anderes übrig, als sich darum zu kümmern.«

»Ich war auf der Jagd nach Liebe«, sagt Fiona.

»Es gab Zeiten, da waren wir zwei total verrückt nach Sex.« Liz kichert.

»Dabei waren die Männer für dich immer Nebensache«, sagt Fiona. »Du hast immer davon geredet, dass du international Karriere machen und zwischen Berlin, Paris, Wien und Luxemburg hin und her jetten willst. Du warst gerade mal neunzehn, als du erklärt hast: ›Ich werde meine eigene Firma in Europa leiten.‹«

Liz seufzt. »Man setzt sich halt ein Ziel und macht jeden Tag einen kleinen Schritt in diese Richtung.«

»Schon, aber in meinen Zwanzigern habe ich mir ausgemalt, eine Mutter zu sein, hatte aber nicht die geringste Ahnung von postnataler Depression oder wie das Muttersein mein Selbstbild verkorksen würde«, meint Fiona. »Und dann hat sich für mich nach dem Krebs die Zukunft noch einmal verändert. Da habe ich aufgehört, weit vorauszuplanen. Jetzt ist jeder Augenblick ein Geschenk.«

»Ich habe mir vorgestellt, eine berühmte Schriftstellerin zu werden oder eine Menschenrechtsaktivistin, ich wollte etwas Bedeutendes und Wichtiges machen«, sage ich. »Mittlerweile würde ich mich damit zufriedengeben, eines Tages Großmutter zu sein. Normal zu sein, finde ich inzwischen schon eine ganz ordentliche Leistung.«

Cate schüttelt den Kopf. »Niemand hat Emilies Frage beantwortet. Sie hat uns doch gefragt, warum wir am Steuer eingeschlafen sind, stimmt's, meine Liebe? Wie wir es fertiggebracht haben, ihre Zukunft von Grund auf zunichtezumachen, während wir davon geträumt haben, uns Häuser zu leisten, Firmen zu leiten und Familien zu gründen. Hab ich recht?«

Emilie nickt und wischt sich mit dem Handrücken über den Mund.

»Manchmal mache ich die Augen zu und stelle mir vor, wie die Zukunft aussehen wird – in fünf oder zehn Jahren vielleicht. Ich zittere, es ist wie ein dunkler Sturm, der mir übers Herz fegt. Ich empfinde … hm, wie sagt man das …?« Sie kramt in ihrem Rucksack und zieht ein kleines Deutsch-Englisch-Wörterbuch heraus. Im Schein ihres iPhone-Displays blättert sie darin. »*Grauen* … wie heißt das auf Englisch?«

»Uns war nicht bewusst, dass die Erde in solchen Schwierigkeiten steckt«, sagt Liz. »Zumindest bis vor Kurzem nicht.«

»Aber wir hatten auch Angst«, meint Kiri. »Vor dem Atomkrieg und so …«

Emilie findet das Wort, nach dem sie sucht. »*Grauen*, auf Englisch ist das *dread* – *dead* mit einem *r*.« Sie lacht. »Mir graut vor der Zukunft.«

Der Satz senkt sich wie eine schwarze, unheilvolle Wolke auf uns herab. So ist es für eine junge Frau, die das ganze Leben noch vor sich hat und es in einer maroden Welt verbringen muss.

Ich muss daran denken, dass meine Großmutter mir einmal erzählt hat, wie sie als junge Mutter weinte, als der Zweite Weltkrieg ausbrach. »Was habe ich nur getan? In was für eine Welt habe ich mein Kind geboren?«

»Jede Generation hat ihre eigenen Ängste«, meint Liz.

»Meine Großeltern hatten Angst vor Antisemitismus und Faschismus«, erzähle ich.

»Und wir haben alle Angst vor Terrorismus«, fügt Yasmin hinzu.

»Manchmal habe ich Albträume von 5G-Netzen, Zwangsimpfungen, staatlicher Überwachung und davor, dass unkontrolliert Macht über unser Leben ausgeübt wird«, sagt Fiona.

»Wir müssen uns vor Viren hüten – Vogelgrippe, Rinderwahnsinn, SARS, Ebola«, meint Kiri. »Eine Pandemie ist jederzeit möglich. Und dann sitzen wir richtig in der Scheiße.«

»Das kommt mir etwas weit hergeholt vor«, erwidert Liz. »Der Klimawandel ist doch das, was uns allen im Kopf rumgeht.«

Mir fällt Cates Gesichtsausdruck auf. Das Gespräch hat etwas in ihr aufgerührt, was sie bislang unter Verschluss gehalten hat, ein provisorisch vernähter Riss, eine raue Kante, die sie abgefräst hatte. »Egal wie man es dreht und wendet, Leonard Cohen hat es schon benannt: Die Zukunft ist Mord.«

»Cate«, ermahnt Fiona sie.

»Sie weiß es doch. In dieser Sache ist sie uns weit voraus.«

Wir betrachten diese junge Frau, die so unvermutet in unsere Mitte gestolpert ist. Sie steht am Scheitelpunkt ihres Lebens, und wie dieser billige Koalabär, der an ihrem Rucksack hängt, schleppt sie eine Menge Mut, Chuzpe und vorzeitige Trauer mit sich herum, während wir Alten uns in den weichen Armsessel von Enttäuschung und Reue zurücklehnen.

Emilie blinzelt uns an, Schimäre all der Kinder, die jede von uns auf die Welt gebracht hat, die schuldlos gezwungen sind, einen Krieg zu führen, den sie nicht begonnen haben und in dem ihre Chancen verdammt schlecht stehen. Sie hat keine Familie, zu der sie zurückkehren kann, keine Mutter, die auf sie wartet, und keine zukünftigen Kinder, die ihr eine Perspektive geben. Sie ist auf der Sandbank gestrandet zwischen ihrer Vergangenheit und einer Zukunft, die sich ihrem Zugriff entzogen hat. Sie hat den Blick eines Menschen, dem man gesagt hat: »Tut uns leid, mehr können wir nicht tun. Bringen Sie Ihre Angelegenheiten in Ordnung, denn bald ist es vorbei.«

»Aus diesem Grund will ich keine Kinder. Ich will kein Leben weitergeben, mit mir soll der Schlusspunkt gesetzt werden«, sagt Emilie.

Sie hat keine Angst davor, dass etwas zu Ende geht.

Das ertrage ich nicht.

»Es gibt doch eine Chance, dass wir das alles noch umkehren können, oder, Cate?«

Cates Augen werden glasig. Sie weiß genau, was ich mache. Ich stehe an der Einmündung zu dieser schrecklichen Wahrheit und schirme die junge Frau vor dem ab, was ihr bevorsteht. Doch Heuchelei oder Leutseligkeit sind Cates Sache nicht. In der Hinsicht ist sie zutiefst unmütterlich.

Sie fängt an, auf der Ukulele zu spielen.

»Singen wir *Halleluja*, einverstanden?«

Kapitel 16

Die Geschichte vom Kuchen

W ann hat es das letzte Mal geregnet? Ich hätte mir kein größeres Wunder zum Geburtstag wünschen können«, sagt Fiona.

Vor dem Eingang zur Höhle prasselt das Wasser auf die Erde.

»Wisst ihr, für welches Wunder ich bete?«, fragt Yasmin. »Vielleicht kannst du es dir denken, Catey?«

Cates Finger entlocken ihrer Ukulele Musik – die Saiten sind ihr ebenso vertraut wie mir eine Aubergine, mein eigener Bauch oder Franks Glatze.

»Ich habe keine Ahnung, Süße.«

»… dass du dich darauf einlässt, deinen Sohn zu treffen.«

Wie Archie, wenn er Tauben gurren hört, stelle ich die Ohren auf. *Cate hat einen Sohn.*

Cate spielt weiter, als wäre da nicht gerade ein Geheimnis ausgeplaudert worden, als hätte man sie nicht herausgefordert.

»Er hat aus dir eine Mutter gemacht«, meint Kiri.

»Er hat ein beschissenes Schlachtfeld aus meinem Perineum gemacht.«

»Er ist deine Familie«, beharrt Kiri.

»Das hier«, Cate hält beim Spielen inne und deutet auf uns, »ist Familie.«

»Ich denke nicht, dass er jemals aufhören wird, es zu versuchen«, meint Fiona. »Insbesondere jetzt, wo er selbst Vater ist. Wie alt ist die kleine Lilly mittlerweile?«

Cate zuckt die Schultern. »Ein paar Monate.«

»Du bist doch bestimmt neugierig, was für ein Mann aus ihm geworden ist, Catey. Vielleicht hat er ja deine kräftigen Augenbrauen«, sagt Yasmin.

»Es ist doch nicht so, als würde er eine Niere oder Knochenmark von dir verlangen. Er will bloß seiner leiblichen Mutter in die Augen schauen«, mäkelt Kiri.

»Er hat Eltern«, sagt Cate achselzuckend. »Darum habe ich mich gekümmert.«

»Also, ich glaube, dass es mit deinen Zitteranfällen zu tun hat«, sagt Kiri. »Was meint ihr?«

»Stimmt.« Yasmin nickt.

»Haargenau«, bestätigt Fiona.

»Worauf einigt ihr euch da gerade?« Cate schrummt weiter über die Saiten.

»Du bist doch diejenige, die ständig das Wort ›Last‹ ins Feld führt«, sagt Kiri. »Tut mir leid, dass ich so ein Klotz am Bein bin, dass ich mein Zeug nicht selbst schleppen kann, das ganze Gesülze. Vorher hattest du auch immer irgendwelche Ausreden, und jetzt willst du die Untersuchungsergebnisse abwarten. Du kannst doch nicht alles aufschieben. Aus dem einen Warten wird immer nur das nächste Warten.«

»Bei Kindern geht es nicht bloß um Jux und Tollerei«, sagt Yasmin. »Auch da gibt es Pflichten und Verantwortung. Vielleicht will er sich ja um dich kümmern.«

»Jetzt hört mal auf mit dem Gelaber. Es gibt eine Sache, die ich im Leben richtig gut gemacht habe – nämlich ihn zur Adoption freizugeben«, erklärt Cate. »Zwei Eltern zu haben, ist mehr, als die meisten abkriegen. Samson braucht keinen Dritten. Das finde ich gierig. Und ihr wisst alle, was ich von Gier halte.«

In meiner Kehle formiert sich etwas mit winzigen spitzen Ellbogen, während sich ein Bild von Cate zusammenfügt. Ein Sohn, gezeugt, geboren, aufgegeben, weitergegeben. Und jetzt sieht dieser erwachsene Mann, der voller sentimentaler Bewunderung ist für seine eigene Tochter, in den Spiegel und fragt sich, ob ihm auf dem Weg hierher irgendetwas gefehlt hat. Wir sehnen uns doch alle danach, mehr zu sein als ein *Ups, du warst ein Unfall.* Wer hätte nicht gern diese mysteriöse, wilde, fluchende, vor Leben strotzende Frau zur Mutter?

»Ich kapiere einfach nicht, wie du tickst«, sagt Kiri. »Er braucht doch nur ein kleines bisschen Geschichte von dir, damit er seine eigene Geschichte schreiben kann, erst dann kann er loslegen und die Einzelteile zusammensetzen. Mit dem Scheiß, den du an der Backe hast, musst du die Sache in Ordnung bringen. Schau dir Emilie an, die ihre Mutter so früh verloren hat. Aber immerhin hat sie sie gekannt. Sie trägt sie in sich. Samson will nur ein kleines bisschen von dir in sich tragen. Du musst ihm helfen, seinen Weg zu finden. Vielleicht hat er sich ja verlaufen, und du bist die Landkarte.«

Cate seufzt. »Jetzt lasst mal gut sein und haltet die Klappe. Dieser Yatra-Marsch war doch wohl nicht nur ein Vorwand, um mir einzureden, dass ich meinen leiblichen Sohn treffen soll.«

»Kinder haben ein Recht auf ihre Eltern. Auf deren Liebe«, sagt Yasmin.

»Sie brauchen Essen und ein Dach überm Kopf. Alles andere ist Luxus.«

»Liebe ist wichtiger«, widerspricht Yasmin.

»Aber Liebe ist nicht essbar, Schätzchen.«

»Doch, ist sie. Schau, dieser Kuchen hier, das ist Liebe«, sagt Yasmin. »Er wird aus Liebe gebacken, damit er die Traurigkeit vertreibt. Meine Mutter hat ihn für mich gebacken, als Banu …« Sie spricht nicht weiter, plötzlich ist sie von Trauer und Wut aufgewühlt. Tränen treten ihr in die Augen.

»Oh, verdammt. Es tut mir leid.« Cate setzt das Instrument ab und beugt sich vor, um Yasmin eine Hand auf die Schulter zu legen. »Habe ich was Falsches gesagt?«

Yasmin schüttelt den Kopf und schlägt die Hände vors Gesicht.

»Mann, Yas, nimm meine Entscheidungen nicht persönlich. Ich bin halt ein widerborstiger alter Sturkopf. Das soll dich nicht unglücklich machen.«

Yasmin wischt sich über die Augen. »Nein, Catey, das hat nichts mit dir zu tun. Nicht mit dir. Es ist eine Geschichte von früher.«

»Dann erzähl uns davon«, sagt Cate und legt ihre Hand auf die von Yasmin. »Erzähl uns die Geschichte von diesem Kuchen.«

»Ich erinnere mich immer noch ganz genau an diesen Tag. Mein Vater kam nach Hause, und sein Blick war wild. *In zwei Tagen verlassen wir den Iran. Jeder nimmt eine kleine Tasche mit. Nach der Ankunft kaufen wir uns neue Sachen.*

Mein Herz überschlug sich. Es war das erste Mal, dass er darüber sprach, dass wir das Land verlassen würden. Nur eine Tasche. Tausend Fragen schossen mir durch den Kopf. *Was ist mit Banu?*, fragte ich.

Hunde sind nicht erlaubt, antwortete er.

Banu war meine Hündin, eine streunende Straßenhündin, die mir einmal nach der Schule bis nach Hause nachgelaufen war. Sie schlief auf dem Boden neben meinem Bett, sie war meine beste Freundin und beschützte mich sogar vor dem

Kerl aus der Schule, der mich schikanierte. Mein Vater nahm mich an beiden Schultern, sah mir in die Augen und sagte: *Yasmin, in Australien kriegst du einen neuen Hund, versprochen.*

Eine Sache wusste ich: Mein Vater hielt seine Versprechen. Wenn er ankündigte, Granatäpfel oder Pistazien vom Markt mitzubringen, dann tat er es. Wenn er damit drohte, mich zu schlagen, wenn ich Maamaan nicht half, konnte man sicher sein, seinen Gürtel zu spüren zu kriegen.

Aber was wird aus Banu?, fragte ich ihn. *Wer kümmert sich um sie?*

Überlass das mir, sagte Baba. *Ich mach das schon. Geh du und pack deine Sachen.*

Ich ging in mein Zimmer und suchte nach einem Koffer. Im Hof hörte ich seine Schritte und dann seine Stimme, wie er rief: *Banu, Banu.* Mir zog sich der Magen zusammen.

Ich hörte Banu bellen; sie war aufgeregt, weil sie dachte, sie hätte sich in der Zeit geirrt, dass es heute früher Abendessen geben würde oder sie von dem Lamm für den Eintopf etwas abbekommen sollte. Dann ...«

Mit den Händen bedeckt Yasmin ihre Ohren. Sie schüttelt den Kopf, während ihr die Tränen ungehindert übers Gesicht laufen und am Kinn heruntertropfen. Ihre Nase läuft, und sie wischt sie mit dem Handrücken ab.

»Unsere Ohren sind für Lieder gemacht, wie du sie singst, Catey. Nicht für manche andere Geräusche. Ich hörte Banus Jaulen, als er sie am Nacken packte, um ihr die Kehle durchzuschneiden. Er hat sie abgeschlachtet wie eine Ziege oder ein Huhn. Mit einem großen Jagdmesser, so wie das, das du bei dir hast, Catey. Als ich aus dem Fenster hinuntersah, quoll ihr das Blut aus dem Hals, und sie atmete noch. Also ... stellte er seinen Fuß auf ihre Rippen und ...« Yasmin schüttelt sich. »Dieses Krachen«, schluchzt sie. »Dann rief er meinen Bruder. *Elham, du gräbst ein Loch.* Mein Bruder holte einen Spaten, um Banu zu begraben. Ihm war schlecht, er musste sich übergeben. Baba behielt ihn im Auge. *Sei ein Mann,* sagte er. Elham war gerade mal neun Jahre alt.«

Fiona rückt dicht an Yasmin heran und legt ihr den Kopf auf die Schulter. Sie nehmen sich an den Händen.

Es ist Emilie, die aufsteht, zu Yasmin geht und ihr die Arme um den Hals schlingt. »Es tut mir so, so leid«, flüstert sie, und Yasmin drückt das Gesicht in Emilies Haar.

Als sie sich voneinander lösen, funkeln Yasmins Augen wie kleine Achate.

Emilie wickelt sich den Schal vom Hals und drückt ihn ihr in die Hand. »Du kannst dir damit die Nase putzen, wirklich, wir können ihn morgen waschen.«

»Wir haben Taschentücher dabei«, sagt Kiri und reicht Yasmin ein kleines Bündel.

Ausdauernd schnäuzt sich Yasmin.

»Deswegen ist es so ein Glück, dass ich einen ruhigen Mann wie Rajit erwischt habe – nach Baba –, auch wenn ich ihn mir nicht selbst ausgesucht habe. Rajit ist ein sanfter Mensch, und das ist für alle meine Kinder gut. Leah und Fatimah haben eine Mutter erlebt, die stärker ist als der Vater. Nie würde ich mit einem Mann zusammenleben, der gewalttätig ist. Ich habe meinen Vater nicht geliebt, und ich habe ihm von jenem Tag an nie mehr in die Augen gesehen.«

Ich kneife die Augen zusammen, während die Geschichte von Yasmin wie eine Woge in meine Blutbahn schwappt. Güte und Erbarmen ist unseren Söhnen und Töchtern nicht für allezeit sicher, wenn wir die Spur aus Blut und Schreien nicht aus unserer Vergangenheit tilgen können. Ein Hund, ein Messer und ein Kuchen verschmelzen irgendwo in den schwammigen Furchen unseres Gehirns und bestimmen, welche Ängste und Sehnsüchte wir in unsere Ehen und die Elternschaft hineintragen. Unter Schriftstellern nennt man das die *Backstory Wound,* die Verletzung, die ein Protagonist in der Vorgeschichte erfahren hat, damit er bis in die Tiefen durchdacht und sein Trauma auserlesen ist und nur Millimeter entfernt von irreparablem Schaden; und doch soll er irgendwie zur Wandlung in der Lage sein, wenn das Leben in aller Härte zuschlägt. Eltern sind einfach nur zu Tode erschrockene und von Ängsten gepeinigte Menschen, die unzählige schicksalhafte Entscheidungen treffen für jene, die sie ins Leben gestoßen haben – in eine Zukunft, die sie weder kontrollieren noch sicher machen können. Und das soll das Rezept der Menschheit für die Hoffnung sein?

Cates Stimme klingt kehlig. »Samson ist ein guter starker Name. Mein Junge, mein Sohn. Du hast von mir die Größe geerbt, den knochigen Hintern und das gute Aussehen. Die blauen Augen? Die stammen nicht von mir. Das müssen die Gene deines Vaters sein. Du studierst Jura? Sieh mal einer an, trittst in die Fußstapfen deines Vaters. Er ist Richter, seit gut zehn Jahren schon. Ein schlauer Kerl. Freund meines Bruders, eigentlich ein super Typ. Braver Kirchgänger. Der typische Vergewaltiger eben.«

»Was?«, flüstert Fiona. Sie sieht aus, als habe man ihr eine Ohrfeige verpasst.

»Würde man das wissen wollen? Erzählt bei einem Cappuccino oder Chardonnay oder was er halt so trinkt?«, fragt Cate.

Die Luft in der Höhle kneift mir in die Nase. Rauch und Eis und harscher Wind.

»Das ist wirklich übel«, sagt Emilie. Sie hat die Hand vor den Mund geschlagen.

»›Ich weiß schon, warum du meinst, dass du lesbisch bist‹, hat meine Mum mal zu mir gesagt. ›Das ist nur verständlich.‹ So hat sie es formuliert.« Cate schnaubt. »Kenneth hat mir deutlich zu verstehen gegeben, dass er mir seinen Schwanz reingestoßen hat, um mich zum Hetero zu ficken. Ich war schon lange, bevor er mich da drinnen besudelt hat, eine Lesbe.«

Fiona streckt die Hand nach Cate aus, und die lässt es geschehen.

Fiona weint, während Cates Miene teilnahmslos bleibt.

»Kein Grund zu weinen, Fi. Die Geschichte hat ein gutes Ende: Ich bin immer noch Lesbe.« Sie lacht.

»Konntest du nicht abtreiben?«, frage ich. »Hätte die Sache womöglich leichter gemacht.«

»Dafür hatte ich mit sechzehn kein Geld. Ich habe mir eine Geschichte ausgedacht, dass mich ein Fremder unter den Steg gezerrt hat. Mum kannte Kenneth aus der Kirche, sie hätte mir nie geglaubt, dass er es war. Es schien ihr mehr auszumachen, dass ich schwanger war. Dann hat sie von einem Paar aus der Gemeinde gehört, bei denen es mit dem Kinderkriegen nicht klappte, und sie hat sich gedacht, wir könnten das zu Geld machen. Ich bin sechs Monate nicht zur Schule gegangen. Mum hat mir fünfzig Pfund für die Plackerei gegeben und sich selbst einen neuen Fernseher gekauft.«

In dieser Geschichte steckt nicht die geringste Güte; für das sechzehnjährige Mädchen gab es keinerlei Mütterlichkeit.

»War es schlimm …«, fragt Yasmin, »das Baby herzugeben?«

»Hab ihn gar nicht zu Gesicht gekriegt. Sie haben ihn sofort weggebracht.«

»Also hat er keine Ahnung …?«, fragt Kiri.

»Ne, er weiß nichts. Ist das Beste für ihn. Das Mindeste, was er verdient hat, ist, dass man ihn vor der Wahrheit beschützt. Wie sollte dieses Wissen seinem Selbstwertgefühl nutzen?«

»Könntest du ihn nicht einfach treffen und die Sache verschweigen?«, schlägt Fiona vor.

»Ich bin total mies darin, Geheimnisse für mich zu behalten. Warum soll ich sein gutes Leben mit dieser beschissenen alten Geschichte kaputtmachen?«

Emilie hat in ihrer Ecke die ganze Zeit geschwiegen. »Was ist mit den … Mäusen?«

»Welche Mäuse?«

»Von denen wir vorhin geredet haben. Dein Sohn trägt die Erinnerung an die Gewalt seines Vaters in sich, wenn ich das mit der Epigenetik richtig verstehe. So wie die Mäuse.«

Cate will widersprechen, doch dann bremst sie sich.

»Du hast dieses Kind nicht gewollt. Und auch er hat sich diese Geschichte nicht ausgesucht. Das habt ihr beide gemeinsam«, sagt Emilie. »Er denkt, dass irgendetwas mit ihm nicht stimmt. Er ist der einzige Mensch, der zum selben Zeitpunkt verletzt wurde wie du. So wie Kiri gesagt hat: Ihr wart gemeinsam im Auto, als der Unfall passiert ist.«

Cate schürzt die Lippen, als wolle sie etwas sagen, doch ihr scheinen die Worte zu fehlen.

»Amen. Aus dem Mund von Kindern und Säuglingen …«, sagt Kiri.

Kapitel 17

Die enkellose Generation

Liz greift nach ihren Stiefeln.

»Wo willst du denn hin«, fragt Kiri.

»Meine Blase müsste endlich mal geleert werden, wenn du's genau wissen willst. Der Regen scheint aufgehört zu haben.«

»Möchtest du Gesellschaft?«, frage ich Liz. Zu Kiris Regeln Nummer eins gehört sicher auch, dass man zu mehreren sicherer ist.

Liz zögert. »Klar.«

Draußen streicht die Nacht mit ihren dunklen Fingern über uns, drückt sich an unsere Körper und atmet uns schwer in den Nacken. Wir vertreiben sie und klettern im Schein unserer Stirnlampen hinunter zum Strand, ausgestattet mit Klopapier, den Trichtern und einem kleinen Spaten.

»Funktionieren diese Dinger überhaupt?«, fragt Liz und betrachtet ihren Pinkeltrichter.

»Wenn man den richtigen Winkel hinbekommt, schon.«

»Mann, hol mich noch einen Millimeter mehr aus der Komfortzone, und ich drehe durch. Was meinst du, ist es hier gut?«

»Denke schon.«

Ich drehe ihr den Rücken zu, ziehe Hose und Unterhose herunter und presse den Trichter an mein Schambein.

Stoßweise plätschert unser Pipi heraus, zuerst meins, dann ihres.

»Würdest du es wissen wollen?«, frage ich.

»Was?«

»Dass deine Mutter vergewaltigt wurde? Dass du auf diese Weise gezeugt wurdest?«

»Ich weiß nicht, ob wirklich alle Geheimnisse gelüftet werden sollten. Vielleicht müssen wir anderen Menschen das ganze Ausmaß des Unheils gar nicht aufbürden, wenn wir uns nur selbst verzeihen.«

Ich grabe ein kleines Loch für das Klopapier, und wir bedecken es mit Sand.

Ich ziehe die Hose hoch und atme die salzige Luft dieser mit Wahrheiten gespickten Nacht ein. »Damals habe ich es nicht verstanden, Liz, aber jetzt kann ich es nachvollziehen.«

»Was meinst du?«

»Warum du alles hingeworfen hast.«

Liz vergräbt die Hände in den Jackentaschen und kickt noch mehr Sand über unser Papier.

»Das war wirklich mutig. Ich hätte das nie fertiggebracht, ich wollte viel zu sehr eine Mutter sein. Diese Schlüsselbegriffe – Ehemann, Kinder, Haus, Haustiere – waren nötig, um mich niederzuhalten und festzustecken, wie Heringe bei einem Zelt. Aber mir ist klar, dass es auch ein Gefängnis ist. Manchmal muss man diese Stümpfe aus der Erde ziehen und sich um sich selbst kümmern, solange noch etwas von diesem Selbst übrig ist.«

Diese Würdigung ist völlig verkorkst geraten. Mit ziemlicher Sicherheit ist sie gönnerhaft und unerwünscht, im besten Fall unangebracht. Dabei wollte ich nur etwas rühmen, dem der Ruhm viel zu lange vorenthalten wurde. Ich wollte Liz zeigen, dass ich davon überzeugt bin, dass letzten Endes alles verzeihlich ist oder sein sollte und dass ich mir keine Mutter vorstellen kann, die vorsätzlich Schmerz verursacht.

Und dass die Dinge heilen, wenn wir nicht gar so sehr darum bemüht sind, sie zu reparieren.

In der Ferne höre ich die Wellen an den Strand klatschen.

»Ehrlich, Jo, es war verflucht schwer, Mutter zu sein. Ich musste weg, so wie all die Väter, die ihre Familie verlassen, weil ihnen dieses Leben nicht gefällt. Bei Müttern finden es alle nur tausendmal schlimmer, weil wir doch von Natur aus so beschissen mütterlich sein sollen. Ich hätte andere Entscheidungen treffen sollen, als ich so alt war wie Emilie.« Liz seufzt. »Ihre Generation, unsere Kinder, die gehen die Dinge anders an.«

»Stell dir vor, du hast mit einundzwanzig so viel Selbstvertrauen, dass du ganz allein in den Busch gehst – ohne Binden, ohne Navi und mit zu wenig Essen«, kichere ich.

»Das ist wahre Unabhängigkeit. Da fragt man sich, ob es nicht besser ist, wenn wir jung sterben und unsere Kinder den Wölfen zum Fraß vorwerfen, damit sie wirklich lernen zu überleben.«

Die Trauer streckt die Hände nach mir aus. Ich will nicht glauben, dass all die Mühe, die ich mir gemacht habe, nichts als Hürden für Jamie und Aaron hervorgebracht hat, aber vielleicht bleibt ja tatsächlich am Ende nichts anderes übrig, vielleicht ist dies die wahrhaftigste und objektivste Stellenbeschreibung des Mutterseins.

Wir stehen da und lauschen den nächtlichen Geräuschen der Wildnis.

»Hast du vor, Frank zu verlassen?«

»Ich ... weiß nicht.«

Sie wartet ab. Sie versteht wirklich etwas von der Macht des Schweigens.

»Ich vermisse ihn. Und wenn ich bei ihm bin, vermisse ich

mich selbst.« Ich habe einen Kloß im Hals. »Er sorgt so gut für mich, aber diese Abhängigkeit und Unselbstständigkeit haben meine Persönlichkeit deformiert. Ich frage mich, was für ein Mensch aus mir geworden wäre, wenn er mich nicht die ganze Zeit ruhiggestellt hätte. Ich fühle mich so … zahm.«

»Im sicheren Hafen, meinst du?«

»Als die Kinder klein waren, habe ich mir einfach Sicherheit gewünscht. Heute wissen wir natürlich, dass es die nicht gibt.«

Liz entfährt ein langes, zustimmendes »Mmmh«.

»Manchmal denke ich, dass ich Frank nur geheiratet habe, weil wir hier eingewandert sind. Ich hatte das Bedürfnis, mich niederzulassen, neue Wurzeln zu schlagen, irgendwo hinzugehören. Jetzt, wo die Kinder mich nicht mehr brauchen, stelle ich mir die Frage, ob es noch ein anderes Leben für mich geben könnte. Wahrscheinlich wäre ich ohne Frank völlig pleite, würde in einer winzigen, zugemüllten Mietwohnung irgendwo in der Pampa leben, ohne private Krankenversicherung und mit unzähligen Katzen, die ich von der Straße aufgelesen hätte.«

Liz wendet sich mir zu, sodass mich ihre Stirnlampe blendet. »Also, ich stelle mir dich mit Rastalocken vor, im langen Sari und mit Federn im Haar.«

»Ja, das wäre mein unredigiertes Ich.«

»Aber als Schriftstellerin verstehst du was vom Wert einer guten Redaktion. Manchmal muss man seine kleinen Lieblinge opfern.«

Ich schalte meine Stirnlampe aus.

Liz tut es mir nach, und die Dunkelheit verschluckt uns. Über uns glitzern Abermillionen winzige Pailletten.

»Erscheint es dir nicht auch unwahrscheinlich und fast wie

eine Lüge, dass wir aus nichts bestehen als Sternenstaub, jedes kleinste Atom?«, frage ich.

»Jedenfalls relativiert das unsere ganzen Ängste«, erwidert sie lachend.

»Wir sind winzige, gequälte DNA-Krümel, mehr nicht.«

Regungslos stehen wir unter dem Himmelszelt, das zwinkernd, schimmernd und stotternd kosmische Morsezeichen aussendet. Mein Brustkorb wölbt sich, hinaus in diese vertraute Unendlichkeit, und unvermittelt bin ich meinen Kindern zugleich ganz nah und ganz fern, wo auch immer sie gerade sein mögen, meinen Eltern jenseits der Meere, meinen Vorfahren, meiner endlosen Kindheit, den unsichtbaren Kreaturen um uns herum, Helen in Santa Monica und CJ, die sich so unerklärlich aus dem Staub gemacht hat.

Der mit Silber bespickte Himmel zieht mich zu sich heran wie ein heimlicher Geliebter.

»Weißt du was, Jo, dieses Buch von dir über Lots Frau …«

»*Ein Blick zurück?*«

»Ja, genau. Es hat mein Leben verändert.«

»Du hast es gelesen?«

»Ich habe alle deine Bücher gelesen. *Ein Blick zurück* ist für mich eines der zehn wichtigsten Bücher überhaupt.«

»Hätte gar nicht gedacht, dass du Zeit für so was hast oder dich das interessiert …«

»Wieso sollte es mich nicht interessieren, das Buch einer alten Freundin zu lesen?«

Diese Bemerkung ist wie eine Liebkosung: *eine alte Freundin.* Keine Ahnung, warum mir plötzlich Tränen in den Augen brennen.

»Wegen dieses Buchs habe ich Carl verlassen.«

»Nein. Warum?«

»Das richtige Buch zum richtigen Zeitpunkt kann einen sehr direkt ansprechen.«

Es ist ein unerwartetes, selten erlebtes Kompliment. Ich bin nicht stolz darauf, wie sich mein Ego aufplustert.

»Sie ist eine so starke, tragische Figur – ihrer Vergangenheit verbunden, gibt sie ihre Zukunft, ihr ganzes Leben hin für diesen einen Blick zurück. Möglicherweise hat mich dieses Buch vor einem Leben bewahrt, das mich zerstört hätte.«

Falls es das ist, was man »Erfolg« nennt, dann habe ich alles missverstanden. Genau wie meine erwachsenen Kinder existieren meine Bücher in einer Welt, die losgelöst ist von meinen Plänen und Wünschen; sie haben Folgewirkungen, lösen Kettenreaktionen aus und führen ihr eigenes Dasein. Ich trage eine Teilverantwortung und bin doch gleichzeitig unschuldig. Hoffentlich erfahren Chloe und Brandon nie davon.

»Wusstest du, dass Schneeleoparden ganz allein für sich leben?«

»Schneeleoparden?«, fragt Liz nach.

»Sie kommen ein-, zweimal zusammen, um sich zu paaren, doch danach geht jeder seiner Wege. Die Weibchen ziehen ihre Jungen auf, bis die sich selbst versorgen können, dann drehen sie sich um und gehen. Sie sehen einander nie wieder. Das sind die wahren Einzelgänger der Tierwelt.«

»Sozusagen meine Seelenverwandten im Tierreich, wie Fiona es nennen würde.«

»Denkst du, sie fühlen sich manchmal einsam?«

»Ich kann jetzt nicht für die Schneeleoparden sprechen«, antwortet Liz, »aber man sollte die Möglichkeit, mit jemandem alt zu werden, nicht allzu leichtfertig aufgeben.«

»Könntest du dir so etwas vorstellen, wie Fiona es plant – eine Art Kommune mit anderen Frauen?«

»Mal ehrlich, siehst du mich als Teil einer Kommune?« Sie schüttelt den Kopf. »Gruppen jeglicher Art sind nichts für mich.«

»Aber Frauen sind gut darin, sich umeinander zu kümmern. Schau dir doch an, was sich alle um Fionas willen für Mühe gemacht haben. Kiri, die den kompletten Hausrat hierhergeschleppt hat. Cate mit der Ukulele. Yasmin mit dem ganzen Essen, der Lichterkette und den Blütenblättern.«

Liz lacht. »Die Rosenblätter nehme ich auf meine Kappe, danke. Was glaubst du, warum ich heute Morgen beinahe zu spät dran war? Ist gar nicht so einfach, gelbe Rosen aufzutreiben.«

»Du warst das?«

»Eine der weniger liebenswerten Eigenschaften von Fiona ist, dass alles gelb sein muss. Egal ob buttergelb, zitronengelb, kanariengelb oder bernsteinfarben, Hauptsache gelb. Leider war das auch so, als ich ihre Trauzeugin war – ich sah grässlich aus. Sag selbst, kann ich Gelb tragen? Für meinen Teint ist das eine furchtbare Farbe.«

In der Ferne flackert die Lichterkette am Eingang zur Höhle, als wir über den Strand zurück zu den anderen gehen.

»Chloe schien es bereits als kleines Mädchen zu wissen … sie liebte immer schon die Sterne und das Weltall«, sagt Liz versonnen. »Sie war am Boden zerstört, als man Pluto zum Zwergplaneten herabstufte. Damals hat sie beschlossen, Astronomin zu werden. Ziemlich konkret für eine Neunjährige, finde ich. Jetzt studiert sie Astronomie. Soweit ich weiß, ist sie auch vegane Aktivistin, also … sie scheint das Beste aus ihrem Leben zu machen.« Die Sehnsucht in ihren Worten ist nicht zu überhören. »Wie geht es Jamie?«

»Sie … Vor ein paar Monaten hatte sie eine Abtreibung. Sie hat's einfach gemacht, ohne mir davon zu erzählen.«

»Hättest du das denn von ihr erwartet?«

Ich zucke die Achseln. »Ich bin ihre Mutter. Erst dadurch, dass sie einen Kurzgeschichtenwettbewerb gewonnen hatte, habe ich überhaupt davon erfahren. Es stand im Autorenkommentar, der den Text begleitet hat.«

»Du hast eine Tochter großgezogen, die die Hürden im Leben allein meistert. Gratuliere, du hast den Test bestanden. Du kriegst das Elterndiplom.«

»Ach, ich weiß nicht. Für mich fühlt es sich so an, als gäbe es einfach nichts mehr, was sie noch von mir will.«

Liz bleibt stehen und packt mich am Arm. »Natürlich gibt es da noch etwas. Sie will, dass du sie gehen lässt.«

»Es hatte nichts mit dir zu tun, Mum. Es ist mein Körper.« Jamie war dabei, sich den Oberarm mit Kokosöl einzureiben. Auf der wunden Röte erstreckte sich ein Schmetterling mit gebrochenem Flügel in frischer, angriffslustiger Tinte über die linke Schulter.

Unfähig, ihr Zimmer zu betreten, hatte ich im Türrahmen gelehnt.

»Aber das, was dir passiert, betrifft auch mich. Du bist mein Kind.«

»Nein, Mum, du hast keinerlei Besitzanspruch auf mich oder auf die Entscheidungen, die ich treffe.«

»Warum hast du mir nichts gesagt?«

In der Vergangenheit habe ich schon so manchen Rückzug erlebt, in Freundschaften und von Geliebten. Aber keiner davon war so schmerzlich wie der meiner eigenen Tochter. Zu meinen Vorstellungen als Mutter hat nie gehört, dass meine Tochter mir eines Tages erzählt, sie sei schwanger und wolle abtreiben. Jetzt weiß ich, dass eine Mutter nichts anderes will, als da zu sein, um den Kindern das Leben leichter zu machen, und nicht, um ihnen Hindernisse in den Weg zu legen. Wir wollen sie nicht rügen oder verurteilen oder sichergehen, dass ihre Entscheidungen den unseren entsprechen. Wir wollen einfach nur im Zimmer sein, wenn es dunkel wird.

Jamie mied meinen Blick. »Weil du versucht hättest, die Regie zu übernehmen. Aber ich wollte, dass es unkompliziert ist. Annabel und Felicia haben mich begleitet. Und schau, mit Felicias Freund, einem Tätowierer, haben sie dann das hier organisiert. Wir sind von der Klinik direkt hingefahren.«

Ich hätte ihr die Hand gehalten. Ich hätte ihr gesagt, dass alles gut wird. Hätte Binden besorgt, Hühnersuppe gekocht. Eine Vase mit Pfingstrosen an ihr Bett gestellt.

»Bitte, werd jetzt nicht rührselig deswegen. Ich will einfach keine Kinder.«

Das war das Geheimnis, vor dem sie mich eigentlich hatte bewahren wollen. Sie wollte mich vor der herzzerreißenden Erkenntnis beschützen, dass wir womöglich die erste Generation ohne Enkel sein würden.

»Ich habe noch so viel vor im Leben, ich will verreisen, Kunst erleben … Kinder hätten da einfach keinen Platz. Ganz abgesehen davon, wie sehr die Welt im Arsch ist.«

Sie hat noch so viel vor im Leben.

Das haben sie und ich gemeinsam.

Emilie ist in ihrer Ecke der Höhle vom Schlaf übermannt worden.

»Sie ist völlig erschöpft, das arme Ding«, sagt Fiona. »Die schläft heute Nacht bestimmt gut.«

»In dem extrawarmen Bettzeug wird sie süße Träume haben«, gluckt Yasmin.

»Muss man um eine erwachsene Frau wirklich so viel Gedöns machen?«, fragt Liz.

»Ich habe ihr doch nur meine Isomatte gegeben«, meint Fiona. »Das ist keine große Sache.«

»Was ist aus unserer Schlafordnung geworden?«, fragt Liz. »Mein Zeug war doch direkt neben ihr.«

»Das macht dir doch nichts aus, oder? Wir haben die Schlafsäcke umarrangiert, als ihr weg wart. Deine Sachen liegen jetzt da.« Kiri deutet in die andere Ecke. »Ich will ein Auge auf sie haben.«

»Die Krankenschwester hat heute Nacht Dienst«, sagt Cate kichernd.

»Sie hat es ganz gut ohne uns hingekriegt in den letzten einundzwanzig Jahren«, brummt Liz.

Im verstreuten Licht der Laterne fängt Cate an, auf der Ukulele zu zupfen.

»Hast du noch nie wach gelegen und einem Baby beim Schlafen zugesehen?«, fragt Kiri Liz.

»Um Gottes willen, nein. Sobald meine Kinder geschlafen haben, war das für mich das Einsatzzeichen, endlich das zu machen, was ich eigentlich machen wollte.«

Mit aufgestütztem Kopf liegt Kiri neben Emilie.

»Ich habe meinen Kindern oft beim Schlafen zugeschaut. Jackson hatte immer wieder Koliken, o Mann, der hat vielleicht gekotzt. Alles, was reinging, kam gleich wieder raus. In seinen ersten beiden Lebensjahren bin ich nicht viel zum Schlafen gekommen. Und Blake hatte Allergien, Hautausschläge. Er heulte ununterbrochen. Ganz ehrlich, ich wollte kein drittes Kind, aber Tiffany ist uns bei der Verhütung irgendwie durchgerutscht. Und da war sie, ein zufriedenes knuffiges Bärchen. Sie schlief ruhig, gab mir Zeit zum Luftholen. Aß alles, was ich ihr gab. Ich habe immer gesagt, dass sie die Belohnung dafür war, dass ich die ersten beiden durchgekriegt habe. Als sie da war, hat sie die Familie vollständig gemacht. Sie war das einfachste meiner Babys.«

Liz hat sich im Schlafsack verkrochen, ihr Blick ist müde. Cates Gitarrenspiel wärmt die Luft um uns herum.

»Es heißt ja, dass die dritten Kinder sich selbst großziehen. Sie bekommen am wenigsten Aufmerksamkeit. Sie war ein stilles, genügsames Wesen. Hat spät das Sprechen angefangen. Im Vergleich zu den anderen beiden hat sie praktisch keinen Platz beansprucht. Hat sich in der Schule irgendwie durchgeschlagen, eine mittelmäßige Schülerin, blieb immer unterm Radar. Weder Siege noch Pleiten. Sogar als Teenagerin hat sie nie irgendwelche Probleme gemacht. Außer, man hält fünf Tattoos für ein Problem – ich habe ihr immer gesagt, sie ist doch kein Auto mit lauter Aufklebern am Heck.«

Langsam werde auch ich schläfrig. Der lange Tag steckt mir in den Knochen. Während die Nachtluft abkühlt, dämmere ich immer wieder weg, wie ein Kind, das bei der Gutenachtgeschichte einschläft.

»Jackson war ein harter Brocken, die ganzen Drogen, der Alkohol. Und Blake hat dauernd die Schule geschwänzt. Ständig mussten wir hinterher sein, ihm Druck machen. Tiffany dagegen war eine Farbe, die man nicht bemerkt, so wie der Himmel, weil er immer da ist. Sie ist in meinem Augenwinkel groß geworden. Hab gedacht, es liegt daran, dass sie ein Mädchen ist. Sie war so ganz anders als die wilden Jungs. Wenn ich was falsch gemacht habe, dann, dass ich sie nicht im Auge behalten habe.«

Ich spüre, dass diese Geschichte dabei ist, eine üble Wendung zu nehmen.

»Dabei hätte ich es wissen müssen. Mütter besitzen doch einen sechsten Sinn, oder?«

»Du hättest nichts tun können …«, sagt Fiona beschwichtigend.

Sanft begleitet uns Cates Spiel auf der Ukulele.

Die Nacht breitet die Arme um uns.

»Es war an einem Osterwochenende, ist bestimmt schon mehr als zehn Jahre her. Ich weiß noch, dass an den Wänden Hasenbilder klebten und Ostereier unter der Theke lagen. Ich hatte Nachtschicht, als eine junge Mutter ihr Dreijähriges reinbrachte. ›Irgendwas stimmt nicht‹, sagte sie immer wieder. ›Irgendwas ist nicht in Ordnung mit Betsy.‹ Das Kind hatte Reflux und eine leicht erhöhte Temperatur. Ich habe noch den Blick der Mutter vor Augen, man konnte leicht denken, dass sie verrückt ist. ›Sie schläft so komisch, es ist ganz furchtbar, sie schläft viel zu tief‹, sagte sie dauernd. Wir haben die Routineuntersuchungen gemacht und konnten nichts feststellen. Aber sie hat ununterbrochen gesagt: ›Irgendwas stimmt nicht.‹ Der Arzt hat sich das Mädchen angesehen, konnte nichts Schlimmes entdecken. Wir haben sie mit Paracetamol nach Hause geschickt. Am nächsten Tag hatte ich keinen Dienst, aber sie haben mir erzählt, dass die Frau wiederkam und völlig durchgedreht ist. Sie hat die Osterdekoration heruntergerissen und zerfetzt. Hat darauf bestanden, dass ein MRT vom Hirn gemacht wird, und gesagt, dass sie nicht weggeht, bevor das nicht geschieht. Irgendwann haben sie es gemacht, nur um sie zu beschwichtigen.«

Kiri macht eine Pause, hebt die Hände hoch und bildet mit beiden Zeigefingern und Daumen einen großen Kreis. »Und da war er, ein Riesentumor am Schläfenlappen. Wenn man nur ein paar Tage länger gewartet hätte, dann wäre die kleine

Betsy in ihrem viel zu tiefen Schlaf gestorben. Man hat sie operiert und den Tumor rausgeholt. Und wisst ihr, was Betsy jetzt macht? Demnächst geht sie auf die Highschool. Außerdem hat sie den schwarzen Karategürtel.«

»Tiffany hat ihren eigenen Weg gewählt«, flüstert Fiona.

»Ein riesiger Tumor«, sagt Kiri noch einmal. »Riesig.«

»Es hat keinen Sinn, dass du dich so quälst, davon kommt dein Mädchen auch nicht wieder.« Es hört sich beinahe so an, als singe sie zu der Melodie, die ihre Finger erklingen lassen.

»Nach Tiffanys Tod habe ich aufgehört, Pflegekinder aufzunehmen. Konnte mich nicht mehr darauf verlassen, dass sie bei mir in guten Händen sind.«

»Ich vertraue auf diese Hände«, meint Yasmin.

»Ich habe sie aus den Augen gelassen. Wie ein Geheimagent hat sie ihre Depression vor mir verheimlicht. Ich schwöre, ich hatte keine Ahnung. Wir haben alle gedacht, sie ist selbstständig, lebt ihr Leben, arbeitet in diesem Friseursalon und ist beschäftigt. Ich habe es für ein gutes Zeichen gehalten, wenn ich nichts von ihr gehört habe.«

»Aber Kiri, du musst auch sehen, was du aus diesem ganzen Kummer gemacht hast«, sagt Yasmin. »Die vielen Eltern, die mit gebrochenem Herzen in deine Gruppe kommen. Du hilfst ihnen in der Trauer. Für sie bist du eine Heldin.«

»So eine Art Heldin will man lieber nicht sein. Das habe ich wirklich nicht gebraucht, dass ich so lange lebe, dass ich ein Kind verliere. Noch dazu Selbstmord. Da wäre ich nur zu gern früher gestorben. So wie in diesem Buch *Ein Sonnenstrahl für Jesus sein*.«

»Wir können eben nicht Gedanken lesen«, meint Fiona.

Ich wünschte, es gäbe etwas, was ich Kiri sagen kann. Als Schriftstellerin ist es doch mein Job, die richtigen Worte zu finden.

»Kiri«, setze ich an. »Was, wenn jemand einfach nicht mehr hier in dieser Welt sein will?«

»Aber ich wollte sie hier haben«, entgegnet Kiri. »Ich war noch nicht fertig damit, ihre Mutter zu sein.«

Es ist unser Auftrag, unsere Kinder zu verlieren, und wir haben keinen Einfluss darauf, ob wir sie an den Tod oder das Leben verlieren.

»Du bist doch immer noch ihre Mutter«, sage ich.

In der Dunkelheit dehnt sich alles aus, und in dieser nächtlichen Trance fängt Cate an zu summen. Von den ersten Tönen an spüre ich die Kraft, die sie besitzt, wie Vögel, die um die Macht ihres Gesangs wissen. Bald stimmt Kiri von Norden her mit einem zweiten Ton ein, dann folgt Yasmin aus dem Süden. Sanft setzt sich Fiona dahinter, und plötzlich sind wir ein summender Chor, tief und machtvoll. Ich schließe die Augen und bade in dem Klang.

Das Summen schwillt an, legt sich wie Balsam um uns, und wir sind mittendrin, als Cate die Melodie von *Amazing Grace* anstimmt. Mein ganzer Körper kribbelt vor Erregung. Wir sind durchdrungen von Cates Stimme, und wie in einer langsam anwachsenden Fuge gleiten Kiri und Yasmin in die aufsteigende Melodiestimme hinein und wieder hinaus.

Ich schnappe nach Luft. Plötzlich muss ich dringend hinaus aus dieser Höhle.

Ich ziehe den Schlafsack auf und rapple mich hoch.

»Entschuldigt«, sage ich und stolpere hinaus in die Dunkelheit.

Die Nacht draußen ist samtweich, die Luft ist Gesang, die Erde eine Trommel, mein Körper ist Wasser, und niemand ist da, der mich beobachtet, dessen Blick mich zur »Mutter«, »Ehefrau«, »Tochter« erklärt. Ich bin eine Fremde ohne Grenzen, ein Quell an Möglichkeiten. Wie ein wirbelnder Derwisch drehe ich mich im Kreis.

Alle Hemmungen fallen von mir ab.

Unvermittelt werde ich mit ungestümer Wildheit geküsst. Es ist eine so intensive Erinnerung.

Sie hatte Sex-Appeal. Das hatte Helen gesagt.

Auf das Wort Sex-Appeal hin hatte ich gesagt: »Ich muss dir noch was über CJ erzählen. Aber du musst mir schwören, dass du nie …«

»Ja klar, ich schwör's.«

»Wenn du das irgendwem erzählst …«

»Wem soll ich es denn erzählen? Ernsthaft.« Aber bei Helen konnte man nie wissen. Sie ist süchtig nach schlüpfrigen Details.

»Kito und sie waren polyamor.«

»Wie meinst du das?«

»Sie hatten Sex mit … anderen Leuten.«

»Na ja, schön für sie.«

»… und … ich erzähle dir das nur, weil ich es irgendwem sagen muss.« Ich schloss die Augen und sprach es aus. »CJ und ich, wir hatten was miteinander. Als wir uns das letzte Mal gesehen haben.«

»Wie, ihr hattet was miteinander?«

»Weißt du nicht, was das bedeutet? Wir haben geknutscht. Uns geküsst. Wir … haben es miteinander getrieben.«

»Du hattest Sex mit CJ?«, fragte Helen ungläubig nach.

»Es war eher Küssen und ein bisschen … Petting. Auf dem Parkplatz. Es war wie als Teenager.«

Helen schwieg einen Augenblick. »Ich kann nicht fassen, dass du mich nicht sofort angerufen hast. Und so was nennt sich Freundin!«

Es war ein unvergleichlicher Augenblick gewesen, den ich mit keinem Menschen teilen wollte. Ein Geheimnis. Ein verborgener Schatz, der nur mir und CJ gehörte. Er stand nicht zur Verfügung, um darüber zu tratschen, ihn zu kommentieren oder sein Urteil dazu abzugeben.

»Na ja, man kriegt dich ja nie ans Telefon.«

»Wie war's?«

»Es war …« Ich hielt inne und holte tief Luft, denn das hier fiel zweifellos unter Ehebruch im Sinne von *Du sollst nicht.* »… umwerfend. Also, ich war zwar betrunken, wir waren beide betrunken, aber es war unglaublich erotisch …«

»Wer hat angefangen?«

Ich erinnerte mich daran, wie CJ mich mit zur Seite geneigtem Kopf angesehen hatte. Wie sie sich auf die Lippe gebissen hatte. Ihre Hand, die auf meinem Knie lag und sich am Oberschenkel hinaufschob. Ihr Mund an meinem Hals … Ihre Brust in meinem Mund. Ihre Finger in mir. Wie ich kam. Zwei Mal.

»Ich weiß nicht mehr … Was macht das schon für einen Unterschied? Sie ist … tot.« Ein Schluchzen entfuhr mir.

Einen Moment lang schwieg Helen. »Es ist doch wunderbar, sie so in Erinnerung zu behalten.«

Ich erinnerte mich an ihre Feuchte und wie sehr sie mich überraschte. Ihr Mund presste sich heiß auf meinen Bauch, ihre Finger waren tief in mir. Mein Körper war ein Bienenstock voller Honig.

Ich hatte mich in ein Taschentuch geschnäuzt.

»Frank darf das nie erfahren. Wir dürfen nie wieder darüber sprechen.«

Kapitel 18

Zurück zur Erde

Ich will nach meiner Nase greifen, aber meine Hände stecken fest. Ich bin fest verschnürt. Schließlich gelingt es mir, einen Arm freizubekommen und an meine Nasenspitze zu fassen. Sie ist ein Eisklumpen in der Mitte meines Gesichts. Ich habe Haare im Mund und spucke sie aus. Jeder einzelne Knochen meines Körpers schmerzt. Ich habe einen steifen Hals. Mühsam öffne ich die Augen. Das Licht ist schwach, und meine Blase muss dringend geleert werden. Ich kann den Reißverschluss am Schlafsack nicht finden und schäle mich heraus wie aus einer Schlangenhaut. Auf der Suche nach dem Pinkeltrichter krame ich im Rucksack.

Es fühlt sich an wie ein Kater, doch es ist nur die Schuld eines aufgeschreckten, zerstückelten Schlafs, der Geräusche der Wildnis, die die Nacht begleitet haben, und eines schnarchenden Chors von allen Seiten. Fiona kann meinetwegen auf dem Boden schlafen, jeder braucht seine Verrücktheiten. Aber heute Morgen ist mein Körper stinksauer auf mich. *Bitte tu mir das nie wieder an. Sei netter zu mir.*

Während ich mir den Weg aus der Höhle bahne, zähle ich eins, zwei, drei, vier, fünf in Schlafsäcke gewickelte Körper. Emilies Haar liegt ausgebreitet wie eine kupferfarbene Lockenexplosion auf einem aufblasbaren Kissen, das aussieht, es sei es das von Liz. Noch einmal zähle ich durch – eigentlich müssten wir sieben sein. Jemand fehlt.

Ich bemühe mich, die anderen nicht zu wecken, stolpere

dann aber gegen die Emailleteller vom Vorabend. »'tschuldige, das wollte ich nicht«, flüstere ich, als Kiri die Augen aufreißt.

Ich habe sie gerade rechtzeitig erwischt, die Morgendämmerung. Noch ist es dunkel, und am Horizont sitzt eine Wolkenbank. Bald werden die ersten Abgesandten des Sonnenlichts hervorkriechen. Vom Regen in der Nacht ist der Sand fast hart. Unsere Feuerstelle ist ein nasser Haufen aus verkohlten Holzscheiten und Asche. Ich laufe über den Strand in Richtung der Felsen, die einmal von den Bergen herabgestürzt sein müssen und hier zum Liegen gekommen sind.

Dort lasse ich Hose und Unterhose herunter, setze den Trichter, so dicht es geht, an, und mit nach vorn geschobener Hüfte entleere ich seufzend meine Blase, wobei ich den Hintern so hin und her bewege, dass ich meinen Namen pinkeln kann. J O. Endlich wird mir klar, was ein Penis für ein Spaß sein kann. Im selben Augenblick, in dem mir ein kleiner Furz entweicht, rieche ich Zigarettenrauch.

»Das war eine ganz ordentliche Schreibleistung deiner Muschi.«

»Scheiße.« Ich zerre die Hose hoch und drehe mich um.

»Na, das ist ja mal peinlich«, sage ich. »Mir war nicht bewusst, dass ich Publikum habe.«

»Was taugt eine Vorstellung ohne Publikum? Das ist wie ein Baum, der im Wald umfällt, und keiner kriegt es mit«, gluckst Cate.

»Und die Flatulenzen gibt's gratis dazu.«

»Vielfurzerpunkte sind das Prämienprogramm der Wechseljahre.«

Ich gehe ans Wasser und hüpfe vor den Wellen zurück, die

am Strand aufschlagen, bis ich den richtigen Moment erwische und meine Hände ins Wasser tauchen und mir das Gesicht kalt abreiben kann. Dann kehre ich dorthin zurück, wo Cate auf den Felsen sitzt.

»Machst du dir Sorgen über den Rückweg?«

»Das Bergaufgehen und ich haben es nicht mehr so miteinander.«

»Wir gehen es ganz langsam an.«

Die Zigarette zwischen ihren zitternden Fingern wackelt auf und ab.

»Vielleicht sieht der Berg nach einem Kaffee und einem ordentlichen Frühstück ja nicht mehr ganz so übel aus«, meine ich.

Sie nimmt einen langen letzten Zug und erstickt die Zigarette dann im Sand, bevor sie die Kippe in der Jackentasche verschwinden lässt. Mit der Hand wischt sie den Sand von ihren Bergschuhen. »Was für eine Schuhgröße hast du?«

»Größe 10. Warum?«

»Fiona hat winzige Füße, und die von Kiri sind zu breit. Magst du die Schuhe haben? Die habe ich letzten Sommer im Ausverkauf ergattert – von fünfhundert auf hundertachtzig Dollar herabgesetzt. Sind verflucht gute Stiefel. Oder gehörst du zu den Leuten, die zu zimperlich sind, um die Schuhe von anderen anzuziehen?«

»Behalt sie für die nächste Wanderung.«

Sie streckt mir die Hände entgegen, als solle ich sie ergreifen, aber sie will mir nur zeigen, wie zittrig sie sind. Gemeinsam betrachten wir ihr Flattern.

»Ich muss sagen, ein bisschen enttäuscht bin ich schon. Ich hätte mir einen Hai gewünscht. Oder einen kaputten Fallschirm. Einen Hubschrauber oder ein Messer im Bauch. Nach dem ganzen gefährlichen Scheiß, den ich im Leben gemacht habe.« Sie schüttelt den Kopf. »Wenn man schon abkratzt, dann doch mit einem Knall und nicht mit einem Winseln. Findest du nicht auch?«

»Weiß nicht. Eine Freundin ist letztes Jahr bei einem Motorradunfall ums Leben gekommen.« Meine Stimme bricht. »Es war ein totaler Schock. Ist schon gut, dass wir da keine Wahl haben.«

»Nee, plötzlich und spektakulär ist der einzig akzeptable Abgang. Den einen Moment bist du noch da, im nächsten bist du weg. Wie bei einem Zaubertrick.«

»Ich hätte lieber ein bisschen Zeit fürs Sterben.«

»Scheiße, wozu?«

»Zum Verabschieden?«

»Aber tun wir das nicht sowieso die ganze Zeit?«

Sie bietet mir eine Zigarette an, doch ich schüttle den Kopf.

»Hast recht, ist eine beschissene Angewohnheit. He, schau mal, die Sonne kommt raus. Wir müssen die anderen aufwecken, das sollten die nicht verpassen.« Aber wir rühren uns beide nicht vom Fleck.

Es beginnt mit einem Brandmal auf der Horizontlippe. Der Morgen zieht die Sonne hinter dem Horizont hervor wie einen Teebeutel, und diese Teegesellschaft besteht aus rosavioletten Prismen, als sich das Licht durch die Wolken bohrt. Dieser Sonnenaufgang allein war es wert – den langen Marsch, die Erschöpfung.

»Eigentlich warte ich gar nicht auf irgendwelche Testergebnisse.« Sie macht eine Pause. »Tatsächlich habe ich die ALS-Diagnose schon vor Wochen bekommen.«

Mein Magen zieht sich zusammen.

»Fiona und die anderen wissen es nicht. Da gibt's nichts zu

feiern, wenn man vom Überleben und langfristigen Zukunfts-
plänen besessen ist.«

O Gott. Scheiße. Ich schüttle den Kopf. »Au Mann, Cate.«

»Hast du schon mal von Apoptose gehört?«

»Nein.«

»Das bedeutet, dass Zellen spontan Selbstmord begehen.
Selbstzerstörung ist ein natürlicher Vorgang. Das ist nichts
Persönliches. Nimmst du die Emotion aus dem Leben raus,
bleibt nichts übrig als eine Aneinanderreihung von Abschie-
den. Damit kennen wir Immigranten uns doch aus.«

Den leeren Blick deiner Mutter vergisst du nie. Auch nicht
die Tränenbäche der Schwester. Deinen zitternden Arm, als du
der Freundin das Katzenkörbchen in die Hand drückst, die versprochen hat, Shadow, die du damals von der Straße aufgelesen
hast, wie ihr eigenes Haustier zu lieben. Du verlierst den Über-
blick über all die Abschiede – vom afrikanischen Himmel, vom
Gesang der Vögel im Busch, dem Geruch nach einem Gewitter
im Highveld. »Aber es ist was anderes, wenn man …«

»… stirbt?«

Das Wort saust wie ein Prügel herab.

»Hast du Angst?«

»Nur davor, dass ich zu lange hier herumhänge und die
Gastfreundschaft von allen überstrapaziere. Vermutlich muss
ich noch lernen, die Kontrolle abzugeben und mir helfen zu
lassen bei Sachen, die ich lieber selbst in die Hand nehme. Damit habe ich mich noch nie leicht getan. Sally hat mich schon
gewarnt, dass ich irgendwann meinen Schutzschild ablegen
und lernen muss, einfach mal Danke zu sagen.«

Man kann hören, wie sie die Zähne zusammenbeißt; sie ist
eine Kämpferin, die mit dem drohenden Kompetenzverlust
ringt, dem endgültigen Abbruch der Fassade ihres Selbstbilds.

»Ist schon verdammt viel verlangt, wenn man ein so toughes Biest ist wie du«, sage ich.

Sie wirft den Kopf zurück und kichert. »Das schmutzige Mundwerk hast du dir ja schnell abgeguckt. Was schätzt du? Mehr als ein oder zwei Tage ohne Essen und Wasser dürfte es nicht dauern, wenn ich mir rein zufällig ›den Knöchel verstauche‹ und ihr mich hier zurücklassen müsst.« Sie zwinkert. Der Schalk sitzt ihr noch im Nacken.

»Netter Versuch. Wir würden dich niemals allein lassen. Jemand würde hier bei dir bleiben, und die anderen mit einer Rettungsmannschaft wiederkommen, die dich mit dem Hubschrauber rausfliegt.«

»Ihr verfluchten Pro-Life-Aktivisten«, spottet sie. »Auf dem Weg runter war ich ein Klotz am Bein, aber für den Rückweg werdet ihr die Geduld des Hiob brauchen, das sag ich dir.« Sie schüttelt den Kopf. »Wie dem auch sei, ich habe mir eine Enkelin namens Lilly zugelegt. Die habe ich mir für schlechte Zeiten aufgespart.«

Ich strecke die Hand aus und lege sie auf Cates Unterarm. Eine Enkelin.

»Wann sagst du es den anderen?«

»Zum letztmöglichen Zeitpunkt. Besser, wir halten das Drama kurz und bündig, einverstanden?«

»Warum hast du es mir erzählt?«

Sie legt den Kopf schief. »Du siehst aus wie eine Frau, die ein Geheimnis für sich behalten kann.«

Als Cate und ich über den Strand zurückgehen, treffen wir die anderen an der Feuerstelle an. Emilie sitzt zwischen Fionas Knien, während die ihr das Haar zu einem französischen Zopf flicht.

Yasmin kümmert sich um den Kessel auf dem Gaskocher, in dem türkischer Kaffee schnaubt, und reicht mir eine kleine Tasse, die einen Drachenschwanz an Dampf hinter sich herzieht. Kiri ist dabei, Buschbrot zu rösten, sie hält es wie lang gezogene Marshmallows an einem Stock über das offene Feuer; wir werden es heiß essen, mit Fionas Honig und Yasmins eingemachten sauren Feigen, Walnüssen, dünnen Apfelschnitzen und Radieschen, die aufgefächert auf einem Teller liegen.

Jetzt ist der Moment gekommen, meine Tupperdose auszupacken. Aus den Tiefen meines Rucksacks hole ich sie hervor und biete sie Fiona an.

»Was ist denn das?« Sie hebt den Deckel an.

»Ich habe gesalzenes Lakritzbrot gebacken.«

»Ich liebe Lakritze.« Auf Fionas Gesicht breitet sich ein Lächeln aus. »Woher hast du das gewusst?«

»Zufall.« Also, wer mag schon keine Lakritze?

»Was ist da drin?«, fragt Kiri und inspiziert den in Scheiben geschnittenen Kuchen, der schwer und dunkel von der Melasse ist.

»Ganz viel Lakritze, etwas Rübensirup, Kokosblütenzucker, Melasse, gemahlene Mandeln. Und Salz natürlich.«

»Das ist ja ein Liebesabenteuer im Mund. Da weiß man gar nicht, wo man sich hinwenden soll, zum Süßen oder Salzigen.« Yasmin ist hingerissen. »Du musst mir das Rezept geben. Das mache ich für mein nächstes Begrüßungsfest.«

»Dazu würde ich jetzt auch nicht Nein sagen«, meint Liz.

Wir tun alle so, als beobachteten wir Liz nicht dabei, wie sie zulangt und sich dann noch ein zweites Stück nimmt. Vielleicht ist Liebe ja ein Wort mit zu viel Verbindlichkeit für Liz, aber ihre Dosis Vitamin G hat sie heute immerhin abgekriegt.

Kiri sieht sich Emilies Insektenstich und Liz' Blase an. Sie erinnert uns alle daran, unsere Medikamente zu nehmen, und prompt kommen die Statine, Eisenpräparate, Kalziumtabletten und Antidepressiva, die Hydroxychloroquine, das Insulin und die Mittel gegen Sodbrennen zum Vorschein. Wir schlucken unsere Pillen und vergleichen unsere Mangelerscheinungen und Gebrechen.

Und, doch, ich bin die Erste, die Schuhe und Socken auszieht, das Oberteil, den BH, die Hose und die Unterhose, und sich kreischend ins eiskalte Wasser wirft, denn wenn man schon ein Freak ist, dann wenigstens richtig.

Das Wasser kitzelt mich, eisig verschluckt es meine Füße, leckt meine Waden und schwappt mir an die Knie. Ich versenke mich in dieses freudige Nass, knie mich in den Sand, und das Wasser stürzt auf mich zu und raunt süße Worte um meinen Körper. Seufzend lasse ich meinem Pipi freien Lauf, während die Luft um mich herum in der Morgensonne flimmert und der Ozean mir zugesteht, ganz ich selbst zu sein, mein unredigiertes Ich.

Nach mir kommt Fiona ins Wasser, die Narben bloßgelegt unter den auf- und abschwingenden Implantaten, keck und perfekt wie am Tag, an dem sie eingesetzt wurden.

Emilie lässt ihren lang gezogenen schrillen Schrei los, als sie ins Meer springt.

Yasmin tanzt, zieht die Beine hoch und jauchzt.

Kiri brüllt, wir seien vollkommen durchgeknallt, watet dann aber in ihren Shorts in die Brandung.

Unter Zuhilfenahme eines ganzen Schwalls an Schimpfwörtern kommt Cate ins Wasser, da friert es einem »die verfickten Titten ab, und man kriegt einen Muschikrampf«, und bald darauf ist es »herrlich« und »eine großartige Idee«.

Wir rufen sie herbei. »Komm schon, Liz«, »Du verpasst was«, »Es ist herrlich«. Doch sie rührt sich nicht vom Fleck. Wir versuchen, sie nass zu spritzen, aber sie ist zu weit oben am Strand und sicher vor unseren lärmenden Albernheiten.

»Für dieses Jahr habe ich meine Quote an neuen Erfahrungen übererfüllt«, sagt sie.

»Behalt sie«, sagt Cate.

»Nein, das geht nicht.«

»Sei so nett und nimm das Geschenk an«, meint Kiri.

Verunsichert hält Emilie die Ukulele in der Hand. »Aber es ist dein Instrument.«

»Und ich gebe es weiter.« Cate hebt die Hände hoch. »Ich besorge mir eine neue. Ich möchte, dass du sie hast.«

Behutsam zieht Emilie die Ukulele an ihre Brust. »Ich werde lernen, darauf zu spielen, und niemals vergessen, dass du sie mir geschenkt hast.«

»Benutze sie einfach, um die Menschen zum Singen zu bringen, mehr nicht«, sagt Cate.

»Im September zieht meine Tochter aus, dann ist bei mir in Sydney ein Zimmer frei, wenn du für eine Weile unterkommen möchtest«, biete ich an.

»Bei mir ist jetzt schon ein Bett frei«, sagt Yasmin. »Emilie, du musst uns besuchen kommen.«

»Ich habe sogar zwei freie Zimmer«, meint Cate.

Emilie kichert, während wir uns um sie balgen.

Emilies Rucksack ist der einzige, der auf dem Rückweg schwerer ist als auf dem Hinweg, insbesondere weil Liz die ganze schicke Ausrüstung bei ihr ablädt, einschließlich des aufblasbaren Kopfkissens, des Daunenschlafsacks und eines tragbaren Navigationsgeräts. Offensichtlich hatte Liz nicht da-

rauf vertrauen wollen, dass uns der göttliche Rat heil und un-
versehrt nach Hause bringt.

Kiri besteht darauf, uns alle auf Blutegel abzusuchen. Dann
hilft ihr Fiona dabei, die Glut an der Feuerstelle mit Meerwasser
zu löschen, das sie im Kochtopf heranschleppen. Fiona schlingt
die Lichterkette um Emilies Rucksack, ich schnalle mir Cates
Gepäck wie ein Baby vor den Bauch, und sie dankt mir mit einem kleinen Wink. Schließlich bietet Yasmin uns ihren knall-
roten Lippenstift an, und wie Kurtisanen oder Diven malen wir
uns alle die Lippen an. Und Yasmin hat recht, der Lippenstift
bewirkt tatsächlich eine Veränderung der Hirnströme.

Jetzt muss Fiona nur noch die Erde küssen.

Eine nach der anderen gruppieren wir uns um Cate, rechts
und links von ihr, vor ihr, hinter ihr, wie die Pinguine. Dann
beginnen wir den langen, langsamen, rutschigen Weg hinauf
und hinaus; eine singende, wogende, fluchende Armee von
Seelengefährtinnen und Wächterinnen, die sich geschlossen
vorwärtsbewegt.

In der Nacht vor meiner Abreise konnte ich nicht schlafen.

Ich hatte die Bettlampe angeknipst. Leise schnarchte Frank
neben mir. Ich hatte mich auf den Ellbogen gestützt und seine
Bartstoppeln betrachtet. Die Form seiner Nase. Den rasierten
Schädel. Die Haare an seinen Armen. Seine gebräunten Glieder von den vielen Jahren Radfahren und unzulänglich ver-
wendeter Sonnencreme – ein weiterer Beweis dafür, dass Nörgeln ein vergebliches Mittel ist, um eine Veränderung herbei-
zuführen. Seine kräftigen Hände mit dem silbernen Ehering
am Ringfinger. Mich überkam vorauseilendes Heimweh nach
jedem dieser kostbaren Teile seines Körpers, so als werde man
sie mir gleich wegnehmen.

Wäre ich in der Lage, ihn zu beschreiben, wenn er verschwände, so wie man es von den Angehörigen eines Vermissten erwartet? Welche Worte würde ich verwenden, um dem pulsierenden Gemisch seines Geruchs gerecht zu werden, seinem Temperament, seinen neurotischen Schrullen und der Art, wie er *Ooohyeahbaby* sagt, wenn ihm etwas schmeckt?

Offenbar hatte er gespürt, dass ich ihn beobachtete. Er hatte die Augen aufgeschlagen und mich blinzelnd angesehen.

»He, ist alles in Ordnung?«

»Ja, warum fragst du?«

»Du schaust mich so lustig an.«

»Das ist mein ganz normaler Blick.«

Er hatte die Hand nach mir ausgestreckt und meine Wange gestreichelt, dann war er auf seine Seite hinübergerollt und hatte sich vom Licht abgewandt.

»Lustig« und »normal« – das ist es, was Frank und mich ausmacht.

Unsere Geschichte ist die ganz gewöhnliche Geschichte zweier Menschen, die sich zusammengetan haben, um kostbare menschliche Fracht in die Welt hinauszubefördern und sie heil ans Ufer zu bugsieren. Jetzt sind wir an der Stelle angelangt, wo wir sie in die freie Wildbahn entlassen müssen. Wir stehen kurz davor, alles zu verlieren, wofür wir uns gemeinsam so sehr abgemüht haben.

Ich war so verheddert gewesen in dem Bestreben, mich selbst zu entschlüsseln, dass ich nicht imstande gewesen war zu sehen, was direkt vor meinen Augen lag.

»Schon in Ordnung«, hatte er gesagt, doch ich hatte Franks Gesichtsausdruck bemerkt, als Aaron das Angebot, ihn zum

Fußballspiel nach Canberra zu fahren, mit den Worten ablehnte: »Nee, mir wär lieber, du lässt es bleiben.«

»Ich versteh schon. Er ist zu alt und cool, da will er seinen Dad nicht dabeihaben«, hatte Frank gesagt und seine Enttäuschung in die Schranken verwiesen. »Er braucht mich nicht mehr.«

Frank hatte sich extra zum Fußballtrainer ausbilden lassen, um Aarons Team zu betreuen. Fünfzehn geduldige Jahre lang hatte er sie angeleitet, wie man den Ball passt und schießt, einen perfekten Kopfball hinbekommt oder den Ronaldo-Dribbeltrick nachahmt, um nun noch nicht einmal mit einem grammatikalisch korrekten, höflichen »Nein, danke« herabgesetzt zu werden, sondern mit einem abschätzigen »Nee«.

»Ich vermisse es einfach, ihm beim Spielen zuzuschauen.« Auch er trauert.

Der steigende Meeresspiegel hat das Königreich verschluckt, das wir gemeinsam errichtet haben. Es steht uns nicht länger zu, uns um Jamie und Aaron zu kümmern. Doch nichts verbindet mehr als das, was zwei Menschen zur selben Zeit verlieren.

Frank ist die einzige Erde, die ich kenne. Unsere Polkappen schmelzen, und unsere Ozonschicht wird dünner, und uns stehen, weiß Gott, unbeständige Zeiten bevor, in deren Bewältigung wir bislang keine Übung haben. Wir gehören einer unsicheren Zukunft an, die uns, nicht anders als beim Instinkt, uns fortzupflanzen, auffordert, in der Finsternis auszuharren.

Man sagt, dass diese verbrannte Insel, die wir zur Heimat auserkoren haben, durchzogen ist von unsichtbaren Traumpfaden. Vielleicht gibt es ja heilige Linien, die Ehen kreuzen oder sich in dem Geflecht zwischen Eltern und Kind ansiedeln, auch wenn man sie nicht sehen kann. Wenn Blutsverwandtschaft wirklich von aurischen Strudeln durchdrungen ist, so wie die Wirbel, die Van Gogh gemalt hat, von unsichtbaren, wiederkehrenden Mustern, die uns Halt geben, dann kann nichts jemals ganz verschwinden.

Vielleicht haben wir die Möglichkeit, uns für einen Menschen zu entscheiden, wenn es uns danach drängt, zu heiraten und Mutter zu sein, und ein weiteres Mal, wenn die Ehe und die Mutterschaft keine große Rolle mehr spielen. Die Luft ist klarer nach einer Nacht in einer Höhle am Ende der Welt, in der so viel Herzensleid ausgeschüttet wurde, dass es den Himmel zum Weinen bringt. Ich weiß, was ich an Frank habe: jemanden, der mich auch dann versteht, wenn ich mir selbst ein Rätsel bin.

Wohin also soll ich mich, bis obenhin voll mit Geschichten, stürzen, wenn nicht in seine Arme? Wem sonst sollte ich davon erzählen, wie Yasmin eine Orange tanzen lässt und Cate geheime Saiten zum Klingen bringt? Ich spare mir Kiris Amputationswitz für ihn auf – er steht auf schwarzen Humor. Ich werde ihm erzählen, wie Fiona weitgehend instinktiv zurück in die Bucht ihrer Kindheit gefunden hat und dass mein Buch – stell dir das nur vor – das Ende von Liz' Ehe herbeigeführt hat, auch wenn das wohl nichts ist, womit man angeben sollte. Ich werde Emilie beschreiben, diese Heldin mit unvollständig ausgebildetem präfrontalem Cortex, die dennoch auf dem richtigen Weg ist – genau wie unsere Jamie. »Du hast was gemacht?« Er wird lächeln, weil ich das Feuer fast ohne Kiris Hilfe hingekriegt habe. »Da siehst du, du bist in der Wildnis gar nicht hoffnungslos verloren«, wird er sagen und mich an sich ziehen. Und wenn ich alles, was erzählt werden muss, los bin, werde ich ihn zu einem Pinkelwettbewerb herausfordern, nun, da ich weiß, wie dieser verfluchte Trichter funktioniert.

»Du solltest ein Buch darüber schreiben«, wird er vorschlagen.

»Vielleicht mache ich das.«

Cate bleibt stehen und stützt sich schwer auf ihre Wanderstöcke. Einen Augenblick überlässt sie sich dem Rhythmus ihres Atems, dann deutet sie mit einem Stock nach oben. »Seht ihr, dass sich die obersten Äste nicht berühren? Bäume räumen sich gegenseitig Platz ein, sie verdrängen einander nicht.«

Über uns bilden die Äste vor dem klaren blauen Himmel ein kompliziertes Geflecht.

»Man nennt das Kronenscheu.«

Wir legen die Köpfe in den Nacken, um das majestätische, zuvorkommende Nebeneinander auf uns wirken zu lassen.

»Wow.« Emilie sieht blinzelnd ins Licht. »So was gibt es? Sie berühren sich nicht?«

»Das ist wirklich … ganz schön cool«, sagt Liz. »Ich mag es, wenn man sich deutlich abgrenzt.«

»Vielleicht änderst du ja doch noch deine Meinung über die freie Natur«, meint Kiri.

»Ihr müsstet mich schon ordentlich unter Drogen setzen, um mich noch einmal hierherzukriegen«, erwidert Liz. Ich drehe mich zu ihr um, um zu sehen, ob sie einen Witz macht, doch sie meint es ernst. Um Fionas willen hat sie sich hier hinausgewagt. Wenn das keine wahre Liebe ist, wenn das nicht die Essenz mütterlicher Fürsorge ist, dann weiß ich auch nicht.

Großzügig reichen wir unsere Flaschen herum, bis der letzte Schluck Wasser getrunken ist. Der Durst setzt mir zu, aber das halte ich aus. Schritt um Schritt gehen wir dorthin zurück, von wo wir aufgebrochen sind. Summend sitzt mir die Wärme in der Brust, doch sie ist ganz anders als eine Hitzewallung. Sie quillt aus mir heraus und streckt sich wie seidene Fäden zu jeder einzelnen dieser Frauen.

Als Cate sich wieder in Bewegung setzt, gehen auch die anderen weiter. Ich aber nicht. Ich bleibe an diesem Fleck zurück, um mir die Wildheit etwas länger zu bewahren. Ich spüre den Himmel in meinem Schädel, das Feuer in meinen Füßen und die weite Schönheit, die mich von allen Seiten zu sich hinzieht.

Weiter vorn hakt sich Fiona bei Liz unter, und ihre Rucksäcke rumsen aneinander. Kiri pfeift, um einen Leierschwanz anzulocken. Yasmin tänzelt voran, und Emilie hat Cate die Hand ins Kreuz gelegt und hilft ihr vorwärts. Cate setzt einen zittrigen Fuß vor den anderen, sie bleibt nicht zurück, hinkt nicht hinterher. Sie spart nichts auf für schlechte Zeiten.

Sie führt uns nach Hause.

Die Speisenfolge

Energiebällchen aus Mangos, Datteln, Cashews und Ingwer

Mit eingelegter Zitronenschale gefüllte Oliven

Kokosrinde mit Pistazien, Himbeeren und Rosenwasser

Über dem Feuer gegrillte Maiskolben mit Aleppo-Pfeffer, Sesam und Koriandersamen

Persischer Juwelenemmer mit Pistazien und Cranberrys

Persischer Liebeskuchen

Türkischer Kaffee

Salt & Vinegar Kettle Chips

Gesalzenes Lakritzbrot

Frisch gebackenes Buschbrot mit Walnüssen, Apfelschnitzen und Radieschen

Eingemachte saure Feigen

Cates und Fionas Honig

Wasser

Eingeschmuggelter japanischer Whisky

Eingeschmuggelter Tequila

Danksagung

Mein deutscher Verlag Droemer Knaur gab diesen dritten Teil der *Weiberabend*-Trilogie in Auftrag, ungeachtet dessen, wie »der Markt, die Zeiten, die Frauenliteratur und sogar Jo sich verändert haben«, wie meine Lektorin Carolin Graehl es ausdrückte. Ich bin dem Verlag dankbar, dass sie weiter an mich und an ein Buch glauben, das für Frauen geschrieben ist und von Frauen handelt, die in der Mainstreamkultur weitgehend unsichtbar sind.

Es war die schwierigste Herausforderung meiner schriftstellerischen Laufbahn, ältere Frauen auf dem Papier zum Leben zu erwecken, bei denen möglicherweise manches aus den Fugen geraten ist und die doch geprägt sind von scharfzüngiger Weisheit, mitfühlender Trauer und Leidensgeschichten. Mit ihnen sollte man sich weiß Gott nicht anlegen. Zu den wunderbaren Vorbildern, die ich dafür hatte, gehörten:

Barbara, Hilary, Drusilla, Tanya, Sandra, Louanne und Debbie, die mir zwei Nächte lang bereitwillig intime Dinge anvertrauten und mir dabei halfen, den Gesprächen Form zu geben, nach denen Frauen wie wir uns sehnen;

jene Frauen, die sich bereit erklärten, Teil der *Weiberabend*-3-Facebook-Gruppe zu sein, sich nicht gegen meine neugierigen Fragen sträubten und ihre Geschichten und Erkenntnisse preisgaben;

die Schriftstellerinnen, die ich in meinen Workshops und Online-Kursen betreuen durfte, einschließlich jener für Neueinsteigerinnen und Erstautorinnen;

meine zahlreichen geliebten, herzensguten Schwestern und

Freundinnen (Carolyn, Laura, Tracey, Ilze, Michelle, Faith, Lesley, Katrina, Gabriele, Bec, Deb, Sharon, Kaaren, Mmatshilo, Lorraine, Tanya, Yvonne, Natasha, Karen, Lana, Ruth, Lisa, Thanissara, Sherill und all die anderen, die unbeabsichtigt der menopausalen Vergesslichkeit zum Opfer gefallen sind).

Ich wollte unbedingt in der Wildnis übernachten, um das am eigenen Leib zu erfahren und die Geschichte wahrhaftig zu machen. Meine Freundin Kerry, eine Krankenschwester und indigene Heilkundige, bot sich an, mich in Central Australia zu treffen, wo wir ein Feuer machten und unter dem Sternenhimmel biwakierten. Zu meiner Erleichterung klauten die Dingos, die uns in der Nacht aufsuchten, nur die Milch. Kerry las auch den ersten Entwurf dieses Buchs und half mir an entscheidenden Stellen mit der Erzählstruktur.

Leigh, Anna, Vicki, Christina, Marg, Tracey und Yaeli verbrachten mit mir zwei Nächte in einer Höhle in den Blue Mountains. Es regnete, wir machten Feuer, tranken Chai, und Christina spielte Gitarre und sang. Die gemeinsamen Stunden flossen ins Schreiben dieses Buchs ein.

Großzügigerweise hat mir meine Freundin Sharon erlaubt, die inspirierende Geschichte darüber einzubauen, wie ihre mütterliche Intuition das Leben ihrer Tochter gerettet hat.

Dr. Gary Aaron bin ich dankbar, dass er einige der Fakten über die Wechseljahre geprüft hat.

Meine Lektorin Kirsten Krauth hat der Erzählung ihre Expertise angedeihen lassen und mich mit scharfem Verstand und ihrem Gespür durch zwei Redaktionsdurchläufe geleitet.

Mit Akribie übernahm Norie Libradilla das Korrekturlesen und bereinigte den Text von meinen lästigen grammatikalischen Ticks.

Vielen Dank an Ida Jansson von Amygdala Design für das wunderschöne Layout.

Marg Rolla zeichnete die dem Cover zugrundeliegende Illustration, und Nailia Minnebaeva fügte dem Design ihr künstlerisches Können hinzu.

Die außerordentlich begabte Nada Backovic entwarf ein überwältigendes Cover.

Ich schätze mich glücklich, dass ich von solcher Klugheit und Könnerschaft umgeben bin, die unauffällig und still in den vorliegenden Text eingeflossen sind.

Greg Messina, diesem grundanständigen Menschen und geduldigen Agenten, bin ich dankbar für die Unterstützung, die er mir während des Schreibens zukommen ließ.

Seit vielen Jahren ist Karen McDermott von Serenity Press eine unerschütterliche Streiterin für meine Arbeit, und es war mein Wunsch, dass sie die australische Ausgabe dieses Buchs verlegt. Gemeinsam haben wir Lusaris, einen literarischen Imprint von Serenity Press, ins Leben gerufen, dessen erster Titel das vorliegende Buch ist. Ich bin sehr stolz, Teil dieses Projekts zu sein.

Zed, wie soll ich dir jemals danken für die Jahrzehnte bedingungsloser Liebe, gemeinsamer Kindererziehung und Freundschaft? Seit 2006 schon glaubst du an mich, lange bevor auch nur ein Exemplar von *Weiberabend* verkauft war (ganz zu schweigen von der halben Million). Danke, dass du als Vorlage für Frank gedient hast, wobei du natürlich viel witziger bist.

Jess und Aidan – glücklicherweise sind Jamie und Aaron reine Fiktion. Puh.

Dank an meine Mutter Dorrine, du bist ein unschätzbares Juwel.

Und all die Frauen in den mittleren Jahren, die sich um Enkel, Kinder, Partner, alternde Eltern, Haustiere, die Tierwelt, Gärten, Wälder und Meere kümmern, während sie gegen die Dunkelheit ankämpfen – hoffentlich bin ich eurer Großartigkeit gerecht geworden. Ihr seid meine Heldinnen.

Eltern dieser Welt: Ihr seid nicht allein!

Joanne Fedler

ICH BIN NICHT KOMPLIZIERT, MAMA, ICH BIN EINE HERAUSFORDERUNG!

Wie ich die Pubertät meiner Kinder überlebte

Gestern hieß es noch »Ich hab dich lieb!«, heute ist »Jetzt chill mal, Mama!« noch als freundlicher Gruß zu verstehen. Mit einer großen Portion Selbstironie erzählt Bestsellerautorin Joanne Fedler vom Leben als Geächtete, als nervige, peinliche, »es auf keinem Auge blickende« Mutter. Die ihre Kinder trotzdem liebt. Wenn es sein muss, jetzt erst recht! Und etwas Positives hat auch diese Phase (abgesehen davon natürlich, dass sie vorübergehend ist): Man kann sie als Chance begreifen, etwas über sich selbst zu lernen.